शिगाफ़

[उपन्यास]

एक पत्थर से तराशी थी जो तुमने दीवार
एक ख़तरनाक शिगाफ़ उसमें नज़र आता है
देखते हो तो सुलह की तदबीर करो
अहद पेचीदा मसाइल हैं
उनको सुलझाओ सहीफ़
कोई तहरीर करो।

— कैफ़ी आज़मी

अनुक्रम

ला माँचा की राह पर

कल हम-वो दोनों यक जा नाग़ाह हो गए थे
वो जैसे बर्क़े-ख़ातिफ मैं जैसे अब्रे तर था।

—मीर

एक महीना ही तो हुआ है...जब से मैंने अपने घनेरे, ऐकान्तिक आराम में ख़लल डाल दिया है। मेरी ज़िन्दगी में छोटी-छोटी अशान्त चीज़ें घटने लगी हैं। कल रात तो इनकी संख्या असंख्य हो गई थी।

शुरुआत यहाँ से हुई—मैंने सपना देखा, बर्फ ढके पहाड़ के चक्करदार रास्ते में, घने देवदारों के नीचे गुनगुने अँधेरे में छिपा जो पार्वती का उजड़ा हुआ पुराना मन्दिर है, उसके गर्भगृह में दो मिट्टी के दीये जल रहे थे, उनके क्षीण प्रकाश में पार्वती के कालिका स्वरूप की मूर्ति रहस्यमय लग रही थी। चाँदनी रात में मन्दिर की काई लगी काली दीवारें आकाश की तरफ मुँह बाए खड़ी थीं। वहाँ सलेटी फिरन पहने एक औरत जो कि न हाथ जोड़े थी, न श्रद्धा से माथा नत था—बस, स्तब्ध खड़ी थी। पता नहीं कितनी क़ैफियतें लिए थी, कितनी शिकायतें, कितनी चुनौतियाँ, जिनका उत्तर रुद्र कालिका की मूर्ति के पास भी नहीं था। उस वक्त रात के बारह बजे थे शायद, मेरी नींद खुली और सपना मैं तुरन्त भूल गई। मैं पढ़ते-पढ़ते सो गई थी। न केवल ट्यूब लाइट बुझाना बल्कि अपने कमरे का दरवाज़ा बन्द करना भी भूल गई थी। मैंने आधी नींद में दरवाज़े को ताला लगाने से पहले, दरवाज़े का एक पल्ला ज़रा-सा खोलकर बाहर देखा। बहुत ठंडी हवा चल रही थी...हवा में शायद कुछ बूँदें भी शामिल रही होंगी जो मेरे चेहरे पर आ गिरीं मगर मुझे लगा कि मेरे चेहरे पर बर्फ गिर रही है। तभी मैंने अपने सामनेवाले घर में एक लड़की को खड़े देखा। उसी मुद्रा में, उसने स्कार्फ से अपना सर ढक रखा था। वह शायद बारिश को देख रही थी। उसकी देह से वैसी ही क़ैफियतें, शिकायतें और चुनौतियाँ फूटती दिखीं तो मुझे

सपना याद आ गया जो मैंने अभी देखा था। बहुत पहले पढ़ी हुई किताब 'प्रोफेटिक ड्रीम्ज़' याद आ गई।

कौन थी वह सपनेवाली औरत? बहुत देर तक मैं उस आकृति को लेकर मन खंगालती रही। मेरे ज़ेहन में बहुत-से चेहरे बने, मिट गए मगर उस आकृति से मैं किसी को नहीं मिला सकी। ये वो दिन थे जब मैं बहुत अजीबोगरीब सपने देख रही थी। लगभग अपने अतीत की प्रेतबाधा से ग्रसित सपने। रह-रहकर घर बहुत याद आने लगा था। इस बहाने या उस बहाने। जो याद आ रहा था, वह बेसब्री से पन्नों पर उतर आना चाहता था। बहुत सारे नंगे भाव बिना शब्द पहने, मुझे खींचने लगे। मैं जिए-अनजिए अनुभवों के बीच में डूबने की स्थिति में खड़ी थी।

मैंने सायास याद किया...दिल्ली का वह दो कमरे का घर। पिता की छड़ी से टँगा उनका अकेला दुख, माँ की तस्वीर, छोटे भाई के नाटकों की किताबें और छाऊ के मुखौटेवाला वह घर याद करने से, 'घर' को याद करनेवाली बात नहीं आती। वह भी एक शरणार्थी शिविर ही लगता है। घर जो मुझे याद आ रहा था, बचपनवाला था...जो सच में एक घर था, जहाँ मेरे सुकून का एक चिथड़ा पीछे चेरी के पेड़ पर टँगा है। बचपन के धुँधले चित्र मन में गहरे दफन ज़रूर हैं मगर नींद की खोह में से, सपनों की दरारों से होकर ये अचानक निकल आते हैं, चींटियों की लम्बी कतार की तरह। मैं तब कितना चाहती हूँ कि हिन्दी फिल्मों की तरह मेरी याददाश्त खो जाए और मैं एक नई ज़िन्दगी जी सकूँ।

मेरी नींद फाख़्ता बन फड़फड़ा रही थी, पूरे कमरे में। मैं पेट के बल लेटी सोच रही थी—मैं देह हूँ या सिर्फ आत्मा? गले की धमनियों में मैं दिल को धड़कता हुआ महसूस कर रही थी। खून लाती, ले जाती धमनियाँ और शिराएँ धड़क रही थीं और मुझे याद दिला रही थीं कि मैं एक जिन्दा देह हूँ। मेरी देह की धमनियों और शिराओं के जाल में, तमाम बोझिलता के बावजूद खून बह रहा था। जीवन, पीड़ा और बेचैनी भी साथ बह रहे थे खून के। सन्नाटा धक-धक कर रहा था मेरी नसों में। स्ट्रीटलाइट की धारियाँ बाईं ओर की दीवार को सहला रही थीं। मेरा बिस्तर दीवार से सटा था। मैं लगातार यह महसूस कर रही थी कि 'अब सहन नहीं हो रहा यह ख़याल कि मैं यहाँ क्या कर रही हूँ। मैं ज़िन्दगी से क्या चाहती हूँ? हताशा और उदासी के मारे मेरी सहनशक्ति जवाब दे गई है।' मैं बगल की तिपाई पर रखी, अपनी और इयान बांड की 'ला मांचा' की यात्रा के दौरान ली गई तस्वीरें दराज़ में डाल चुकी थी। मैंने उन्हें फिर निकाला और अपने बिस्तर पर फैला लिया। मार्टिनी का बिनमापा पैग बनाकर उन तस्वीरों को घूरते हुए पीने लगी। आधी रात को नशे और हताशा में फोन पर एक नम्बर घुमाया...।

"तुमने मुझे इस्तेमाल किया और...अब..." याद ही नहीं कि उसे क्या-क्या कहती रही।

"मुझे नींद आ रही है। हम कल बात करें?"

"बात कर सकते हो तो अभी करो...नहीं तो कभी नहीं।"

"पहले तुम होश में आओ।"

"मैं होश में हूँ। तुम बस मुझे एक बात बताओ, क्या यह उस एक बात की वजह से है?"

"क्या...और कौन-सी बात? मैं जानता हूँ कि तुम होश में नहीं हो। जो हुआ... उस पल में...हो गया। उसे उतनी ही तरजीह देता हूँ...एक पल जितनी ही। तुम भी इसे खींचो मत, च्युइंगम की तरह चुभलाओ मत। मुझे इसका उँगलियों में चिपकना पसन्द नहीं। फ्लश इट आउट।"

"तुमने मेरे साथ हमेशा रूखा व्यवहार किया है।"

"ग़लत! मैं लड़कियों से हमेशा तमीज़ से पेश आता हूँ।"

"तुम लड़कियों के बारे में आखिर जानते ही क्या हो?"

"लड़कियाँ! ओह, ये छोटी...प्यारी...काले सिरों और गोरी रंगतवाली नाजुक और बेज़बान भेड़ें जिनके अंगों में तो जादू होता है मगर अपने सिर में हेल्युसिनेशन और सिजोफ्रेनिया की बीमारी एक साथ लिए चलती हैं। उनके दिमाग़ों में अवास्तविकताएँ होती हैं..." वह बहुत घृणास्पद तरीके से नकियाता हुआ बोला।

मैं बहुत देर उसके शब्दों में छिपे तंज को समझने की कोशिश करती रही फिर फफककर रो दी और चीखी।

"तुमने मुझे बेरोज़गार कर दिया है।" और मैंने फोन पटक दिया।

मेरा फोन दुबारा बजा। उसी का था। वह पुचकारते हुए बोल रहा था।

"तुम बेरोज़गार नहीं हो। तुम्हें दिक्कत न हो, यह मैं ध्यान रखूँगा। अभी तो अनुवाद के लिए मैं तुम्हें कुछ मेडिकल जर्नल्स भेज रहा हूँ। ये ज़रूरी हैं। तुम विस्थापन के अपने अनुभवों पर किताब कब लिखना शुरू करोगी? देखो, अनुवाद हर कोई करता है। तुम्हारे पास अपनी शानदार भाषा है। दूसरे का आधा-अधूरा सच नहीं, अपना भोगा पूरा-पूरा सच है। उसे लिखो, पूरी तैयारी के साथ लिखो। हो सके तो वहाँ लौटकर, अपनी ज़मीन पर जाकर लिखो।"

उसकी सलाह मुझे उस वक्त पीछा छुड़ाऊ पुचकार के सिवा कुछ नहीं लगी थी। बहुत क्रूर तरीके से ही सही मगर उस दिन उसने मुझे इस सम्बन्ध की परिभाषा समझा दी थी। बहुत सारा अधूरापन मन में घर कर गया था और मैं इस क्रूरता से दूर भाग जाना चाहती थी। फिलहाल, लिखना है, अगर लिखना एक पलायन है तो!

मैं पिछले कुछ दिनों के दौरान अच्छी तरह जान गई थी कि यहाँ मैं अजनबी हूँ। मैं स्पेनिश बोलते हुए जीभ सही तरह से नहीं घुमाती हूँ। मेरा उच्चारण मेरे छूटे हुए देश की याद दिलाता है। मैं वो शब्द बोलती हूँ जो मेरे हैं ही नहीं; जिन्हें मेरी माँ ने कभी नहीं बोला होगा। उन शब्दों के सन्दर्भ मुझे किसी तरह भी कहीं से नहीं जोड़ते। मुझे अपने सारे सन्दर्भ कटे-कटे नज़र आते हैं। लोगों की भीड़ में गुम होकर मैं अपने अकेलेपन को छकाना चाहती हूँ। लेकिन सोचती हूँ, अगर यह छकाना दूसरों के लिए हो तो हो लेकिन खुद को कैसे कोई छका सकता है? हमारी अन्तश्चेतना तो मूर्ख नहीं बन सकती।

'विस्थापन और लेखक'...एक बेहद लम्बी फेहरिस्त है महान लेखकों की, यह अहसास कितने ख़्वाब दिखाता है और विराट अनुभवजगत की तरफ ले जाता है, लेकिन इस दीवार के पीछे का जो दृश्य है, वह किसने देखा है? ग़ैरभाषियों के बीच, अपनी भाषा का मोह कितना सालता है, यह बांग्ला बोलने को तरसती तसलीमा नसरीन से पूछकर भी देखना होगा कभी। अपने आपको भीतर रखकर लिखना ठीक नहीं होगा। मुझे 'स्वयं' को बाहर एक फासले पर रखकर देखना होगा। वह अवसर जल्द आएगा जब मैं अपने निज को विलग कर दो स्पष्ट तत्त्वों की तरह—अनुभूति और अनुभव की तरह देख सकूँगी। इसके लिए अपनी दृष्टि को निर्मम, पैना और धारदार करना होगा।

और मैंने लिखना शुरू कर दिया :

"हम सभी मूलतः समय, विषय, स्थान और तत्त्वों मसलन प्रकाश, गति और द्रव्य से सम्बद्ध हैं। परिणामतः हम मानव बनने के प्रयास में मानव से ह्यूमनोइड बन गए हैं। अन्तहीन रेस के अवास्तविक लक्ष्यों की तरफ दौड़ते हुए एक मानव इकाई। इस दबाव की अति ने हमारे अस्तित्व की गुणवत्ता को क्षरित किया है।

श्रीनगर में, 1991 फरवरी की किसी तारीख़ की बात है, जब एक विशाल वृक्ष के जड़ के उखड़ने की घटना घटित हुई। मैंने इसे दर्ज करने का कोई प्रयास अब तक नहीं किया था, अपने मानसिक डर की वजह से। मेरा आरम्भिक उद्देश्य इसे भूल जाने का ही था। मैं जानती हूँ कि जब यह सब घट रहा था तब भयावह था—और उससे भी ज़्यादा भयावह यह तब...उन नींदरहित रातों में लगा जो उसके बाद से अब तक गुज़री थीं। अब, कुछ दिनों से मैं यह महसूस करती हूँ कि अगर मैं इसे कागज पर उतारूँ तो दूसरे लोग इसे एक कहानी की तरह पढ़ेंगे और मैं उम्मीद करती हूँ कि एक दिन यह भयावहता मेरे लिए भी एक कहानी भर बनकर रह जाएगी। हालाँकि इसे कहानी में लिखना फिर से विचलित कर देनेवाला अनुभव होगा—लेकिन इसका मतलब यह कतई नहीं है कि इसका विवरण हर किसी को विचलित कर दे।

अतीत के उन सख़्त पन्नों के सिवाय, मेरी यादगार घटनाओं को किन्हीं शानदार मुहावरों की ज़रूरत नहीं है।''

वाह! मैं अपनी शुरू की कुछ पंक्तियों पर इतना मुग्ध हुई कि जैसे मैंने पूरी किताब का दर्शन तय कर लिया हो। सुबह हो रही थी, गौरेयों ने चहचहाना शुरू किया ही था और मैंने नोटबुक बन्द कर दी फिर घोड़े बेचकर खूब सोई। दोपहर तक सोती रही। उठी तो सिर भारी था और पेट भूख से बड़बड़ा रहा था। मैंने फोन पर ही खाने का ऑर्डर किया।

खाना खाने के बाद बहुत दिनों बाद मैंने इंटरनेट पर चल रहे अपने दोनों ब्लॉग **'अमिता इन स्पेन ब्लागस्पॉट डॉट कॉम'** और **'रोड टू ला मांचा ब्लागस्पॉट डॉट कॉम'** खोले और उन्हें फिर अपडेट करने के लिए सोचा। दोनों ही काफी पढ़े जा रहे थे। मुझे लोगों की प्रतिक्रियाएँ खूब-खूब और खूब मिल रही थीं। मैं कम-से-कम इस बात से तो खुश हो सकती थी कि मेरे ब्लॉग लोकप्रिय हो रहे थे।

अमिता इन स्पेन ब्लागस्पॉट डॉट कॉम

22 जुलाई, 2004, 11.30

ओला,

यह सवाल आप मुझसे पूछें उससे पहले मैं खुद से पूछ लूँ। ब्लॉग क्यों लिखना चाहती हूँ? फिलहाल ब्लॉग लिखने के बहाने मैं मन के भीतर की पगडंडियों की यात्रा कर लेना चाहती हूँ। सच पूछो तो इस बेमक़सद भविष्य के दरिया में तैरते रहने और खुद को डूबने से बचाने के लिए लिख रही हूँ, यह ब्लॉग। मेरे ब्लॉग पर आपका स्वागत है।

उससे पहले कि मैं स्पेन में रहने के अपने अनुभव आपसे बाँटूं, मुझे अपना परिचय दे देना चाहिए। मेरा नाम अमिता है। मैं भारतीय हूँ। एक विस्थापित कश्मीरी हिन्दू परिवार से हूँ। मुझे स्पेन आए हुए एक साल बीत चुका है। आने के बाद ही से मैं यहाँ स्पेन के उत्तर में पाम्पलोना के निकट बसे, एक छोटे शहर सैनसबैस्टियन में रह रही हूँ।

पाम्पलोना नवारा की राजधानी है। बास्क के पड़ोस में बसे इस उत्तरी स्पेनिश राज्य में स्पेनी और बास्क दोनों भाषाएँ बोली जाती हैं। शहर के सारे बोर्डों पर संकेत इन दोनों भाषाओं में लिखे होते हैं। यहाँ दो यूनिवर्सिटी हैं, एक सरकारी और एक प्राइवेट। प्राइवेट वाली यूनिवर्सिटी से मैं स्पेनिश भाषा में पोस्टग्रेजुएट डिप्लोमा कर चुकी हूँ। अब इंटर्नशिप चल रही है। इस दौरान मुझे अनुवाद का कोई बड़ा प्रोजेक्ट करना है। साथ ही स्पेनिश-अंग्रेज़ी अनुवाद के कोर्स के लिए मुझे दूसरी यूनिवर्सिटी में दाखिला लेना होगा। हाँ, आपको बता दूँ, पाम्पलोना ही वह प्रसिद्ध जगह है जहाँ 'संट फैमिन डे' फेस्टिवल के दौरान बुल फाइट होती है। हालाँकि मैंने अभी यह

फेस्टिवल देखा नहीं है। यह जुलाई की शुरुआत में होता है। इस बार मैं यह विश्वप्रसिद्ध खूनी खेल ज़रूर देखूँगी।

सैनसबेस्टियन शहर बहुत बड़ा नहीं है। हर जगह पैदल जाया जा सकता है। मुझे पता ही नहीं था कि यहाँ इतनी बारिश होती है। शुरू में मैं अक्सर कॉलेज आते-जाते भीग जाती थी फिर मैंने छाता खरीदा और हरदम उसे साथ रखना शुरू किया। यूनिवर्सिटी में सब बेहद दोस्ताना थे। मेरी क्लास के बीस लड़के-लड़कियाँ और तीनों प्रोफेसर। शुरुआत में ही मेरी एक अमरीकन दोस्त भी बन गई 'फ़ियोना', जो मेरी रूममेट भी है। पिछला पूरा साल इतना व्यस्त बीता कि कब कोर्स खत्म हुआ, पता ही नहीं चला। अब मेरे इम्तहान खत्म हो गए हैं, अब मुझे घूमना चाहिए और मैं बेकार समय बिता रही हूँ। मैं इस शहर के आसपास तक के शहर नहीं देख पाई हूँ। मुझे चिन्ता है, जल्दी ही अगर कोई नया कोर्स और नौकरी नहीं पकड़ी तो लौटना होगा। लौटने की मुझे जल्दी नहीं है। सच पूछो तो मेरा मन ही नहीं है...मुझे नहीं लौटना है भारत। एक ऐसा देश, जहाँ धर्म और आस्था के नाम पर किसी को भी बरगलाया जा सकता है। फिलहाल मैं यहीं नौकरी करने की फिक्र में हूँ। मेरे दोस्त कहते हैं, 'सैनसबेस्टियन में तुम्हें सेल्सगर्ल या पिज़ा डिलीवरी की नौकरी के अलावा कुछ नहीं मिलने का।'

प्रतिक्रिया

हलो अमिता, तुम्हारा ब्लॉग अच्छा है। सच कहती हो, भीतर की यात्राएँ ज़्यादा सार्थक होती हैं। बुल फाइट जब भी देखो, ब्लॉग पर उसके फोटोग्राफ ज़रूर डालना। एक बात कहना चाहूँगा, भारत से बाहर रहकर इतना नकारात्मक मत सोचो...तुम अपने न लौटने की इच्छा को इस तरह जस्टीफाई नहीं कर सकतीं। माना हम ज़्यादा धर्म और आस्था केन्द्रित राजनीति का शिकार होते जा रहे हैं, लेकिन हालात अभी हमारे हाथ ही में हैं।

अजनबी दोस्त भारत से। समय : शाम छह बजे।

1 अगस्त 2004, रात 9.30

मैं पाम्पलोना नौकरी और घर ढूँढ़ने के चक्कर में आने लगी हूँ। इस बहाने एक नया शहर देखने की फिराक़ में हूँ।

सैनसबेस्टियन से यहाँ आने में बस से पौन घंटा लगता है। वो भी सस्ते टिकट में।

यह शहर अजीब है, यहाँ बाज़ारों और रास्तों पर लोगों के हुजूम को देखकर किसी को भी लग सकता है कि शायद आज सारा शहर पिकनिक के मूड में है। नो डियर, यह रोज़ का किस्सा है। यहाँ लोगों को बाहर घूमने और बाहर खाने का

बेइन्तहाँ शौक होता है। हर शुक्रवार और शनिवार मैं और फ़ियोना भी इस शहर की भीतरी गलियों में मटरगश्ती करती हैं और हम किसी रेस्तराँ में नहीं खाते बल्कि इन गलियों में लाइन से बने इन ओपन एयर रेस्तराँ में खाना पसन्द करते हैं, जिनके बाहर कुर्सियाँ पड़ी होती हैं और खुद अपना खाना लेना होता है। यहाँ के खाने का स्वाद मेरे दिल के क़रीब है। यहाँ की क़ॉफी भी बेहतरीन है और माहौल में खुलापन। शहर के पुराने हिस्से में यह एक छोटी-सी भीड़-भड़क्केवाली गली है, सॅन जुआन स्ट्रीट, जहाँ बहुत से बार और डिस्को हैं। पिंटोक्स बार और सैंडविच कॉर्नर्स भी हैं। यहाँ युवाओं का मेला हर दम जुटा रहता है।

अगर आप स्पेन के किसी भी शहर की भीतरी पतली गलियों में घुसें तो महसूस करेंगे कि ये भारत के पुराने ऐतिहासिक या धार्मिक शहरों की गलियों से मिज़ाज में ज़रा-सी ही अलग होती हैं। मध्यकालीन इमारतों से घिरी इन गलियों से गुज़रते हुए बनारस, दिल्ली, उदयपुर की गलियों की बेतहाशा याद आती है।

मैंने कल का पूरा दिन पाम्पलोना की एक ऐसी ही गली में बिताया था और एक नॉस्टेल्जिक सुकून महसूस करती रही। दोनों तरफ मध्यकालीन हवेलियाँ और बीच में ऊँघती पड़ी गली। हवेलियों की आबनूस की चिकनी लकड़ीवाली खिड़कियाँ और सँकरे से दरवाज़े, जो भीतर कहीं जाकर किसी गिरजे में, किसी पुराने बन्द पड़े वेश्यालय में खुलते हैं। गलियों के निचले हिस्सों में दुकानें थीं। चाँदी के कलात्मक सामानों की दुकानें, पुराने क्लासिक संगीत के दुर्लभ एलबमों की दुकानें, किताबों की दुकानें, इन दुकानों के बाहर एक चिड़िया बेचता फ्रांसीसी, गली में ही मेज़ लगाकर शतरंज की बिसात बिछाए शर्त लगाकर आने-जानेवालों को चुनौती देते खिलाड़ी, भुने चेस्टनट बेचनेवाले। कहीं छोटी-छोटी दुकानों से भुने हुए हैम की एक करारी महक भूख को सहलाती गुज़र जाती, तो कहीं बढ़िया चीज़ का बना फोन्ड्यू पुकारता। इन्हीं गलियों में जगलर, गिटार बजानेवाले, माईम करनेवाले, नर्तक अपनी कला का प्रदर्शन कर अपनी आजीविका कामचलाऊ तरीके से चलाते रहते हैं। जिप्सी ओझा यहाँ भी देसी जड़ी-बूटियाँ बेचते दिख जाएँगे। बड़ा अनोखा अनुभव था पाम्पलोना के इस भीतरी हिस्से में भटकना।

मैंने पुराने सैकेंड हैंड वाद्यों और गानों के पुराने रिकॉर्ड्स की एक दुकान का नाम पढ़ा 'म्यूज़िका कासा बीथोवन' यह संगीत के प्रति स्पेनवासियों का घना प्रेम ही है कि बीथोवन यहाँ अमर है...।

इन्हीं गलियों में आसपास की दीवारों पर मैंने नस्लवादी टिप्पणियों के साथ स्वास्तिक चिह्नों को भी देखा। ये हर जगह नहीं हैं...लेकिन मैंने कई जगह इन्हें बने देखा, बिल्डिंगों पर, अक्सर प्रवासियों के विरोध में लिखे नारों के साथ। मुझे नहीं पता था, स्पेन में यह समस्या भी है। इतने जीवन्त और मेहमाननवाज़ लोगों के बीच

भी पुराना यूरोपियन कट्टरवाद अब भी कहीं-कहीं ज़िन्दा है। ये स्वास्तिक प्रेमी वैसे आजकल किसी को दैहिक चोट नहीं पहुँचाते।

मुझे फिर कश्मीर याद आ गया है। केवल हम ही नहीं हैं जो पीछे की तरफ लौट रहे हैं, बर्बरयुग में। धर्म, नस्ल, रंग और विचारधारा के नाम पर पूरी दुनिया जल रही है। कौन कहता है कि ये तरक्की कर चुके हैं या हम तरक्की के दौर से गुज़र रहे हैं? बल्कि हम तब बेहतर थे जब समूहों में रहते थे, नदी, पहाड़, पेड़ और आसमाँ को पूजते थे और प्राकृतिक विपदाओं को शैतान का स्वरूप मान उसे भी खुश रखने के लिए जाने क्या-क्या करते थे। नस्ल की शुद्धता तब मसला थी ही नहीं। मसला था, तमाम विषमताओं के बावजुद मनुष्य मात्र के अस्तित्व के जीवित रहने का। आए दिन की प्राकृतिक विपदाएँ, जीने की दुश्वारियाँ, जंग की फुर्सत ही नहीं देती! दो समूह भिड़ते भी होंगे मगर धर्म या नस्ल या रंग या विचारधारा के नाम पर नहीं। वह लड़ाई वजूद की होती होगी।

फ़ियोना ने जाने का मन बना लिया है। वह न्यूयॉर्क लौट जाएगी इसी सप्ताह। मैं अकेली रह जाऊँगी।

प्रतिक्रिया

हलो अमिता, तुम्हारा ब्लॉग एकदम जीवन्त है। सही कहती हो, हम पीछे लौट रहे हैं। उम्मीद रखो हममें से कोई एक दिन दुनिया बदलने की शुरुआत करेगा। मुझे तुम्हारे ब्लॉग पर चित्रों की कमी खलती है।

गीतांजलि

समय : दोपहर तीन बजे।

8 सितम्बर, 2004

ओला अगेन। माफ करना, मैं बहुत दिन दूर रही। अब वापस आ गई हूँ।

पिछले इंस्टीट्यूट का हॉस्टल छोड़ना पड़ा है, मेरा स्पेनिश का पोस्टग्रेजुएट डिप्लोमा खत्म। मैंने पूरी कोशिश की थी पाम्पलोना में कमरा ढूँढ़ने की। मगर वहाँ रहना बहुत महँगा साबित होता, उस पर बेरोज़गारी।

मुझे सैनसबैस्टियन में ही मिसेज़ रोज़िटा के गेस्टहाउस में एक कमरा मिल गया है। वे बहुत सस्ते दामों पर कमरा और खाना दोनों दे रही हैं। यह एक तंग मोहल्ले में, बहुत पुराने मकान का यह पिछला हिस्सा है। मैंने कमरा ठीक-ठाक कर अपना सामान जमा लिया है। कमरा सीलन-भरा और खाना बस उबला-सा है, पर मैं काम चला लूँगी। अब पार्ट टाइम काम तो ढूँढ़ना ही होगा। पार्ट टाइम न मिले तब तक डेली वेजेज़ पर ही सही।

सुबह के मेरे तमाम घंटे घर में ही कम्प्यूटर पर अनुवाद करने में गुज़रते हैं। दोपहर में मैं ट्रेन से पाम्पलोना में प्रकाशन संस्थाओं और अखबारों के दफ्तरों में जाती हूँ, जहाँ से मुझे प्रूफरीडिंग और अनुवाद का काम मिल जाता है। घर लौटकर मैं, मीलों दौड़े हुए ताँगे के घोड़े की तरह खुद को थका हुआ पाती हूँ। ट्रेन में चढ़ना, स्टेशन से अखबारों के दफ्तरों की तरफ डेढ़ से दो किलोमीटर पैदल चलना और फिर वहीं लौटना और मिसेज़ रोज़िटा के हॉस्टल की तरफ़ का रुख़ लेना। कमरे पर पहुँचते हुए शाम हो जाती है और जैसे ही रात घिरती है, तापमान गिर जाता है, मगर चार से पाँच घंटे की आँख फोड़ प्रूफरीडिंग का काम करना ही होता है। अभी वक्त है और कुछ पैसे कमाने का मौका हाथ में है, जो कि खत्म होने की कगार पर हैं। क्या मुझे बेहतर नौकरी नहीं मिल सकती?

पोस्टेड एट 4.30 पी.एम.

15 सितम्बर, 2004

ओला अगेन। पिछले दिनों मैं बेहद व्यस्त रही। अब मैं यहाँ जम चुकी हूँ। ऐसा लग रहा है जैसे यहीं रहती आई होऊँ। मैं इतना चलती हूँ, जितना अपनी ज़िन्दगी में पहले कभी नहीं चली। कुछ मील दिन के तो तय हैं। मेरे पैरों में जूतों ने छाले डाल दिए हैं मगर मैं खुश हूँ। मैं यहाँ के बारे में काफी लिख चुकी हूँ फिर भी अपने पिछले सप्ताह की रिपोर्ट तो दे ही दूँ।

सोमवार को मेरा एंट्रेंस टेस्ट हुआ था। मुझे अच्छे नम्बर मिले और एडमिशन का ग्रीन सिग्नल।

मेरी किस्मत ठीक ही है...। मुझे सैनसबैस्टियन के दूसरे 'लैंग्वेज स्कूल' में अनुवाद के कोर्स में एडमिशन मिल गया है। किन्हीं दो यूरोपियन भाषाओं में आपसी अनुबाद का ग्रेजुएशन स्तर यह कोर्स एक नई चुनौती है। मैंने स्पेनिश और अंग्रेज़ी को चुना है। मेरी यह नई यूनिवर्सिटी नवम्बर के आखिर में खुलेगी, वीज़ा की मियाद दौड़-धूप करके मैंने बढ़वा ली है।

कल रात कम्प्यूटर खोला तो मेरे भाई अश्वत्थ की मेल आई रखी थी। उसने लिखा था : 'अमिता, कुछ फोटो भेज रहा हूँ। पहचानो, कहाँ की तस्वीरें हैं! पहचान सको तो...।'

क्लिक करते ही मेरे कम्प्यूटर पर कोहरे में लिपटी अधजली इमारतें सामने आ खड़ी हुईं। काली दीवारों में से झाँकती ईंटें। पेड़ों की जली हुई शाखें लटककर ज़मीन छूती। खिड़कियाँ, राख में तब्दील दरवाज़े।

ये सब क्या है! इतना धुँधला चित्र! घने कोहरे में खींचा हुआ, उस पर जली ईमारतें। ये अश्वत्थ भी ना! ये थिएटर करनेवाले लोग ज़रा नहीं, पूरे खब्ती होते हैं।

इस पहेली का हल वही बताएगा। सुबह के आठ बजे हैं यहाँ, वहाँ अभी दोपहर ही होगी। मैंने साइन इन किया, किस्मत से अश्वत्थ ऑनलाइन ही था। खटाक से उसका सन्देश कम्प्यूटर पर उछलकर आया। (हम दोनों के बीच हुई चैट को कट-पेस्ट करके डाल रही हूँ आपके लिए। जले मकानों की तस्वीरें भी।)

"ई-मेल मिली?"

"हाँ, मिल गई।"

"फोटो देखे?"

"क्या है फोटो में?"

"प्रज़नैव न? (पहचाना नहीं?)"

"मैं प्रज़नैव न। चई वन। (मैंने नहीं पहचाना। तुम बताओ।)"

"देखो ध्यान से।"

"पहेली मत बुझाओ।"

"कुछ और दिमाग लगातीं न! मेरा मतलब दिल और दिमाग।"

"न...।"

"बुद्धू। हमारा पास्ट...माज़ी, हिन्दी में बोले तो अतीत। स्पेनिश में बोले तो क्या...?

"स्पेनिश में बोले तो, 'पसादो'। इसमें जुड़ी एक फ्रेज़ है 'लो पसादो-पसादो।' इसका अर्थ है 'जो बीत गया, वह अतीत हुआ।' या 'जो बीत गया, वह माफ कर दिया गया।'

"वाह!"

"मगर भाई, इसमें हमारा क्या है?" मेरा माज़ी मेरी स्मृतियों में धुँधला रहा था। जैसे ही मैंने यह कम्प्यूटर स्क्रीन पर टाइप किया, मुझे एहसास हो गया था कि यह प्रश्न एक कुफ्र है।

"...ह्ये पागली य ह्य छु सोन्य गर। (ऐ पागल, ये हमारा घर है।)"

"...।" चीख़ ऑनलाइन जा सकती थी अगर मैंने वैवकैम लगाया होता। हमारा घर है, कालिख पुती यह आधी दीवार? मेरे कमरे की खिड़की, वो जला हुआ लकड़ी का लटका टुकड़ा?

"क्या हुआ?" मेरे कुछ मिनट बर्फ की तरह जम जाने पर अश्वत्थ का प्रश्न कम्प्यूटर स्क्रीन पर उछला। उसके पीछे एक उदास स्माइली बना था, प्रश्नचिह्न हाथ में लिए।

मैं उत्तर देती उससे पहले स्क्रीन पर चमका...

"भट्ट इज़ नॉट अवेलेबल ऑन लाइन।"

पोस्टेड एट 8.05 ए.एम.

24 सितम्बर, 2004

कल अश्वत्थ से चैट करते हुए कनेक्शन टूट गया था। वह श्रीनगर के बारे में बात कर रहा था। उन तस्वीरों की और श्रीनगर की...अचानक साइन ऑफ कर दिया या इंटरनेट कनेक्शन टूट गया था। वह भावुक है...बहरहाल मुझे कुछ समझ नहीं आया। मैं देर तक हताश महसूस करती रही। श्रीनगर के भीतरी हिस्सों में बसे हिन्दू मोहल्लों के बहुमंज़िला पुराने मकानों की पंक्तियाँ याद आ गई थीं, जहाँ ज़िन्दगी चहकती थी। श्रीनगर अपने बाहरी घेरे में हसीन वादियों, डल झील के विस्तार और बर्फ ढकी पहाड़ियों का मुकुट पहने ख़ूबसूरत लगता था मगर इसके भीतरी घेरे में एक-दो या तीन मंज़िला इमारतों का ऐसा सिलसिला था जो तंग रास्तों, सँकरी गलियों में फैला हुआ था। नीचे बाज़ार और ऊपर मकान की तर्ज़ पर। झेलम इसी घनी आबादीवाले भीतरी शहर के बीच नौ पुलों के नीचे से बहती है। मेरी दादी का पुश्तैनी घर हब्बाकदल में था। आज वहाँ जले हुए मकानों की कतारें की कतारें हैं।

हर शहर की अपनी महक होती है। यहाँ की भी है। हाँ, सैनसबैस्टियन की, यहाँ के समुद्री गुनगुने किनारों की, बिनबुलाए मेहमान-सी बरसात की, यहाँ की अन्दरूनी गलियों की, पुराने सीले मकानों की। यह महक अगर बच गई ज़ेहन में, तो वहाँ साथ ले जाऊँगी और फिर यहाँ को वहाँ याद करूँगी। जैसे वहाँ को यहाँ याद करती हूँ। यही मेरी आदत है। जहाँ नहीं हूँ, वहाँ को, जहाँ हूँ, वहाँ याद करना।

प्रतिक्रिया

हल्लो अमिता, श्रीनगर के बानामोहल्ला में भी इन जले और खाली घरों की कतारें हैं। उनमें एक घर कभी मेरा भी था। इन्हें देखकर जैसलमेर के क़रीब बसा, कुलधरा याद आता है, जहाँ भी मौत के डर से एक भरी पूरी बस्ती, जलते चूल्हे, चलती चक्की छोड़कर, एक जन समूह चला गया था। तुम यूरोप में रह रही हो, वहाँ भी ऐसी घटनाओं की कमी नहीं। तुम भी एक दिन विस्थापन के इतिहास में शामिल होओगी। मैं भी कश्मीरी हिन्दू हूँ, मैं भी यही सोचकर खुद को बहलाता हूँ।

जयराज कौल, नई दिल्ली, *पोस्टेड एट 1.30 ए.एम.*

26 सितम्बर, 2004

वूएनास तार्देस...दुपहरिया अभिवादन!

कल रात यहाँ मैंने गांधी पर डॉक्यूमेंटरी देखी थी। स्पेनिश में। अच्छा लगा था मगर देर तक बेचैन रही नींद में भी। सुबह उठी तो धूप पीले चकत्तों की तरह मुझ

पर फैली थी। मैं हलके बुखार में थी। दरअसल कल पाम्पलोना में फ्लू फैला हुआ था और मैं यह संक्रमण भीड़ भरी बस में से अपने साथ ले आई थी शायद। मुझे काम से दो दिन की छुट्‌टी लेनी पड़ी है।

पोस्टेड एट 1.05 पी.एम.

प्रतिक्रिया

वन ऑफ अमंग सेन्सीबल ब्लॉग। गेट वैल सून। ड्रिंक टी विद 'अदरक'।

योर सन शाइन...जयपुर

पोस्टेड एट 4.05 पी.एम.

27 सितम्बर, 2004

हिन्दी में बोले तो, ''अच्छी ब्लॉगों में से एक, जल्दी ठीक हो जाओ। अदरकवाली चाय पियो, तुम्हारा सूर्य प्रकाश...जयपुर से।''

सूर्य प्रकाश, अब बुखार में मैं चाय नहीं, 'मार्टिनी' पीती हूँ। अदरक मैंने यहाँ देखी नहीं, सब्ज़ी की दुकानों में। अब यह मत कहना कि बन्दर क्या जाने अदरक का स्वाद! स्वाद के मामले में स्पेन के लोग भारतीयों से पीछे नहीं।

मैं जब भी 'मार्टिनी' पीती हूँ, उस रोज़ विदेशों में आ बसे अपने हमवतनों को इंटरनेट पर खोजती हूँ। बहुत से हैं...मेरे जैसे यहाँ-वहाँ बिखरे। वादी से खदेड़े जाने का गुस्सा और हताशा मन में लिए। अपने मन से 'वापस लौटने' की उम्मीद के पेड़ों को जड़ों से उखाड़ते हुए। मैं देखती हूँ, घाव अब भी हरे हैं उनके। उनके अपने सच हैं, उनके आगे खड़े हुए, उनकी परछाइयों से भी बड़े-बड़े। उनके पास बहुत से सच्चे किस्से हैं, कहानियाँ हैं। मेरे पास भी हैं पर मैं उन्हें नहीं बाँटती। न मैं उनके लिखे पर कोई प्रतिक्रिया देती हूँ। सोचती हूँ—जिन ज़िन्दगियों की सच्चाइयाँ आँखों में गड़ती हों, उन्हें बयां करने की ताकत मैं जुटा भी लूँ तो क्या इन्हें पढ़नेवाले, पढ़ने की ताब ला सकेंगे?

कल रात बी.बी.सी. पर 'वसीम क़य्यूम ख़ान' का इंटरव्यू देखा। वह वादी में अमन की बात कर रहा था। कश्मीर के मौजूदा हालात और फौज को हटाए जाने की बात और विस्थापित हिन्दुओं को फिर ऊधमपुर के क़रीब बसाने की शुरुआत के प्रति खुशी और सहमति जाहिर करता हुआ, कश्मीर में मुसलमानों के ह्यूमन राइट्स की बात कर रहा था।

एक बड़े जनसमूह पर 'आघात' हो चुका...वे पलायन कर चुके...बल्कि उन्हें पलायन किए हुए सालों-साल बीत चुके हैं, तब तो नेशनल ह्यूमन राइट्स कमीशन

की नींद नहीं खुली थी। नींद खुली तो जो देखा वही सच...जो किस्सों में, किताबों में छपा वह किसने माना?

पोस्टेड एट 9.05 पी.एम.

प्रतिक्रियाएँ

केपी : "हा हा हा...कल बी.बी.सी. पर आए इस इंटरव्यू को मैंने भी देखा। इसने मुझे बहुत हँसाया। एक मेमने की खाल ओढ़े भेड़िया...वह इस्लाम, शान्ति तथा धर्मनिरपेक्षता का पैरोकार बना बैठा था एक अमेरिकी पत्रकार के सामने। मानवाधिकारों की और निर्दोष मुसलमानों की नष्ट हो रही ज़िन्दगियों की बात कर रहा था। क्या सब भूल गए हैं कि यह वही वसीम था जो पी.ओ.के. से मिलिटेंसी ट्रेनिंग कैम्प से ट्रेनिंग लेकर लौटा था? वसीम एक अलगाववादी...जो अहिंसा और शान्ति का पुजारी बनकर 'राजनेता' बनने की चाह में मेमने की खाल ओढ़ आया था।

तुम्हारी एक के.पी. दोस्त

पोस्टेड एट 8.15 पी.एम.

जॉन : यह के.पी. की बहुत 'बोल्ड' प्रतिक्रिया है। मैं एक विदेशी पत्रकार हूँ। एमेनेस्टी से जुड़ा हूँ। माना कश्मीर में आतंक का बदसूरत चेहरा बहुत डरावना हो चुका है। लेकिन वसीम क़य्यूम ख़ान की विचारधारा कश्मीरियों के हक में है—चाहे वे हिन्दू हों कि मुसलमान।

पोस्टेड बाय जॉन मिलर

केपी : ...हो सकता है, सारा संसार भूल गया हो वसीम को एक आतंकवादी के रूप में, जिसने 1990 से 1995 के बीच कई निहत्थे कश्मीरी हिन्दुओं को मारने का एक बड़ा स्कोर बनाया था। मैं और मेरा कश्मीरी पंडित डायस्पोरा कैसे भूल सकते हैं इसे?...चाहे वो मेमने के लिबास में ही क्यों न हो। वो लोग जिन्हें भूलने की बीमारी हो, मैं उन्हें यह इंटरव्यू दुबारा दिखाना पसन्द करूँगी। मन तो किया कि कहूँ कि मिस्टर वसीम, अहिंसावादी और शान्तिप्रिय राजनेता का अभिनय करना बन्द करो या इस वेश में और कोई स्टेटमेंट देने के पहले एक बिलाशर्त माफीनामा पेश करो, उन सैकड़ों कश्मीरी हिन्दुओं के नाम जिन्हें तुम मार चुके हो। अगर तुम्हारे सिद्धान्तों की किताब में यह लिखा है कि 'मानवाधिकार' सिर्फ कश्मीरी मुसलमानों के लिए है...हिन्दू तो अपनी ज़मीन से खदेड़ दिए या कत्ल कर दिए जाने के लिए हैं...तो बन्द करो हिन्दू कश्मीरियों के वापस कश्मीर लौटने की वकालत।

खैर...छोड़िए ना। क्या मानवाधिकार आयोगवाले तब सो रहे थे क्या? जब मिलिटेंसी शुरू हुई थी और हिन्दू और सिख...और फिर पिछले साल जब कश्मीरी में झेलम किनारे होनेवाली एक पूजा में जब विस्थापित कश्मीर पंडित पहुँचनेवाले थे तो...आतंकी संगठनों ने धमकी इश्यू की थी। तब भी सो गए थे मानवाधिकार वाले। हमारा अट्ठारह साल का लम्बा निर्वासन और एन.एच.आर.सी. (नेशनल ह्यूमन राइट्स कमीशन) अब तक खामोश है। यही नहीं, कश्मीरी हिन्दुओं के साथ हुई ज़्यादती पर सरकार की अट्ठारह साल लम्बी चुप्पी...का राज़ बताएगा कोई?''

तुम्हारी एक के.पी. दोस्त

पोस्टेड एट 10.15 पी.एम

हलो अमिता,

तुम्हारा ब्लॉग देखा। मैं न्यूयॉर्क में हूँ। सॉफ्टवेयर इंजीनियर। तुम्हारी तरह निर्वासन झेलता हुआ। मैंने भी बी.बी.सी. का वह इंटरव्यू देखा है। एक नपुंसक गुस्सा मुझे भी महसूस हुआ। मुझे भी कष्ट हुआ एन.एच.आर.सी. का एक तरफा रवैया देखकर, मगर अब शायद कुछ नहीं हो सकता। मैंने उम्मीद छोड़ दी है वापस लौटने की।

मैं तेरह साल का था जब हमने 'वैली' को छोड़ा। 17 अप्रैल, 1990। मेरे नन्हे दोस्त हैरान थे कि ये लोग कहाँ जा रहे हैं, घर छोड़-छोड़कर। ये अब मन्दिर में लाउडस्पीकर क्यों नहीं चलाते, प्रसाद क्यों नहीं बाँटते। अचानक हवा में एक ठिठकाव आ गया था और क्रूरता की गन्ध बेचैन करने लगी थी। एक आशंका की लहर ने वितस्ता के पानी का रंग बदल डाला था।

वह बदकिस्मत दिन, जब हम चूल्हे गरम छोड़कर, थोड़ा-बहुत सामान बाँधकर, घर को ताला लगाकर इस उम्मीद के साथ जा रहे थे कि एक दिन यह हिंसक तूफान थमेगा और हम इस ताले की चाभियाँ सँभालकर रखेंगे कि फिर लौटकर आना जो होगा लेकिन मैंने देखा, झेलम आँसुओं के साथ बह रही थी।

जब हम जम्मू रिफ्यूजी कैम्प पर पहुँचे, मुझे वहाँ बहुत बुरा लगा। जब मैं अपने चाचा के साथ, पटोली चौक की सड़क किनारे लगे नल पर बिहारी मजदूरों की बगल ही में नहा रहा था, वहाँ के एक स्थानीय दुकानदार ने हमें ताना दिया, ''इन स्साले कश्मीरियों ने शहर का सारा पानी खर्च कर डाला है। पटोली तालाब का, पूरा-का-पूरा पानी पी गए। अब ये सूख गया है।'' चाचा से मैंने कहा कि ''मेरा मन कर रहा है कि इस दुकानदार को कश्मीर ले जाकर झेलम में इसका मुँह घुसाकर कहूँ कि ले ले जितना पानी तुझे अपने तालाब के लिए चाहिए।''

आह! पर मैं कहाँ लौट सका। अब सत्रह साल बाद भी मैं अपनी उस नदी के बारे में लिख रहा हूँ और महसूस कर रहा हूँ कि मैं वितस्ता के किनारे बसे अपने

घर की तीसरी मंजिल पर बने अपने कमरे की खिड़की का लकड़ी का पट खोल रहा हूँ और ठंडी हवा मेरे मन को शीतल कर गई है।

प्लीज़, कोई उन लोगों से सम्पर्क करके कह दो जो हमारे घर में रह रहे हैं। पता है—महाराजगंज श्रीनगर...राज फोटो स्टूडियो के आगे। उन्हें कहना कि नदी के तरफवाली खिड़की को रोज़ प्यार से खोला करें। वहाँ से दस हज़ार मील दूर बैठा मैं पगला, अपनी आँखों में आँसू लिए उस खिड़की और उसके सामने बहती अपनी प्रिय नदी झेलम को याद कर रहा हूँ।

मेरे ब्लॉग 'वितस्ता ब्लागस्पॉट डॉट कॉम' पर मुझे लिखें। अगर मेरे किसी कश्मीरी दोस्त को मेरी याद हो तो। मुझे उन नाव चलानेवाले वलीशाह के लड़कों...अज्जू और माजू के लिए कुछ भी करके ख़ुशी होगी जो मेरे साथ बचपन में खेलते थे। निरंजन रैना

न्यूयॉर्क

पोस्टेड एट 10.10 पी.एम.

1 अक्टूबर, 2004

मैं सन्न हूँ। कश्मीरी हिन्दुओं के लिए कश्मीर से निस्पृह हो पाना कितना मुश्किल है। वे उससे जुड़ी हर खबर देखते हैं और तुरन्त प्रतिक्रिया करते हैं लेकिन शेष पूरी दुनिया इस सबसे असंपृक्त और चुप है।

मुझे कल की पोस्ट पर बहुत प्रतिक्रियाएँ मिलीं। मेरा ब्लॉग लोकप्रिय हो रहा है। मेरे ब्लॉग पर जो प्रतिक्रियाएँ हैं...उनकी राय से मैं इत्तफाक रखूँ, यह ज़रूरी नहीं है। यह उनकी निजी राय है...। मेरा ब्लॉग गर्मागर्म बहस का केन्द्र बनता जा रहा है। खैर, छोड़िए...

को मो एस्ता ऊस्ते, यानी कैसे हैं आप?

मैं उतने अच्छे हाल में नहीं हूँ। जड़ें मेरी भी नहीं बची हैं। अगर थोड़ी-बहुत बची हैं, तो वो खुली हैं...फूटे छाले की तरह और छाले सबसे भीतर हैं। फोड़कर क्या फायदा! नहीं, मैं छालों की बात कतई नहीं करूँगी आज रात। मैं बहुत घने अवसाद में फँस जाऊँगी। मैं स्मृतियों के प्रवाह में लम्बे समय से बहते हुए थक चुकी हूँ। मैं स्मृतिविहीन, जड़ वस्तु की तरह जीना चाहती हूँ। इन दीवारों की तरह या उन नकली फूलों की तरह।

पोस्टेड एट 9.00 ए.एम.

प्रतिक्रिया

डियर अमिता,

मैं मानता हूँ, अलग-अलग तरह से मानवाधिकारों का उल्लंघन तो दोनों जातियों पर हुआ है। यही तो कश्मीर की असली पीड़ा है। एक वक्त ऐसा भी था

जब कश्मीर का पचास प्रतिशत मुस्लिम अवाम बाकी भारत को शक की नज़र से देखता था। उसे सेन्स ऑफ डिटेचमेंट के साथ देखता था। मिलिटेंट को अपना हीरो मानता था। सेना को अपनी हर समस्या की जड़ मानता था और बाकी पचास प्रतिशत कश्मीरी मुसलमान खुद को भारतीय होने में प्राउड फील करता आ रहा था।

हमेशा से कुल मिलाकर कश्मीरी मुसलमान मज़हब को मानता था मगर फिर्कःपरस्ती को नहीं। कश्मीरी को तो चार तरफ से मार पड़ी है। पाकिस्तान से, भारत की नीतियों से। फिर फौजी घेरा...एन्काउंटर...ब्यूरोक्रेसी। अब यह तो तय है...एक तरफ वह भारतीय सुरक्षाबलों से भी खुश नहीं है तो दूसरी तरफ दहशतगर्दी से भी तंग आ चुका है। वह मुजफ्फराबाद के हालात देख पाकिस्तान से भी ख़ौफ खा गया और हिन्दुस्तान की तरफ मुड़कर देखना उसकी मजबूरी है। सय्याहत (टूरिज़्म) का जो बहुत बड़ा कारोबार है कश्मीर का...वही उसकी जान को लगा कीड़ा है।

डॉ. वाई.एन. रैणा

इकनॉमिक्स डिपार्टमेंट, कश्मीर यूनिवर्सिटी, श्रीनगर।

प्रतिक्रिया

क्या बकवास है! किन नीतियों की बात करते हैं ये? भारत सरकार ने इनके लिए अपने ख़ज़ाने खोल रखे हैं। अच्छी ख़ासी स्वायत्तता इनके पास है। इस पर भी ये असन्तुष्ट हैं तो इनका कुछ नहीं हो सकता। रही बात सुरक्षा मसलों की, सेना हटाने की, तो क्या भेड़िये के मुँह में उनका और अपना सर दे दें? उनके झूठे हमदर्द पाकिस्तान जैसे देश कितना ही मुखौटा लगा लें...उनका रवैया दुनिया से छिपा है क्या?

कुमार स्वामी, केरल

हाय अमिता

तुम्हारे और कई कश्मीरी हिन्दुओं के ब्लॉग पढ़े...उनमें दर्ज उन तमाम बर्बर घटनाओं को पढ़ा और चित्र देखे। बहुत पीड़ा हुई मगर उन्हें पढ़कर मेरे मन में कुछ सवाल उठते हैं...

कश्मीर की असली समस्या क्या है?

क्या कभी कश्मीरी अवाम की राजनीतिक स्वतन्त्रता में कमी हुई थी?

या आर्थिक सम्पन्नता की कमी या कश्मीरी राजनीति की स्वायत्तता में कोई कमी है?

मेरे खयाल से जब एक आम राजनीतिक या सरकारी डिसकोर्स अपना असर खो देता है तब लोग बन्दूक के बहकावे में आ जाते हैं। एक जनसामूहिक विरोध जो बरगलाया जाकर आतंकवाद और छद्म युद्ध में बदल जाता है। क्या हमें 'के इश्यू' पर केन्द्रीय सरकार की नहीं बल्कि राज्य सरकार की भूमिका के बारे में समीक्षा नहीं करनी चाहिए?

देवराज, लखनऊ

पोस्टेड एट 9.00 ए.एम.

4 अक्टूबर, 2004

सवाल मेरे पास भी बहुत हैं...मगर मैंने उन्हें नींद की गोली खिलाकर सुला रखा है। क्योंकि उनके जवाब उन्नीस सौ सैंतालीस से अब तक की राजनीति के लम्बे खेल में कहीं दबे पड़े हैं। 50 से ज़्यादा साल हो गए इस इम्तहान को। पिछले दस साल की पीड़ा और यातना का तो बयां मुश्किल है। कश्मीर से पूछो कि उसके ख़ूबसूरत मर्ग़ों का गुनाह क्या है। एक लम्बा हॉलोकास्ट कश्मीर में रोज़ दोहराया जा रहा है। पहले पंडित फिर कोई और...फिर हमारे ही कश्मीरी मुसलमान जिनमें आपसी अविश्वास...असहनशीलता और अमानवीय सोच घर करती जा रही है।

पोस्टेड एट 7.20 ए.एम.

प्रतिक्रिया

बात यहाँ सवालों की नहीं है अब। अब तो कश्मीर का कुचला हुआ मुँह सच कहने की स्थिति में या जवाब देने की हालत में नहीं है। आजकल जब इंटरनेट कश्मीर को लेकर भयानक तस्वीरों और झूठी सच्चाइयों से भरा पड़ा है। मेरे पास भी बुरी तरह मारे-काटे गए बच्चों, औरतों और मर्दों की फिल्में हैं। उनका कोई नाम या पता नहीं है। उन चित्रों पर क्या शीर्षक लगाऊँ, क्या विवरण दूँ, वे तो खुद अपनी कहानी चीखकर कहते हैं। पता नहीं, ये हिन्दू हैं कि मुसलमान...इनमें ये चरारे शरीफ की दरगाह की भी कुछ तस्वीरें हैं। दरगाह...जिसे बाहर से आए इस बड़े आतंकी ने उड़ा दिया। इस तस्वीर में खून से लथपथ कश्मीरी मुसलमानों की लाशों के ढेर के पीछे जीप में बैठा है यह भाड़े का दहशतगर्द, जिसे उस तरफ ही नहीं इधर भी कुछ लोगों ने हीरो बनाकर रखा है। मेरी भी समझ नहीं आता, दरगाह बरबाद करनेवाला इस्लाम का हीरो कैसे हो सकता है?

इस चित्र पर कैप्शन की ज़रूरत है क्या? इस अनकही कहानी के सचों को उजागर करने की ज़रूरत है क्या? मेरे खयाल से अब कोई सवाल नहीं करेगा कि किसने नष्ट किया ज़मीन पर बसी एक जन्नत को।

कश्मीरी असमंजस में हैं कि इस्लाम को वे लोग कैसे बचाएँगे जो नमाज़ियों और दरगाहों पर ग्रेनेड फेंकते हैं? सरकार की तरफ से मिले शान्ति के वादे का कोई भरोसा नहीं रहा। सरकार कठपुतली है। मौकापरस्त है।

अज़हर, श्रीनगर रिपोर्टर, मास टीवी

5 अक्टूबर, 2004

मेरे सब्र का पैमाना अब छलका कि तब! फ्रीलान्स काम कभी मिलता है तो इतना मिलता है कि मैं रात भर जागती हूँ और कभी नहीं मिलता तो मुझे पूरा सप्ताह खाली बैठना होता है। फ़ियोना का फोन आया था। मेरी बेरोज़गारी के कष्ट सुनकर उसने इयान बांड का नाम सुझाया है। लेकिन वह स्पेन का इतना बड़ा प्रकाशक और...मैं...क्या यूँ मिलना ठीक रहेगा? हालाँकि मैं इयान बांड से अपने पिछले इंस्टीट्यूट में ही मिल चुकी हूँ। वो हमारे इंस्टीट्यूट में आयोजित एक वर्कशॉप में आया था। भाषण से ज़्यादा मेरा ध्यान उसकी धूप के रंग की शर्ट पर था। मेरे पास फ़ियोना के लिखे हुए उसके भाषण के कुछ अंशों के फोटोस्टेट नकल रखी है, क्योंकि उसने वे मुझे एक रिपोर्ट की तरह उन्हें अपने इंस्टीट्यूट के साप्ताहिक अखबार में देने के लिए कहा था...मैं उन्हें भूल चुकी थी।

मैंने फिर उन्हें निकाला। उसका भाषण अच्छा है...शेयर इट।

"पब्लिशिंग, अनजान-अनछुए इलाकों की रचनात्मक और कलात्मक ढंग की खोज जैसी ही है। ऐसे में कई बार आप किसी ऐसी कलम को खोज निकालते हैं, जिसे न खोजते तो साहित्य का बहुत बड़ा नुकसान हो सकता था। जब मैं किसी लेखक को छापता हूँ तो इसलिए कि मैं उसके लिखे हुए में खुद रुचि ले सकूँ। यह मुझे एकदम स्पष्ट पता है कि किसी नए लेखक को छापना उसके भीतर एक बड़े लेखक को खोजने के लिए सट्टा लगाने जैसा है।...प्रकाशक का मुख्य काम है एक नया नाम, नई किताब पेश करना। मैं यह कतई नहीं मानता कि जिस लेखक के जितने टाइटल बिकेंगे वह बहुत बढ़िया ही होगा और समाज को कुछ दे ही रहा होगा। मैं बेचने और खपाने में विश्वास कम करता हूँ। मुझे मेरे लेखकों की सोचने की क्षमता और उसे अभिव्यक्त करने की कलात्मकता में यकीन ज़्यादा रहता है। साहित्य, चाहे शब्दों का लम्बा-चौड़ा व्यापार है लेकिन उसमें विचार मायने रखता है मेरे लिए। जब पाठक किताब खत्म करे तो कुछ हो...यह ज़रूरी है। वे उन्हें सुन्न न करें बल्कि उद्दीपन दें, विचार की दिशा में।

पेड़ कटते हैं, काग़ज़ बनता है, उस पर काले अक्षर छपते हैं, किताब बँधती है, लायब्रेरी के बन्द दरवाज़ों के पीछे उसे दीमक खाती है...मगर उसे पढ़कर अब कोई व्यक्ति 'व्यक्तित्व' नहीं बनता। बहुत से लोग कहते हैं कि हम साहित्य के अन्तिम

छोर पर आ खड़े हैं या लिटरेचर मरने की कगार पर है। मैं नहीं मानता। विश्व भर में बहुत कुछ नया और स्वानुभूत लिखा जा रहा है जिसका छपना अभी बाकी है। लोग उसे अश-अश करके पढ़ेंगे। लिख लो मेरी बात को।

टीवी चलाना एक किताब खोलने से कहीं आसान कवायद है। उस पर रेडीमेड विचार। एक किताब पढ़कर अर्थ निकालने से कहीं कम काम करना पड़ता है दिमाग़ को। हर विषय को वहाँ उठा लिया गया है। पूरे माइक्रोस्कोपिक नंगेपन के साथ सारे आयाम आप पर खुले हैं। यही वजह है कि साहित्य आज विवरण-वर्णन नहीं, विचार चाहता है।''

है न...प्रभावी भाषण!

उस दिन सेमिनार में लंच के दौरान मैं और मेरी दोस्त फ़ियोना उसके पास गए थे। इयान बांड ने उस वर्कशॉप के दौरान हमारे बैच से वादा किया था, कि ट्रांसलेशन कोर्स के साथ-साथ हम जर्मन भी सीख लें तो वह हमें नौकरी दे सकता है। मुझे याद है, उसने ठीक-ठीक यही कहा था–''जर्मन अनुवाद ईस्टर्न और वेस्टर्न यूरोपियन साहित्य के बीच का सेतु है लेकिन अब भी अनुवाद के क्षेत्र में पूरे विश्व में एक पिछड़ेपन और कामचोरी का माहौल है। स्पेन में ही देख लो, संग-संग रहनेवाली भाषाओं के हमारे साहित्य को ही ले लो...गेलेशियन साहित्य के बारे में स्पेनी लोग ही बहुत कम जानते हैं तो विदेश की तो बात ही छोड़ दो।''

पोस्टेड एट 9.20 पी.एम.

10 अक्टूबर, 2004

जर्मन तो मैंने नहीं सीखी। कोई मतलब ही नहीं बनता अपने ऊपर एक भाषा और ओढ़ लेने का। लेकिन वक्त आ गया है कि यूनिवर्सिटी खुलने से पहले पाम्पलोना जाकर उससे मिल लिया जाए। कल ही...हाँ, एकदम...। वॉल्वेरे मास तारदे...यानी फिर कल मिलूँगी।

अगले दिन मैंने देखा, इयान बांड का प्रकाशन संस्थान 'आसूल टेंटा पब्लिशर. इंक.' मेरे दिमाग़ के सोचने की हदों से कहीं लोकप्रिय और बड़ा था। 'आसूल टेंटा' बोलें या 'आजूल टिंटा', इसका अर्थ है–नीली स्याही! स्पेनिश, बास्क, जर्मन और हंगेरियन भाषाओं की किताबें निकालते हैं ये लोग और उन किताबों के अंग्रेज़ी अनुवाद भी एक साथ ही प्रकाशित होते हैं। यहाँ तमाम दूसरी यूरोपियन भाषाओं तथा लातिन अमेरिकी किताबों के स्पेनिश में अनुवाद होते रहते हैं। इनके दफ्तर में अनुवाद का काम अनवरत चलता है। स्थायी और पार्ट टाइम अनुवादकों की कोई कमी नहीं है वहाँ।

उसकी सेक्रेटरी ने मुझे तीन दिन बाद आने को कहा था। मैंने अपना पता और फोन नम्बर वहाँ छोड़ दिया। मुझे दूसरे ही दिन उसने बुलवा भेजा। मुझे हैरानी हुई कि उसे मेरा चेहरा याद था।

''तुम बताओ अमिता, अपने बारे में। तुम भारत के हिस्से से हो?''

''सर, कश्मीर...।''

वह चौंका था।

''कश्मीर तो विश्व के नक्शे पर सर्बिया, कोसावो, इज़रायल, फिलीस्तीन की तरह ही लाल स्याही से चिह्नित है न?''

''हाँ, है...तो।''

''तुम वहीं रहती हो? तुम्हारा परिवार...''

''नहीं सर, मेरे दादा जी और एक चाचा को दहशतगर्दों ने मार दिया था। उसके बाद हम जम्मू चले आए, वहाँ रिफ्यूजी कैम्प में रहे, जहाँ दो महीने के भीतर ही मेरी माँ और दादी भी बीमार होकर मर गईं। पिता और भाई आजकल दिल्ली में हैं और मैं यहाँ...।''

''ओह। मुझे दुख है अमिता।''

''...।''

ग्रास्यास दियॉस! (भगवान का शुक्र है!) मुझे दूसरे ही दिन पार्ट टाइम नौकरी मिल चुकी थी।

1 नवम्बर, 2008

मेरे दिन अच्छे गुज़र रहे हैं। मुझे साप्ताहिक तौर पर तनख़्वाह मिलती है। आज मिली है।

बहुत ज़्यादा तो नहीं मगर जितना पैसा मिला है कमरे और खाने के अलावा आने-जाने और रोज़मर्रा की जरूरतों में लगने के बाद कुछ बच जाएगा। अब मैं स्पेन में पहली बार कुछ नए कपड़े खरीदूँगी। मेरे बहुत तंग हाथ, अब थोड़ा कम तंग रहने लगे हैं और मुझे ऑनलाइन अनुवाद के लिए प्रकाशन संस्थान की तरफ से मुफ्त इंटरनेट कनेक्शन मिल गया है जो मेरा बहुत बड़ा सहारा है।

पहले मैं हॉस्टल में डिनर न खाकर, पैसे बचाती थी और उनसे इंटरनेट का बिल चुकाती थी। डिनर के नाम पर मैं ब्रेड और पीनट बटर से काम चलाती थी। इंटरनेट बाहरी दुनिया और मेरे बीच एक पुल है। खाली वक्त में मैं अपने लोगों से जुड़ती और उखड़ती भी हूँ।

पुनःश्च—'अमिता इन स्पेन' ब्लॉग इन दिनों मुझे बेहद सन्तुष्टि देता है। अपने आपको बचाए रखने के लिए मैं लिखती हूँ। बिखरने से बचाने के लिए। बेमक़सद

कोई कब तक रहे! मैं इस अकेलेपन को गुलज़ार करती हूँ...ब्लॉग लिखकर...इस पर मिले कमेंट पढ़कर। मेरे कितने पुराने दोस्त वापस मिले हैं। नए बने वो अलग। मेरे जैसी विदेश में अकेली रह रही लड़की के लिए यह वर्चुअल सामाजिक संसार बहुत बड़ा सहारा है। यहाँ विदेश के अथाह अकेलेपन में एक नाव। अब सोती हूँ...सुबह जल्दी उठना होगा।

पोस्टेड एट 12.25 ए.एम.

2 नवम्बर, 2004

मैं आज निर्वासित हूँ...क्योंकि तुमने चुना था निहत्थों को मारना।

मैं आज निर्वासित हूँ...मैंने चुना सम्मान से जीना...हथियार न उठाना।

मैं आज निर्वासित हूँ...क्योंकि पूरा संसार चुप रहा...महज कुछ लोग ही तो मर रहे थे।

मैं आज निर्वासित हूँ...क्योंकि मेरा भारतीय होने में विश्वास था।

मेरे पास आज यहाँ लिखने को बस यह कविता है।

पोस्टेड एट 10.05 पी.एम.

प्रतिक्रिया

कविता अच्छी है। तुम्हारा ब्लॉग पढ़ता रहता हूँ। एक बात बताना चाहूँगा कि कश्मीरी हिन्दुओं का उजड़ना...एक पूरी कौम का इस ज़मीन से उखड़ना किसी इकॉलोजिकल सिस्टम के बिगड़ने जैसा है। हमारी भी आज की नस्ल की सोचो...जो आए दिन हादसों से रू-ब-रू होती है...जो कभी बदअमनी...बदहाली और ख़ौफ से आज़ाद नहीं रही है...वह उम्मीद से भरी और जोश से खिलखिला कैसे सकती है! मेरा भी भारतीय होने में विश्वास था मगर चुक रहा है। गनीमत है...तुम कश्मीर से बाहर हो। असलियत हम जानते हैं जो शोलों पर बैठे हैं।

जहाँ हो, खुश रहो। शाद अहमद 'शाद', हाउसबोट ओनर, श्रीनगर

पोस्टेड एट 9.20

7 नवम्बर, 2004

मेरी क्लासेज़ शुरू हो चुकी हैं। इस साल हम स्पेनिश साहित्य का गहन अध्ययन करेंगे। यह हमारी इंटर्नशिप का पार्ट है...अनुवाद के ढेर सारे छोटे-बड़े प्रोजेक्ट्स भी मिले हैं। मैंने सबसे पहले कैमाइलो जोस सेला का पहला उपन्यास 'द फैमिली ऑफ पास्कल द्यूराते' पढ़ना शुरू किया है। उपन्यास क्या है, हिंसा, जुर्म और भय का भयानक दस्तावेज़...उपन्यास के हीरो पास्कल का ज़िन्दगीनामा, फ्रेंको की तानाशाही

के दौरान स्पेन के ग्रामीण समाज की ज़िन्दगी का एक गहरा काला पक्ष। मैंने घबराकर सैंतालीस पन्नों के बाद ही इसे रख दिया। इस ख़ुशग़वार दिखनेवाले स्पेन का यह कैसा अतीत? मेरे टीचर ने कहा, मुझे शुतुरमुर्ग बनने की जगह यह सब पढ़ना चाहिए और इसके लिए मैं सेला के ही उपन्यास 'द हाइव' से शुरुआत करूँ तो बेहतर हो।

मैं अपना खाना खुद बनाने लगी हूँ क्योंकि चीज़ और ढेर सारी ब्रेड खाने से मेरा वज़न पाँच किलो बढ़ गया है। पुरानी जीन्स अब मुश्किल से ही आती है। स्पेन में मैदा और चिकनाईवाली चीजें ही सब लोग खाते हैं। मुझे हैरानी होती है, ये पतले कैसे रहते हैं। शायद बहुत बल्कि अक्सर पैदल चलने की वहज से। यूँ भी यहाँ का मौसम शानदार रहता है। मेरी क्लास नौ से दो बजे तक होती हैं, उसके बाद मेरी पार्ट टाइम नौकरी। मैं इयान बांड के प्रकाशन में अंग्रेजी के अनुवादों को देखने और सुधारने का काम कर रही हूँ। मुझे जल्दी ही अनुवाद के लिए कोई बड़ा प्रोजेक्ट देने का वादा किया है...इयान बांड के असिस्टेंट ने।

पोस्टेड एट 10.10 पी.एम.

12 नवम्बर, 2004

फ़ियोना के जाने के बाद, अब जाकर मेरी एक नई दोस्त बनी है। एक अश्वेत अमेरिकी। मुझे किसी ने बताया कि हम दोनों की पीठ पीछे यहाँ के जर्मन सीखनेवाले स्पेनिश लड़के हमें चिढ़ाते हैं 'आइवरी एंड एबनी'।

''क्सेनोफोबिया* है स्पेन के लोगों में। दो सौ साल पहले की स्लेवरी का असर इनके दिमाग़ों से गया नहीं है। हाँ...हाँ, यकीन मानो...एक गुमनाम-सा सच है यह स्पेन के इतिहास का।'' मेरी नई दोस्त ने कहा।

''अच्छा।''

''बुरा मत मानना। यह बताओ, तुम भारतीय होकर इतनी गोरी कैसे हो? क्या इम्पीरियलिज़्म का परिणाम है...यह?''

मुझे गुस्सा इतना आया कि मन किया कोई तिलमिला देनेवाला जवाब दे दूँ मगर फिर सोचा, चलो छोड़ो, फिलहाल यूँ भी नई दोस्ती का 'टैस्ट रन' चल रहा है। फिर उसके मन में कितने छाले होंगे...उस दर्द को महसूस कर मैंने उसे माफ कर दिया।

''...यहाँ के लोग ऐसे क्यों घूरते हैं मुझे? एकदम प्रिमिटिव सोसायटी के लोगों की तरह...। मैड्रिड या बार्सिलोना जैसे बड़े शहरों में तो नहीं किसी ने घूरा मगर यहाँ सैनसबैस्टियन में...टोलेडो में...ऐसे कई वाक़ये मेरे साथ हुए हैं जैसे मेरे दो सिर हों या आठ हाथ...!''

---

* दूसरी नस्ल के प्रति हैरानी या मज़ाक का भाव

मैं शर्म से गड़ गई। हमारे यहाँ भारत में भी अश्वेत विदेशी छात्रों के साथ ऐसा व्यवहार होता रहा है। यहाँ तक कि दिल्ली में भी।

"मैं भी एक ब्लॉग बनाना चाहती हूँ अमिता। एक काली लड़की के तौर पर स्पेन में अपने अनुभवों को लेकर...इसमें मेरी यात्राएँ होंगी...मेरी एक प्रेम कहानी भी...यह गुमनाम इतिहास भी। क्या तुम मुझे ब्लॉग बनाना सिखाओगी?"

"क्यों नहीं! मगर प्रेम कहानी? तुम अभी तो आई हो।"

"अभी...मैं पिछले छह महीने से बार्सिलोना में हूँ। एक अमेरिकी थिएटर ग्रुप के साथ। वहीं एक स्पेनिश स्टेज मैनेजर से इश्क हो गया...। होकर टूट भी गया। मेरे साथी तो चले गए मगर मुझे स्पेनिश सीखने का जुनून चढ़ गया। नतीजतन मैं यहाँ हूँ। तुम्हारे साथ।" उसने अपनी मोटी ख़ूबसूरत आँखें नचाते हुए...भरे होंठों को गोल-गोल बनाकर कहा।

सच्ची। अदा है इस लड़की में। किसी भी रंग...आकार का लड़का इस पर मरे तो कोई बड़ी बात नहीं होगी। चाहें तो देखें फोटो गैलेरी में।

"लिखो फिर ब्लॉग...। क्या नाम दोगी उसे?"

" 'ईबॉनी' ज़स्पेनिशस्पिरिट ब्लागस्पॉट डॉट कॉम।"

पोस्टेड एट 12.15 पी.एम.

प्रतिक्रिया

आयवरी–इबॉनी, नाइस पिक्चर। नो डाउट यू बोथ आर क्यूट एन सेक्सी बेब्स। लेट्स डेट वन डे।

जो' फ्रॉम गोआ, इंडिया।

पोस्टेड एट 8.00 ए.एम.

18 नवम्बर, 2004

याहू! एक शानदार ख़बर...

इयान बांड ने मुझे एक स्पेनिश उपन्यास के अंग्रेज़ी अनुवाद के सिलसिले में दो सप्ताह के लिए मैड्रिड जाने का प्रस्ताव दिया है। मेरे ठहरने का इन्तज़ाम भी किया गया है। मुझे वहाँ जाकर एक लेखक के साथ कुछ सिटिंग्स करनी हैं। यह सही अवसर है स्पेन की राजधानी मैड्रिड को घूम लेने का।

द्वितीय विश्वयुद्ध के फलक पर बिछे, इस अनेक प्रतिष्ठित सम्मान प्राप्त वृहत् ऐतिहासिक उपन्यास का अनुवाद न केवल मेरे कैरियर में सम्भावित उछाल ला सकता है...क्योंकि मेरी इंटर्नशिप के लिए भी यह प्रोजेक्ट की तरह काम आएगा

और...बल्कि...इससे मुझे अच्छी आय होने की सम्भावना भी है। किस्मत बुरी नहीं है...मेरी। हाँ...!

"अमिता, हॉलोकास्ट को बिना भावुक हुए इस कदर तटस्थता से और कोई नहीं लिख सकता था मेरे इस लेखक दोस्त के सिवा!" फोन पर इयान बांड ने मुझसे कहा था। मैंने तुरन्त ही अपनी स्वीकृति दे दी।

मुझे दुआएँ दो...

पोस्टेड एट 8.10 पी.एम.

21 नवम्बर, 2004

मैं मैड्रिड पहुँच गई हूँ। मुझे होटल की वैन लेने आई तो मुझे यकीन हुआ कि इयान बांड ने काफी अच्छा इन्तज़ाम किया है। मैं सुबह ही होटल 'लोपे डे वेगा' पहुँची। मैड्रिड क्या शानदार शहर है...! मेरा फिलहाल मैड्रिड घूमने का कोई इरादा नहीं था, पहले काम! फिर मेरी जेब टैक्सीज़ और सिटी टूर की बसों का खर्चा उठाना नहीं चाहती थी। फिर भी शहर के भीतर और बाहर आते-जाते मैंने बाहर-बाहर से कुछ ख़ूबसूरत जगहें देखी हैं। प्रसिद्ध फुटबॉल स्टेडियम, इनडिपेंडेंस प्लाज़ा और एक कैथेड्रल। सुन्दर, विशाल और भव्य इमारतें मैड्रिड की ख़ासियत हैं। यारो...हर इमारत में घुसने के लिए जेब में यूरो तो हों!

मुझे खुद पर गर्व है कि मैं मेहनत कर रही हूँ। मैंने लेखक के साथ पहली बैठक की और उपन्यास की भूमिकावाला चैप्टर उसी रात इयान बांड को भेज दिया है। जवाब तुरन्त मिलेगा, यकीन नहीं था। यकीन तो यह भी नहीं था कि इयान बांड ने मेरा ब्लॉग पढ़ा होगा। जब उन्होंने पूछा कि खाली समय में क्या करती हो? तब मैंने उन्हें बहुत पहले एक बार बताया था कि एक ब्लॉग लिखती हूँ...जो ख़ासा लोकप्रिय हो चला है।

मेरी हैरानी के लिए उन्होंने ब्लॉग पढ़ा और ई-मेल के जवाब में उसका ज़िक्र भी किया।

"डियर अमिता,

मुझे अच्छा लगा कि तुम काम को गम्भीरता से ले रही हो। इस भूमिकावाले चैप्टर को उन्हें (लेखक को) दिखा देना। हाँ, तुम्हारा ब्लॉग देखा। स्पेन और कैश्मीरे (कश्मीर) के बारे में पढ़ा। माय डियर, तुम अभी स्पेन को बहुत कम जानती हो। क्या तुम स्पेन आकर भी 'ला मांचा' का वह रास्ता मापना पसन्द नहीं करोगी...जहाँ से हवा में तलवार चलाते पनचक्कियों से झगड़ते हुए 'सर्वान्तीस' का 'डॉन किहोते' गुज़रा था? तुम वहाँ से केवल 180 किलोमीटर की दूरी पर हो। वह एक घंटा दस मिनट की दूरी पर। यस, इन स्पेन 'डॉन किहोते' इज बेस्ट सेलिंग बुक ऑफ आल

टाइम आफ्टर बाइबल। एंड...यू कैन स्टिल फौलो द डान किहोतेज़ ट्रेल। क्या तुम्हें बाइक चलानी आती है? इस वीकेंड मैं मैड्रिड आ रहा हूँ।" मैं खुशी से चीख पड़ी थी।

मैड्रिड, पोस्टेड एट 12.30 पी.एम.

23 नवम्बर, 2004

ओला फ्रेंड्स। मैंने मैड्रिड में मिले खाली समय में एक नया सब-ब्लॉग बनाया है। 'रोड टू ला मांचा' मैं बहुत उत्सुक हूँ...ला मांचा के सफर और इयान के साथ को लेकर। जल्दी ही इसमें ला मांचा के सफर के संस्मरण और तस्वीरें होंगी। क्लिक करें, लिंक : रोड टू लामांचा ब्लागस्पॉट डॉट कॉम

रोड टू लामांचा ब्लॉगस्पॉट डॉट कॉम

पोस्टेड एट 3.30 ए.एम.

27 नवम्बर, 2004 : मैड्रिड

यह एक पूरी कहानी है। मैंने वादा किया था कि मैं आपसे बिना छिपाए इस यात्रा के अनुभव बाँटूंगी तो...अब चाहे सुबह ही क्यों न हो जाए।

शनिवार की सुबह इयान बांड एयरपोर्ट से सीधे लेखक के घर पहुँचनेवाला था। मुझे भी अपने लैपटॉप के साथ वहाँ पहुँचने का सन्देश मिला था। लेखक का घर शहर के भीतरी इलाकों में गलियों के गुंजल में कहीं था। बहुत मुश्किल से मिला। मेरे पास पता था, मगर पूछने पर लोग अनभिज्ञता से सर हिला देते थे। क्योंकि मेरा स्पेनिश उच्चारण, उनके स्पेनिश उच्चारण से अलग था। मैं उनकी तरह जीभ घुमाकर बोलने की जगह...होंठ गोल करके बोल रही थी। मुझे उनके घर का सही पता एक अमेरिकी लड़के ने बताया जो बरसों से मैड्रिड में यूरोपियन स्कल्पचर पर रिसर्च कर रहा है।

लेखक का घर बेहद पुराना और साधारण था। मैंने दरवाज़ा खटखटाया क्योंकि मुझे घंटी नहीं दिखी। दरवाज़ा तुरन्त खुला। एक अधेड़ मगर छरहरी और सुन्दर स्त्री ने खोला। वे मुझे बैठक में बिठाकर भीतर चली गईं। कुछ देर बाद क़ॉफी के साथ बाहर आईं, उन्हीं ने मुझे बताया कि इयान लेखक के साथ अध्ययन कक्ष में हैं। एक घंटे तक उन दोनों की मीटिंग हुई। कॉन्ट्रेक्ट की शर्तों पर बारीक बहस हुई। एक कॉन्ट्रेक्ट लेटर साइन करने और चैक देने की औपचारिकता के बाद नाश्ते की टेबल पर मैंने जाना कि लेखक और इयान क़रीबी दोस्त थे और लेखक की पत्नी इयान की रिश्ते की बहन थीं।

हमने नाश्ते के तुरन्त बाद ही लेखक और उनकी पत्नी से इजाज़त ली। अभिवादन के तौर पर उनकी पत्नी के हाथों को इयान बांड ने बहुत कोमलता और

विनम्रता से चूमा। उस भद्र महिला की गुनगुनी हथेलियों का स्पर्श मेरे हाथों में घर से बाहर निकलकर टैक्सी में बैठने तक बना रहा। इयान ने जब मेरे लिए कार का दरवाज़ा खोला तो मुझे लगा, मैं एक नई दुनिया में दाखिल हो रही हूँ। टैक्सी क्या थी...एक बड़ी लग्ज़री कार थी। लेखक के मुहल्ले से निकलकर टैक्सी गलियों में गुंजल में देर तक गोल-गोल घूमती रही और वह कुछ काग़ज़ उलटता-पलटता रहा...मैं उसके निकट बैठने की ऊष्मा को महसूस करती रही। वाकई प्रभावशाली व्यक्तित्व है यह। हम गलियों से बाहर निकलकर मुख्य सड़क पर आ गए थे...मैड्रिड से दक्षिण की तरफ। यहाँ से टैक्सी 'सियुडेड रील' की तरफ जानेवाली चौड़ी सड़क पर मुड़ गई।

"मीटिंग बढ़िया रही, हालाँकि वह इडियट मामूली शर्तों पर अटक रहा था। मगर मैं जानता हूँ...दोनों को फायदा होगा। उसकी किताब का अनुवाद संसार भर में पहुँचेगा...।" काग़ज़ों को ब्रीफकेस में रखते हुए वह बोला।

"क्या आदमी है यह! एकदम व्यावसायिक।" मैंने मन में सोचा था और मैं हैरानी से उसकी तरफ देखती रह गई। थोड़ी देर बाद ही वह खर्राटे ले रहा था। उसका मुँह ज़रा-सा खुल गया था। मैं टैक्सी के शीशों से बाहर देखती रही। रास्ते में कुछ सन्नाटे में डूबे, सोए हुए से कस्बे दिखे...जहाँ सारी इमारतें रेत की रंगत की थीं। नई बनी हुई इमारतें भी। मैं ऊब रही थी।

जब डेढ़ घंटे बाद इयान बांड जागा तो हम 'सियुडेड रील' में थे।

"मैं ऐसे ही खुद को तरोताज़ा रखता हूँ। मुझे ऐसे ही सोने को मिलता है, यात्राओं में।" उसकी आँखों के आसपास सूजन थी। यहाँ की इमारतों की तरह उसकी पुतलियों का रंग भी रेतीला भूरा था।

इयान बांड ने एक टैक्सी बाज़ार में टैक्सी रुकवाई और ड्राइवर से एक 'निन्जा' किराए पर लाने को कहा। निन्जा! मैं समझी नहीं। कुछ ही देर बाद ड्राइवर एक ख़ूबसूरत लम्बी-चौड़ी बाइक लेकर आया। मुझे उतारकर उसने टैक्सी में ही अपने लिबास को बदल डाला। ड्राइवर से उसने टैक्सी लेकर आगे वाल्डेपेन्यास में मिलने को कहा। अब वह टी शर्ट और जीन्स में था। मौसम ठीक था। सर्दियों की शुरुआत हो चुकी थी मगर सूरज के आक्रामक तेवर ढीले नहीं हुए थे। इक्का-दुक्का बादल सूरज को मुँह चिढ़ा जाते। छोटी पहाड़ियों ने शहर पर घेरा डाला हुआ था। हवा रुक-रुककर चल रही थी।

"निन्जा बाइक चलाना मेरा पैशन है। मैं जवान महसूस करता हूँ। ऐसी ही एक कुछ सालों पहले मेरे पास थी।" बाइक पर प्यार से हाथ रखते हुए इयान बांड ने कहा।

इयान बांड को मैंने पहली बार इतने क़रीब से देखा था। उसके चेहरे पर सच में एक जवान उत्तेजना थरथरा रही थी। लम्बा कद और कुछ भारी शरीर। पेशानी

पर सीधे-सीधे भूरे बाल गिर रहे थे। आँखों और बालों का रंग एकदम एक-सा था। कुछ ज़्यादा तीखी नाक और चेहरे के तमाम पुरुषोचित कड़ेपन को मुलायम करते लड़कियों जैसे होंठ। इयान बांड ने अब फिर सूरज के रंग की टी शर्ट पहनी थी जो उसके गोरे रंग पर अच्छी लग रही थी।

"तुम्हें तेज़ धूप से परेशानी तो नहीं?"

"मैं ट्रॉपिकल देश से हूँ, सर।"

"तो फिर बैठो।" इयान बांड ने एक हैलमेट खुद पहना और दूसरा मुझे दिया और बाइक को एक उत्तेजना के साथ किक मारी।

"...।" मैं अपने पैर दोनों तरफ करके बैठ गई। अपना स्कार्फ कसकर बालों में लपेट लिया, उस पर हैलमेट कसा।

"डर रही हो क्या? शरमाओ मत...मेरे कन्धे थाम लो, कहीं गिर न जाना। मैं अच्छी स्पीड में ही बाइक चलाना पसन्द करता हूँ। यह बाइक भी सौ से नीचे चलना पसन्द नहीं करती।"

मुझे उन चौड़े कन्धों को थामकर सुरक्षा महसूस हुई। हम चल पड़े। रफ्तार बहुत तेज़ थी...मेरा डर थोड़ी देर बाद रोमांच में तब्दील हो गया। मुझे यकीन नहीं हो रहा था कि मैं ला मांचा के उन पुराने रास्तों पर भटकने के लिए आई हूँ, जिन्हें सर्वान्तिस ने 'डॉन किहोते' में अमर कर दिया है। जहाँ कहते हैं, आज भी पन्द्रहवीं और सोलहवीं सदी की विंडमिल्स, परियों की कहानियों के किले और राजमहल हैं।

हमें ला मांचा के इलाके में पचास किलोमीटर घूमना था। शहर से निकलते ही लम्बे समतल सूखे मैदान और घिसी हुई पहाड़ियाँ दिखने लगे। सच में ही...बहुत-सी छोटी पहाड़ियों पर पुराने किले सजे थे। पुराने झगड़ों और लड़ाइयों के भग्नावशेषों की तरह। तोपवाले बुर्ज और मूर स्थापत्यकला के खंडहर इस निर्जन इलाके के पुरातन माहौल को अपना योगदान देते प्रतीत हो रहे थे। उसने बाइक की रफ्तार धीमी की और बताया :

"अमिता, अब मूरों और ईसाइयों के बीच सीमाओं को लेकर लगातार द्वन्द्व चला था तब यह ज़मीन नो मेन्स लैंड रह चुकी है। कई खूनी शताब्दियों के बाद आखिरकार यह कास्टिलियनों के हिस्से आया जिन्होंने अपनी सीमाएँ बढ़ाने के लिए इसे उत्तरी स्पेन के लोगों को लाकर बसाया। नए लोगों के पास इस ज़मीन पर कुछ करने को था ही नहीं मगर धीरे-धीरे उन्होंने भेड़ों को पाला। फिर अंगूरों के बाग उगाए गए और यह प्रदेश बेहतरीन वाइन के लिए प्रसिद्ध हो गया।"

ला मांचा सोचते ही पवनचक्कियाँ दिमाग़ में उभरती हैं...और यकीन मानिए, कुछ ही मिनटों बाद वे मेरे सामने थीं। सूरज चुपचाप उन पर ठिठका हुआ उनकी

निगरानी कर रहा था। भूरी मिट्टी के महीने कणों से बोझिल हवा और कभी हौले-से घूम जाती पवनचक्कियाँ। बाइक रोककर इयान दृश्य की किताबी खामोशी में डूबा हुआ था...मैं आत्मविस्मृत हो कई मृत-विस्मृत सदियों पर से तेज़ी से गुज़र रही थी और भूल गई थी कि मैं कौन हूँ, यह काल, परिवेश कौन-सा है, मेरे यहाँ होने के सन्दर्भ आखिर क्या हैं। मुझे उन सुनसान रास्तों पर खच्चरों पर सवार दो आकृतियाँ गुज़रती महसूस हुईं—एक ट्रेजिकॉमिकल चरित्र 'डॉन किहोते' और उसका चालाक खेतिहर नौकर 'साँचो पैंज़ा'...बीत चुके अतीत से आदर्श शूरवीरों को लौटा लाने के उद्देश्य से पनचक्कियों को 'दानव' समझकर अपनी तलवारों से उलझते हुए बेमतलब चले जा रहे हैं।

"क्या ये पवनचक्कियाँ सोलहवीं सदी से यहीं हैं?" पनचक्कियों की एकदम सफेद, स्थूल और बौनी मीनार में एक दरवाज़ा और दो खिड़कियाँ और ऊपर काले विशाल पंखे देख मेरे होंठ बुदबुदाए। ऊपर आकाश अविश्वसनीयता की हद तक नीला था और सफेद, गदबदी, मोटी भेड़ों जैसे बादल भी मुझे सोलहवीं सदी के लग रहे थे, मानो युगों से इसी आसमान को चरागाह बनाए ये उन घिसी हुई पहाड़ियों के पीछे से निकल आते हों!

"हाँ...लगता है न कि जैसे वक्त यहाँ से गुज़रा ही न हो। माना ला मांचा रूखा-सूखा इलाका है मगर यही तो असली स्पेन है। वह सब उथले सैलानियों के लिए है कि जल्दी-जल्दी भव्य गिरजे और गोथिक इमारतें देखीं। मैड्रिड और बार्सेलोना जैसे शहरों में टूरिस्ट बस में बैठे और दर्शनीय जगहों की सैर कर ली। गाइड ने जो बताया, वह सुन लिया। पार्क, म्यूज़ियम और आर्ट गैलेरियों के फोटो खींचे तड़क-भड़कवाले रेस्तराँओं में शराब पी...और लौट गए।"

इयान मुग्ध था अपने असली देश पर।

हम फिर चल पड़े। हर गुज़रते पल में दृश्य तो पीछे छूटते गए मगर यह अहसास ज़िन्दा रहा कि ज़मीन का यह रहस्यमय टुकड़ा जिन अजनबी इतिहासों का गवाह रहा है, उन्हें मुझे रोककर सुनाना भी चाहता है। एक पहाड़ी पर ढहता हुआ किला...टूटे बुर्ज। सूनी सड़क पर बिना दरवाज़ोंवाला घर, उसके भीतर दिखता सूना आँगन। रास्ते में एक गाँव में एक बाड़ेवाला घर देखकर मेरी कल्पना में फिर डॉन किहोते की अलौकिक प्रेमिका डैलसीना का घर और उसका गाँव 'टोबोसो' जीवन्त हो गया।

मैं सम्मोहित थी और हवा तेज। हम बात नहीं कर रहे थे। बस, अपने-अपने आनन्द में डूबे थे। तभी इयान बांड की आवाज़ हवा की सनसनाहट को चीरती हुई गूँजी, "जानती हो ला मांचा का अर्थ?"

"..."

"एक दाग़ यानी धब्बा...। मगर इब्रेरियन पेनिनसुला का दिल है ला मांचा। तुम्हें पता है, मेरा ननिहाल यहीं था—वाल्डेपेन्यास में। मेरे दूर के रिश्तेदार हो सकता है, अब भी हों यहाँ। तब आसान नहीं थी यहाँ की ज़िन्दगी। बहुत लम्बा लगा करता था गर्मियों का दिन। सुलगता हुआ। गर्मियों में सूखा और सर्दियों में बहुत ठंडा। कड़ी ज़मीन, सूखा, हर गर्मियों के बाद की नियति था। मेरे बचपन के कुछ बढ़िया दिन यहाँ बीते हैं क्योंकि यहाँ के लोग उत्सवप्रिय हैं। मैंने त्यौहारों और पारम्परिक उत्सवों पर यहाँ जितनी भीड़ उमड़ती देखी है, वो पूरे स्पेन में कहीं नहीं देखी है। अब हम वाल्डेपेन्यास पहुँचेंगे। विश्व का सबसे बड़ा वाइनयार्ड है। तुम्हें वाल्डेपेन्यास का स्वार्गिक स्वाद लेना चाहिए।"

दूर-दूर तक फैले अंगूरों और जैतूनों के बागों पर नवम्बर की आलसी धूप फैली थी। रास्ते में पड़नेवाले घरों के चबूतरों पर, जैतून के सिरकेवाले अचार भरे मर्तबान धूप में रखे थे। मीठी और तुर्श गन्ध मीलों तक फैली थी। मेरी हैरानी के लिए बीच-बीच में फैले जामुनी फूलोंवाले ज़ाफरान के खेत काफी थे। मुझे पाम्पोर के पठार याद आ गए। जहाँ बचपन में दादा जी के दोस्त अली ज़फर काका के घर जाते थे। ज़ाफरान के फूल तोड़ने के दिनों में उनके दालान में कश्मीर की सबसे सुन्दर नाज़ुक उँगलियोंवाली औरतें इकट्ठा होती थीं। इकट्ठा ढेर-सा कहवा बनता और शीरनी भी।

"यहाँ यह भी...।"

"हाँ, यहाँ विश्व की बेहतरीन सेफ्रन होती है।"

"कश्मीर में भी।"

"यहाँ से बढ़िया नहीं होती होगी...यहाँ इसे औरतें अपने नाज़ुक हाथों से चुनती हैं। नाज़ुक और प्यारी काले सिरोंवाली औरतें।"

"वहाँ भी।"

"अच्छा!" उसने मेरे कहे पर अविश्वास भरा तंज़ किया।

"...।"

"यही नहीं...यह पूरा इलाका...बढ़िया जैतून के तेल, ज़ाफरान और अंगूर की वाइन के लिए जाना जाता है।" हमने वाल्डेपेन्यास पहुँचकर एक बड़ी वाइनरी देखी जहाँ भीतर गोदाम में लकड़ी के विशालकाय कास्क और बैरल रखे थे, जिनमें वाइन मेच्योर करने के लिए रखी थी। हमने वहीं कई तरह की वाईन्स चखीं। मुझे ताक़ीद की थी इयान ने कि चखकर थूक दूँ, यहाँ इतनी वैरायटी है कि वह बहुत ज़्यादा हो जाएगी। थूकने के बावजूद वाइन के क़तरे मेरे पूरे वजूद पर सतरंगी बादलों की तरह छा चुके थे। मैं हलका-सा लड़खड़ा रही थी। मुझे याद है, हमने वहाँ से निकलकर कस्बे के किसी पुराने रेस्तराँ में खाना खाने के लिए, मोटरसाइकिल भीतरी गलियों

के गुंजल में मोड़ ली थी और फिर एक बहुत ही सँकरी गली के बाहर पार्किंग में खड़ी कर दी। इस भीड़-भरी गली में हमारा बिना कन्धे टकराए चलना मुश्किल था। उसके स्पर्शों ने वाइन के असर के साथ मुझे अस्थायी सम्मोहन में डुबो लिया था। हम रेस्तराँ पहुँचे 'प्लाज़ा दे इस्पाना'। थोड़ी भीड़ थी, मगर माहौल ख़ूबसूरत था। ढलती दोपहर का रेतीला पीलापन हर जगह बिछा था। सड़क पर, रेस्तराँ के बाहर और रेस्तराँ की खुली-खुली खिड़कियों पर। प्यालों और गिलासों पर। रेस्तराँ में ऑर्केस्ट्रा पर कोई स्थानीय संगीत बज रहा था। स्पेनिश गिटार और ड्रम का प्रयोग माहौल को जादुई बना रहा था।

हमने ला मांचा का पारम्परिक खाना खाया, रैड वाइन के साथ आलू के चिप्स और गैलेगा स्पाइस। टमाटर की ब्रेड के साथ 'गम्बास डे पाल्मोस' और 'पिकिलो पेपर्स स्टफ्ड विद ट्यूना कॉनफिट' और साल्सा। केसर और जैतून के तेल का प्रयोग...मुझे यह सब खाते हुए एक साथ कितने कश्मीरी ज़ायके याद आ गए—नादुर मुंजी, गोश्ताबा, तबक़माज, यख़नी।

खाने की मेज़ पर बैठते ही इयान ने मुझे ग़ौर से देखा। मेरे गले में स्कार्फ फरफरा रहा था। "मैंने तुम्हारा ब्लॉग पढ़ा था। तुम अच्छा लिखती हो। हालाँकि अंग्रेज़ी पढ़ना मेरे लिए मेहनत का काम होता है पर तुमने कुछ चीज़ें बहुत बढ़िया लिखी हैं। तुम इस विषय पर किताब क्यों नहीं लिखतीं, ब्लॉग पर अपनी प्रतिभा ज़ाया कर रही हो।"

"ब्लॉग पर तुरन्त प्रतिक्रिया मिलती है। हर तरह के लोगों से...कोई अच्छा कहता है, कोई विरोध करता है, कोई गाली...हं...।" मैंने सोफे के पिछले हिस्से पर ढहते हुए जवाब दिया और आँखें मूँद लीं।

"क्या बचकानी बात है! किताब आख़िर किताब होती है।"

"वो तो है...लेकिन...।"

"एक बात कहूँ...मुझे लगता है, तुम्हारा कश्मीर मसला...कुछ-कुछ हमारे ऐतिहासिक बास्क संघर्ष से मिलता है डियर। हमने भी तो हल निकाला था। हमारे यहाँ बास्क समुदाय की अपनी स्वतन्त्र पहचान है। वे अपने हितों का फैसला खुद करते हैं। जहाँ तुम रह रही हो नवारा, यह स्वायत्तशासी बास्क स्टेट है।"

"अच्छा। हाँ, मैंने पाम्पलोना की गलियों में गैरबास्क लोगों के इमिग्रेशन को लेकर दीवारों पर दर्ज विरोध देखे हैं, मगर विस्तार से यह सब मुझे नहीं पता था। हमारे यहाँ हल निकालना इतना आसान नहीं है...कश्मीर अकेले में ही हम तीन तरह के कश्मीरी हैं। कश्मीरी हिन्दू, कश्मीरी सुन्नी और कश्मीरी शिया, सूफी और खानाबदोशों की बात अलग से करें...फिर लेह बौद्धबहुल और जम्मू हिन्दुबहुल है। यहाँ धार्मिक पहचान ज़्यादा बड़ा मसला है। हल बेहद मुश्किल।"

"हमारे यहाँ भी उन दिनों यही सोचा गया था कि इस संघर्ष का हल नहीं निकलेगा, सदियाँ गुज़र जाएँगी...पर आखिरकार हल निकला...निकला न।"

"हँ...मगर...।" मैं उलझ गई थी कि इसे कैसे समझाऊँ? क्या बताऊँ कि 'के इश्यू' अब भारत और पाकिस्तान के बीच ही नहीं रहा है, इसके सुलझावों और उलझावों के बीच चीन और अमेरिका भी अपने काँटे डाल चुके हैं। उनकी भी युद्धनीतियों का अहम् मुद्दा है, ये 'के' मसला।

तब इयान बांड ने अपने संघर्ष के दिनों की दास्तान सुनाना शुरू कर दिया कि किस तरह बहुत पहले उसके दादा एक प्रकाशन संस्था चलाते थे, पर वे स्पेन के गृहयुद्ध से प्रभावित हुए। वे बास्क थे। उनका पूरा परिवार हवाई हमलों में नष्ट हो गया था। उनके पिता ने शहर दर शहर भटककर छोटी-मोटी नौकरी करके घर का खर्च चलाया। एक वाइनरी में काम करते हुए उन्हें वाइनरी के मालिक की लड़की से प्यार हो गया जो कि उसकी माँ थीं। वे उस अमीर परिवार की इकलौती बेटी थीं, बहुत से अवरोधों के बाद उन्होंने शादी की। वह उस दम्पती का सबसे बड़ा बेटा है और वाइन की जगह किताबें और उनकी ताज़ा सियाही की खुशबू से प्रेम करना उसके खून में था इसलिए जवानी में ही, माँ की मर्ज़ी के ख़िलाफ जाकर उसने अपने नाना से विरासत में मिले एक पुराने ग्रेप फार्म को बेचा और बैंक लोन लेकर यह पब्लिशिंग हाउस खरीदा था।

वह चल निकला। उन्होंने कुछ अच्छी किताबें छापीं। फिर...सफलता के शुरुआती दौर में ही कैसे उन्होंने बड़ी रॉयल्टी पर एक नोबल प्राइज़ विजेता का दूसरा उपन्यास छापा जो कि बुरी तरह पिट गया। वह टीवी का दौर था, लोग किताबों से भाग रहे थे।...तो फिर कैसे इस प्रकाशन संस्थान और बल्कि पूरे प्रकाशन जगत के बुरे दिन आए? वह बहुत बड़ा सबक था ज़िन्दगी का। घर, कार सब गिरवी रखना पड़ा था। तनाव और असफलता के परिणामस्वरूप दाम्पत्य भी बिखर गया। उसकी पत्नी भी सात साल की बेटी को लेकर चली गई थी।

"तब से मैंने सफलता को गम्भीरता से लेना बन्द कर दिया हैं।"

"...।"

मैं उसे बहुत ध्यान से सुनती रही, एक बहुत भिन्न इयान बांड को देखती हुई। अचानक उसने एक झटका देकर मुझे एकाग्रता से सुननेवाली मुद्रा से निकालकर चौंका दिया।

"मुझे रहस्यमय लोग आकर्षित करते हैं और मुझे तुम रहस्यमय लगती हो।"

"मैं रहस्यमय! कैसे?"

"काली आँखें कहने को सरल दिखती हैं लेकिन बहुत कुछ छिपा लेती हैं...तुम खुद को इनके पीछे छिपाती हो।"

"छिपाती हूँ? मेरे पास छिपाने लायक कुछ नहीं है।"

"दुख ही छिपाते हैं आजकल के युवा। ख़ुशग़वार और ज़िन्दादिल दिखने की चाह में। हमारे वक्त में संघर्ष लोगों के सीने पर एक मैडल की तरह लगा होता था। मैंने भी बचपन में भूख की तड़प महसूस की है। बारूद की महक सूँघी है। पोस्ट सिविलवार सोसायटी की हिप्पोक्रेसी, जीवन मूल्यों में भारी गिरावट और आन्तरिक संघर्ष देखे हैं। बहुत कुछ है, जो यादों में भी दोहराता हूँ तो दहल जाता हूँ। वहाँ मेरे पिता की जवानी थी और मेरा बचपन। फ्रेंको की तानाशाही के पहले और बाद के स्पेन का फर्क। यूँ समझो, ब्लैक एंड वाइट मूवीज़ और कलर्ड मूवीज़। इस जीवन्त स्पेन की आज की तस्वीर कुछ और है। तुमने 'गुएर्निका' देखा?"

"पिकासो की पेंटिंग...गुएर्निका?"

"माय डियर...बास्क की पुरानी राजधानी...बास्क का दिल गुएर्निका। एक भयानक तबाही के बाद भी एक जिन्दा शहर, जो जर्मन एयरफोर्स की बमबारी के बाद पूरी तरह नष्ट होकर उबरा और अब संसार भर के लिए शान्ति का प्रतीक बन गया है। मेरे पिता के लड़कपन के दिनों की बात है। उस दृश्य को जब बताते थे, हमारे रोंगटे खड़े हो जाते थे।"

"सुनाइए न।"

"...1937 की बात थी वह। उस दिन सोमवार का दिन था। साप्ताहिक बाज़ार हाट का दिन था। शहर की गलियाँ नज़दीक के पहाड़ी इलाकों से आए ग्रामीणों से भरी थीं। अचानक दोपहर बीतते-बीतते सांता मारिया चर्च के घंटे अलार्म की तरह बजने लगे। फिर तो मिनटों में जहाज़ों ने बमबारी कर कस्बे को समतल ज़मीन में बदल दिया। एक हज़ार छह सौ चौवन निर्दोष लोग मारे गए थे, जिनमें महिलाएँ, बच्चे और बूढ़े ज़्यादा थे। बचने तक के लिए कोई जगह बची ही नहीं थी क्योंकि बमबारी से पूरा कस्बा सुलग रहा था। लोग समझ ही नहीं पाए कि ये किसकी हरकत है, नेशनलिस्ट? मगर उन्होंने घोषणा कर दी कि यह उनका काम नहीं है। मगर जल्दी ही सब समझ गए कि 'बास्क' ने पूरे सिविलवार के दौरान फ्रांको के ट्रूप्स को आगे नहीं आने दिया था, इस वजह से नाराज़ होकर उसने हिटलर की फौज को इस इलाके में अभ्यास के लिए बमबारी की इज़ाज़त दे दी थी। इतिहास में यह पहला अवसर था जब किसी सेना ने नागरिक क्षेत्र में बमबारी की थी। पिकासो की पेंटिंग गुएर्निका तो इस जघन्य घटना के विरोध में शान्ति के आह्वान का एक प्रतीक मात्र है। मगर असल गुएर्निका एक ज़िन्दा शहर है, आज भी।"

जब वह यह सब बता रहा था तो उसके चेहरे पर किसी महात्मा की-सी शान्ति थी।

मैं उसे गौर से देख रही थी। उसके यह सब कहने और कहते चले जाने में कहीं नाटकीयता नहीं थी, लेकिन न जाने क्यों मुझे लगा कि वह मंच की पीली स्पॉट-लाइट

में खड़ा बोल रहा है। शब्दों में बरते संयम और भावों में रियाज़ किए गए सन्तुलन के साथ।

"इस तरह मत देखो मुझे। क्या मैंने तुम्हें उदास कर दिया है?"

"...।"

"चलो, आज यह सब बातें नहीं। आज हम बस मज़े करेंगे।"

मैं...इस चतुर व्यवसायी के भीतर के इनसान की खोज में नहीं थी...फिर भी वह अचानक मिल गया। खाना खत्म हो चुका था। टैक्सी हमारे इन्तज़ार में तैयार थी। रास्ते में वह वही गीत गुनगुनाता रहा जिसे हमने 'प्लाज़ा दे इस्पाना' में सुना था। बाकी का किस्सा कल। मुझे नींद आ रही है।

प्रतिक्रिया

ऑसम ट्रिप जनरल! बट वैरी लैस पिक्चर्स? मगर तुम ट्रिप जरनल्स कब से लिखने लगीं यार! वैसे शानदार ब्लॉग है। मुझे जलन है तुमसे कि तुम 'ला मांचा' के प्रसिद्ध रास्ते माप आई हो। तुम्हारे साथ स्पेन में बीते दिन याद आ गए। वो सही कहता है, तुम किताब लिखो, तुम्हारे पास वह कला है। एक बात बताओ, क्या तुम प्यार में तो नहीं हो...वो भी 'इयान बांड' द सेम फेमस मैन इन यलो सनशाइन शर्ट। गुड लक।

फ़ियोना...तुम्हारी दोस्त। *पोस्टेड एट 17 : 30, न्यूयॉर्क*

हाय अमिता, यह बेहद दुर्भाग्य की बात है कि अन्तर्राष्ट्रीय मीडिया ने पचास साल पुराने ज्यूइश हॉलोकास्ट को अब तक महत्त्व दिया है, देना चाहिए...मुझे आपत्ति नहीं। मगर किसी को कश्मीर में हुए हॉलोकास्ट पर ध्यान देने की फुरसत ही नहीं मिली। हम हिन्दुस्तानी ही उसे सफाई से दबा गए। जो कभी ख़ूबसूरत वादी थी, आज वह भयावह नर्क है; जहाँ हॉलोकास्ट रोज़ दोहराया जा रहा है। अमिता, तुम सच में ही किताब लिखो यार। इयान बांड के दिमाग़ के जाले ज़रा साफ करो।

निरंजन रैना।

पोस्टेड एट 9.10

28 नवम्बर, 2004 मैड्रिड

शाम ढलते ही हम टोलेडो पहुँच गए थे, जो कि स्पेन की पुरानी राजधानी है और स्थापत्य का ख़ज़ाना है। यह शहर गुम्बदोंवाली मूरिश और लम्बी मीनारोंवाली गोथिक कालीन अद्भुत किस्म की इमारतें अपने सीने पर सजाए हुए हैं। इयान बांड ने बताया कि यह ग्रेट स्पेनिश पेंटर 'अल गार्सियो' का शहर है।

यहाँ हम एक कासलनुमा रिसॉर्ट में ठहरे। बहुत ख़ूबसूरत भव्य जगह थी। मेरी कल्पनाओं से परे था यहाँ का पुरातन मगर सुविधा सम्पन्न अलौकिक वातावरण। सॉरी। फिर आपसे शिकायत मिलेगी कि 'तस्वीरें नहीं हैं।' कैमरा मेरे साथ था पर क्या करती? इयान को फोटोग्राफी से चिढ़ है। वह कहता है–"स्मृतियों में जो रहता है, वह स्थिर चित्रों से कहीं ख़ूबसूरत होता है। फोटोग्राफ स्मृतियों का मोहभंग करते हैं।"

हमारे पास समय था। रात के खाने के बाद हम बाहर निकले। हमने एक जगह 'ऐलेना ला कोमाद्रे' के ग्रुप का पोस्टर देखा। मुझे फ्लेमेंको डांस देखना था और इयान बांड को फिल्म। पहले मेरी इच्छा को तरजीह मिली। हमने डांस देखा। मुझे नर्तकियों की पोशाक बहुत सुन्दर लगी। फ्रिल्स और लेसवाली लम्बी स्कर्ट्स, बालों में नकली बड़े-बड़े फूल और पैरों में खास किस्म के जूते, जो लकड़ी के फर्श से टकराकर ताल के साथ आवाज़ कर सकें।

"क्या उदात्त किस्म की कला है, यह फ्लेमेंको नाच–उफ!"

"तुम्हें पसन्द आया...?"

फ़िनाले के दौरान इयान बांड ने मुझे अपने साथ डांस फ्लोर पर चलने के लिए बड़े नाटकीय अन्दाज़ में कहा, "बाइला मौस...।" मुझे ये दो शब्द बेहद पसन्द हैं। मेरे प्रिय पॉप गायक एनरिके इग्लेसियास के सबसे लोकप्रिय गाने की पहली लाइन है। डांस फ्लोर बड़ा था। बहुत से जोड़े वहाँ थे। मेरी हिम्मत नहीं हुई। वह नाचते हुए जोड़ों के बीच जगह बनाता हुआ मुझे यूँ ले चला, जैसे मैं कोई नन्हीं बच्ची हूँ और हाथ छूटते ही खो जाऊँगी!

"मुझे टैप डांसिंग नहीं आती।"

"मुझे भी ठीक से नहीं आती, आओ न...कुछ तो करेंगे।"

मैं नाचनेवाली लकड़ी के गोल मंच पर थी, उसके एकदम क़रीब। मन कर रहा था, फ़ियोना को फोन करके कहूँ...

"हाँ...मैं प्यार में पड़नेवाली हूँ। अभी इसी वक्त।"

उसने अपना हाथ मेरी कमर में डाल दिया और चिकने फर्श पर टैप किया और मुझे हलका-सा उछाल देकर घुमा दिया। मैं अप्रस्तुत थी इसके लिए। पर मेरी देह...सुख से भर गई थी। घूमने के दौरान उस पल के दसवें अंश में ही मुझे पता चल गया कि बहुत दिनों से कब्ज़ा किए बैठे विषाद ने मेरे मन को आज खाली कर दिया था। मेरे चक्कर खत्म करने से पहले ही मेरा चेहरा उसके चेहरे से सटा था। उसकी हलके रंग की आँखें चमक रही थीं। उसने मुझे बहुत सादे स्टेप करके दिखाए जिन्हें मैंने आसानी से दोहरा दिया। ये 'कथक' के पदसंचालन से कुछ-कुछ मेल खाते थे। मैंने अपनी देह को संगीत की लय के हवाले कर दिया। मेरी देह नाचना और हँसना चाहती थी...शायद स्पर्श भी। मेरा सर और पीठ इयान बांड के सीने से टिके

थे। बायाँ हाथ उसके बाएँ हाथ में बँधा मेरे सीने के निकट मुड़ा था और हमारे दाएँ हाथ हवा में खुले थे। हमें घूमना था, फिर सीधे होकर 'टैप-टैप' करना था।

"तुम अनाड़ी तो नहीं हो!"

"मैंने भारतीय शास्त्रीय नृत्य सीखा है।"

मैं पंजों पर उछल रही थी। कमर लय के साथ दाएँ-बाएँ हिल रही थी, मेरे नितम्बों पर इयान बांड का हाथ था। हम बीस मिनट तक नाचे फिर थक गए तो बाहर आ गए। गलियों पर रात उतर आई थी। रोशनियों का तिलिस्म ख़रामा-ख़रामा जाग रहा था। ठंड की शुरुआत थी।

अब हम सिनेमा हॉल में थे।

"आप थके नहीं?"

"मैं फुरसत ऐसे ही जीता हूँ। एक-एक पल जागकर। बाकी व्यस्त दिनों में तो दिन भर काम करके मैं नौ बजे तक सो ही जाता हूँ। बहुत अरसे बाद कोई क्लासिक फिल्म देखूँगा। वह भी एक ख़ूबसूरत विदेशी लड़की के साथ।"

"विदेशी... ।" मैं मुस्कुराई। इंटररेशियल अट्रेक्शन का सच में वजूद है...ज़माने में।

हमने जो पिक्चर देखी, वह पूरी जादुई यथार्थ पर थी। बीसवीं सदी के बार्सिलोना के सेट्स पर इसी सदी के युवा विद्रोही कलाकारों 'डाली-लोर्का' की अन्तरंग मित्रता और उनके समलैंगिक प्रेम और भावनात्मक उलझावों की कहानी फिल्माई गई थी। कहना व्यर्थ न होगा कि फिल्म ऐसी बारीकी के साथ बनाई गई थी कि उसकी कल्पना हम भारतीय फिल्मों में कर ही नहीं सकते।

एक अरसे बाद शायद मैं बहुत कुछ भूल जाऊँ लेकिन यह स्मृति आसानी से नहीं छूटेगी। ज़िन्दगी में बहुत-सी चीज़ें हमारी स्मृतियों से छन जाती हैं पर कुछ पल ऐसे होते हैं जो हम मृत्यु तक बचाकर ले जाते हैं। ये वही पल थे। सिनेमा हॉल के मुलायम अँधेरों में मुझे इयान बांड के व्यावसायिक व्यक्तित्व के पीछे खामोश बैठा कलाकार मुस्कुराता दिखा।

पोस्टेड एट 3.45 ए.एम.

प्रतिक्रिया

कॉरल पॉल, बैंगलोर

मैं 42 साल की हूँ। फ्लेमेंको डांस सीखना मेरा बचपन का सपना था। डॉन किहोते भी बचपन में पढ़ा था। लामांचा और वो पवनचक्कियाँ। तुमने मेरे बचपन की चाह जगा दी।

पोस्टेड एट मॉर्निंग।

अमिता इन स्पेन ब्लॉगस्पॉट डॉट कॉम

29 नवम्बर, 2004

मुचोस बेसोस। मैं परसों मैड्रिड लौट आई थी। मुझे यहाँ अच्छा लग रहा है। मैंने बस टूर किया और मैड्रिड की खास जगहों को देखा। कुछ फोटोग्राफ लिए...आप सबकी शिकायत दूर करने के लिए कि मेरे ब्लॉग पर फोटो नहीं हैं। यह मैं...म्यूज़ियम के बाहर सिगरेट फूँकती हुई। यह पिकासो म्यूज़ियम है और वह दूसरावाला 'म्यूज़ू इरोथिक' यानी इरॉटिक म्यूज़ियम। ये हैं दोनों के भीतर के कुछ दुर्लभ चित्र...

'म्यूज़ू इरोथिक' बस पिकासो म्यूज़ियम से कुछ ब्लॉक छोड़कर ही था। मैं बिना कुछ समझे अन्दर चली आई...अन्दर आते ही मैं कुछ हैरान थी और कुछ शर्म से लाल। मैंने बाहर पढ़ा भी था...'म्यूज़ू इरोथिक'। मेरे पास खड़ा लड़का मुझे देख मुस्कुराने लगा...मेरा चेहरा इतना पारदर्शी क्यों है!

ये विक्टोरियन इरा के कामकलात्मक चित्र हैं...वहाँ और भी ऐतिहासिक चित्र वीथिकाएँ थीं जहाँ बौद्ध हिन्दू और ब्रिटिश चित्र थे—हाँ, प्रेम करते लोगों के। दो-एक फोटो लेने के बाद ही मैं असहज हो गई। बिलकुल खजुराहो के मन्दिरों की तरह ही मुझे उस म्यूज़ियम को सहजता से लेना चाहिए था...मगर मुझे सिगरेट की तेज़ तलब हुई, मैं म्यूज़ियम से बाहर आ गई। वह लड़का मेरे पीछे चला आया। और आगे क्या कहूँ, मैंने पीछा छुड़ाने के लिए उससे कहा कि वह मेरा एक फोटो ले ले म्यूज़ियम के बाहर...।

शाम मुझे अपने आखिरी चैप्टर्स लेखक को दिखाने थे। उन्होंने अपने घर बुला लिया मुझे। सड़कों पर बहुत भीड़ थी, यह सैलानियों का मौसम था। हाथ में अजनबी देश का नक्शा लिए, अपने कैमरों के साथ म्यूज़ियमों, गिरजों, चौराहों और पार्कों में वे बिखरे थे। लेखक का घर शहर के भीतरी घेरे में था। टैक्सी ने मुझे बाहर ही छोड़ दिया। गलियों के इस जाल में शहर के बाहरी हिस्से से कहीं कम शोर था। उस छोटी, सूनी गली में मीठा मौन फैला था। दोनों तरफ घर बने थे...तीन और चार मंज़िलों के। पुराने और अपने पुरानेपन के गरिमामय प्रभामंडल से घिरे।

उनसे मिलकर मैंने पहले ही जान लिया था कि लेखक बहुत सनकी होता है। एक शब्द पर महीनों अटका रह सकता है मगर अनुवादक के पास तो शब्दों की टूल किट होती है। कोई तो शब्द कहीं सही-सही फिट होगा ही मगर लेखक के साथ बैठकर अनुवाद करना मुश्किल काम था। वह पिछले अनुवाद से खीजा हुआ था।

"मेरी पिछली किताब का अंग्रेज़ी अनुवाद बहुत बुरा था। अनुवादक को क्या दोष दूँ? हिस्पानी संस्कृति की कुछ चीज़ों को अंग्रेज़ी में नहीं लिखा जा सकता है। समानान्तर शब्द कोई-न-कोई मिल जाएगा पर असल स्वाद गायब होगा। जानता हूँ, तुम्हारे लिए भी बहुत मुश्किल रहा होगा। किन्तु..."

जो अनुवाद मैं यहाँ से करके ले गई थी, उन सब चैप्टर्स में भी उन्होंने बहुत-सी काट-फाँस की। बहुत कुछ सुधारने के चक्कर में बिगाड़ दिया। माना कि कुछ

सांस्कृतिक चीजों के प्रतीक शब्दों का अनुवाद करना बहुत कठिन होता है। उन्हें कई शब्दों में व्याख्यायित करना होता है। स्पेनिश में जो एक शब्द में कहा गया है, वह यहाँ बीस शब्दों में कहा जाएगा। एक स्पेनिश शब्द के अर्थ में आप अंग्रेज़ी के कितने-कितने शब्द एक वाक्य में ठूँस सकते हैं। संस्कृति से जुड़े ज़्यादातर स्पेनिश शब्द रिदमिक और रायमिंग होते हैं...मूल पाठ में अगर कहीं कोई काव्यांश है तो यह मुसीबत और बढ़ जाती है। उफ! यह आसान नहीं था।

मेरा लौटकर कमरे में जाने का मन नहीं था। मैं 'प्रादो म्यूज़ियम' के पास बैंच पर बैठ गई। सामने पेवमेंट पर सैलानियों की भीड़ थी। शाम ढल रही थी और हर चीज़ एक सिल्हट में बदल रही थी। बीता हुआ समय मेरी झोली में था। आज रात बिस्तर में गिरते ही यह झोली खुल जाएगी और इसमें समेटकर रखे पल कठपुतलियों की शक्ल ले लेंगे और अदृश्य धागों में बँधे बीते समय को अतिरंजित और अतिनाटकीय तरीके से पेश करेंगे।

ख़ैर। मेरा सब ब्लॉग 'रोड टू लामांचा ब्लॉगस्पॉट डॉट कॉम' देखा क्या? मुझे आपकी प्रतिक्रिया चाहिए...ला मांचा की राह पर।

मैड्रिड

पोस्टेड एट 3.30 ए.एम.

प्रतिक्रिया

ओला अमिता...

बहुत रोमांटिक ब्लॉग है 'रोड टू ला मांचा'। मगर अधूरा है...आगे तुमने कुछ अपडेट ही नहीं किया। ये तुम्हारा हीरो इयान बांड सच में है कि काल्पनिक?'

मैडोना, लन्दन

30 नवम्बर, 2004

ओला मैडोना

तुम अन्दाज़ लगाओ। 'रोड टू ला मांचा' जल्दी ही अपडेट करूँगी। आज ही।

अमिता

रोड टू लामांचा ब्लॉगस्पॉट डॉट कॉम

30 नवम्बर, 2004

मेरा मैड्रिड का काम खत्म हो गया था और मैं सैनसबैस्टियन लौट आई। कुछ भी हो, इस छोटी-सी ट्रिप ने मेरे मूड को प्यारा कर दिया है। मैं इयान बांड की मन से आभारी हूँ।

मुझे लग रहा है कि अब मैं ज़िन्दगी को सकारात्मक तरीके से जीने लगूँगी। मैं इयान बांड जैसे ज़िन्दादिल और यथार्थ की जादूगरी समझनेवाले इनसान से मिली हूँ। मेरा नज़रिया बदल डाला है उन्होंने। स्पेन की इस भीतरी यात्रा के दौरान खास सांस्कृतिक तौर-तरीकों के निशान मेरे मन पर बल्कि व्यक्तित्व पर हमेशा रहेंगे। मैं इन पलों को अपनी स्थायी यादों की डायरेक्टरी में रखूँगी।

लौटते ही बहुत काम थे। अगले चार सप्ताह में मुझे इस अनूदित उपन्यास का फाइनल ड्राफ्ट इयान बांड को देना है। मूल पाठ का एक भी शब्द काटे बिना। वह बहुत कड़क है इस मामले में।

सच पूछो तो आजकल मैं कम्प्यूटर की बोर्ड और मॉनिटर से बुरी तरह उकता रही हूँ। मुझे लग रहा है, मैं आधी अन्धी हो गई हूँ। मैं अपनी बाईं आँख से ठीक से नहीं पढ़ पाती छोटे फॉन्ट्स। उफ! मैं इस तकनीकी से हाथ जला बैठी हूँ। मगर यही है जो मुझे डबलरोटी मय मक्खन और सर पर छत दिलाए हुए है। अनुवाद के लिए इससे बेहतर माध्यम क्या हो सकता है—डिक्शनरी, थिसॉरस, स्पैलचैकर...!

सब कुछ आपकी स्क्रीन पर एक क्लिक की दूरी पर।

लेकिन इतना सारा काम...फिर अपने दोनों ब्लॉगों पर हर दिन कुछ-न-कुछ लिखना...प्रतिक्रियाएँ पढ़ना। ई-मेल पाना। उनको जवाब देना।

क्या होता है जब आपके ख्वाब पूरे होकर बुरी तरह उबाऊ साबित हों? इयान बांड की प्रकाशन संस्था में काम बड़ी बात थी। वह भी क्लासिक्स का अनुवाद। अब मुझे यह उबाऊ लग रहा है। क्या इसका मतलब सपने मर रहे हैं? कल्पनाएँ भोथरी हो रही हैं? मैंने बहुत दिनों से सपने ही नहीं देखे हैं। मैं पहले बहुत सपने देखती थी। बचपन में तो बहुत सपने देखती थी कि मैं उड़ रही हूँ। मैं स्कूल घोड़े पर जा रही हूँ और सब बेहद हैरान हैं। कभी बुरे सपनों में मैं खुद को पूरी क्लास के सामने नंगा देखती। मैंने कमोड पर बैठकर ब्लेडर खाली करने के सपने देखते-देखते कई बार बिस्तर गीला भी किया है। ये सारे सपने हकीकत से कहीं साफ दिखते हैं और उन पलों में विश्वसनीय और डरावने भी लगते हैं। आजकल मैं इन डरावने सपनों से भी खाली हूँ।

पोस्टेड एट 9.40 पी.एम.

4 दिसम्बर, 2004

हॉस्टल इस किताब का अंग्रेज़ी में अनुवाद करते-करते अपने हॉस्टल के सलेटी दीवारोंवाले कमरे में मैंने इयान बांड की राय मान लेने का और कुछ आत्मकथात्मक लिखने का तय कर लिया था। मैंने उसे फोन पर सूचित किया। उस दिन तो फोन पर वह खुश हुआ लेकिन अगले दिन उसने मुझे यूँ देखा, जैसे मैं कॉन्फ्रेंस हॉल में

हूँ ही नहीं। मैं ला मांचा में निन्जा बाइक पर साथ घूमते मध्यवयस व्यक्ति से किशोर बन गए इयान बांड को खोजती रही। वह जैसे छलावा था। यहाँ आकर गायब हो गया था। वापसी के बाद से मैं इयान बांड की तटस्थता से परेशान हो गई हूँ। वह एकदम चुप है। मैं दो दिन के इस घुमावदार सफर में समझ ही नहीं पाई कि क्या वह सब प्रेम था? एक अनार-सा सुलगा था और कुछ रोशनी निकली, न जाने वह कब फूट भी गया। बस मन के आँगन में कुछ जले हुए बारूद के निशान कुछ धागे, कुछ फटे काग़ज़ छूट गए थे।

मैं उसके दफ्तर की सीढ़ियाँ चढ़ते हुए एकदम सहज थी। बीते हुए और आनेवाले सुख के बीच झूलते हुए मैंने उसके ऑफिस के दरवाजे में झाँका तो उसने तटस्थता से मुझे कहा, ''व्यस्त हूँ, बाद में बुलवाता हूँ।'' बाहर बैंच पर बहुत इन्तज़ार करवाने के बाद मुश्किल से वह मिला। मिला तो लगा कि मैं इस आदमी को पहली बार देख रही हूँ। बल्कि वह पहलेवाले कड़क प्रोफेशनल जैसा भी नहीं था जो मुझे अपने इंटरव्यू के वक्त मिला था। वह तो यह कतई नहीं था जो हमारी यूनिवर्सिटी में आया था।

इस आदमी का कायान्तरण हो चुका था। एक मध्यवयस के नितान्त भिन्न मनुष्य में। यह आदमी एक चुप्पी ओढ़े अपने अकेलेपन की खोह में बैठा था। उसकी आँखों में स्थिरता नहीं थी। चेहरे का कड़ापन गायब था, वह भावरहित था। मैं भूल गई कि यह शरीर कभी मेरे शरीर पर झुका था। यह मुँह मेरे मुँह पर रखा था...ये होंठ और इनका स्वाद सब कुछ। मैं अपने सामने एक अजनबी को पाकर हतप्रभ थी। उसने मुझे इस असमंजस से मुक्त करने की पहल की। ''अगर तुम अपनी किताब लिखने की सोच रही हो तो फिर उस अनुवाद को आखिरी ड्राफ्ट के लिए मैडलाइन को दे दो। पहले ही बहुत देर लगा दी है तुमने।'' वह शान्त स्वर में बोला किन्तु मैं आवेश में आ गई।

''मैंने उस पर कितनी मेहनत की है। लेखक से नोट्स लिए हैं। शुरुआती ड्राफ्ट्स बनाए हैं। हाथ से और फिर कम्प्यूटर पर भी। जल्दी ही पूरा हो जाता मगर लेखक महोदय ने फिर बदलाव कर दिए तो मैं क्या कर सकती हूँ!''

''यूँ भी अंग्रेजी से जर्मन अनुवाद तो मैडलाइन को ही करना है, उसे सुविधा रहेगी। तुम अपनी किताब पर ध्यान दो। अगर वह अच्छी बन पड़ी तो मैं उसे ज़रूर छापना चाहूँगा।''

''वाह! स्पेनिश से अंग्रेज़ी में बदलकर उसका काम तो पहले ही बेहद आसान कर दिया था मैंने और अब यह भी उसके नाम...।''

मेरी बात पूरी हुए बिना ही उसने अपनी असिस्टेंट से कहा, ''अगले आगन्तुक को भेज दो।''

आनेवाला एक नया 'हंगेरियन' लेखक था। वह डरते हुए ऑफिस में घुसा और अभिवादन में लगभग दोहरा हो गया। इयान बांड के चेहरे का घमंड देखने लायक था। मैं रूमानियत में डूबे उस शख़्स से इसका मिलान करने में असमर्थ थी। उसके ऑफिस में अचानक गर्मी हो आई थी। उसने उसे बैठने को कहकर मेरी तरफ कुछ यूँ देखा कि मैं हड़बड़ाकर उठ खड़ी हुई। कुर्सी से उठते मुझे अपमान महसूस हुआ और मैं बाहर आ गई। मेरा चेहरा गुस्से से जल रहा था। मुझे लगा, मेरा दोहरा इस्तेमाल हुआ है। मेरी स्थिति किसी सन्निपात के रोगी की-सी थी। मुझ पर आवेग की तरंग हावी थी। मैं व्याकुल थी और सान्त्वना के लिए किसी कन्धे की सख़्त दरकार थी। मगर वहाँ कौन था? उस पल यह देख बहुत ज़्यादा बेगाना लगा...इतना कि सड़क पर चलते हुए मैं रो रही थी और हवा में मुट्ठियाँ उछाल रही थी। ''अगर यह उस 'ना' की वजह से है तो इयान बांड, तुम दुनिया के सबसे अनैतिक व्यक्ति हो।''

चलते हुए मैं एक पुरानी चर्च की सीढ़ियों के सामने आ खड़ी हुई थी। मुझे लगा, दरख़्तों के साये में ठंडी और शान्त सीढ़ियाँ मुझे बैठने का आग्रह करने लगी हैं। मन पीड़ा और अपमान से सूजा हुआ था। मगर कुछ मिनटों में चर्च के मौन में घुलकर वह मन के तल में तलछट-सा जमा हो गया। मैं उस घनी शक्ति को पीती हुई वहीं बाहर सीढ़ियों पर एक घंटा और बैठी। मैं किसी चर्च के भीतरी हिस्सों में कभी नहीं जाती। वजह मेरी अपनी किसी धार्मिक आस्था से जुड़ी नहीं है। बस, यूँ ही नहीं जाती...अच्छा चलो, बता ही देती हूँ। एक बार गोआ में मैंने एक कैथेड्रल में अन्दर एक बोर्ड पर लिखा हुआ पढ़ा था कि 'कृपा करके नॉन क्रिश्चन लोग यह होली वाटर न लें।' उस 'पवित्र जल' को पीने या छूने की मेरी कोई चाह नहीं थी लेकिन उत्सुकता के तौर पर मैंने पात्र के पास जाकर देखा तो वहाँ खड़े प्रीस्ट ने मुझे बुरी तरह डपटकर दूर हट जाने को कहा था। शायद तभी से मैं आहत हो गई।...क्योंकि मैंने शलवार-कुर्त्ता पहना था और बिन्दी लगाई हुई थी। कोई बात नहीं, हर धर्म में अपनी उदारताएँ और संकीर्णताएँ होती हैं। वैसे मैं चर्चों की समानतावादी उदारता और साफ-सफाई और पूजा के सभ्य शालीन तरीकों की कायल हूँ।

रोड टू लामांचा ब्लॉगस्पॉट डॉट कॉम

12 दिसम्बर, 2004

उस रोज़ चर्च में बैठकर पाम्पलोना से सैनसबैस्टियन के अपने कमरे में लौटकर मैं विषाद के दलदल में थी। मैं भौंचक्क थी। तकलीफ में थी।

मैंने आते ही खिड़की खोली...सीलन भरी सड़ांध का झोंका भीतर आ गया। पुरानी इमारतों की कतारें अपने एक से भद्दे पिछवाड़ों के साथ प्रेतों-सी खड़ी थीं... उखड़े पेंट और उधड़े सीमेंटवाली दीवारें। भीतर भी एक-सा सलेटी सीमेंट का फर्श और बासी बॉलपेपर्स...जो हमेशा गन्दे ही दिखते थे।

मैं बिस्तर पर अपनी खामोश चीखों के बीच अकेली बैठी हुई थी, जैसे प्रेतों के बीच कोई ज़िन्दा व्यक्ति!

कुछ तो कहा होता, कुछ तो सुना होता। यह बहुत क्रूर तरीका था। किसी त्रासदी के घटते समय आप लगभग मदहोश होने की हद तक बदहवास होते हों। मैं बदहवास थी।

अगली सुबह मैडलाइन मुझसे अनुवाद का ड्राफ्ट लेने आई थी। साथ में एक बड़ी राशि का चैक भी था। मैं बेहद आहत थी। उसने मुझे बताया...इयान बांड ने उसे कहा है कि पहले मेरा नाम जाएगा फिर तुम्हारा।

"मगर नब्बे प्रतिशत मेहनत मेरी है।"

"जानती हूँ। गनीमत है, उसने पहली बार ऐसा किया है, वरना एक विदेशी लड़के का काम तो उसने पूरी तरह किसी और के नाम से छापा था। हाँ, पैसे पूरे दिए थे।"

मुझे उसके निर्णय के पीछे एक ही बात थी जो नज़र आ रही थी कि वह इतनी महत्त्वपूर्ण किताब के अनुवाद में किसी गैरस्पेनिश का अकेले का नाम नहीं देना चाहता। मैंने मैडलाइन को वह ड्राफ्ट नहीं दिया जो मैंने लेखक से मिलने के बाद तैयार किया था। मैंने लेखक के हाथों की गई बहुत काट-फाँस और रद्दोबदल वाला ड्राफ्ट दे दिया। बच्चू, तुम भी क्या याद करोगी!"

पोस्टेड एट 9.29 पी.एम.

प्रतिक्रिया

हैरान हूँ कि उस ला मांचा की ट्रिप में तुम्हारे और इयान बांड के बीच क्या हुआ कि तुम इतनी परेशान हो।

फ़ियोना, यू एस ए

17 दिसम्बर, 2004

बताती हूँ–

उस रात 'सियुडेड रील' में ही रिसॉर्ट में...मैं उसके सुईट के लिविंगरूम में भूरे रंग के लैदर से ख़ूबसूरती से मढ़ी टेबल पर लैपटॉप रखकर एक आरामदेह कुर्सी पर

बैठी थी और ट्रांसलेट किए हुए कुछ पेज उसे दिखा रही थी। यह वह महत्त्वपूर्ण भूमिका थी जो लेखक के उपन्यास के पहले संस्करण में लिखी थी। इसका अनुवाद एकदम सटीक और प्रामाणिक होना था। कमरा खासा बड़ा था और वह पीरियड फर्निशिंग से सजा हुआ था। कालीन पर अदा से गिरते सलेटी, नीले और सफेद मखमली परदे थे। कमरे का तापमान एकदम सही था।

मैं अन्तिम पैराग्राफ पर थी कि उसके हाथ मेरे कन्धों पर आ टिके थे। "अब खत्म करें अमिता," उसकी साँसें छोटी थीं...मेरे लिए लगभग अप्रत्याशित। क्योंकि अभी रात शुरू ही हुई थी, हमने डिनर भी नहीं किया था। उसने मेरी चेयर घुमाई, अपनी तरफ। मैंने झिझकते हुए देखा, उसके पीले-गोरे चेहरे पर त्वचा के भीतर रफ्तार से बहते लहू की छाँह थी। चश्मे के पीछे छिपी आँखों में एक खोज थी। वह अपने भारी शरीर के साथ मेरी कुर्सी पर झुका था।

मेरी उससे कन्धे झाड़ लेने की कोई इच्छा नहीं थी। वह मेरी तरफ देखता हुआ खड़ा रहा, प्रतीक्षारत नहीं, स्थिर और किसी स्वाभाविक प्रवृत्ति के तहत, किसी एक संवेदन या ज़्यादा संवेदनों की प्रभुता और कामना के अधीन। मैं उसकी भीषण ज्वाला के इर्द-गिर्द मँडराती रही और अपनी साँस रोक ली, आँखें बन्द कर लीं और एक लम्बे पल के बाद उन्हें खोला। उसका चश्मा टेबल पर रखा था। वह नीचे को झुका और मुझे चूम लिया, मेरे ऊपर अपने हाथ रखे और अपने और क़रीब खींच लिया। मैंने इयान बांड के हाथों की शक्ति और बदन की हरारत महसूस की।

"एसे बेस्तेदो ते मू ए व्येन (तुम इस ड्रेस में सुन्दर दिखती हो।)" उसने मेरी नीली ऊनी ट्यूनिक को कन्धों पर से सरका दिया।

कमरा रात की मुलायम परछाइयों से भरा-भरा था। मैं उसके हाथों से निकल आई और मुड़कर खिड़की के समीप खड़ी हो गई। बाहर आकाश की गहरी सलेटी सतह पर बादलों के टुकड़े तैर रहे थे, दूर पहाड़ों के तीखे शिखर दिख रहे थे। मैं रूह, ख्वाहिश, इश्क और दुनियावी खौफ के जाल में उलझी थी। मुझमें कोई रासायनिक प्रक्रिया पूरी होने को थी। जब ऐसे कोई अनजाने रसायन जादू करते हैं तो मानो एक-एक कोशिश जीवन्त हो जाती है।

मुझे लगा, वह बुदबुदाया है—पॉएमोख आसेर अल आमोर? (क्या हम प्यार करें?)

मगर वह तो चुपचाप दीवार पर लगे अंडाकार दर्पण में हमारे प्रतिबिम्ब देख रहा था, मुलायम नीले प्रकाश में एक सुनहरी परछाईं जैसे दो शरीर। कुछ देर को हम दोनों स्थिर खड़े रहे। इयान बांड ने दर्पण में कैद मेरी छवि को पीछे से देखा, मैं अपनी इस आंशिक नग्नता में बहुत मांसल लग रही थी। वह मेरी पीठ से आ टिका था।

वह मुझे धीमे से वापस ले आया। मैंने उसे पूरी देह के साथ महसूस किया। उसकी पीली सफेद त्वचा गुनगुनी, नम और उत्तेजना में कसी हुई थी। उसने बड़ी कोमलता से मुझे सोफे पर लिटाया और बहुत धीमे से अपने कन्धों और सीने का बोझ मुझ पर डाला...उसकी जुबान और उसकी उँगलियों के पोर मेरी देह पर हर जगह थे, और...उसके आक्रामक स्पर्शों ने मेरी मांसलता में ऐसी भीषण आग लगा दी कि मैं चीख पड़ना चाहती थी। मुझे पता नहीं था कि मेरे भीतर इतनी अस्पष्ट इंच्छाएँ और स्पर्श की ललक किसी अनुकूल पल की प्रतीक्षा में सोए पड़े थे। अचानक एक अजनबी देश में, एक अप्रत्याशित पल में, एक मध्यवयस पुरुष के आगोश में यूँ आँखें मलकर जाग उठेंगे और मुझे हैरान कर देंगे! ओह नो, नो! मैं सोचने लगी। फरफराते परदों से रोशनी छनकर हमारे जिस्मों पर परछाइयों के कोलाज बना रही थी मगर आखिर लम्हे में जब मुझे उबरना था अपने भीतर के संकोच से तो सब कुछ डूब गया...

"नहीं, अभी नहीं।" मैं फुसफुसाई।

उसी पल मैं शिथिल पड़ गई। मेरी कामना तेजी से अपनी तीक्ष्णता खोने लगी।

मैंने उसे अपनी देह से होकर बहने नहीं दिया। वह वक्त की तरह मुझ पर से गुज़रा और मैं तल में पड़ी बालू की तरह स्थिर पड़ी रही। बची रही पसीने से लथपथ कामना, बेतरतीब नब्ज़ों का पागलपन बचा रहा। उधर अपनेपन की चौखट पर ठिठका खड़ा था बेगानापन। खिड़की के बाहर गिरजों की ऊँची मीनारें और बुर्ज हैरानी से हमें देख रहे थे। कमरे का भव्य और रूमानी माहौल मेरे व्यवहार पर शर्मिन्दा था। यह मेरे लिए एक दूसरी शानदार दुनिया की पैरवी कर रहे थे जिसका भागीदार होने की इच्छा के बावजूद मैं छिटक गई थी। बाद में मुझे गुस्सा आया खुद पर, खुद के भीतर ही भीतर खुद के गढ़े हुए और हिन्दी फिल्मों की तथाकथित नैतिक रूमानियत, आज़ादी, ख़्वाहिशों के मिले-जुले खिचड़ीनुमा संस्कारों पर। मुझे नहीं पता, वह क्या सोच रहा था पर वह अपनी शर्ट पहन रहा था। मैं उसके चेहरे पर कुछ नहीं पढ़ पाई...कुछ भी नहीं। फिर वह बिस्तर पर जा लेटा और जल्दी ही सो गया। अगले दिन उसे पाम्पलोना लौट जाना था। मुझे मैड्रिड।

अमिता इन स्पेन ब्लॉगसपॉट डॉट कॉम

22 दिसम्बर, 2004

कैसे हैं मेरे वर्चुअल, दोस्त?

इस एक महीने में कितना कुछ गुज़र गया। सच में मैंने अपनी ज़िन्दगी में ख़लल डाल लिया है। बाज़ारों में क्रिसमस की चहल-पहल है...मगर मेरे पास लिखने को कुछ

नहीं है। सॉरी...मैं अब अपना ब्लॉग 'ला मांचा की राह पर' यानी 'रोड टू लामांचा ब्लॉगस्पॉट डॉट कॉम' अपडेट नहीं करूँगी। आखिरी पोस्ट में मैं आपके लिए एक शेर और उसका अंग्रेज़ी अर्थ डाल रही हूँ। इसका लिंक 'अमिताइनस्पेन ब्लागस्पॉट' पर हमेशा रहेगा।

पोस्टेड : सुबह-सुबह...

रोड टू लामांचा ब्लॉगस्पॉट डॉट कॉम

22 दिसम्बर, 2005

कल हम—वो दोनों यक जा नाग़ाह हो गए थे
वो जैसे बर्क़े—ख़ातिफ़ मैं जैसे अब्रे तर था।

कल वह और मैं दोनों अचानक एक जगह साथ हो गए थे।

वह जैसे आँखों को चकाचौंध कर देनेवाली बिजली था और मैं पानी भरा बादल।

अपने स्पर्शों से उसने मेरे मन के कड़े खोल के भीतर एक सुराख़ कर दिया था... जिससे होकर पहली बार प्रेम ने मेरे भीतर रास्ता बना लिया था। अपनी छोटी-से-छोटी तफसीलों के साथ 'ला मांचा की राह' वाला दिन याद रहेगा। वे साधारण से दिखनेवाले पल मेरे पेन की 'नीली स्याही' से लिखे जाएँ या न जाएँ मगर ये मेरी स्मृतियों के बीच अपनी विराट् पहचान लिए हमेशा चमकते रहेंगे। अलविदा... अलविदा!

पोस्टेड एट 11.29 पी.एम.

अमिता इन स्पेन ब्लॉगस्पॉट डॉट कॉम

27 दिसम्बर, 2004

ओला अगेन! क्रिसमस बीत गया। देर ही से सही मगर...'मेरी क्रिसमस।' बहुत दिनों बाद लौटी हूँ। बेहद व्यस्त थी। मेरे पास आप लोगों के लिए एक खुशखबरी है। मैंने अपनी किताब पर सोचना और रूपरेखा बनाना शुरू कर दिया है।

हाँ, व्यस्त थी। शरीर काम कर रहा था...मन पर पट्टियाँ बँधी थीं। एक ऊँचाई से गिरकर...साबुत बचे रहना मुश्किल था मेरी यूनिवर्सिटी में अब नियमित कक्षाएँ शुरू हो गई हैं। मैं बहुत व्यस्त हो गई हूँ। सुबह कॉलेज, शाम अनुवाद का काम। अपनी किताब को लेकर दिमाग उलझा रहता है। चलो, अच्छा हुआ इतनी व्यस्तता और हड़बड़ाहट में मुझे दिल के टूटने का पता ही नहीं चला। इयान ने मुझे यूँ छोड़ दिया था, जैसे उसे मुझे पाने की कोई इच्छा नहीं थी...।

मैं अपने व्यक्तित्व के विश्लेषण में जुटी हूँ। दरअसल यह ज़रूरत अचानक आ पड़ी है। खुद को सँभालने के लिए। क्या था वह सब? क्या मैं महज उन क्षणिक कलात्मक संवेगों को तुष्ट करनेवाला एक तुच्छ शिकार थी? क्या यह मेरे असुरक्षित और भ्रम से घिरे माहौल की पैदाइश होने की वजह से हुआ? मुझे क्या हुआ था...मैं कोई किशोरी तो थी नहीं। इस पार या उस पार की काँपती पारदर्शी हदों के बीच बिखरकर मैंने यह क्या उलझाव पैदा कर लिए थे? मेरी आत्मा इस कदर प्यार से और नामालूम ढंग से कुचली गई कि मुझे पता ही नहीं चला। उसने मुझे भूलभुलैया में ला खड़ा किया है जिससे निकलने का रास्ता मुझे नहीं सूझ रहा।

मैंने दूसरी नौकरी के बारे में सोचना शुरू कर दिया था। स्पेन में स्थायी नौकरियाँ मिलना मुश्किल है। हाँ, पिज़्ज़ा डिलीवरी या सेल्सगर्ल का काम करने को तैयार हो जाऊँ तो बात अलग है। मुझे हताशा होने लगी थी।

अब मेरे सामने दो समस्याएँ थीं। पहली गम्भीर थी और दूसरी...भीऽ गम्भीर ही समझें। पहला यह कि मेरे लिए खुद लिखना अपने हाथ का महत्त्वपूर्ण काम छोड़ने जैसा था। अनुवाद करोगी तो पैसे मिलेंगे...नहीं करोगी तो बैंक में रखा पैसा उड़ाना होगा...महज एक महीने में वह चुक जाएगा, फिर फाकाकशी? यह लगभग बेरोज़गार हो जाने जैसा था।

दूसरी समस्या भाषा की थी...

लिखना तो मैं शुरू कर दूँ मगर भाषा कौन-सी—अंग्रेज़ी या स्पेनिश या हिन्दी या कश्मीरी? वही जिसमें कुछ भी परिभाषित या व्याख्यायित न करना पड़े। जब मैं चिनारों की बात करूँ तो भी या जब मैं गुश्ताबा की बात करूँ या लूची और कहवे की तब भी, वितस्ता की या झेलम की, बचपन के दोस्तों की, जब मैं प्लेबिसाइड की बात करूँ या मिलिटेंसी की, तो मुझे बहुत कुछ समझाना न पड़े। उलझ गई मैं यहीं आकर। मैं मानो एक पेड़ हूँ जिस पर भाषाओं के वलय चढ़े हैं। सबसे ऊपर, आग-पानी झेलती कड़ी छाल अंग्रेज़ी की है। उसके भीतर एक तह स्पेनिश की है जो आकार और आधार है। उससे भीतरी सरस वलय हिन्दी की है, जो पोषण और नमी देती है, सबसे भीतरी कोमल केन्द्र कश्मीरी है, जो मन-प्राण है। लेकिन मन-प्राण सबसे कोमल हैं। उन्हें कलम में उतारा तो छिल जाएगा अन्तस। इसलिए अंग्रेज़ी ही मुझे सुविधाजनक लग रही है। सबसे कड़ी छाल।

भाषाएँ खिचड़ी हो गई हैं मगर शब्द हैं कि इतना उबाल खा रहे हैं कि बिना भाव ओढ़े कोरे पन्नों की लहर में कूद जाना चाहते हैं, पर पहुँचेंगे कहाँ! यहीं कहीं डूब जाएँगे।

मैं माँ को स्पेनिश भाषा में याद कर रही हूँ, 'माद्रे'। गेज़पेचोज़ खाकर उनके हाथों के बने 'मुश'...याद कर रही हूँ। एक लहर किनारा पार कर ले तो फिर सब

कुछ यादों में किनारे तोड़ उमड़ आता है—कौसरनाग झील, वितस्ता का पुल... अल्लाहो अकबर के साथ...पार्वती की पूजा के श्लोक पहाड़ों से टकराकर अन्तरिक्ष में फैलते।

लिखना एक बहाना-सा बना हुआ था मगर लिख कितना पा रही थी, यह मैं ही जानती हूँ। जो भी फोन पर या चैट के दौरान पूछता, 'सुना, कश्मीर पर लिखने जा रही हो', उन्हें बहुत उत्साह से बताती। दूसरे ही पल यह उत्साह चुक जाता। घंटों विमूढ़-सी कम्प्यूटर पर बैठी रहती। बहुत से भाव एक साथ आकर मेरे लेखन को अवरुद्ध कर जाते। मैं घबराकर उठ जाती। कभी-कभी कोफ्त होती, अपने पैरों पर कुल्हाड़ी मार ली है। एक-एक शब्द मन के पुराने घाव खरोंच जाता।

रहमान सर कहते थे, अमिता के ज़ेहन में कीड़ा है शायरी का। शायरी तो नहीं की...बस, ऐसा ही कोई कीड़ा लग गया था मेरी जान को।

पोस्टेड एट 7.50 पी.एम.

प्रतिक्रिया

आर यू ओके अमिता? हू इज़ दिस बगर 'इयान बांड'? कम बैक होम।

अश्वत्थ पोस्टेड एट 12.50 पी.एम.

अमिता, तुम्हारी किताब का इन्तज़ार है।

निरंजन रैना, न्यूयॉर्क

29 दिसम्बर, 2004

मैंने भूमिका में कम्प्यूटर स्क्रीन पर एक वाक्य लिखा :

'मैं धर्म से ज़्यादा संगीत, स्वर और प्रकृति की हिमायती हूँ।
मैं पतझड़ में टूटी चिनार की सुर्ख़ लाल पत्ती हूँ।
मैं वादी में हवा के साथ उड़ रही हूँ।
उम्मीद है कि अपने मादरे वतन,
अपनी वादी की ज़मीन को कभी चूमूँगी।
अपने चिनारों की मिट्टी में घुल जाऊँगी।'

भूमिका के बाद कुछ लिख ही नहीं सकी। खाली पन्ने और कम्प्यूटर की नीली स्क्रीन खुलकर फैल जाते लहरों की तरह मैं उसमें कूदती और गड़प हो जाती। डूब जाती गहरे मगर तैरना मुझे आता ही नहीं था।

पोस्टेड एट 8.55 पी.एम.

31 दिसम्बर, 2004

आज फिर भाई यानी अश्वत्थ से 'ऑनलाइन चैट' की। कई दिनों से मुझे अजीब लग रहा था कि वह भी मेरा ब्लॉग पढ़ता है। इयान बांड को लेकर कमेंट पोस्ट करता है। वह सब कुछ जान रहा है, मेरे भीतर का। मेरा सुख, प्रेम और पीड़ा, अभाव और संघर्ष। इंटरनेट के इस वर्चुअल वर्ल्ड (आभासी संसार) के अजनबियों से बाँट लेना आसान है पर अपनों से हम क्यों छिपा जाना चाहते हैं?

"सुना, कश्मीर पर किताब लिख रही हो?"

"अरे, यह शोर तुम तक भी पहुँच गया!"

"तुम्हारा ब्लॉग पढ़ता हूँ, मैं भी, जब कभी वक्त मिलता है।"

"तुम पढ़ते हो?"

"हमेशा नहीं पढ़ता। पर जब पढ़ता हूँ, अच्छा लगता है। तुम्हारे बारे में जान लेता हूँ। तुम्हें हालात में डूबते-उबरते देखता हूँ। मुझे पता है, तुम 'ब्रेव गर्ल' हो। कई बार अपने नाटकों के लिए डायलॉग और सिचुएशन मिल जाते हैं। इज़ंट इट फनी? योर ब्लॉग इज़ डैम 'कूल'!"

"बहुत पॉपुलर है।"

"किताब कहाँ तक पहुँची?"

"पहले चैप्टर पर अटक गई हूँ। बहुत लोग लिख चुके हैं न कश्मीर पर...दूसरे नज़रिए से।"

"हम्म...वैसे तो विश्वयुद्धों पर लाइब्रेरियाँ भरी हैं पर यादों की भयावहता में इतनी विविधता है कि लोग अब भी लिख रहे हैं। फिर हम तो संसार की सबसे खूँरेज़ ज़मीं पर पैदा हुए थे, जहाँ बहुत पुरानी जंग अब तक लड़ी जा रही है।

हो सकता है कि हमारे बाद की पीढ़ी के लिए हमारा निर्वासन, 'विभाजन' के इतिहास जैसा होकर रह जाए। उन्हें बस यह याद रहे कि हम एक मुसलमान राज्य में रहनेवाले चन्द हिन्दू थे इसलिए हमें मुस्लिम राज्य कश्मीर से निकाल दिया गया था। इसलिए इस विषय पर जितना लिखा जाए, कम है। कम-से-कम वे तो लिखें जिन्होंने इसे भोगा।"

"सो तो है। मगर मेरे लेखन का केन्द्र हिन्दू या कश्मीरी पंडित ही हों, यह ज़रूरी नहीं है।" उसे और स्वयं को शान्त करने के लिए मैंने आश्वस्त होने का ढोंग किया जबकि मैं कतई ऐसा महसूस नहीं कर पा रही थी।

"तुझे याद है दादी की?"

"हँ...है।"

"कैसे वह जम्मू में कैम्प में 'हब्बकदल कपूअर...छु...? (हब्बाकदल किधर है?) कहते हुए पूरे कैम्प में घूमा करती थी, उसे मतिभ्रम हो गया था। उसे ही क्यों, बहुत से और भी बूढ़ों को।"

"हाँ, मुझे सब कुछ याद है, पर मैं बहुत दिनों तक याद करने से बचता रहा हूँ। जब लौटकर वहाँ गया तो एक गहरे अवसाद में रहा। जिन्हें तुम चित्रों में देख रही हो, वो मैंने हकीकत में देखा है। मैंने लिए हैं वो चित्र।"

"खैर, छोड़। तू शादी कब कर रहा है?"

"तुमने भी तो यह मामला टालकर रखा है। तुमने नहीं की तो मैं कैसे कर लेता? वहीं ढूँढ़ लेती किसी को।"

"ढूँढ़ लूँ और ढूँढ़कर सीधे माला डाल दूँ?"

"मुझे लगा...तुम्हारा ब्लॉग पढ़कर कि वहाँ कोई है।"

"कहाँ?"

"स्पेन में।"

"नहीं। कोई नहीं है। वो तो...ऐसे ही था। आधारहीन आकर्षण मात्र। कोई मेल नहीं था। उम्र...सोचने का ढंग कुछ भी मेल नहीं खाता था। वह सब खत्म हो गया।"

"अच्छा हुआ। शायद पापा देख रहे हैं लड़का..."

"बेकार जान ज़ाया कर रहे हैं। कश्मीरी लड़कों के लिए मेरी उम्र निकल चुकी है। अगले महीने बत्तीस की... ।"

"यहाँ भी...तीस के हो जाएँगे।...फिर थिएटरवाले को देखकर तो बिदकते हैं कश्मीरी पंडित। इंजीनियर, डॉक्टर के अलावा उनकी नज़र में कोई कैरियर है ही नहीं।"

"तुझे कोई नहीं मिली वहाँ थिएटर में?"

"मिली थी...एक नॉर्थईस्ट की लड़की मंजुला। मगर जमा नहीं। वह जल्दी में थी। मैं इत्मीनान में था। अब सोचता हूँ, ऐसे ही सही है।"

"हाँ। कुछ लोग अकेला रहना पसन्द करते हैं, लेकिन असामाजिक भी नहीं दिखना चाहते।"

"हाँ, हम उसी वर्ग के हैं।"

हम दोनों ने एक साथ ठहाका लगाता स्माइली भेजा।

"बारह बज गए हैं। नया साल मुबारक हो तुम्हें।"

"तुम्हें भी।"

"अमिता, लौट आओ अब।"

"सोचूँगी।"

हम दोनों भाई-बहन बहुत अधिक एक से हैं, चैट करते हुए हम आपस में एक-दूसरे की हास्यास्पद प्रतिलिपि लग रहे थे। हम खुली नंगी जड़ें लिए वैसे ही घूम रहे थे जैसे कोई अनाड़ी बन्दरिया माँ बच्चे को उसकी नाल के साथ घसीटती है। हम शादी किससे कर लें? क्या वह हमें समझेगा? यह मेरी और मेरे सहोदर दोनों

की उलझन थी। हमारे पिता हमारे सनकी रवैयों से दुखी थे। अश्वत्थ से चैट करने के बाद मैं उस रात सो नहीं सकी।

कल रात मैं अपनी एक अजनबी विदेशी मित्र 'गॉडेस मेडोना' को चैट करते हुए बता रही थी कि...'गॉडेस मेडोना' उसका इंटरनेटी छद्म नाम है। हो सकता है, वह लड़की हो ही न...विदेशी भी न हो...इंटरनेट पर 'छद्म' एक हद तक जायज़ है। हाँ, तो मैं बता रही थी कि "कश्मीर यूरोप से कहीं ज्यादा ख़ूबसूरत है। यूरोप में साल में बारह में से दस महीने बादल रहते हैं और यहाँ साढ़े दस महीने धूप खिलती है। चिड़ियों की हज़ारों प्रजातियाँ। कश्मीरी में उनके हरेक के नाम हैं। कश्मीरी औरत की सुन्दरता ताज़े खिले कमल की सुन्दरता है—चाहे वह हिन्दू हो या मुसलमान औरत...(मुझे यास्मीन की याद आ गई।) सच में कश्मीर जमीन पर स्वर्ग है।"

"...एंड मिलिटेंसी रूइंड योर हैवेन? व्हेन डिड यू लीव कैश्मीर? (...और आतंकवाद ने तुम्हारा स्वर्ग नष्ट कर दिया। तुमने कश्मीर कब छोड़ा?)" वह लिखती है और मेरे ज़ख़्म लहलहाने लगते हैं—हरे होकर।

"बहुत छोटी थी मैं..."

"अमिता, आई डोंट अंडरस्टैंड, वाय कश्मीरीज़ आर फाइटिंग? फॉर हूम दे आर फाइटिंग? इफ चॉइस इज़ देयर बिटवीन टू थिंग्स, इदर विकमिंग ए जुगलर वेन ऑफ पाकिस्तान ओर ए रोज़ इन द बकेट ऑफ इंडिया। (अमिता, मैं समझ नहीं पाती कि कश्मीरी किसलिए लड़ रहे हैं? किसके लिए वे लड़ रहे हैं? अगर उनके पास दो विकल्प हैं कि या वे पाकिस्तान की दुखती और खून बहाती रग़ बन जाएँ या भारत के गुलदस्ते का गुलाब।)"

मैं क्या जवाब देती? मैंने साइन ऑफ कर दिया।

"सॉरी मेडोना आयम साइनिंग ऑफ...आई हैव टू लीव...।"

पोस्टेड एट 11.30 ए.एम.

प्रतिक्रिया

अमिता,

मुझे यकीन है कि हमारा कल्चर, जिन्हें हम कश्मीरियत कहते हैं, वह इतनी कमज़ोर नहीं है कि कट्टरपन्थी इसे कुचल दें। तुम लोग लौटोगे तो वक्त के बीतने के साथ इसकी चमक लौट आएगी और यह फिर अमन और भाईचारे से गुलज़ार होगा।

ओमार ख़ालिद, श्रीनगर

माई डियर अमिता

लौटने में क्या रखा है...भूल जाओ...उन अव्यावहारिक लोगों की तरह व्यवहार मत करो। यहाँ जम्मू में बहुत कश्मीरी हैं जो भूल नहीं पाए हैं, लौटने को पगलाए हुए घूमते रहे हैं। मगर उनके जले हुए मकानों पर बुलडोज़र चलाए जा रहे हैं। वो बाज़ार, जहाँ कश्मीरी हिन्दुओं की दुकानें होती थीं, नए सिरे से खुल रहे हैं। तुम सब मिट चुके हो वहाँ से। विलुप्त शब्द सुना है न...? और ये कश्मीरी इंटेलेक्ट बन्दे...इनकी सिम्पैथी तुम्हारे फेवर में नहीं हो सकती।

अंजना गुप्ता फ्रॉम जम्मू

6 जनवरी, 2005

अश्वत्थ से बात करने के लिए इस बार मुझे बहुत दिन 'ऑनलाइन इन्तज़ार' करना पड़ा।

"तू कश्मीर कब हो आया?"

"पिछले महीने जम्मू तक गया था। मन नहीं माना, खतरे उठाकर आगे चला ही गया।"

"सुना, हालात सुधरे हैं!"

"हाँ, थोड़े-थोड़े। बाहर से। भीतर वही सब है।"

"मैं जाना चाहती हूँ।"

"जा न। इन्तजाम है।"

"हाँ, पापा बता रहे थे कि राज जीजा है न, उनका छोटा भाई शान्तनु आर्मी में जो था...वो आजकल वहाँ पोस्टेड है।"

"फिर तूने देख लिया कश्मीर!"

"क्यों?"

"फिर तू जो लिखेगी वो फौजी नज़रिए से लिखेगी।"

"फिर...?"

"तू पहले इंडिया आ जा...श्रीनगर में मेरा एक दोस्त है। वह एक न्यूज़ चैनल का रिपोर्टर है। जब जाना हो, बताना।"

"कौन?"

"वज़ीर...।"

"मुसलमान है!"

"...तो? अपना कश्मीरी यार है। बचपन में मेरे स्कूल में था। दिल्ली में वो मुझे एक टेलीफिल्म की शूटिंग में मिला था।"

"तुझे उस पर यकीन है?"

“जितना तुझे मुझ पर। मैं उसी के घर ठहरा था।”

“ये बता, तू वहाँ क्या करने गया था?”

“उसने बुलाया था। जम्मू में उसकी कश्मीरी सेब पर बनी डॉक्यूमेंटरी फिल्म का प्रीमियर था। उसने मुझे जो ई-मेल किया था, उसमें लिखा था कि ‘मैं चाहता हूँ तू खुद आकर आँखों से देखे कि तुम्हें जड़ों उखाड़कर हम कितना जम सके हैं।’ ”

“अजीब पागल है।”

“पागल नहीं है अमि...सच कहता है वो। अमि, मैं बारह साल का ही था न, जब हमें उन्होंने खदेड़ा था? मुझे हलका-सा याद था कि श्रीनगर तब कैसा दिखता था। उस समय वहाँ स्कीइंग की इंटरनेशनल प्रतियोगिता होती थी। फिल्मों की शूटिंग होती थी। बहुत तरसता था इसलिए चला गया। मैं उस श्रीनगर की यादों को नए सिरे से अपने लिए ‘सहेजना’ चाहता था। इसलिए मैं वहाँ लौटा। मैं दाढ़ी बढ़ाए, वज़ीर का शलवार-कुर्त्ता पहने गलियों में आवारा भटकता घूमता रहा। लोगों को देखता रहा। घंटों अपने घर के बाहर खड़ा रहता था। पड़ोस में जहाँ रैना अंकल का घर था, उसमें एक मुसलमान परिवार आ बसा है। मुझे अपने घर में कभी मर्द तो नहीं दिखे। एक बेवा औरत और उसकी दो जवान बेटियाँ दिखा करती थीं।

एक बार वह औरत मुझे देख बाहर निकल आई। कहने लगी, ‘बहुत दिनों से आप यहाँ आते हैं, क्या किसी को ढूँढ़ रहे हैं?’ मैंने कहा, “नहीं। मैं बस इस घर को देख रहा हूँ। यह कभी हमारा था।’ ”

वह चौंक गई।

“ ‘आप पंडत हैं?’ मैं हलका-सा डर गया था सो खामोश रहा। उन्होंने मुझे घर में बुलाया। कहवा पिलाया। मुझे भीतर ही भीतर उनसे नफरत हो रही थी और वो मेरी खातिर-तवज्जोह कर रही थीं। बड़ी अजीब स्थिति थी। समझ नहीं आ रहा था, क्या बात करूँ। तभी वह हिचकते हुए बोलीं, ‘मेरे पति को दहशतगर्दों ने मार डाला था। हमने तो यह घर किराए पर लिया है।’ कहते ही वो अपराधबोध से घिर गईं। मैं चुपचाप वहाँ से कहवा पीते ही उठकर चला आया। अचानक मुझे लगा, यह घर, यह मुहल्ला कितना अजनबी था! अचानक मेरा सरोकार खत्म हो गया था, इस अधजले घर से। मैं भागा वहाँ से कि मैं यहाँ क्या कर रहा हूँ, इस अजनबी घर के सामने, अजनबी मुहल्ले में, अजनबी शहर में! उसी रात फ्लाइट पकड़कर मैं दिल्ली आ गया। फिर कभी मन नहीं हुआ वहाँ जाने का। पता नहीं, मेरी नफरत का अन्त हुआ या नहीं मगर उसका स्वरूप ज़रूर बदल गया।”

पोस्टेड एट 10.15 पी.एम.

7 जनवरी, 2005

मैंने अश्वत्थ को अपने बचपन की दोस्त यास्मीन का पता ढूँढ़ने को कहा था। उसका जवाब नहीं...वज़ीर की ई-मेल आई।

"अगर ये वही यास्मीन हैं, जिनके वालिद शायर रहमान 'अन्दलीब' हैं, जो स्कूल मास्टर थे श्रीनगर में...तो इनकी बेटी 'यास्मीन' का इन्तकाल हो चुका है। कुछ साल पहले। करगिल के बाद की छिटपुट बॉम शैलिंग में...सीज़ फायर से ज़रा पहले। इनकी शादी कुपवाड़ा के उधर हुई थी।"

मेरे हाथ-पैर ठंडे हो चुके थे। मन दर्द से पक चुका था। कोई फोड़ा होता तो फोड़ भी देती। अब बस, मैं याददाश्त खो देना चाहती हूँ। नहीं...मैं कहीं नहीं जा रही। वहाँ तो कतई नहीं...उस देश में...एक कमज़ोर देश में। मैं यहाँ भूखी नहीं मर रही हूँ। मैं चाहूँ तो यहाँ स्थायी तौर पर रह सकती हूँ। थोड़ी और आँखें फोड़कर, कमर तोड़कर एक कमरे के घर और पुरानी कार का इन्तज़ाम कर ही लूँगी।

पोस्टेड एट 5.15 ए.एम.

प्रतिक्रिया

तुम्हारा ब्लॉग पढ़कर वैसा ही लगा, जैसे किसी 'मरे हुए' की शिनाख़्त के बाद लगता है। मजबूर और मातम के पुराने दौर में वापस लौटता हुआ। वही 'मोड और मूड' जिसमें मैं बरसों कश्मीर में रहा हूँ...जहाँ एक बन्द सुरंग...जिसमें मरने और मारनेवाले दोनों का खून भरा होता था और जिसमें छिपते-छिपाते मेरी रूह का दम घुटता था। अब मैं लन्दन का निवासी हूँ। बाहर से एक बदली फ़िज़ां में हूँ मगर भीतर...मैं वही हूँ। सैकड़ों मौतों का गवाह अपने दोस्तों, पड़ोसियों, टीचरों, रिश्तेदारों और अनजान लोगों के न जाने कितने सारे लोगों के जनाज़ों को कन्धा दिया है। मैं इंजीनियर हूँ, कभी कविताएँ करता था। मगर मैंने अब कविताएँ लिखना बन्द कर दिया है। एक वक्त था जब 'फिरदौस' टाइटल गाली लगने लगा था। आजकल मैं यहाँ लन्दन में एक अजीब से गुनाह के एहसास के साथ रह रहा हूँ कि मैं यहाँ आज़ाद हूँ और मेरे लोग वहाँ वही सब झेल रहे हैं...एक कफ़स...वे अपने घर से एक इंच हिल नहीं सकते सीमा सुरक्षा बल की तैनात फौज की इजाज़त के बिना।

मैं दो साल पहले कश्मीर लौटा था मगर वहाँ जाकर लगा कि मैं एक भगोड़ा हूँ। लोगों ने, मिलिटरी, मिलिटेंट सभी ने मुझे शक से देखा। मैं वापस यहाँ आया और यहीं बस गया। अब मैं कश्मीर के बारे में पढ़ने से बचता हूँ। मैं अपनी पहचान से बचता हूँ। वे सारी चीजें जिनसे मैं बना हूँ, उन्हें मैं नकारता हूँ। मगर मैं उस दुख का क्या करूँ जो मैं अपने साथ ले आया हूँ? मेरे साथ ही रहता है यह दुख, मेरी साँसों में—एक माँ की चीख की तरह जिसने धमाके में अपने बेटों को खोया है। उन बच्चों की असहाय

सिसकियों की तरह जिनके पिता को मर जाने की हद तक सताया गया है। वहाँ से जब मैं लौटा, वहाँ सब कुछ अनिश्चित और अस्थिर था, अब मैं क्या उम्मीद करूँ?

फिर भी एक हद तक मैंने खुद को सँभाल लिया था यहाँ मगर अमिता...मेरी दुनिया फिर उलट गई। सात जुलाई को लन्दन में मैं 'हॉलेंड पार्क ट्यूब स्टेशन' पर था, जब बम धमाका हुआ। बम धमाकों की आदत के बावजूद मेरा वजूद हिल गया। मैं पराए देश में शक की निगाह से देखा जाने लगा। मगर मेरे पास मेरी पहचान के कुछ काग़ज़ बचे थे जिन्होंने मुझे बचा लिया। हम निर्वासित कश्मीरी, हमारी पहचान काग़ज़ों में ही बची है, तुम सच कहती हो, हम जड़ों पर चलकर इधर-उधर छिप रहे हैं मगर हमारी जड़ें खुली हैं।

मुजीब हसनैन।

पोस्टेड एट 9.20 पी.एम. लन्दन।

8 जनवरी, 2005

मैं भी कश्मीर पर कम-से-कम बात करना और लिखना चाहती हूँ।

अब तक तो जो भी लिखती थी, वह कौशुर के ज़ायकों की बात होती थी या चिनार के ख़ुश्क पत्तों पर पड़ते पैरों की चरमर आवाज़ की। मेरी स्मृतियों में आतंकवाद नहीं था...थीं तो बस दो लड़कियाँ कच्चे अखरोट तोड़ती। मेरे बचपन में हर सुबह नानी माँ मेरे कमरे की खिड़की खोलती थीं तो...वादी गुनगुनाती मिलती थी सुबह का कोई पवित्र गीत। कस्तूर की तान और नदी की धुन। मुझे पूरी रात नींद में भी इन्तज़ार रहता, सुबह का और खिड़की के खुलने का। रसलिंग पॉपलर्स और चावल के खेत। कश्मीर कब मेरी रगों में चुपचाप बहता रहा है, यह मैं अपनी सतत यात्रा में जान ही नहीं सकी। बचपन के चित्र स्मृतियों की कब्र में फड़क रहे हैं, जो नींद की खोह कुरेद सपनों के बीच बिल बनाकर निकल आते हैं। यास्मीन की याद में मेरा मन 'ब्लीड' करता है।

पोस्टेड एट 11.10 पी.एम.

18 जनवरी, 2005

मुझे इयान बांड की शर्त माननी पड़ी। हालाँकि उस क्लासिक उपन्यास के अनुवाद में मुझे अनुवादक की जगह पर अपना नाम मैडलाइन के साथ शेयर करना बुरा लगा था पर कम-अज़-कम उस बन्दे ने मेरी भावनाओं का कुछ तो खयाल रखा। मेरी आर्थिक दिक्कतों का भी।

आगे भी अनुवाद के लिए कुछ पतले-पतले पचास पृष्ठोंवाले मेडिकल जर्नल्स भेजे हैं। ये क़रीब चार-पाँच थे। स्पेनिश वैज्ञानिक और तकनीकी शब्दकोश के साथ

उसने पैसा एडवान्स में भेज दिया था। काम पहले की अपेक्षाकृत बहुत कम था मगर मुश्किल था। मुझे उस दौरान अक्सर महसूस हुआ कि कहने को स्पेनिश बीस देशों की भाषा है—कला, संस्कृति और इतिहास के लिए एकदम माकूल और बेहद काव्यात्मक, मगर विज्ञान के सन्दर्भ में इसका शब्दकोश सीमित है। इस क्षेत्र में कुछ खास नहीं लिखा गया है...इसलिए यह अधूरी भाषा है। ऐसा मुझे लगता है। किसी और के ख़यालात मुझसे उलट भी हो सकते हैं। क्या कहते हैं आप?

ये जर्नल्स पूरे होने को हैं। मेरा लिखना जारी है। कल मैंने इंटरनेट पर एक अखबार में पढ़ा था कि कश्मीर में हालात बेहतर हो रहे हैं...शायद मेरा वहाँ जाना सम्भव हो सके। कल रात मैंने भारत लौटने को लेकर कशमकश में बिताई है। अचानक मेरा इंटर्नशिप बीच में ही छोड़कर जाना ठीक होगा? सात महीने का मेरा वीज़ा बाकी था।

कौन ऐसी मूर्खता करता है?

पोस्टेड एट 11.10 पी.एम.

26 जनवरी, 2005

आज गणतन्त्र दिवस के दिन मैंने भारत लौटने के बारे में सोचना शुरू कर दिया है। मैं यहाँ से जाकर यहाँ का खाना ज़रूर मिस करूँगी। केवल खाना ही नहीं, 'खाने का तरीका भी'। मैंने पहले भी लिखा था कि मैडिटैरेनियन लोग भोजन को ऐसे ही सम्पूर्ण रीति-रिवाजों के साथ खाते हैं। खाने को पेट के खाली खोखे में बस उँडेलते नहीं चले जाते हैं।

यही वजह है कि वे भरपूर पौष्टिक खाने के बावजूद मोटापे का शिकार नहीं होते।

मैं स्पेनिश नहीं हूँ न! आज मैंने अपना डिनर कम्प्यूटर के सामने बैठकर निगला। नीचे मेरी मकान मालकिन की बिल्ली 'ड्यूमा' खाना हजम कर रही थी, ऊपर मैं। वो तो गनीमत है कि अभी मौसम चींटियों के लिए ठंडा है, नहीं तो एक लम्बी कतार अभी यहाँ परेड कर रही होती और मेरे पैरों पर भी कुछ दुस्साहसी चींटियाँ चढ़ी होतीं।

रात ज़्यादा हो गई है। नशे और नींद के बीच की टूटी-फूटी स्थिति में सपनों का कोलाज बन गया है। कहीं कश्मीर है...कहीं नहीं भी!

पवित्र अज़ान से गूँजती 'मिश्र की नीली मोज़ेक' वाली मीनारें वहाँ क्या कर रही थीं? अफ़गानिस्तान की वह हरी आँखोंवाली परदानशीं औरत! तालेबानी राज की वह दुलहन जिसके मेहँदी लगे हाथ महज इसलिए काट दिए थे कि वो बुरके के बाहर झाँक रहे थे...बाहर मर्द की आँख को आमन्त्रित करते हुए...यही उनका गुनाह था।

इन अटपटे ख़्वाबों में कौन-कौन चला आ रहा था...नाज़नीन फतेही...मुख़्तारन माई...ये यास्मीन की बड़ी अम्मी मज़हब की बात सिखाती हुई, "जानती हो, शरीयत में लिखा है कि बेटी का पिता की जायदाद में हिस्सा बेटे से आधा, एक औरत की गवाही का महत्त्व, मर्द की तुलना में आधा, औरत की मौत का मुआवज़ा भी मर्द के मुकाबले आधा होता है।"

वह बहस करती है, "एक तरह से, आधी अहमियत, वजूद आधा मगर आधे गुनाह की सज़ा पूरी। मगर यह आधा वजूद गूँगा तो नहीं और पत्थर का बुत भी नहीं बड़ी अम्मी।"

पोस्टेड एट 11.10 पी.एम.

27 जनवरी, 2005

मुझे लगा, कोई तो इस देश में होगा जो मुझे रोक लेगा।

इयान बांड मेरे निर्णय पर तटस्थ था। मेडिकल जर्नल्स के अनुवाद के बाद उसने मुझे वापसी के टिकट के इन्तज़ाम का वादा और गुज़ारे लायक पैसा दिया था। उसने मेरा दिल तोड़ा था मगर मेरे ज़मीर का खयाल रखा था।

वह मुझे जहाज़ पर छोड़ने आए, ऐसी उम्मीद करूँ...ऐसी उम्मीदें जगाने की गुंजाइश छोड़नेवालों में से वह नहीं था मगर अपने ऑफिस की सिंहासननुमा कुर्सी पर से वह ज़रूर मेरे लिए उठा था और एक औपचारिक आलिंगन और चुम्बन के साथ कहा था, "तुम जानती हो, अंग्रेज़ी पढ़ने में मुझे दिक्कत आती है मगर फिर भी तुम्हारी किताब का फाइनल ड्राफ्ट सबसे पहले मैं पढ़ना चाहूँगा...मुझे हर चैप्टर ई-मेल से भेज देना।"

मैं उसके दफ्तर की सीढ़ियाँ उतरते में संशय के साथ सोचा—शायद वह इतना भी बुरा नहीं था...याद आएगा।

पोस्टेड एट 9.20 पी.एम.

30 जनवरी, 2005

मेरा टिकट आ गया है। सामान पैक करने में लगी हूँ। मुझे दो फरवरी को जाना है। मैं इस शहर में रहकर भी बुलफाइट देख नहीं पाई। अच्छा हुआ। वह मेरे मिजाज़ से मेल कम ही खाता था। मुझे पता है, कोई साँड लाल कपड़ा देखकर नहीं भड़कता बल्कि उन्हें उनके जननाँग बाँधकर उकसाया जाता है। यह अमानवीयता मुझसे नहीं देखी जाती। कहने को तो वैसे गांधी की विचारधारा स्पेन में भी मायने रखती है। आज उनकी पुण्यतिथि पर फिर उसी डॉक्यूमेंटरी फिल्म का रिपीट टेलीकास्ट आ रहा है।

सच बताऊँ, यह शहर बहुत समय तक तो अजनबी बना रहा। मुँह फेरे रहा। बहुत धीरे यह खुला मुझ पर...और मैं इस पर। खुला तो इसने अपने भीतर के सारे रहस्य मुझ पर खोल दिए। इसने मुझे छुआ...मैंने इसे। अब जाकर कहीं हम अन्तरंग हुए तो मैं लौट रही हूँ। यहाँ का संगीत, गिरजाघरों के ठंडे पत्थर, गलियों के गुंजल और सटे हुए घर। घरों की बालकनियाँ और उनमें लटके फूलों के गमले। पिकासो और डाली के चित्र और उनकी अनुकृतियाँ बनानेवाले ढेर से आर्टिस्ट। इयान बांड के ऑफिस का वेटिंगरूम और वहाँ बैठे बोहिमियन लेखक...आत्मविश्वासविहीन...सूनी आँखों और लम्बी उँगलियों और सोने के दिलवाले। सब कुछ बेहद याद आएगा।

क्या मैं यहाँ वापस लौटूँगी? मुझे पता है, वहाँ जाकर यहाँ लौटने का मन करेगा।

पोस्टेड एट 12.20 पी.एम.

प्रतिक्रिया

वैलकम टू इंडिया

एक अजनबी दोस्त।

पोस्टेड एट 6.20 ए.एम.

हाई अमिता,

गोइंग बैक होम? वेरी सून आई विल विज़िट इंडिया। विल यू कम अलोंग विद मी टू सी ताजमहल?

फ़ियोना योर ओल्ड फ्रेंड

वापसी

मुझे तो इस ख़बर ने खो दिया है
सुना है, मैं कहीं पाया गया हूँ

–हफीज़ जालन्धरी

तीन फरवरी को मेरा जहाज़ पालम पर उतरा। मैं इत्मीनान से उतरी और लाउंज में आई। बाहर रेलिंग पर झुके लोगों की कई जोड़ी उत्सुक आँखों के बीच, मुझे पहचानती कोई उत्सुक आँखें नहीं थीं। अपने सामान का इन्तज़ार करते हुए मैंने अन्दाज़ा लगाया कि अभी कस्टम से छुटकारा पाते-पाते पौन घंटा लग जाएगा। फिर घर...मेरा अन्दाज़ा सही निकला। पौने घंटे बाद मैं टैक्सी में थी। मैंने पापा को फोन किया। बहुत देर लगाकर उन्होंने फोन उठाया।

"मैं पहुँच गई हूँ पापाजी।"

"अमिता...मेरी बच्ची। मैं सुबह से तेरे फोन का इन्तज़ार कर रहा था। अश्वत्थ भी कलकत्ता से बार-बार फोन कर रहा है।"

"फ्लाइट इसी टाइम पहुँचती है पापा।"

"बता, खाने में क्या बनवा दूँ तेरे लिए।"

"सादा खाना पापाजी।"

"ठीक है। इन्तज़ार करूँगा।"

मेरा पूरा वजूद इस ख़याल से ग्रस्त था कि मैं भारत लौट आई हूँ और आज यहाँ मेरा पहला दिन है। मुझे लेने एयरपोर्ट पर कोई नहीं आया है। पापा को मैंने ही मना कर दिया था और अश्वत्थ शहर से बाहर है। टैक्सी में बैठते हुए मैंने कोशिश की कि कोई भी त्रासद बात मन में नहीं झाँके। पापा का अकेलापन। माँ की मृत्यु। इयान बांड...कुछ भी नहीं...। मैं समझने की कोशिश में थी, अपने लौटने के निर्णय को लेकर। कितना अजीब है कि पिछले महीने अचानक मैंने किताब की भूमिका भर

लिखी और भारत आने का निर्णय ले लिया। अपना कोर्स अधूरा छोड़कर, एक अस्थायी सही मगर नौकरी छोड़कर।

टैक्सी में बैठी तो दम घुटने लगा। डीज़ल की गन्ध और धूल। मैं खिड़की बन्द कर पाने या खोल पाने की, किसी स्थिति में नहीं थी फिर भी मैंने खिड़की के बाहर ताका। सड़कों पर इन तीन सालों में भीड़ और कुछ गुना बढ़ा गई थी। मैट्रो के आने का असर कुछ खास नहीं पड़ा है सड़कों पर, निरन्तर चलती कारों का अन्तहीन सिलसिला और पीछे नज़र डालो तो नित नए बनते मॉल्स...खेत या खुली ज़मीन बमुश्किल दिखती है। एयरपोर्ट से शहर आने में लम्बा वक्त लग गया। व्यर्थ ही पापा के खाने पर इन्तज़ार करने के लिए हामी भर दी थी। वो भूखे बैठे होंगे। अभी टैक्सी धौलाकुआँ ही पहुँची है। पहले काउंटर पर उस तीखी मूँछवाले कस्टम ऑफिसर ने वक्त लगा लिया। अब यह ट्रेफिक।

''भैया, वहाँ कालका जी थाने के बगलवाली गली में। हाँ...बाईं तरफ। बस...बस, यहीं रोक लो।''

पापा गेट पर ही खड़े थे। मैंने प्रणाम करते हुए देखा कि वे बहुत कमज़ोर हो चले हैं। वे देर तक सर पर हाथ फिराते रहे और मेरा मन तरलता में ऊब-डूब होता रहा था। पापा झुककर सामान उठाने लगे।

''भारी है, आप रहने दें।'' मैंने अपना बैग कन्धे पर उचकाकर चढ़ा लिया और सूटकेस थामकर सीढ़ियाँ चढ़ गई। पापा मेरा पर्स और बॉटल थामे पीछे थे।

नहाने का बहुत मन था लेकिन पापा को खाने के लिए और प्रतीक्षा करवाना ठीक नहीं था। वे डायबिटीज़ के मरीज़ हैं। मैं हाथ-मुँह धोकर टेबल पर आ गई। पापा ने नौकरानी से बहुत कुछ बनवा लिया था। बाज़ार से ढोकला और मिठाइयाँ भी ले आए थे।

''अश्वत्थ कब आएगा?'' मैंने काजू कतली का लज़ीज़ और नाज़ुक टुकड़ा कुतरते हुए कहा।

''उसका कुछ नहीं कह सकते। कह रहा था, 'कलकत्ता नाट्योत्सव के तीनों शो पूरे करने होंगे। अब तो अमिता हमेशा के लिए आ गई है। साथ ही रहेगी।' ''

''सोचा तो यही है।'' पर सच पूछो तो मैं असमंजस में हूँ कि करूँगी क्या? पापा शायद भाँप गए...

''कोई-न-कोई नौकरी मिल ही जाएगी।''

''हाँ, उससे पहले एक किताब शुरू की है, वह पूरी करूँगी।''

हम चुपचाप खाना खाने लगे। खाना खत्म करके मैं गैलेरी में से होकर रसोई में आई तो देखा, बहुत-सा सामान जो श्रीनगर से आते समय बाँधा था, अब भी

बिनखुला था। वह जो पापा और अश्वत्थ की सीमित ज़रूरतों में काम नहीं आता था, मसलन माँ की सिलाई मशीन, पुराने कालीन, कुछ सन्दूक।

मैं पापा के कमरे में जा पहुँची।

''आ जा। आराम कर ले। थक गई होगी।''

''नहीं। कुछ खास नहीं।'' मैं उनके पास अधलेटी-सी बैठ गई। वे देर तक मेरा सर सहलाते रहे। मेरा मन रोने का कर रहा था मगर...यह सही समय नहीं था। मैंने सोने का बहाना किया और उन्होंने मेरे ऊपर कम्बल डाला और खिड़कियों पर परदा डालकर, बाहर जाकर अख़बार पढ़ने लगे।

सप्ताह बीतते-बीतते पापा को जल्दी ही यह महसूस होने लगा कि मैं ऊब रही हूँ। मैं उन्हें कैसे बताती कि कुछ दिन ऐसे ही निस्पंद रहना चाहती हूँ। बिस्तर पर मुँह ढककर, विचारशून्यता के खोल में बन्द। वे मुझसे उत्साह में आकर बहुत-सी बातें करना चाहते हैं, फिर मेरा तटस्थ चेहरा देख अचानक चुप हो जाते हैं। मुझे अपना व्यवहार अखरता तो है, पर क्या करूँ? क्या कहूँ? मेरा मन नहीं करता कि मैं किन्हीं अनजान लड़कों से अपनी शादी की बात में कोई दिलचस्पी लूँ।

मैंने पहले भी यही महसूस किया था और अब भी यही महसूस कर रही थी कि यह घर किसी तरह भी मुझे अपने आप से नहीं जोड़ता है। हमेशा अजनबी, अनमना और तटस्थ बना रहता है। तब भी मुझे बस छत पर आकर शान्ति मिलती थी। अब भी आपस में सटे हुए इन ढेर सारे घरों को देखकर लगता है कि ये किसी विपदा से घबराकर धीरे-धीरे खिसककर सट गए हों...इनकी छतों पर अँधेरा मानो सिलवटोंवाली दरी की तरह पड़ा रहता है। कहीं-कहीं रोशनी के पीले और चाँदनी के सफेद टुकड़े किसी-किसी चीज़ पर पड़कर उसे उजागर कर देते। पेड़ की किसी कोटर को। नंगी काई जमी दीवार को। तिकोनी छत पर पड़ी टूटी खाट को। छत पर मैं दीवार से सटकर बैठ जाती और अतीत खंगालती कि कैसे दुख के बुखार में तपते, सन्निपात में डूबे वे दिन सुख के दिनों की ही तरह जल्दी ही बीत गए। माँ के मरने के तेरह दिन होते ही पापा ने हमारे हाथ थामे और हम दिल्ली आ गए...शुरू के कुछ दिन मणि मौसी के घर रहे, फिर पापा ने एक प्राइवेट कॉलेज में नौकरी की...। मम्मी के ज़ेवर बेच दिए और बचे हुए पैसों और लोन से यह घर खरीदा।

छत के सन्नाटे के बीच खुलते हुए मन की परतों में इन समृतियों का सफर लम्बा होता जाता है।

'जवाहरनगर श्रीनगर से स्पेन वाया जम्मू और दिल्ली'–

श्रीनगर में जो बीती वही ज़िन्दगी थी। कितनी सहज थी...एकदम सरल। कितना सुख था एक मध्यवर्गीय, संयुक्त परिवार में रहने का! कोई भौतिकता नहीं, अच्छे कपड़े और अच्छा खाना और स्कूल। एक बच्चे के लिए संयुक्त परिवार नियामत होता

है। हरदम कोई-न-कोई सुननेवाला, टोकनेवाला, कई नाराज़ करनेवाले तो उतने ही मनानेवाले भी। त्यौहारों पर मज़ा दुगुना होता था। शिवरात्रि, जन्माष्टमी, रिशीपीर की पुण्यतिथि। पुलवामा में नानी का घर। हब्बाकदल में दादी का पुराना घर। जवाहरनगर का नया घर। तीन-तीन घर। मगर इन तीन घरों के होते हुए भी एक दिन...दीपावली के दूसरे ही दिन मैंने खुद को...दादी, पापा, मम्मी और अश्वत्थ के साथ एक ट्रक में दुखते हुए दिल के साथ बैठे पाया था। हमारे साथ बस तीन हलके-से सूटकेस थे और दो लोहे के ट्रंक।

आतंकवाद नया नहीं था, कश्मीर के लिए...मगर उस वक्त दादा जी को यूँ लगता था कि हमारे साथ क्यों होगा? हमने किसी का क्या बिगाड़ा है? 1989 में बहुत लोग मर गए थे। आतंक हवाओं में था...दादा को विश्वास नहीं होता था। उनके हिसाब से कश्मीरी पंडित गैरराजनीतिक...अपने व्यवसाय में व्यस्त और बच्चों की पढ़ाई पर केन्द्रित एक शान्त कौम थी मगर उनके अलावा हर कोई जानता था कि एक बार घर से बाहर निकले तो लौटेंगे कि नहीं, पता नहीं। जहाँ देखो, वहाँ हत्याएँ, बम धमाके, क्रॉस फायरिंग, अपहरण, कर्फ्यू और चारों तरफ खून, दर्द और मातम। दरवाज़े पर हलकी-सी आहट होती, हमारे प्राण मुँह में आ जाते थे। नानी के गाँव में हमारे स्कूल के पास की मस्जिद में 'इस्लाम बचाओ', 'आज़ाद कश्मीर' के नारों के साथ क़त्ल किए जा रहे लोगों की चीखें माइक पर प्रसारित की जाती थीं।

नाना-नानी बहुत पहले मामा के पास जम्मू जा चुके थे। हमारे सारे रिश्तेदार जा चुके थे। कुछ बचे थे वे भी जाने लगे थे। फिर तो सिखों की भी हत्याओं का दौर शुरू हो गया था मगर मेरे दादा अड़े रहे, "मैं डॉक्टर हूँ...मुझे नहीं मारेंगे। अभी तो मेरी इन्हें ज़रूरत है। हम कहीं नहीं जाएँगे।" मगर जब एक दिन दादा भी...तो पापा फिर रुके नहीं...। शोक से लगभग विक्षिप्त दादी के साथ जम्मू चले आए।

पापा को किसी तरह एक बस स्टैंड के पास लॉज में एक कमरा मिल गया था। उन्हें उम्मीद थी कि शायद महीने-दो महीने में सब शान्त हो जाएगा और यूनिवर्सिटी की उनकी नौकरी पर उन्हें जल्दी ही वापस भी तो लौटना होगा...किन्तु दो महीने बीत गए और वहाँ से बचे हुए लोगों का आना ही जारी रहा...लौटता तो कोई नहीं दिखा। अब लॉज का किराया भारी पड़ने लगा। पैसा चुका जा रहा था। उधर जम्मू का तापमान सारी हदें तोड़ चुका था। एक दिन पापा को दादा जी के एक पुराने मुसलमान मरीज़ मिल गए जम्मू में। उन्होंने हमें अपने घर चलकर रहने की पेशकश की और हम उनके साथ चले गए। उन्होंने अपना एक कमरा हमें दे दिया। पापा को पूरा अहसास था कि चार बच्चोंवाले परिवार के इस शख़्स की दरियादिली और परेशानी का मगर उन्होंने हमें पूरे पन्द्रह दिन न केवल रखा बल्कि खाना खिलाया

और पापा से पैसा लेने से मना कर दिया। हम पाँच लोग थे, वे छह और घर महज दो कमरों का था। अश्वत्थ पापा के साथ बाहर सहन में सोता था...मैं गर्मी में दादी और माँ के साथ। मच्छर और उमस हमारे लिए नए थे।

मुझे याद है, पापा रोज़ जम्मू जाते थे और किराए का घर ढूँढ़ते थे, मगर वहाँ किराया मजबूरियों की सीढ़ियाँ रौंदकर आसमान चढ़ चुका था। किसी तरह हमें जम्मू के एकदम बाहर बनी एक कॉलोनी में घर मिल ही गया। एक कमरा और एक रसोई। बाथरूम एक ही था जो हमें मकानमालिक के साथ ही इस्तेमाल करना होता था। वह भी सामनेवाले पोर्शन में रहता था, अपनी पत्नी और दो लड़कों के साथ। उसके बच्चे हमारे हमउम्र थे। तब मैं चौदह साल की थी। हमें मकानकालिक ने दो चारपाई दे दी थीं। एक पर दादी और मैं सोती थीं और दूसरी पर अश्वस्थ और पापा। मम्मी ज़मीन पर सोती थीं। पापा ने एक टेबल फैन खरीद लिया था।

मैं वह दिन कभी याद नहीं करती पर वह मेरे अवचेतन से हमेशा चिपका रहता है, एक लिजलिजी छिपकली की तरह। दिन में भी अँधेरा रहनेवाला और फिसलन भरा वह बाथरूम मुझे इतना नापसन्द था कि मैं वहाँ जाने से कतराती थी।

बहुत मजबूरी हो तो...लेकिन गर्मी इतनी थी कि मैं रात में नहाकर सोती थी, तभी नींद आती थी। उस रात पापा और अश्वत्थ बाज़ार से लौटे नहीं थे। मम्मी रसोई समेट रही थी। मैं बाथरूम में नहा रही थी, बल्कि नहा चुकी थी और अपने कपड़े पहन रही थी। कुर्त्ता आधा मेरी बाँह में था, आधा गर्दन में और मुँह ढका हुआ था कि अचानक मुझे अपनी छातियों पर गुनगुने हाथ महसूस हुए...मैं दम लगाकर चीखी। कुर्त्ता हटाया तो मकानमालिक सामने था। उसने मेरा मुँह दबोच दिया था।

''श्शश...चुप...चुप!'' वह मुझे अपने से सटाता रहा...छूता रहा मगर मैं चीखती चली गई। उसकी बीवी और मेरी मम्मी एक साथ ही बाथरूम की तरफ भागकर आई थीं...। मम्मी का चेहरा काला पड़ गया था...और वह न केवल अपने अधेड़ पति को बल्कि मुझे भी घृणा से देख रही थी।

एक सप्ताह ही में वह घर छोड़कर हमें रिफ्यूजी कैम्प की नारकीय ज़िन्दगी का रुख़ करना पड़ा था। जलते टिन की छत और नदी के किनारे की जलती बालू की ज़मीन। बक्से लगाकर बनाई गई आड़, जहाँ महीने भर में लू में भटकती और अपना 'हब्बाकदल' ढूँढ़ती दादी मर गई और अगले तीन महीनों में चुपचाप दुख झेलती हुई माँ भी मर गई।

मैं खुद ही कहाँ जान पाई थी कि इयान को कह पाती कि 'जब उस दिन मेरा चेहरा तुम्हारे सीने के नीचे इस तरह छिप गया था कि आँखों पर एक अँधेरा छा गया था...और अचानक तुम्हारे गुनगुने हाथ मेरे खुले सीने पर पड़े थे...अँधेरा और

अचानक सीने के उभारों पर गिरे हाथ...मुझे बाथरूम का यही अनुभव याद आ गया था और मैं...मेरी कामना अपनी तीक्ष्णता खो चुकी थी।'

अपने अतीत से उलझती...वर्तमान से भागती हुई उस दिन जब बहुत देर बाद मैं छत से नीचे उतरी तो देखा, पापा सीढ़ियों के पास खड़े हैं तो अनजान ग्लानि से भर गई।

"कब से खड़े थे?"

"अभी ही आया था। कमरे में देखा, तुम नहीं हो तो..."

खाने की मेज पर अक्सर यह चुप्पी असहनीय हो जाती थी। शायद हम दोनों ही नहीं समझ पा रहे कि इन तीन सालों के अन्तराल के बाद कैसे बात करें और क्या बात करें? पापा उभरी नसों के जाल से भरे हाथों से मुझे खाने से भरे कैसरोल पकड़ाते रहते थे। खाना खत्म होता तो मुझे खुशी होती।

"कल तुझे तेरी मणि मौसी ने बुलाया है खाने पर।"

"जल्दी क्या है! मैं कुछ दिन आराम से आपके साथ रहती।"

"उनके घर में उनकी पोती की सगाई की रस्म भी है।"

"पापा..."

"अच्छा छोड़, कल की कल देखेंगे।"

मैं बैठक में आ गई। खिड़की के बाहर रुकी हुई हवा चल रही थी। बत्ती बुझाकर दीवान पर लेटकर मैं स्पेन के बारे में सोचने लगी। कुछ दिनों बाद वहाँ उत्सव शुरू हो जाएँगे। मौसम बदलने लगा होगा। मैं ऐसी ही हूँ। वहाँ थी तो यहाँ को शिद्दत से याद करती थी और लौटने का मन करता था। यहाँ हूँ तो वहाँ का सब कुछ याद आ रहा है और लौटने का...लौटूँगी कभी? नहीं, अभी गलत सुर नहीं लगाना है। मैंने स्पेन की बातों को मन से बुहार दिया।

जानबूझकर माँ को याद करने लगी। मेरी माँ ख़ूबसूरत औरत थी। मेरी माँ की बहनें कहती हैं कि मैं एकदम उन पर गई हूँ बल्कि आवाज़ और हँसी भी। मुझे माँ के बिस्तर की गुनगुनी आँच याद है। उनमें से करारी सिंकी गेहूँ की ताज़ी रोटी की महक आती थी।

मेरे नींद में डूबने से पहले घंटी बजी। पापा उठे, "लगता है अश्वत्थ आ गया।"

मैं आश्वस्त हुई। कम-अज़-कम अश्वत्थ कुछ-कुछ तो मेरी बुनावट का था। थोड़ा मुझ-सा और मुझे समझता हुआ। यूँ हम दोनों पापा की औलादें हैं मगर पापा के साथ एक जनरेशन गैप मैं शिद्दत से महसूस करती हूँ। अश्वत्थ और मैं जानते हैं कि पापा अकेले हैं। हम उनके लिए बहुत कुछ करना चाहते हैं। उन्हें खुश रखना चाहते हैं लेकिन रख नहीं पाते। हम उन्हें उनके अकेलेपन के बुलबुले से बाहर नहीं निकाल सकते क्योंकि हम दोनों भी वैसे ही बुलबुलों में कैद हैं, उन्हें आपस में फूटने से बचाने की भरसक कोशिश करते हुए।

अश्वत्थ के कारण ही मैं मणि मौसी के घर चली आई थी। मणि मौसी मेरी माँ की सबसे बड़ी बहन हैं। उनके पोते-पोती हमारे हमउम्र हैं। मुझे यहाँ अच्छा ही लगा। रौनक और भीड़-भाड़। मौसेरे भाई-बहन मिले जो कि सारे बचपन के साथी रह चुके थे। रचना, प्रांजल, मनोज, रागिनी, गज्जू और गिन्नी। उनमें से कुछ शादीशुदा थे...कुछ नहीं। सगाई की रस्म देखकर बचपन के उत्सवप्रिय दिन याद आ गए। सगाई महाराष्ट्रीयन तरीके से हुई थी, एकदम सादगी से। भावी दूल्हा महाराष्ट्रीयन है और दुलहन निकी के साथ एक मल्टीनेशनल कम्पनी में काम करता है।

दोपहर में हुई सगाई की रस्म के बीच अचानक बातचीत का केन्द्र मैं और अश्वत्थ बन गए। मणि मौसी की ननद बोलने लगीं।

"तेरा ये भाई अश्वत्थ तो नाटक की कोई हीरोइन ही लाएगा अमिता। इसकी क्या...अब तो ज़्यादातर कश्मीरी लड़के-लड़कियाँ दूसरी जाति में ही शादी करते हैं। अपनी जाति से भागते हैं। तूने कोई नहीं ढूँढ़ा वहाँ?"

मणि मौसी घबराकर पापा को देखने लगी थीं। अश्वत्थ मुझे देखकर मुस्कुरा दिया और आँखों से सहज रहने का इशारा किया।

रात के खाने के वक्त हम सब गपशप में व्यस्त थे। मौसा जी दूरदर्शन का कश्मीरी चैनल देख रहे थे। ख़बरों में ख़ास ख़बर थी कि फेक एनकाउंटर्स में मारे गए कश्मीरियों के लिए अलगाववादी पार्टी के कुछ नेता उपवास और भूख हड़ताल कर रहे हैं।

"स्साले हिप्पोक्रेट।" मणि मौसी के सबसे बड़े बेटे अरुण भाई साहब बड़बड़ाए।

इन्हीं की बेटी की सगाई हुई थी आज।

"कश्मीर में एथनिक क्लीजिंग के पैरोकार यही थे जो आज उपवास रख रहे हैं। हिटलर मानो गांधी का चोला पहनकर आ गया हो। ये आज कहते हैं कि कश्मीरी मुसलमान कभी नहीं चाहता था कि हिन्दू कश्मीर से जाए। यह उनका अपना डर था जो उन्हें यहाँ से बाहर ले गया। क्या इन्हें याद नहीं वो आदेश जो मस्जिदों के इमामों ने जारी किए थे, 19 जनवरी 1999 को? तारीख़वार घटनाएँ पूछ लो मुझसे।" सबसे छोटे मौसा जी ने खाने की टेबल पर से ही बात आगे बढ़ाई।

सारी मौसियाँ किचन में व्यस्त थीं...बच्चे खाना खा चुके थे। बड़े शुरू कर रहे थे। मैं बार-बार पापा की अतिसजग नज़र अपने ऊपर महसूस कर रही थी। हम दो थे जो इस शोरगुल के तरल उत्साह में ऊपर ही ऊपर तैर रहे थे। अश्वत्थ उन सबमें जा घुला था। मैं डायनिंग टेबल की एक कुर्सी खिसकाकर बैठ गई।

"जितना शोर राजनेताओं और बुद्धिजीवियों ने गोधराकांड के शिकार कुछ सौ लोगों के लिए मचाया है, उसका आधा भी कश्मीर में मारे गए हज़ारों हिन्दुओं के लिए मचाया गया होता तो...लगता कि हम भी अपने देश के अपने हैं। विस्थापितों

की पीड़ा का तो मैं यहाँ ज़िक्र करता ही नहीं, उन्हें तो जाने दो। सच पूछो तो हम देश की लिजलिजी नीतियों के मारे हुए हैं। इसीलिए कश्मीरी पंडित, किसी राजनीतिक पार्टी पर भरोसा नहीं कर पाता।''

ये नीरज मौसा जी थे। हमारे सबसे प्रिय मौसा जी, जिनकी शादी श्रीनगर में हमारे जवाहरनगरवाले नए घर में हुई थी।

''यही तो सबसे बड़ी बेवकूफी हुई कि शान्तिप्रिय और अपने व्यवसाय में मस्त कश्मीरी पंडित ने जम्मू-कश्मीर की राजनीति में कोई ख़ास रुचि ही नहीं ली। ली होती तो हालात बेहतर होते।'' मणि मौसी के ननदोई खाने की टेबल से उठते हुए...डटकर भरे हुए पेट पर अपने पाजामे का नाड़ा ढीला करते हुए बोले।

बहस पूरी तरह छिड़ चुकी थी...हमसे पहलेवाली पीढ़ी के लोगों में। हम लड़के-लड़कियाँ सब चुपचाप सुन रहे थे।

''वहाँ बात हो रही है कि कश्मीरी हिन्दुओं को लौटाकर लाने का माहौल बन रहा है। क्या यह कोई क्रूर मज़ाक है?'' अरुण भाई साहब ने अपनी कुर्सी पर करवट बदली।

''हाल ही के सप्ताहों में जम्मू-कश्मीर के कुछ राजनेताओं को सरगोशियाँ करते हुए सुना है। उनमें कश्मीरी नेता हैं, भारतीय नेता हैं और कुछ अलगाववादी नेता भी हैं जो कश्मीरी हिन्दू के वापस लौटने की पैरवी करते नज़र आ रहे हैं। कई फोरम बने हैं। कमीशन बन रहे हैं, एन.जी.ओ. भी उछलकर सामने आ रहे हैं कि कैसे कश्मीरी हिन्दुओं को वादी में वापस बुलाया जाए।'' सबको पानी देता हुआ मनोज बीच में बोला।

''हँ, बेकार की बात कर रहे हो। तुमने देखा ही क्या है, जानते ही कितना हो!'' बड़े मौसा जी ने बुरा-सा मुँह बनाकर मनोज को लताड़ दिया कि हम बच्चों को लगा कि बीच में न बोलना ही बेहतर होगा।

बच्चे अब वहाँ से उठने का मन बना चुके थे। एक-दूसरे को इशारा कर रहे थे, दूसरे कमरे में जाने का। इन विषय से वे सब भाग जाना चाहते थे क्योंकि ये नए लड़के-लड़कियाँ जानते हैं कि एक नपुंसक गुस्से के साथ, यह विषय बहुत बार चुभलाया जाता है हमारे परिवारों में।

''हाँ, मगर हम तो सहनशीलता की अपनी सारी हदें ही पार कर गए हैं। पूरा देश आतंकवाद से जल रहा है। यह समस्या दिन-रात भारत की सुरक्षा और विकास के लिए चुनौती बनी हुई है मगर हम गांधीजी का पाठ ही रट रहे हैं। एक गाल पर चाँटे खा लिए...अब दूसरा गाल आगे किए अगले चाँटे के इन्तज़ार में है भारत।''

''अब ये निर्णय लेंगे कि कब और किस तरह कश्मीरी हिन्दू वापस लौटेंगे। क्या वे कश्मीरी बच्चे लौटना चाहेंगे जो पिताविहीन हैं कि उनके पिता को एथनिक

क्लीजिंग के तहत मार डाला गया? या वे बहनें लौट जाएँगी जिनके भाइयों को घर से बाहर उनके ही मुसलमान दोस्तों ने बुलाया और बातें करने लगे, उधर से आतंकवादियों ने उन्हें भून दिया। वे दोस्त मस्जिदों में जा छिपे। उनकी गलती थी कि वे कश्मीरी हिन्दू थे और अतीत में उनके राजा ने भारत के तिरंगे में विश्वास किया था।'' मणि मौसी के ननदोई की फटी आवाज़ में तैश भर गया।

मैं उठकर जाने ही लगी थी कि जिसका अन्देशा था, वही हुआ। एक बार फिर बरबादियों का ज़िक्र हुआ।

''कितना भुगता हमने और अब भी भुगत रहे हैं। हमारे परिवार में सबसे ज़्यादा भुगता...मनोरमा ने (मेरी माँ)...ये बेचारी बच्ची...''

मेरे दादाजी की याद को कुरेदा गया। उन दर्दनाक मंज़रों से भागकर मैं जो 'शुतुरमुर्ग' बनकर कहीं दूर जा छिपी थी, वो मंजर मेरे सामने खोले जा रहे थे। इधर बहस जारी थी...मैं उठकर दूसरे कमरे में आ गई। पापा भी मुझसे कम शुतुरमुर्ग नहीं हैं, मगर वे वहीं बैठे रहे। अपनी चुप्पी की रेत में मुँह घुसाए।

दूसरे कमरे में टी.वी. पर बच्चों ने कोई फिल्मी चैनल लगा रखा था...कोई फिल्म चल रही थी, अंडरवर्ल्ड के विषय पर। पुलिस और अंडरवर्ल्ड के पैंतरों के बीच खूब गोलियाँ चल रही थीं कि अचानक भावी दुलहन निकी के दाँत भिंच गए और उसका शरीर अकड़ने लगा। उसे एपिलैप्सी का दौड़ा पड़ा था। सारा घर वहाँ इकट्ठा हो गया। चीख-पुकार मच गई।

मणि मौसी मौसाजी पर चीखीं, ''ये टी.वी. किसने चलाया? आपसे कहा था, न केबल निकाल के रखना...।''

''मैंने तो निकाल दिया था ये...पिक्चर तो दूरदर्शन पर आ गई।''

''धमाके की आवाज़ से इसे फिट पड़ते हैं।'' अश्वत्थ ने फुसफुसाकर मुझे बताया।

''बहुत छोटी होगी निकी तो...पप्पू, जब तेरे मौसा श्रीनगर से भगे होंगे।'' शुरू से दिल्ली रहनेवाली प्रज्ञा ने किसी से पूछा।

''हाँ, नौ साल की थी।''

अब मेरा मन बुरी तरह डूबने लगा था। मैं घर लौटना चाहती थी। घर...क्या है। पापा के घर का वह छोटा-सा लिविंग रूम, जहाँ मैं दीवान पर सोती हूँ। अश्वत्थ और पापा एक कमरे में सोते हैं। मुझे लगता है, मैं खुले में कहीं पड़ी हूँ। अचानक प्राइवेसी की कमी अखरने लगी है। पूरे कपड़े पहनकर...सोना। आदतें बहुत जल्दी बिगड़ती और बनती हैं। फिर बन जाएगी। शायद।

अश्वत्थ का कोई प्रोडक्शन होनेवाला था उन दिनों। मैं उसे घर में एक-एक डायलॉग पर मेहनत करते देखा करती। नहाते हुए, खाते हुए, चलते हुए वह

बड़बड़ाता रहता था, पूरी भावप्रवणता के साथ। जब मैं नींद में होती थी तब भी सुनाई देता...बल्कि कोई-कोई वाक्य तो सपनों में चला आता...'तिलोत्तमा' यह आँख और बिन्दु के बीच की दूरी का प्रश्न नहीं है। यह प्रश्न है आँख में छिपे स्वप्न और बिन्दु के सूक्ष्म आयामों का..." मतलब क्या है, इस डायलॉग का? या यूँ ही खाँमखाँ!

मैं अश्वत्थ के साथ एन.एस.डी. भी गई। वहाँ का खुला माहौल...और गलियारों में घूमते कलाकारों के बोहेमियन अन्दाज़ देख मुझे स्पेन याद आया...इयान बांड के साथ देखी साल्वाडोर डाली और लोर्का पर बनी फिल्म याद आ गई। एक तरफ यह माहौल मुझे आकर्षित कर रहा था, वहीं विकर्षित भी। मुझे लगा कि हर वक्त नाटकीय भाषा बोलते ये कलाकार कहीं ज़िन्दगी की असलियत...ज़मीन छोड़ चुके हैं। कहीं से पलायन करके यहाँ की इस हवा में डोलते ये इनसान नहीं, प्रेत हैं। भूतकाल से निकाले गए...अतीत के द्वार से भगाए गए। अश्वत्थ की अस्थिरता और अटपटेपन के लिए मैं इस माहौल को ज़िम्मेदार ठहरा सकती थी। लेकिन मैं...मेरा विश्लेषण कौन करेगा?

मैंने उस रात उसका शो देखा। जब यह डायलॉग आया तो...'तिलोत्तमा' यह आँख और बिन्दु के बीच की दूरी का प्रश्न नहीं है। यह प्रश्न है आँख में छिपे स्वप्न और बिन्दु के सूक्ष्म आयामों का, तो मुझे हैरानी हुई कि यह डायलॉग मुझे पूरा याद कैसे है? फिर ध्यान आया कि यह अश्वत्थ ने रिहर्सल के दौरान हकीकत में बोला था जो मेरी नींद के नेपथ्य में से सरककर सपने के मंच पर चला आया था।

उस शो के बाद अश्वत्थ का फिर कार्यक्रम बनने लगा था। नेपाल में कोई 'सार्क सांस्कृतिक महोत्सव' था। मुझे लगा कि अश्वत्थ के जाने से पहले ही मुझे खिसक जाना चाहिए। मुझे दिल्ली आए डेढ़ महीने से ज़्यादा हो चुका था। हम दोनों ही जानते थे कि पापा जानते हैं, उनके दोनों यायावर भागने के मूड में हैं। हमारी मनमर्ज़ियों पर पापा का एकदम चुप हो जाना हमें खुद अखरता है। एक अपराधबोध सालता है। बेहतर होता, वे कुछ कहते कि हमें अपनी बात स्पष्ट करने का अवसर मिलता। मैं उनसे यह पूछ पाने की स्थिति में नहीं थी कि 'मैं कश्मीर जाऊँ?' मैंने एक ट्रेवल एजेंसी से टिकट बुक करवा लिया फिर उन्हें बताया।

"कब जाओगी?"

"अगले महीने। दो अप्रैल को।"

मेरे कश्मीर जाने की बात जानने के बाद पापा और चुप रहने लगे थे। चुप्पी का एक निर्वात लील रहा था हमें...अजगर-सा। दोनों साँस रोके बैठे थे पूरी तरह लील लिए जाने तक। फिर भी संवेदनहीनता की हद तक पहुँचकर मैंने पापा से उनके पुराने मित्र को फोन करवाया...जो अभी कश्मीर यूनिवर्सिटी में प्रोफेसर हैं। प्रो. परवेज़ नियाज़।

"आप पहले ही हैं...जिसकी आवाज़ सुन पा रहा हूँ। बाकी लोग तो गए क्या कि भूल गए सब कुछ। कभी मुड़कर देखा नहीं। न खबर भेजी। ज़रूर भेजें अमिता को...। घर है मेरा।"

फोन मैंने हाथ में लिया।

"आपके घर मैं ज़रूर रहती परवेज़ अंकल, पर मैं वहाँ रिसर्च और काम के लिए आ रही हूँ। मुझे यूनिवर्सिटी के आसपास रहना सुविधाजनक रहेगा।"

"हाँ, अब तो स्कूल का बैग लेकर जानेवाली अमिता...बहुत बड़ी हो गई है न। तेरे पापा ने बताया कि हाल ही में तू स्पेन से लौटी है। बड़े-बड़े इंटरनेशनल क्लासिक्स के तर्जुमे किए हैं...। ठीक है...ठीक है...जो तू चाहेगी, वह होगा। बिलकुल...बिलकुल यूनिवर्सिटी गेस्टहाउस सेफ है। यहाँ अमन ही अमन है...बाकी सब अफवाहें हैं। तुम आ जाओ।"

जाने के एक सप्ताह पहले मुझे लगा कि मेरे कपड़े भारत के अनुकूल नहीं थे। सब जीन्स और स्कर्ट और खुले, बिन बाँहों के ढीले टी-शर्ट और टॉप। कश्मीर में तो ये बिलकुल ही नहीं चलनेवाले हैं। मुझे खरीदारी से नफरत है, मगर जाना पड़ा। वह भी दो-तीन बार। खरीदारी के दौरान, दिल्ली में पालिका बाज़ार में कश्मीरी कपड़ों की दुकान पर संयोग से मुझे एक कश्मीरी सेल्स गर्ल मिली। उसे देखते ही मन ने हामी भरी...हाँ, कश्मीरी ख़ूबसूरती की कोई सानी नहीं। उसकी आँखें क्या थीं, हलकी भूरी रेत के रंग के गोलक के चारों तरफ हलका हरा और सलेटी घेरा...वहाँ समुद्र के भीतर कोई सेहरा कैद हो जैसे। भरे हुए होंठ। लम्बा कद।

मैंने सालों बाद 'कोशुर टाइम्स' देखा, उसकी डलिया में। हमारा कश्मीरी अखबार। मुझे उस दो दिन बासी अखबार के बदले उससे दो फिरन और शलवार-कुर्त्ते के चार सेट खरीदने पड़े। मेरे पूछने पर उसने मुझे बताया कि उसका नाम नसीम है और वह पहले श्रीनगर में रहती थी। अब यहाँ आ गई है। मुझे उसे लेकर उत्सुकता हुई। हम जल्दी ही दोस्त बन गए।

मुझे वह कुछ अलग-सी लड़की लगी। औसत स्तर की पढ़ी-लिखी शायद बारहवीं या ग्रेजुएट भी हो सकती थी, लेकिन बहुत आत्मसजग और चतुर। अपने होने की केंचुल को छोड़ने को तत्पर। अपने भीतरी संसार से झगड़कर बैठी हुई। अपने कश्मीरी होने को लेकर गर्व की जगह उसे उलझन थी। उस बातूनी लड़कीनुमा युवा औरत को मैंने विस्तार में बात करने के लिए किसी तरह पटा ही लिया...कि श्रीनगर से उसका कब और कैसे हालात में आना हुआ। हम अलगे दिन कनॉट प्लेस के एक रेस्तराँ में बैठे। खाने के बाद मैंने उसे अपने बारे में बताया। फिर उसने शुरू किया। उसका किस्सा कुछ टेढ़ा था। उसी के शब्दों में कुछ यूँ :

"क्या बताऊँ, तलाक़ के बाद कश्मीरी मर्द के लिए मन फट गया था। ये कश्मीरी मर्द यूँ तो सीधा और गुस्सैल होता है मगर शादी के बहुत जल्दी बाद ही इनकी मोहब्बत खत्म हो जाती है। बचता है, बच्चा और औरत। हाल तो यह है कि कमाऊ आदमी, कश्मीर में आजकल सात औरतों पर एक आता है। मेरा बच्चा अब सात साल का है और उसे अपने अब्बू की शक्ल याद नहीं, जबकि वह खुद हू-ब-हू उसके जैसा है। पतला, लम्बोतरा चेहरा। हलकी सलेटी आँखें, हलके सुनहरे बाल। चाल-ढाल, हँसी सब उसके जैसी। ले-देकर अब मेरा पास यही बचा है। वहाँ उसके लिए क्या है—खतरा ही खतरा! वहाँ, उसका आगे कोई फ्यूचर नहीं था। मेरा फर्ज़ था कि मै उसकी जिन्दगी बचाऊँ। आज़ादी के नारे से पेट नहीं भरता न! मैंने खूब बचत की। निकाह में मिला ज़ेवर बेचा। कुछ अम्मी के दिए पुराने, बहुत महँगे पश्मीना शॉल बेचे। चाँदी का फिंज़ान...जानती हो न!

'हूँ, कहवा पॉट।"

"हाँ...वही तो। अम्मी जान जातीं तो...बुरा मानतीं। आप ही कहो, उनकी मुझे दिल्ली में ज़रूरत भी क्या पड़ती!"

वह कुछ देर को चुप हो गई। मैंने उसके चेहरे पर से नज़रें हटाकर आसपास देखा। लोग अपने में मगन थे। दोपहरिया व्यावसायिक मीटिंग, दोपहरिया रोमांस, दोपहरिया ब्रेक...।

"तुम यहाँ किस मक़सद से आई थीं? नौकरी?"

वह कोल्ड क़ॉफी का घूँट लेते हुए कुछ ठहरकर बोली।

"नहीं, सच पूछो तो मैं यहाँ अपने लिए पति और बेटे के लिए बाप ढूँढ़ने आई थी।"

यह सहज किस्म की बेबाक ईमानदारी कश्मीरी लड़कियों के नमकीन मिजाज़ का ही एक और पहलू है।

"मुझे आसफ़िन ने रास्ता बताया था। आसफ़िन...मेरी सहेली। एक साल से वह हैदराबाद में है। उसका दूसरा पति मुसलमान है। खुश है वो। उनकी जान-पहचान इंटरनेट के ज़रिए हुई थी। 'सैकेंड मैरिज डॉट कॉम।' मुझे लगा, अगर आसफ़िन यह कर सकती है तो मैं क्यों नहीं? मैंने भी बारहवीं के बाद कम्प्यूटर सीखा था। वहीं श्रीनगर में।"

"फिर?"

"फिर, इंटरनेट पर इस वेबसाइट पर रजिस्ट्रेशन कराने के सात हज़ार दिए मैंने। उन्होंने...वेबसाइट वालों ने मुसलमान, नौकरीशुदा मर्द ढूँढ़ देने का वादा किया। दिल्ली का, केरल का, हैदराबाद का, मुम्बई या बंगलोर कहीं भी। मैंने भी ऑनलाइन फार्म भरा था। रंग, उम्र, लम्बाई, पढ़ाई, शौक, बच्चे, शादी पहली या दूसरी, तलाक की

वजह, पति कैसा चाहूँगी...सब कुछ था फार्म में। मैंने एक सहेली के मोबाइल फोन से फोटो खिंचवाकर इंटरनेट पर अपने प्रोफाइल में लगा दिया था। मुझे हैरानी हुई, वहाँ बहुत-सी मेरे जैसी कश्मीरी लड़कियों की तस्वीरें और प्रोफाइल थे। कुछ ही हफ्तों में मेरा इनबॉक्स ई-मेलों से भर गया था। क्या बताऊँ, कई ई-मेल बड़े दिलचस्प थे। पहली शादी की नाकामी के मारे तन्हा मर्दों के। मैंने सबको जवाब दिए, अपने बेटे के बारे में लिखा। कुछ के जवाब आए। उनमें से एक मुम्बई में था, रिज़वान। दूसरे दो दिल्ली के थे।

रिज़वान ने बाकायदा मेरे और बेटे के लिए एयर टिकट भेजा था। हम उसके फ्लैट पर पाँच दिन रहे भी। मुझे क़रीब-क़रीब लगने लगा था कि हमारी शादी हो ही जाएगी और मैं खुशियों के क़रीब हूँ। मैंने दूसरी ही रात उसको क़रीब भी आ जाने दिया मगर फिर शायद...वह मेरे बेटे के साथ अटपटा महसूस कर रहा था। चौथे दिन ही उसने पूछा कि मैं वापसी में कहाँ का टिकट चाहूँगी—श्रीनगर का या दिल्ली का? तब मैंने पूछा कि तुम्हारा जवाब आखिर है क्या? उसने कहा कि वह अपने माँ-बाप से बात करके मुझे जवाब देगा। मैं तब भी बदगुमान थी। मैंने खुद को कहा कि 'नसीम, सब्र रखना ज़रूरी है। जवाब आखिरकार 'हाँ' में होगा।' मैंने उस फ्लैट में उसकी दो बेटियों और अपने बेटे के साथ बसे हुए घर के कई ख़्वाब देख डाले थे। मगर जवाब नहीं आया।''

मैं चकित थी नसीम की बातों से और अपने भाव छुपाने की तमाम कोशिशों में नाकाम।

''आपको यकीन नहीं हो रहा न...मुझे भी आसफ़िन की शादी पर यकीन नहीं हुआ था। ख़ैर, दूसरे दो दिल्ली में थे। उन दोनों के ही तलाक़ नहीं हुए थे। वो अमीर और अधेड़ थे और एक जवान जिस्म चाहते थे, दूसरी बीवी के तौर पर एक कश्मीरी जवान जिस्म। मैं उनसे मिली मगर मुझे ही कुछ जमा नहीं तो फिर मैं दिल्ली में ही रह गई। यह मेरे पति की दुकान है। मैं यहाँ उसकी कढ़ाई का सामान और पर्स बनाने में मदद भी करती हूँ। किसी तरह काम चल जाता है। उसकी असली बीवी और घर अलग कहीं है। मैं दूसरी बीवी हूँ।''

''ऐसी क्या मजबूरी थी?''

''जब मुझे लगा कि मुझे सिर्फ अपने बेटे के बारे में सोचना है, इतनी ठोकरें खा ही चुकी हूँ...तब मैंने सोच लिया कि मैं अब हर तरह के मर्द को निभा ले जाऊँगी...तो बाजी, मैंने उसी मर्द से निकाह कर लिया जिसकी दुकान में मैं सेल्सगर्ल का काम करती थी। कम-से-कम कश्मीरी तो है। इसके तीन लड़कियाँ हैं। सच पूछो तो, मेरी औकात अब भी वही है...और तनख्वाह भी बस ज़रा ही बढ़ी है।'' उसने घनी निराशा के साथ कहा और चुप हो गई।

“क्या पछताती हो...?”

“हाँ, बाजी। कई बार लगा, मैं ही गलत हूँ। मैं अपने पहले पति समेत बाकी मर्दों और इससे भी कुछ ज़्यादा ही अच्छा पेश आई हूँ। मैं उनकी सनकों को हँसकर टालती रही हूँ। उनकी जिस्मानी ज़्यादतियाँ भी।”

“... ।”

“मैं सच में कोशिश करती हूँ फिर भी मुझे ऐसा नहीं मिला जो सिर्फ मेरा होकर रहे। मेरे खयाल में मुझे उनसे इतना भी अच्छी तरह पेश नहीं आना था। मुझे उनके सर फोड़ देने चाहिए थे या चप्पल फेंककर मारनी चाहिए थी या कुछ नहीं तो आपे से बाहर तो होना ही चाहिए था।

“पागल हो...!” मैं हँसी थी।

“नहीं...सच्ची! तभी वो प्यार के मानी समझते। ये मर्द न, उसी चीज़ की कदर करते हैं जिसे पाने के लिए उन्हें अपना वजूद रगड़ डालना पड़े।” वह कहे जा रही थी और मुझे इयान बांड याद आ रहा था।

“मगर मैं खुद इस सलाह पर चल नहीं पाती। यह मेरे मिजाज़ में ही नहीं। मैं मर्दों को अपने प्यार में बिगाड़ लेती हूँ।”

“मैं भी तुम्हारी तरह हूँ नसीम। शायद हम सभी औरतें ऐसी ही होती हैं। अच्छा, ये बताओ...क्या तुम कश्मीर वापस नहीं लौटोगी?”

“नहीं।”

“नहीं!”

“...”

“याद नहीं आती... ।”

“आए तो क्या...और क्या...वहाँ क्या है? किराए का कमरा था। अम्मी-अब्बू ने ना कर दिया कि तुम्हारा निकाह कर दिया, हमारी ज़िम्मेदारी खत्म। फिर मेरा क्या है वहाँ, न शौहर, न माँ-बाप। वहाँ काम भी कुछ नहीं है। आए दिन की जान की आफत। महँगाई इतनी कि बस...नौकरी नहीं मिलती उस पर परदेदारी अलग से और डर...ऐसा कि औरतें सोए बिना महीनों से रह रही हैं कि अब आँख सुर्ख हो जाती है मगर नींद...गुम। यहाँ काम निकल जाता है। आप क्या कह रही थीं, आप जाओगी...वहाँ...?”

“हाँ।”

“अकेली! आपके लिए सेफ है?”

“अब तो...शायद। हालात बदल रहे हैं।”

“बकवास। वहाँ जाने लायक नहीं है अब भी...क्या करोगी?”

“किताब लिखूँगी।”

''क्या है सिवा मौत और मातम के?''

''नहीं...अपने बारे में। अपने बचपन के घर के बारे में...।''

''लिख लो, तो मुझे दिखाना। कश्मीरी में लिखोगी तो पढ़ लूँगी।'' वह मुस्कुराई। एक जीवट मुस्कान।

''पहले अंग्रेज़ी में लिखूँगी फिर उसका तर्जुमा कर सकती हूँ...कश्मीरी में।''

''चलें बाजी...मज़हर अकेला होगा।''

''हाँ।''

घर लौटकर मैंने स्पेन से आकर पहली बार अपना लैपटॉप खोला और इंटरनेट पर कश्मीरी मुसलमान औरत के बारे में कई लेख पढ़े। अपनी किताब के दूसरे चैप्टर में नसीम की कहानी लिखी, फिर देर रात अपना ब्लॉग अपडेट किया।

अमिता इज़ बैक ब्लॉगस्पॉट डॉट कॉम
30 मार्च, 2005, दिल्ली

मेरे कश्मीर की मुसलमान औरत...मैं उनके बारे में जानकर तकलीफ में हूँ। मैं सो नहीं पा रही हूँ। सोचती हूँ, बिना जलावतन हुए भी यह कैसी बेदर्द जलावतनी थी नसीम की। और जो वहीं रह रही हैं...उनकी हर रोज़ जिस्म से रूह की जलावतनी। कौन ज्यादा दुख में है—हम, जो वहाँ से भगा दी गईं...मार दी गईं...जला दी गईं...या वो वहाँ लगातार भाग रही हैं अपने वर्तमान से, रोज़ मर रही हैं...? पता नहीं!

सियासी दाँव-पेंचों, छद्म युद्ध, आतंकवाद से उनका क्या वास्ता? वे घर चाहती हैं, दो वक्त के गुज़ारे लायक रोज़गार और सुरक्षा। मेहनतकश, सुन्दर कश्मीरी औरतें, जो अपने मर्दों के साथ रोजगार में पूरा साथ देनेवाली हुआ करती थीं, आज हताश हैं। अनिश्चितता और अभाव ने उसके चेहरे पर डर की बदसूरत लकीरें खींचकर रख दी हैं। कभी वे मुक्त होंगी? अब कब डल झील में तैरते शिकारों में उनके गीत गूँजेंगे?

पोस्टेड एट 1.45 ए.एम.

दो दिन बाद, सुबह दस बजे मैं दिल्ली एयरपोर्ट पर थी। फ्लाइट दोपहर बारह बजे की थी। सारी औपचारिकताएँ पूरी कर, मैं लाउंज में खड़ी एक्वेरियम की रंगीन मछलियों को देखती रही। मेरे ज़ेहन में बार-बार एक ही खयाल आ रहा था। मैं कश्मीर जाना चाहती हूँ...मैं कश्मीर जा रही हूँ। यह एक बहुत जतन से पाली इच्छा का टुकड़ा है...एक बार लौटना...हमेशा के लिए थोड़े ही जा रही हूँ। मेरा मन फिर उखड़ने लगा। भीतर ठंडापन रेंगने लगा। पापा का मूक विरोध सामने आने लगा।

फिर ठान लिया कि नहीं...कोई अपराधबोध नहीं। मैं अपना रोम-रोम जाग्रत् कर लेना चाहती थी।

श्रीनगर जानेवाले जहाज़ में बैठने के कुछ देर बाद एयरहोस्टेस का मीठा स्वर जहाज़ में गूँजा :

"हमारा जहाज़ कुछ ही देर में श्रीनगर के लिए टेकऑफ करेगा...यात्रा का सम्भावित समय है एक घंटा चालीस मिनट।"

मेरा मन तेज़ी से धड़कने लगा। मुझे कोई अन्दाज़ा नहीं था, आनेवाले दिन कैसे गुज़रनेवाले थे। एक घनघोर अनिश्चितता मेरे मन पर उमड़-घुमड़ करती रही।

जम्मू आते-आते शिवालिक रेंज के श्यामल पहाड़ हाथियों की कतारों की तरह दिखने लगे थे। बीच-बीच में हरे जंगल। अलसाए पसरे कुछ मैदान और...उनसे लिपटी पतली-पतली नद-पुत्रियाँ। न केवल मैं बेहद थकी थी बल्कि पिछली पूरी रात घबराहट के मारे सो भी नहीं सकी थी। मैंने आँखें मूँदनी चाहीं मगर अचानक टर्बुलेंस से नींद खुल गई। अपने दिल की धड़कन को मैंने इतना साफ-साफ सुना जितना रात के सन्नाटे में घड़ी की टिक-टिक सुनाई देती है, पर सन्नाटा कहाँ था! जहाज़ में अच्छी-खासी चहल-पहल थी, खाना सर्व हो रहा था। मेरे पास की सीट पर बैठे सहयात्री आगरा में पदस्थ एक मेजर थे। खाना खाते हुए मुस्कानों का आदान-प्रदान हुआ तो बातचीत का सिलसिला भी निकल पड़ा।

"श्रीनगर किस सिलसिले में...?"

"यूँ ही घूमने..." मैंने टाल दिया।

श्रीनगर जाने की उनकी वजह तो उनकी नौकरी का हिस्सा होगी ही, सो पूछना व्यर्थ था।

"अब कैसा माहौल है वहाँ...?"

"ठीक ही होगा...इतने गुजराती टूरिस्ट नहीं देख रहीं आप?"

"फिर भी, सही स्थिति आपसे बेहतर कौन जानता होगा।"

"मैं...वहाँ पोस्टेड नहीं हूँ आजकल। कुछ साल पहले था। फिर भी कहूँगा कि अंडरकरंट में आतंकवाद अब भी बहता है।"

"फिर आप..."

"मेरे ऊपर मानवाधिकार हनन का एक मुकदमा चल रहा है। उसी सिलसिले में आना पड़ा वरना..."

"हँ...।" मेरे चेहरे की पारदर्शी जिल्द पर आश्चर्य फफूँद की तरह उग आया।

"हाँ। हैरान होने की बात नहीं है, मैं ऐसा अकेला नहीं हूँ जिसके ट्रांसफर होने के बाद गड़े मुर्दे खोदकर परेशान किया जा रहा है। जिसके लिए सेना ने मुझे मैडल और कमंडेशन दिया है, उसी काम के लिए अब मैं नेशनल ह्यूमन राइट कमीशन

के कठघरे में खड़ा होऊँगा। मेरे जैसे सैकड़ों अधिकारी और जवान हैं जो यहाँ से जाने के बाद भी बार-बार यहाँ आने को विवश हैं।"

"मैं समझी नहीं..." मेरी दिलचस्पी मेरे चेहरे पर नुमायाँ थी...।

वे आराम से बताने लगे, "मैंने अपनी यूनिट के कुछ सिपाहियों के साथ तीन साल पहले आतंकवादियों के एक ग्रुप को मुठभेड़ में मारा था। बड़ी मात्रा में विस्फोटक और हथियार बरामद किए। उस समय सेना ने मुझे मैडल और कमंडेशन दिया मगर अब मानवाधिकार आयोग के सामने स्थानीय पुलिस और कुछ दहशतगर्दों के चापलूसों ने हल्ला मचा दिया है कि एक निर्दोष युवक को भी उस मुठभेड़ में हमने मार डाला था। मुझे अच्छी तरह याद है, हमारी टुकड़ी ने जो पाँच लड़के मारे थे, उनके पाँचों के हाथों में पाँच एके 47 और ग्रेनेड्स थे। निर्दोष होते तो वे हमारे गाँव में घुसते ही मस्जिद से गोलियाँ चलाते?"

"...।"

"हमारे देश में ऐसे नेताओं की कमी नहीं जो पुलिस, सुरक्षा बलों और सेना के निर्दोष और कड़ी परिस्थितियों में ड्यूटी निभाते जवानों और अधिकारियों को मानवाधिकार आयोग के अलावा 'एमनेस्टी' जैसी संस्थाओं के सामने, आए दिन कठघरे में खड़ा कर देते हैं कि ये मानवाधिकारों का हनन करते हैं। खुद सबसे ऊँचे दर्जे के सुरक्षा घेरे में चलते हैं—वह भी सुरक्षा बलों के मुहैया कराए गए जवानों की सुरक्षा में। उन्हें वोट बैंक से मतलब है, चाहे देश की सुरक्षा जाए भाड़ में और देश का विकास जाए चूल्हे में। ऐसी चीज़ों से सेना का मनोबल टूटता है। सेना के कई जवान और अधिकारी केरल, असम, पंजाब, महाराष्ट्र जैसे दूरस्थ प्रदेशों से ऐसे केसों के चक्कर में अपना वक्त बरबाद करते हैं। यहाँ चक्कर काटते हैं। उनको देखकर अब वहाँ पोस्टेड लोगों की हिम्मत जवाब दे जाती है कि हमने कोई आतंकी मारा तो हम भी फँसेंगे चक्करों में। मैं खुद आहत हूँ। मुझ पर और मेरे दो जवानों पर मानवाधिकार हनन का केस चल रहा है। आजकल के अधिकारी आतंकी ठिकानों पर कई बार जाने से कतरा जाते हैं कि...पहले ही उदाहरण मौजूद हैं बटालियन में। कौन कोर्टमार्शल की बदनामी झेलना चाहता है?"

"हाँ...मैं समझ पा रही हूँ।"

"जो यहाँ हैं, उन्हें क्या मिलता है—परिवार से दूरी! जंगलों की खाक...चप्पे-चप्पे पर बिछी बारूदी सुरंगों पर सैर, राइफल थामे-थामे घंटों लम्बी ड्यूटी पर चौकन्ने बने रहना...अपनी ही नहीं, दूसरे की जान की ज़िम्मेदारी अपने काँधों पर लिए। उनके मानव अधिकारों का क्या? या वे मानव नहीं हैं...बलि के लिए बँधे हुए बकरे हैं? डिफेंस इज़ ए सेक्रेड काउ। वो तभी इज़्ज़त करेंगे जब तक आप उनके लिए जान देकर उनकी जान न बचा दें। बहुत बड़ी 'फैलेसी' है यह।" अचानक उन्होंने महसूस

किया, आवाज धीमी होने के बावजूद वे तैश में आ गए थे। वे चुप हो गए और अनायास सजग भी कि वो एक अजनबी से पीड़ा बाँट रहे थे।

मैं एक उदास मुस्कान के अलावा उन्हें क्या दे सकती थी?

खाना खत्म होते-होते काले हाथियों के झुंड पीछे छूटने लगे थे। घना हरा... खिला रंग और पहाड़ों की बर्फ जमी चोटियाँ खिलखिलाने लगी थीं। कश्मीर की घाटी और घाटी के ढलानों पर दुपट्टे-सी फैली धूप। कुछ ही पलों में श्रीनगर एयरपोर्ट की सलेटी बिल्डिंग के साथ-साथ काली पट्टी नज़र आने लगी। श्रीनगर उतरने से पहले जहाज़ ने एक चक्कर आसमान में लगाया फिर कुछ नीचे हुआ और रनवे साफ दिखने लगा। वायुसेना के कतार में खड़े जहाज़ नज़र आने लगे। एयर ट्रेफिक कंट्रोल टावर का कैमोफ्लेज्ड कलेवर भी स्पष्ट होने लगा था। कंटीली फेंस दिखाई देने लगी थी।

उस पल जब जहाज़ ने ज़मीन को छुआ, मुझे लगा, मैं 'घर' लौटी हूँ। सही मायनों में 'घर' शब्द मेरे भीतर सुगबुगाने लगा। इस शब्द की ऊष्मा मरी नहीं थी। मुझे ज़मीन की छुअन में वह गर्माहट महसूस हुई कि मन में कुछ पिघलने लगा मगर मैं जानती थी, मुझे खुद को भावुक होने से बचाना है। जहाज़ रुक चुका था, बाक़ायदा लोग उतरने लगे थे। तब मैंने अपने हैंडबैग को और खुद को सँभाला।

समझ नहीं आ रहा था, यह भावुकता ही क्यों...इसलिए कि हमें यहाँ से निकाल दिया या इसलिए कि मैं इसे फिर से देख सकी? सिक्योरिटी के तिहरे चक्रव्यूह से निकलकर लगभग पौन घंटे बाद लाउंज तक पहुँच सकी। इतने सारे सिक्योरिटी चैक्स पार करके मैं इस लिजलिजी भावुकता से उबर चुकी थी। कन्वेयर बेल्ट के पास खड़े होकर सामान की प्रतीक्षा के साथ-साथ मेरी नज़र लोगों के चेहरों पर घूम रही थी।

मैं तो सोच रही थी कि यहाँ कोई सुनसान मंज़र होगा। अलग-अलग कम्पनियों की दो उड़ानें एक के बाद एक आई थीं और यहाँ खासी चहल-पहल थी। एयर पोर्ट लाउंज तरह-तरह की जिस्मानी खुशबुओं से भरा हुआ था। माहौल एकदम भयरहित, गुजराती-बंगाली टूरिस्टों से भरा हुआ। आधुनिक कपड़ों में मेकअप की हुई लड़कियाँ...उन्मुक्त और बेखबर घूम रही थीं। एक मैं थी जिसने जो दिल्ली से खास तौर पर कश्मीरी सलवार-कुर्ता और सादा दुपट्टा खरीदकर सर पर रख लिया था लेकिन यहाँ टूरिस्ट ऐसे घूम रहे थे कि ब्राज़ील में हों! लड़कियाँ मिनिस्कर्ट्स में और लड़के शर्ट्स में। ख़ुशग़वार और खिले चेहरे। आतंक का नामोनिशान नहीं, चौकसी फिर भी थी। सुरक्षा एजेंसियों के मुस्तैद जवान...और बार-बार जाँच पर जाँच।

मुझे वज़ीर को ढूँढ़ना था। मैं जल्दी ही समझ गई कि यहाँ लेने आनेवालों का प्रवेश निषिद्ध है...इसके लिए मुझे यहाँ से बाहर निकलना होगा। बाहर आकर मेरी

नज़र वज़ीर को ढूँढ़ रही थी। मेरे मोबाइल फोन ने यहाँ आकर एकदम से काम करना बन्द कर दिया था और मैं हैरान-परेशान थी। मुझे तो उसका चेहरा भी याद नहीं...निकर पहने छोटे-छोटे कितने तो दोस्त थे अश्वत्थ के। कौन-सा था यह वज़ीर? तभी मैंने देखा, हलके नीले चैक के शर्ट और जीन्स में एक युवक मुझे देखकर ठिठक गया था।

"आप दिल्ली से आ रही हैं..."

"हाँ...क्या तुम्हारा नाम वज़ीर है?"

"आप अमिता जी...। वारे? खोश पेयठ?"

"अँ-हाँ...। अच्छा हुआ, तुम मिल गए...यहाँ फोन भी काम नहीं कर रहा था।"

"हाँ, यहाँ यह काम नहीं करेगा। आप मेरा फोन ले लें।"

"..."

"जब तक सामान आता है, आप क़ॉफी पी लें। तरोताज़ा हो जाएँगी।...फिर घर चलें।"

"घर नहीं। मेरा इन्तज़ाम है, यूनिवर्सिटी गेस्टहाउस में।"

"आशु ने तो कहा था, आप हमारे साथ रहेंगी। मैंने ऊपरवाला कमरा ठीक करवा लिया था। वहाँ आराम और सुकून है।"

"नहीं, वज़ीर...मेरा इन्तज़ाम परवेज़ साहब ने यूनिवर्सिटी गेस्टहाउस में करवा दिया था।"

"इन पन्द्रह सालों ने आपसी यकीन तोड़ डाले आपा...गलती आपकी नहीं है।" उसने बहुत हिचकते हुए कहा।

"अरे, तुम बुरा मान गए! मुझे यूनिवर्सिटी लाइब्रेरी की लगातार ज़रूरत पड़ेगी इसलिए...!"

"नहीं, बुरा नहीं मान रहा मैं...।"

"मैं यहाँ बहुत दिन रहूँगी। कुछ दिन तुम्हारे साथ भी रह लूँगी...सच में। लो, सामान भी आ गया।"

"आप जैसा चाहें।" सामान उठाकर वह बाहर की तरफ बढ़ा। मैं चुपचाप उसके पीछे निकल आई।

मैं वज़ीर के साथ एयरपोर्ट से यूनिवर्सिटी जानेवाले रास्ते पर थी। नए-पुराने मंज़रों की भाँपती हुई...'बहुत कुछ बदल गया' और 'कुछ भी नहीं बदला' जैसे मिले-जुले भाव मन में लिए, मैं चुप थी। कुछ तो था जो पहचाना-सा...शहर के धुँधलाए कोनों से उभर आया था। मुझे लगा कि मैं यहाँ से कभी गई ही नहीं थी। वही झील, वही सुनसान सड़क, ग़श्त लगाते सिपाही...हवा। रास्ते के दोनों तरफ खड़े देवदार, चिनार और चीड़ के पेड़ हवाओं से थरथरा रहे थे। चिनार, जेहलम...मैं सबसे गले

मिल रही थी। हर पचास कदम पर खड़ा बन्दूकधारी मुझे आश्वस्त करने की जगह सहमा रहा था। सच ही कह रहा था अश्वत्थ कि श्रीनगर अब बंकर्स का शहर बन गया है। विलो...चिनारों...चीड़ के पेड़ों की तरह ही हथियारबन्द कैमोफ्लाज की हुई जिप्सियाँ और जैतूनी रंग की वर्दीवाले सैनिक...अब इस शहर के लैंडस्केप का हिस्सा बन गए हैं...। वक्त ने स्मृतियों पर अतीत के अटपटे खुरंट जमा दिए थे। मैं उन्हें उखाड़ रही थी—पपड़ी-दर-पपड़ी। मैं यथास्थिति में बनी रही, कुछ खोई-सी। वज़ीर ने भी जैसे मेरी खामोशी में ख़लल डालना ज़रूरी नहीं समझा, वह चुपचाप टैक्सी के बाहर देखता रहा था।

हम शहर में बस दाखिल हुए ही थे कि पीली दीवारोंवाला डाकघर दिख गया था—शहर के बदलावों में बच गए एकमात्र जर्जर अवशेष-सा, जिसके बाहर फुटपाथ पर सूखे मेवे बेचनेवाले अखरोटों का ढेर लगाए थे। दुकानों पर कढ़ाई किए गए कपड़े और सुन्दर दस्तकारी के साज़ो-सामान सजे थे। शहर अजब तरह से विकसित हो रहा था, जैसे बदहाली नाम की ख़ूबसूरत गरीब-बेबस औरत को तीखा मेकअप करके बिठा दिया गया हो, लेकिन डर उसकी आँखों, हरक़तों, जुम्बिशों से किसी-न-किसी तरह टपक ही रहा हो। रंग-बिरंगे शीत पेयों और मोबाइल फोन की कम्पनियों के बड़े-बड़े होर्डिंग शहर के हर चौराहे पर लगे थे, मगर अवाम की बदहाली बरक़रार...। कभी यह बदहाली उनकी ज़िन्दगी थी, हाड़-तोड़ मेहनत उनके जीने का तरीका था, लुटते चले जाना उनकी नियति और गैरों पर विश्वास एक दर्शन था, लेकिन यह जो हताशा-भरी बदहाली आज लोगों के चेहरे पर नुमायां थी। वह उनके हाथों से कुदाल और पैरों के नीचे से धान के टुकड़ा-टुकड़ा खेत छीन लिए जाने की थी। वे हाथ कुदाल गिरा चुके थे, मगर बन्दूक पकड़ने से कतरा रहे थे, इसलिए उनके घर टूटे थे और बच्चे भूखे थे। जिन हाथों में ग्रेनेड थे, बन्दूकें थीं, उनके घर पक्के हो रहे थे।

सफेद स्कार्फ से सर को अच्छी तरह ढके, सर झुकाए, बिना खिलखिलाए किशोरियाँ स्कूल जा रही थीं। धूसर-भूरी दीवारों, लकड़ी के दरकते फर्श और टीन की छतोंवाले घरों की कतार जहाँ खत्म होती थी, वहाँ से एक झील शुरू होती थी। एक बूढ़ा अपनी नाव में बैठा इस झील में उगी खरपतवार को जाली से बड़ी तटस्थता से साफ कर रहा था। लाइन से लगे शिकारे और हाउसबोट एक अन्तहीन प्रतीक्षा में प्रार्थनारत मालूम होते थे। हम एक मुग़लकालीन बाग़ के क़रीब से निकले, वहाँ एक ऊन की टोपियाँ बेचनेवाले ने बताया कि अभी यहाँ विस्फोट होकर चुका है, एक गुजरातियों से भरी बस पर। लेकिन जिन्दगी बदस्तूर रवां थी। चेरी-अखरोट बेचनेवाले बसों में बैठे टूरिस्टों से मोल-तोल कर रहे थे। आखिर हम सीख ही गए आतंक के साए में जीना।

हम उस प्रसिद्ध चौक से गुज़रते हुए आगे की तरफ मुड़ गए, जहाँ मौत का खेल शतरंज की तरह खेला जाता था। वो प्यादा मरा...वो वज़ीर...! वज़ीर कम मरते, प्यादे ज़्यादा; बल्कि वज़ीरों की शह और मात के बीच प्यादे कब लुढ़क जाते, इसका न पता चलता, न फर्क पड़ता था। हालाँकि माहौल में ज़ाहिरा तौर पर कोई तनाव नहीं था, लेकिन मैंने देखा, तब के शहर और अब शहर की सोच तक में फर्क आ गया था। पहले एक-एक मौत मायने रखती थी। कोई ख़ास बात नहीं कि अब विस्फोटों और दो-चार मौतों के बावजूद एकाध घंटे में ही ज़िन्दगी फिर से रवां हो जाती है। वो मरी हुई शतरंज की गोटियों की तरह लाशें हटाते और खेल फिर शुरू...

"कश्मीर बदल गया है पूरी तरह।"

"बदलेगा नहीं...चारों तरफ से पैसा कश्मीर की तरफ बह रहा है। आर्मी से, सरकार से, मिलिटेंसी से, सऊदी अरब से, एनजीओ से। आजकल यहाँ हर किसी ने दुकान खोली हुई है। यहाँ हर चीज़ बिक रही है—यतीमों की, मज़लूम औरतों की, मिलिटेंट बनवाने की, पकड़वाने की, उनसे मिलवाने की। गुमशुदा लोगों की लिस्ट, मरे हुए लोगों का मातम और दर्द खरीद रहे हैं विदेशी। कश्मीरी अपनी ज़हालत दिखा-दिखाकर उसे भी बेच रहे हैं। कश्मीर में आजकल ज़हालत बस उनके यहाँ है, जो ऐसा कुछ नहीं बेच रहे हैं। ये घर देख रही हैं न...फ्रेंच विलाज़...कारें...उनके हैं जो भूखे मरते थे। ज़मीनों की कीमतें आकाश छू रही हैं।"

"आम, मासूम आदमी शान्ति चाहता है—नहीं?"

"शान्ति...अरे नहीं। यहाँ अमन कोई नहीं चाहता आपा।"

"नहीं?"

"बदअमनी का लम्बा-चौड़ा कारोबार फैला हो तो कौन अमन चाहे? न मिलिटरी, न मिलिटेंट। एन.जी.ओ. की मुफ्त रोटी...सऊदी अरब से मिलता शोरबा...। किसको भुखमरी में लिपटा अमन चाहिए?"

मैं उसे आश्चर्य से सुनती रही...रास्ता छोटा हो गया। यूनिवर्सिटी गेस्टहाउस के भीतर सामान पहुँचाकर और एक-दो दिन में घर आने का वादा लेकर वह लौट गया।

यूनिवर्सिटी गेस्टहाउस में मेरा कमरा छोटा था...मेरे लिए काफी था, आरामदेह भी था। मैंने खिड़की पर से परदे हटा दिए। बीते दिनों की तरह ही यह शाम भी ढल रही थी। वादी के मौसमों की खुशग़वारी में ज़ाहिर तौर पर मैं कुछ भी ग़फलत नहीं ढूँढ़ पा रही थी मगर यहाँ से वहाँ एक खिंचा बेसलवट तनाव! दम साधकर चुप पड़ी झील! ग़श्ती सिपाहियों के चरमराते बूट। उनके खोजी कुत्तों की रह-रहकर गूँजती निरुद्देश्य भौंक। कहीं कोई मजलिस चल रही थी—एक भारी, उदास आवाज़ और कुछ पतली खिली आवाज़ों का कोरस—बादलों से भरी शाम में पहाड़ों से टकराकर एक तिलिस्म बुन रही थी :

या शाहे मदीना मेरी इमदाद को तुम आओ
सरकार भुलाकर मेरे गुनाह मुझे सीने से लगा लो
महबूबे ख़ुदा गुम्बदे खज़राह की फ़ज़ाओं में बुला लो

मैंने आहिस्ता से स्मृतियों की मंजूषा को खोला और डायरी के सफे पर दर्ज किया : 'जिन यादों को हम सात वरकों में लपेटकर रखे हुए होते हैं कि खोलेंगे तो वे लम्हा-लम्हा जगमगा उठेंगी, मगर उन्हें खोलो तो वे कपूर की तरह गायब मिलती हैं या मिलती हैं तो वो अपनी लगती ही नहीं।'

मेरे कान में वज़ीर के वाक्य गूँज रहे थे : 'एक वक्त था, यह शहर अपने घुटनों तक झुक आया था। उन दिनों गलियों में निकलने तक से दिल टूट जाया करता था। इस शहर को अपने ऊपर जो फ़ख्र था, वह चूर-चूर हो गया था। इस शहर के लोगों की रूह भाप बन गई थी। हरेक आदमी के साथ आज से कहीं ज़्यादा बुरा व्यवहार होता था। उम्मीदों की किरणें जेहलम की लहरों में जा डूबी थीं। बस, अँधेरा और दहशत। मुस्कानें बस अबोध बच्चों के चेहरों पर होती थीं। औरतों की सुन्दर आँखें इतनी सफेद और उजाड़ हो गई थीं कि सपनों तक ने उगना बन्द कर दिया था। वहाँ हसीन मर्ग नहीं थे, वहाँ तो दर्द और नफरत के झाड़-झंखाड़ थे। नफरत भी किससे? दहशतगर्दों से, गवर्नमेंट से, सेना से? उन्हें कुछ भी साफ नहीं था। कोई उनके साथ नहीं था और उनके खुद के बस में कुछ नहीं था। आपने अखबार में पढ़ लिया होगा। टूरिस्ट बसों पर ग्रेनेड फेंके जाने का सिलसिला नया शुरू हुआ है। और आपको पता है, वे खुद नहीं जानते हैं कि उनको रोज़ी-रोटी में ये बारूद कौन घोल रहा है।'

अप्रैल की शुरुआती हवा में अब भी ख़ासी ठंडक थी, लेकिन बुखारी ठंडी और साफ थी। चाय के लिए बैरा पूछने आया। मैंने मना कर दिया कि सीधे डिनर ही करूँगी, डिनर भी कमरे में ही भेज दिया जाए। मैंने दरवाजे में सिटकनी लगा ली।

यूनिवर्सिटी में मेरा पहला दिन बहुत व्यस्त बीता। पापा के पुराने डिपार्टमेंट में नए लोगों के आ जाने के बावजूद मेरा स्वागत हुआ। मुझे खुशी हुई कि यूनिवर्सिटी में लड़कियों के झुंड फिर चहकने लगे हैं। सर ढके हैं मगर बुर्का नहीं दिखता। हिंसा में आई कमी ने लड़कियों में घर से बाहर निकलने की हिम्मत लौटा दी है। अगले दिन भी यूनिवर्सिटी में ही आयोजित एक एन.जी.ओ. की 'कश्मीरी स्त्री और मानवाधिकार' से सम्बन्धित एक सेमिनार में शामिल होने का अवसर मिला। मुझे सोशियोलॉजी की प्रोफेसर आएशा का वक्तव्य पसन्द आया। बहुत धारदार था। मैं हैरान थी। वह निडर थी मगर उसके सर पर बँधे सफेद स्कार्फ ने मुझे विचलित कर दिया।

''हमारा हर दिन नई समस्याओं को जन्म देते हुए उगता है कश्मीर में। हर दिन विधवाओं की नई फसल तैयार हो जाती है। फौज और उग्रवादियों ने मिल-जुलकर ग्यारह हज़ार जवान विधवाओं की फसल तैयार की है, जिसे न समाज से कोई आसरा

है न सरकार से। वे अपने होंठ सिये घातक मानसिक रोगों तथा हताशाओं का शिकार होती जा रही हैं। हिज़ाब और जुल्म के बीच ऐसे पिसती हुई, जैसे कपड़े के थैले में कोई बर्फ के टुकड़ों को चूर-चूर करता हो कि टूटें तो लेकिन उनका बुरादा भी बाहर न बिखरे!

''बहुत सहन करके तो पृथ्वी भी विचलित हो जाती है, उसमे भी दरारें आ जाती हैं, वे तो बेटियाँ हैं इस ज़मीन की, असहाय औरतें। वे खामोश हैं सीने में हज़ारों ज़ख़्म छिपाकर। जीते चले जाने की विवशता में वे घुन-सी पिस रही हैं। असमंजस में हैं वे कि कौन सच कहता है—सरकार, उनके समाज के वे नुमाइन्दे जो तथाकथित कश्मीर की स्वतन्त्रता के हामी हैं, उनके पुरुष या कहीं और से डोर हिलाते वे कठमुल्ले, जो कभी कश्मीर की औरतों के लिए परदा-बुरका या एसिड की सज़ा तय करते हैं? वे कुछ और नहीं, बस शान्ति चाहती हैं। मौतों के सिलसिलेवार हिंसक खेल से निजात चाहती हैं। आतंक के साये, मौतों के सिलसिले, गरीबी, अशिक्षा, परदा, सामाजिक रूप से दोयम दर्जे में रह रही यह औरत आखिर अपने हक़ में कहे भी तो क्या कहे? साल-दर-साल अमन के इन्तज़ार में बढ़ती दहशतगर्दी से उसका सब्र का प्याला टूट चला है। कितना सहन करे?''

मेरे पास कहने को कुछ नहीं था। फिर भी मैंने कहा, ''मैं कश्मीरी औरत हो सकती थी...पर कश्मीर ने मुझे छोड़ दिया था। मेरे पास अपनी मातृभूमि को मातृभूमि कहने का भी अधिकार नहीं रहा। अब मेरी जड़ें खुली हैं। मैं कहीं की नहीं हूँ। बस, इतना ही।''

सेमिनार के आख़िर में मैं एक अरसे के बाद कश्मीरी ज़ायकों का स्वाद ले रही थी। मैंने भुक्खड़ों की तरह अपनी प्लेट भर ली थी।

आएशा ने मुझे कहवे का मग पकड़ाते हुए बातों का सिलसिला छेड़ा, ''हलो अमिता! मैं आएशा।''

''हलो...मैं आपके पास आने ही वाली थी। क्या करती, भूले हुए कश्मीरी ज़ायकों से लदी इस टेबल ने रोक लिया। आप बेहद अच्छा बोलीं।''

''तुम कहो न...हम हमउम्र हैं। वैसे तुम भी जितना बोलीं, अच्छा था...।''

''मेरे पास तो कुछ कहने को था ही नहीं...।''

''कैसे होता...कश्मीर के बाहर जाकर तुम्हारी औरतें एक हद तक आज़ाद हो गई हैं। हमारी कश्मीरी औरत वहीं की वहीं रही; बल्कि पिछड़ गई।'' उसने जीन्स के ऊपर पहने हुए मेरे स्लीवलैस कुर्ते की तरफ देखते हुए सहजता ही से कहा था मगर मुझे चुभ गया।

बाहर जाकर हम क्या हो गई हैं, इसका मेरे पास कोई सधा हुआ उत्तर नहीं था। कैसे कहती कि हाँ, बाहर जाकर हम बहुत आज़ाद हो गई हैं। अपनी जड़ों से

आज़ाद, अपने सांस्कृतिक धागों से आज़ाद। भाषा से आज़ाद, हम कहीं भी, किसी भी संस्कृति में घुल जाने को आज़ाद हो गई हैं क्योंकि हमारे पास कोई चारा ही नहीं है। अपने वजूद से मोहभंग के बाद क्या बचता है! ये खुली जड़ोंवाले दरख़्त बामुश्किल चलना सीख गए हैं...मगर कहाँ जड़ पकड़ेंगे या धराशाई हो जाएँगे, कोई नहीं जानता। कहाँ जाकर विलुप्त हो जाएगा कश्मीरी पंडित का...डायस्पोरा? मेरे मुँह में गुश्ताबा का लुकमा था। मैंने सर हिला दिया। जो सहमति या असहमति कुछ भी समझा जा सकता था।

"ख़ैर, कहाँ ठहरी हो?"

"यहीं यूनिवर्सिटी गेस्टहाउस में।"

"कब तक हो?"

"अपनी किताब पूरी होने तक।"

"वाह! कभी मिलते हैं।"

"ज़रूर।"

मैं सोशियोलॉजी डिपार्टमेंट से निकलकर फिज़िक्स डिपार्टमेंट की तरफ लगभग एक किलोमीटर पैदल ही चली आई। बचपन में कई बार पापा के साथ यहाँ आ चुकी हूँ...तब भी ये पीले और गुलाबी रंग के गुलाब यूँ ही तो खिला करते थे जैसे कि अब। मैं इस विभाग के गलियारे के एक खम्भे को पकड़े देर तक खड़ी रही। वहाँ से गुज़रते लड़कों से परवेज़ अंकल का पता पूछा। उनका कमरा सीढ़ियों से ऊपर जाकर था...।

"अमिता...कितनी बड़ी हो गई तू! बिलकुल मेरे भाई प्रकाश पर गई है।"

"..."

"यूनिवर्सिटी गेस्टहाउस ठीक है न?"

"मैं आराम से हूँ अंकल।"

"नहीं, तो मैंने पहले भी कहा था कि घर पर ही...। तू घर चल। सामान मँगवा लेते हैं। मैं और तेरी आंटी हैं, बस। तुझे तकलीफ नहीं होगी।"

"नहीं, तकलीफ क्यों होगी, पर मैं यहाँ आराम से हूँ। जावेद और लुबना कहाँ हैं आजकल?"

"लुबना निकाह के बाद लन्दन सैटल हो गई। जावेद बैंगलोर से इंजीनियरिंग कर रहा है। तुझे तेरे पुराने दोस्त मिले?"

"वो तो स्कूल में ही छूट गए थे...मुझे पता नहीं उनका।"

"एकाध का नाम बता...।"

"एक ही नाम याद है...वह भी अब ज़िन्दा नहीं है। रहमान सर की बेटी।"

"रहमान अन्दलीब, जिन्हें गुज़रे बरस गवर्नर ने एवार्ड दिया था...?"

"हाँ। आपके पास उनका पता या नम्बर होगा...?"

"ढूँढ़ दूँगा।"

"चलूँ?"

"हाँ। लायब्रेरी में कह दिया है...तुम्हें मेरे नाम पर किताबें मिल जाएँगी। तुम्हारी पहलगाम की बुकिंग भी...इस बुधवार से है तुम्हारी।"

"इतना कुछ...अंकल, शुक्रिया कैसे कहूँ...!"

"जाने दे बेटा...अपने वालिद को जाकर करना शुक्रिया...ऐसा सब्र कर लिया कि सालों खबर तक भी नहीं भेजी।"

उनकी प्यार-भरी झिड़की मेरे मन की कोरों को नम कर गई।

मैंने कमरे पर आकर अपना ब्लॉग बहुत दिनों बाद अपडेट किया।
अमिता इज़ बैक

5 अप्रैल, 2005, श्रीनगर

यह मेरे घर की तरफ लौटने की कहानी है...। हाँ, लगभग पन्द्रह साल बाद। मैं यहीं पैदा हुई और यहीं अपना स्कूल पूरा किया। कहीं पढ़ा था कि जहाँ आपकी स्कूली ज़िन्दगी बीतती है, आपके मिजाज़ की नब्ज़ उस जगह के हिसाब से सेट हो जाती है। फिर तुम कहीं भी जाओ, वह वैसे ही धड़कती है—धीमी...बहुत धीमी। तेज़...बहुत तेज़। मेरी नब्ज़, एक ख़ुशग़वार धीमे रफ्तार शहर के साथ सेट है। मेरा बस चलता तो मैं यहीं रहना पसन्द करती। बस, तीन धमकी-भरे फोन और हम यहाँ से चले गए...बस, आखिरी फोन के घंटे भर बाद ही। खैर, अब पन्द्रह साल बाद मुझे एक मौका मिला है—कश्मीर घूमने का। हाँ, मैंने अपने वजूद को घटाकर पर्यटक बना दिया है। अब मैं वहाँ की निवासी नहीं।

पोस्टेड एट 3.30 पी.एम.

चिनार की दो पत्तियाँ

मेरा माज़ी
मेरी तन्हाई का ये अन्धा शिगाफ़
ये के साँसों की तरह मेरे साथ चलता रहा
किसी की ओक पा लेने को लहू बहता रहा...।

—मीना कुमारी

अगले दिन मैं 'जूनिपर' रेस्तराँ में, खिड़की के पास बैठकर 'कहवा' पी रही थी और सामने थोड़े ढलान पर शहर का बिंधा हुआ मर्म 'चौक' दिख रहा था। पर्यटक ज़्यादातर समूहों में नज़र आ रहे थे। स्थानीय लोगों में—कश्मीर यात्रा की यादगार के तौर पर छोटे-छोटे उपहार बेचनेवाले, मौसमी फूल बेचते मैले चेहरोंवाले बच्चे, बेघर लोग, छोटे और लगभग लुटे हुए व्यापारी, गपशप करते लोग और एक नानबाई की दुकान से शीरमाल और बाक़रख़ानी खरीदती बुर्क़ापोश औरतों की एक छोटी-सी बेतरतीब क़तार। रास्तों और दुकानों पर चहल-पहल थी। कह सकते हैं कि 'टूरिस्ट सीज़न' चल रहा था। यूँ तो अब किस्से-कहानी हो गए हैं असली 'टूरिस्ट सीज़न' के दिन। मगर एक शब्द 'जन्मस्थान' मेरे वजूद को ठग रहा था और मैं उस वक्त एक सैलानी की तरह व्यवहार करना चाहती थी।

इस दृश्य में न जाने क्यों मुझे पापा की शतरंज की बिसात दिखाई दे रही थी। पिछड़ जाने या शह-पर-शह और फिर मात खाने पर मैं पूरी बिसात उलट देती थी, गोटियाँ बिखेर देती थी। यहाँ जो हुआ है, उसकी व्याख्या क्या इतनी आसान है?—जितना सोचती हूँ उतना ही अनिश्चितता और संशय से घिर जाती हूँ। यहाँ से विस्थापित होकर, बरसों बाद लौटकर मैं इस शहर की कौन-सी नब्ज़ थामने आई हूँ? यह शहर ऊपर से कितना सहज नज़र आ रहा है! इसकी सहजता मेरे लिए नितान्त अजनबी है। बारूद के ढेर पर बैठकर इसके मुस्कुराने की आत्मविश्वासी अदा मुझे असहाय कर रही थी। क्या ये लोग नहीं, चलते-फिरते प्यादे हैं? इन्हें कौन चला रहा

है? क्या मैं इस खेल में अब भी हूँ या बहुत पहले शुरुआत में ही गिर चुके प्यादों के ढेर में औंधे मुँह पड़ी हूँ?

वे चौक से ऊपर को आ रहे थे—एक हाथ से साइकिल को ढकेलते और दूसरे हाथ को मुझे पहचानकर हिलाते हुए। ये रहमान सर ही थे। दुबले पहले भी थे, अब बस कुछ झुक-से गए थे। एक नीमउदासी उनके जिस्म से झर रही थी। मैं तब नाना-नानी के साथ पुलवामा में रहकर पढ़ती थी। रहमान सर हमारे पुलवामा में मिडल स्कूल के साइंस टीचर थे। बचपन में हम सबके प्रिय अध्यापक। उन्होंने स्कूल की प्रयोगशाला में उपकरणों की कमी के कारण, विज्ञान के प्रयोगों के लिए रविवार का दिन तय कर रखा था। हम सब पहाड़ी की तलहटी में बसे जंगल में जाते पेड़, पौधे, औषधियाँ, फूल, पत्ते, कीड़े-मकोड़े देखते और समझते। पानी की तल में प्रकाश का अपवर्तन समझा जाता, तलहटी में गूँजती ध्वनियों का लौटना-गूँजना समझा जाता। खंडहरों में चिमगादड़ों के ध्वनिसंवेदी ज्ञान को भी रहमान सर खेल-खेल में समझा देते। जिसने बचकाने दिमाग, उतने ही कौतुहल...किसी के भी बाल सुलभ प्रश्न पर खीजते नहीं थे, उत्तर अवश्य देते। मुझे याद है, वे प्रकृति पर कश्मीरी में तुरत-फुरत गीत लिख डालते थे और बच्चों को सिखा देते थे। मैंने उन्हें याद दिलाए स्कूल के बेलौस दिन।

"याद हैं वो गीत...?" उन्होंने पूछा।

"हम्म...'मौसम बदलें तो भी साथ-साथ रहना, आबशारों को, देखो कहीं बाँट न देना' ऐसा ही कुछ था न!"

मुझे पता था, मेरी याददाश्त आज भी वर्षों बाद मुझे धोखा नहीं देगी। मुझे पुराना घर, स्कूल, गलियों, सहेलियों के साथ मिलकर की गई सारी शरारतें याद हैं। तो वह सब क्यों नहीं? या याद करना नहीं चाहती? मुझे वह वजह याद नहीं आती, रहमान सर जिसकी बाबत मुझसे उस ज़रा से वक्फे में दो बार पूछ चुके थे, "ऐसे अचानक क्यों चले गए थे तुम लोग?" उनकी आँखों में यह उदास प्रश्न कैक्टस की तरह उगा हुआ था।

"सभी तो जा रहे थे।"

मैं उस पल वजह याद नहीं करना चाहती थी। इतनी भी छोटी नहीं थी मैं कि भूल चुकी होऊँ।

कश्मीर के तमाम हिस्सों से फसादों, ब्लास्टों की ख़बर मिल रही थी। लोग मंज़िल की खोज-ख़बर और बिना माकूल ठिकानों के घर-बार छोड़कर भाग रहे थे। मेरे दादा श्रीनगर में सर्जन थे, वे पास के गाँव में सेना और दहशतगर्दों के बीच हुई मुठभेड़ में घायल बच्चे का इलाज करने गए थे। लौटे नहीं। चार दिन बाद हमारी पुरानी एम्बेसडर कार में उनका गोलियों से छलनी शरीर पड़ा मिला। उनके

दाह-संस्कार के साथ ही मेरे पिता को भी धमकियाँ मिलनी शुरू हो गई थीं। सत्तर फीसदी हिन्दू पहले ही कश्मीर छोड़ चुके थे।

न जाने की मूक ज़िद पर अड़े मेरे पिता जानते थे, एक बार स्रोत से बह निकलकर, पलटकर आना किसी भी लहर के लिए असम्भव है, आगे तो विराट समुद्र है, जहाँ जाकर खो जाना है बिना अतीत, बिना पहचान के। फिर भी दादा की चिता पर सबने शपथ ली थी कि जल्दी ही अपनी इस ज़मीन पर हम फिर लौटेंगे। लेकिन मैंने मन ही मन शपथ ले ली थी कि मैं इन सब शपथों से दूर भाग जाऊँगी। मैं नाराज़ थी सबसे। उन अपनों से भी कि जिन्हें सदा घमंड था कि वे कुछ खास हैं, उन दूसरों से, पढ़े-लिखे हैं, सम्पन्न हैं। उनसे भी, जिन्हें लगता था कि इन मुट्ठी भर खास लोगों को यहाँ से भगा देना है या मिटा डालना है और स्थानीय मासूम लोगों के मन में नागफनियों के जंगल उगाने हैं। जबकि हर कोई जानता था कि इतने पास-पास जमीं हैं सबकी जड़ें कि किसी एक के उखड़ने पर दूसरे की जड़ें बुरी तरह हिल जाएँगी। मेरे पिता के लिए अपनी ज़मीन छोड़ना, किसी स्वजन की मृत्यु जैसा था। अपनी देह से छाल उतारने जैसा। यूँ तो हम सभी के लिए ही मुश्किल था, बिना जड़ों के हरा रहना। मुझे उनके फुसफुसाहट में डूबे शब्द याद हैं : 'बेटा, हम यह शहर नहीं छोड़ रहे यह शहर हमें छोड़ रहा है।'

''कहाँ ठहरी हो?'' रहमान सर ने पूछा।

''यूनिवर्सिटी के गेस्टहाउस में।''

''आगे कहाँ जाओगी—अमरनाथ?''

''हँ, मैं? नहीं, नहीं। अमरनाथ क्यों, सिर्फ पहलगाम तक। एक किताब पूरी करनी है, जिसे वहीं बैठकर किया जा सकता है।''

''हूँ। प्रोफेसर साहब रिटायर हो गए होंगे? उनकी लिखी फिज़िक्स की किताब आज भी यहाँ बारहवीं कक्षा के सिलेबस में शामिल है।''

''हुँ... ।''

रहमान सर जो शब्द बोल रहे थे, मेरे लिए परिचित होकर भी अजनबी-से हो चले थे। मुझे उनके वाक्यों के अर्थ से ज़्यादा वह लहजा और उसकी लय मोह रही थी। मैं इस मुलायम भाषा को पी रही थी, जो कभी मेरे बचपन की भाषा थी। अब तक मैंने न जाने कितनी भाषाएँ सीख ली हैं। एक लम्बे विस्थापन का इतिहास होती हैं, सीखी हुई भाषाएँ। कश्मीरी और उर्दू और हिन्दी के बाद अंग्रेज़ी और फिर अब स्पेनिश। कभी-कभी ये भाषाएँ एक-दूसरे में बुरी तरह उलझ जाती हैं। तब मैं गड़बड़ा जाती हूँ।

कहवे का स्वाद अब क़ॉफी की आदत को मिटा नहीं पा रहा था। मैंने एक मग क़ॉफी और माँगी, रहमान सर नुनचाय ले रहे थे। हमारे बीच बात अचानक कम हो

गई थी। मैं जानती हूँ, उन्हें अच्छा लगा था, मुझसे मिलना। उनकी बेटी यास्मीन मेरी दोस्त थी। ज़हीन, ज़िन्दादिल, भावुक मगर अब वह ज़िन्दा नहीं है।

"हमारा नानी के गाँववाला घर किसने ले लिया?"

"है...कोई कुपवाड़ा की तरफ का परिवार।"

"आपका घर?"

"भाईजान के इन्तकाल के बाद वो कारखाना और घर बेच दिया गया। उनके बच्चे और हम सब यहाँ श्रीनगर आ गए थे।"

"चची कहाँ हैं?"

"नहीं रहीं।"

"फ़रहान?"

"वह, है।"

उनके इस उत्तर ने मेरी खुली नसों में जैसे नंगा बिजली का तार छुआ दिया था।

"नहीं, मेरा मतलब, क्या कर रहा है?"

"वहीं दिल्ली में है। एक विलायती फर्म में नौकरी कर रहा है।"

वे फिर चुप हो गए बहुत देर के लिए।

"ठहरो, तुम्हारे लिए कुछ है।" उन्होंने अपने छोटे-से बैग में से एक पुरानी लाल कवरवाली डायरी निकाली।

मेरी आँखों में स्कूल के आखिरी दिन डबडबा गए। मेरी आँखों की नमी से घबराकर रहमान सर उठ खड़े हुए।

"घर आने को तो क्या कहूँ, क्या कल सुबह वहाँ चलना चाहोगी जहाँ तुम्हारी सहेली सोई है, हिसालुओं के बगीचे में, अपने पुराने गाँव में?"

मुझे क्यों ऐसा लगा कि वो बस कोई उदास कविता की पंक्ति सुना रहे थे।

"हाँ, ज़रूर।"

"तो कल सुबह मैं बस पर तुम्हारा इन्तज़ार करूँ?"

"बस पर नहीं। मेरे पास गाड़ी है।"

"मैं तुम्हें चावलों के खेतवाली पगडंडी पर मिलूँगा...जहाँ से स्कूल के लिए मुड़ते थे।"

"आप साथ चलिए न!"

"मैं तो जल्दी निकलूँगा। वहाँ काम भी है। तुम इत्मीनान से आना। सुबह दस बजे ठीक रहेगा।"

वे चले गए। झरती नीमउदासी छोड़कर।

क़ॉफी मैं पूरी नहीं पी सकी। वह ठंडी, बेस्वाद हो गई थी। मैं इधर-उधर देखती रही, जाने-पहचाने चेहरों की खोज में। कुछ को खोज भी लिया और कुछ खुद को यकीन दिलाती रही कि मैं उनसे कभी-न-कभी मिल चुकी हूँ।

टूरिस्ट और सिर्फ अजनबी टूरिस्ट होने का स्वांग करते हुए मैंने ताज़े अंग्रेज़ी अखबार में चेहरा गड़ा लिया। ऐसा लगा, भारत में खबरें पेश करने का लहज़ा बदल चुका है। शीर्षक उत्तेजनाओं और रहस्य से भरे थे, चाहे उनका खबर से उतना लेना-देना हो ही नहीं। ऊबकर, मैं बिल का भुगतान कर बाहर आ गई। बहुत अजनबी लगने लगा था, यह शहर। मेरी टैक्सी बहुत दूर एक निगरानी वाले पार्किंग स्थल पर खड़ी थी। पैदल ढलान से उतरते हुए मैंने लाल डायरी को ज़ोर से सीने से भींच लिया। मेरा मन अटपटी लय में धड़कता महसूस हो रहा था। मैं सीधे गेस्टहाउस पहुँचकर, बिस्तर पर पेट के बल लेटकर इसे पलटना चाहती थी। एक साँस में, एक घूँट में पिए गए मीठे ज़हर की तरह। जानती थी, यास्मीन की डायरी पलटते ही मेरे बिना यहाँ बीता वक्त, एक जादुई तिलिस्म की तरह धुएँ से बने एक शहर की तरह मुझे घेरने लगेगा। मैं फिर वहाँ होऊँगी, जहाँ मुझे होना चाहिए था मगर मैं नहीं थी। यास्मीन का चेहरा एकदम साफ तौर पर मेरी आँखों के सामने तैरता रहा। उसकी छवि स्मृतियों में और वक्त के बहाव में फीकी नहीं हुई थी बल्कि जल्दी-जल्दी बदलते परिदृश्यों में मेरी ही आँखें इतने साल चौंधियाई रहीं।

तस्वीरें ज़िन्दा होती रहीं—पन्ना-दर-पन्ना।

पहले ही पन्ने पर वॉलनट केक की विधि थी। यह विधि बहुत पहले मुझ ही से लिखवाई गई थी। कितनी बचकानी लिखावट थी तब मेरी! मुझे आश्चर्य हुआ कि शुरुआत और आखिर में यास्मीन ने नियमित तौर पर हिन्दी में लिखा था—तारीख़वार। बीच में जहाँ लम्बा अन्तराल था, वहाँ कुछ जगह उर्दू में लिखा गया था। कश्मीरी में बस गीत और खाने की विधियाँ और बाज़ार से लाए जानेवाले सामान की लिस्ट थी। हिन्दी में लिखना शायद उसके लिखे हुए को ओट देता था। हिन्दी तो हम दोनों ने बस दसवीं तक ही पढ़ी थी—वरुणा बहनजी से, जो मेरी रिश्ते की बुआ थीं।

बहुत तरह के खानों की विधियाँ, बाज़ार से लानेवाली चीजों की फेहरिस्त, रेडियो से सुनकर उतारे गीत, नज़्में और फुटकर शेर, बीमारियों के घरेलू नुस्खे और कहीं-कहीं दिल के फूटे हुए छालों से बहती दास्तां और हल्दी-तेल के दाग़ों से बना एक औरत की ज़िन्दगी के बहुत से पहलुओं से बने एक कोलाज की तरह थी यह डायरी। उर्दू में कुछ लिखा देख मैंने डायरी को पीछे से पलटा...

'कहीं खत्म नहीं होता फ़साना ग़र वह मोहब्बत पर शुरू हुआ हो तो... ।'

25 मार्च, 1989

स्कूल में हमारा आखिरी साल है। बेफिक्र और ख़ुशग़वार दिनों के ख़त्म होने की शुरुआत। मगर इस ख़ुशग़वारी में इन दिनों मैं बेचैनी महसूस करती हूँ। हमारे

स्कूल में प्रार्थना के बाद गाया जानेवाला 'जन-गण-मन' अलगाववादियों ने बन्द करवा दिया है। कितना अधूरा लगा आज मुझे प्रेयर एसेम्बली में! अब्बू के जूनियर स्कूल में तो यह कब से बन्द हो चुका था, मगर हमारे हायर सेकेंड्री स्कूल में भी...

कल मेरा जन्मदिन था, हम कुछ दोस्तों ने एक छोटा-सा गेट-टू-गेदर रखा था। हम सब घर से कुछ-कुछ बना या बनवाकर लाई थीं। अमिता वॉलनट केक बनाकर लाई थी। मैं अम्मी के हाथों की बनी शानदार यख़नी और पुलाव। स्कूल में वो मेरी सबसे अच्छी दोस्त है। यह ख़ूबसूरत लाल कवरवाली नोटबुक और पेन उसने मुझे इसी जन्मदिन पर दिए हैं।

4 मई, 1989

मैंने आज अब्बू के जन्म दिन पर अखरोट का केक बनाया है, जो अमिता से सीखा था। कल शाम अमिता ने पूछा था कि क्या मैं किसी लड़के को पसन्द करती हूँ? क्या जवाब देती! मैंने कहा—नहीं।

उसने कहा, "खा मेरी कसम?"

मैंने हँसकर कहा, "क्यों मरना चाहती हो?" और हम सूखे चिनारों के पत्तों पर एक-दूसरे के पीछे दौड़ पड़े।

शाम को वसीम ज़रूर आएगा। वह श्रीनगर में मेडिकल कॉलेज के हॉस्टल में रहता है...आख़िर अब्बू ने ही तो उसे डॉक्टर बनने का रास्ता सुझाया था। अब्बू कहते हैं—वसीम जैसे नौजवान कश्मीर का आनेवाला कल बदल सकते हैं।

वसीम होंठों से कम मगर आँखों से बहुत बोलता है।

इतना इन्तज़ार किया मगर वसीम नहीं आया। हर साल आता रहा है। इस बार न जाने क्या हुआ! केक तो अब्बू ने काटा ही नहीं। हँसकर टाल दिया कि 'केक बच्चे काटते हैं।' मैंने खुद ही काटकर दिन के खाने के बाद सबमें बाँट दिया है। एक बड़ा टुकड़ा वसीम के लिए छिपाकर रख दिया है।

कितने ख़ूबसूरत दिन हैं, अब्बू कहते हैं, इन दिनों को सहेज लो। ये दिन लौटेंगे नहीं। अब्बू साइंस के मास्टर हैं मगर शायरी करते हैं। वो लड़कियों की तरह अक्सर बेवजह उदास और बेवजह खुश हो जाया करते हैं। उनकी बातों में अम्मी को सनक दिखती है पर मैं जानती हूँ, वो कलाकारी है। अम्मी नहीं समझेंगी। मेरे अब्बू आज़ाद ख़याल और हिम्मती हैं। उन्होंने कहा था कि तुम्हें स्कूल से पास होने के बाद कॉलेज जाना ही चाहिए। मैं और अमिता श्रीनगर के गर्ल्स कॉलेज में जाएँगी। अमिता के अब्बू श्रीनगर में यूनिवर्सिटी में प्रोफेसर हैं, वो यहाँ अपनी नानीजी के साथ रहती है।

मुझे कॉमर्स पढ़ना है मगर मुझे पता है, अम्मी लड़कियों के कॉलेज में ही भेजेंगी और मुझे इतिहास, अदब और होम साइंस पढ़ना होगा। अमिता को कॉमर्स नहीं,

अदब और शायरी से लगाव है। वो अपने अब्बू की तरह प्रोफेसर नहीं, प्रेस रिपोर्टर बनना चाहती है। मुझे तकलीफ हुई जब पता चला कि हमारी सहेलियों में से ज़्यादातर अब कॉलेज नहीं जाएँगी। मुझे भी कॉलेज भेजने की बात पर बड़े अब्बू और बड़ी चाची ख़फ़ा हैं। उन्हें डर है कि अब्बू अपना तबादला कराकर श्रीनगर रहने चले जाएँगे हम सबको लेकर। मुझे डर है कि उनकी बात न मान ली जाए। आखिर अब्बू पर उनके कितने एहसानात हैं!

7 जुलाई, 1989

इम्तहानों के बाद अमिता अपने नाना-नानी के साथ मामा के घर उधमपुर गई थी मगर वह तो लौटी ही नहीं है, शायद श्रीनगर में हो! कॉलेज में दाखिले होने को हैं।

अगर वह वहाँ भी नहीं हुई तो कॉलेज जाने के उन सपनों का क्या होगा जो हमने साथ-साथ देखे थे? वह नहीं लौटी तो मैं कितनी अकेली हो जाऊँगी!

अब्बू भी परेशान हैं। कहते हैं, ''क्या कहें बेटा। कश्मीर की एक बाजू कट गई। हमारे सर वो ग़ुनाह थोप दिया गया है, जिससे हम खुद इत्तफाक़ नहीं रखते।''

1 सितम्बर, 1989

सितम्बर का महीना यहाँ वादी में किस कदर ख़ुशग़वार हो सकता है, यह कोई गैरकश्मीरी नहीं समझ सकता। बरसात के बाद चारों तरफ से हरियाली के सोते फूट पड़ते हैं। बादाम, नासपाती, अखरोट से लदे दरख़्त। मुग़ल गार्डनों में फूलों के रंग यूँ बिखरे रहते हैं जैसे किसी हिन्दू लड़की के गालों पर होली के रंग। अमिता लौट आई है...लेकिन यहाँ नहीं, श्रीनगर। उसके यहाँ के घर में ताला पड़ा है। उसने फोन पर बताया, गर्ल्स कॉलेज में सन्नाटा है...लड़कियाँ घरों में बन्द हैं। क्लासेज़ होती नहीं। अब्बू के पास मेरे सवालों का जवाब नहीं है।

3 फरवरी, 1990

ओह, क्या यह साल काल बनकर उतरेगा वादी में?

अब्बू बता रहे थे...अब्बू जो बता रहे थे, उसने मेरे रोंगटे खड़े कर दिए हैं।

''सैकड़ों ग़ैर-मुस्लिम लोग कुत्तों की तरह घेर लिए गए और शूट कर दिए गए। कश्मीर के अलगाववादी संगठनों ने पुलिस और सेना के छक्के छुड़ा दिए हैं। सोई पड़ी बस्ती में आग लग जाने पर जैसी भगदड़ मचती है, वैसा ही कुछ मंज़र देखा था मैंने। जिधर सुनो उधर...जिधर देखो उधर हज़ारों की तादाद में हिन्दू शहर, गाँव-कस्बे छोड़ रहे थे। बेशुमार मुसीबतें गले में बाँधकर, अजाने-अनदेखे प्रदेशों की तरफ बढ़ रहे थे। दरंदगी की आग तमाम आसपास की चीजों को लील रही है।''

मैं अमिता के साथ-साथ अपनी हिन्दू सहेलियों के लिए डरती हूँ और दुआएँ करती हूँ।

अब्बू बड़बड़ाते हैं, "कफिरस पत् छि रफिज़सन्स बअरै...(काफिर के बाद राफिज़ की बारी)। हम कहाँ जाएँगे? हमें तो जम्मू या दिल्ली में भी पनाह नहीं।"

28 अप्रैल, 1990

इस साल वादी में कड़ाके की ठंड पड़ी थी। मार्च के आखिर तक पिघलकर बह जानेवाली बर्फ अप्रैल आखिर तक जाकर पिघली है। हरी दूब और जंगली घास की कोंपले बर्फ की चादर से फूट पड़ी हैं। बादाम, अखरोट, सेब, चेरी, सिल्वर ओक जैसे पेड़ जो अपनी नंगी बाँहें फैलाए आकाश से हरियाली की दुआएँ माँग रहे थे। वो दुआएँ मानो सुन ली गईं और पेड़ों पर कोंपलें फूट आईं। इसके बावजूद यह अजीब-सी बात है कि गाँव-के-गाँव हिन्दुओं से खाली हो गए हैं। अब्बू के स्कूल के दस हिन्दू टीचर चले गए...कोई पढ़ानेवाला नहीं बचा है।

"अब्बू, फिर कश्मीर की तारीख़ में...ऐसा क्या हुआ कि इस अमनपसन्द तहज़ीब में...हिन्दू और मुसलमान के रिश्तों में ये शिगाफ़ (दरार) आ गया?"

"मेरी बच्ची, अच्छा सवाल अपने आप में आधा इल्म होता है।"

अब्बू खोलकर कश्मीर का पूरा इतिहास बताते रहे...कुछ समझ में आया, कुछ नहीं...। अमिता ने ख़त लिखने या फोन करने का वादा किया था।

21 अक्टूबर, 1990

दीपावली पर मैंने ही अमिता के घर फोन किया। वह बहुत उदास थी।

वो लोग अगले ही दिन सुबह श्रीनगर से जा रहे हैं। घर को ताला लगाकर।

पता कहाँ का दे? पता ही नहीं कि कहाँ जा रहे हैं। मेरा दिल टुकड़ों में टूट गया था। मैं बन्द कमरे में रोती रही।

दिन-रात आज़ादी-आज़ादी का नारा सुन रही हूँ। मैं ठीक-ठीक समझ नहीं पाती हूँ :

'हमें क्या चाहिए—आज़ादी-आज़ादी! पाकिस्तान से क्या रिश्ता—मज़हब का, मज़हब का।'

पूछती हूँ कभी किसी से—किससे और कैसी आज़ादी, तो सुनने को मिलता है, 'कांग्रेसी की बेटी है।' कांग्रेसी और अब्बू? वो तो किसी पार्टी से नहीं जुड़े। बड़े अब्बू का ज़रूर कौल साहब के घर आना-जाना है। पर वो तो बचपन के दोस्त हैं। बड़ी अम्मी के साथ भी एक बार ऐसा हादसा पेश आया था। कांग्रेसी की बीवी कहकर उन्हें एक जलसे में ज़लील किया गया था। वो रोते हुए बड़े अब्बू के पास आई थीं।

"कहने दो, जो कहते हैं। हम बिज़नेस में हैं। हमारा सबसे उठना-बैठना है। कांग्रेसी अलग हम पर शुबहा करते हैं कि हम...उनके साथ हैं। हमें कहाँ फ़ुरसत बेगम! हम कान ही नहीं देते उन्हें।"

1 मार्च, 1991

आज सुबह अब्बू जो अखबार पढ़ रहे थे, उसके तीसरे पेज पर तस्वीर है, एसिड से जली श्रीनगर की एक कॉलेज जानेवाली लड़की की, जो अब भी मिलिटरी अस्पताल में मौत से जूझ रही है।

अब पूरे कश्मीर में ही लड़कियों के लिए कट्टरपन्थियों ने बुरक़े की आखिरी तारीख तय कर दी है। इसके बाद बुरक़ा या एसिड।

"कैसा बुरक़ा लाऊँ यास्मीन?" पूछते हुए अम्मी भागी हैं बुरक़े की दुकान पर, मेरे लिए।

"क़फ़न कैसा भी हो, लाश को क्या फर्क पड़ता है!" दालान में बैठे अब्बू बुदबुदाए।

मैं भीतर तक डर गई हूँ। मेरे कॉलेज में दाख़िले की बात कब की खत्म हो गई है। अब्बू बदल रहे हैं। अब इन बातों की ख़िलाफ़त नहीं करते, छुपे शब्दों में तंज करते हैं। उनका दिल गवाही नहीं देता पर वो मजबूर हैं। देर रात तक अब्बू-अम्मी की बातें गूँजती रही हैं, फ़रहान की ज़िन्दगी और मेरी शादी को लेकर।

मैं महसूस कर रही हूँ, कश्मीरी लड़कियों ने मेकअप करना छोड़ दिया है। उनके ख़ूबसूरत बाल और माथा सफेद चादरों से ढँकने लगा है। कइयों ने पूरा जिस्म बुरक़ों में लपेट लिया है। काजल लदी आँखें फीकी रहने लगी हैं। चम्पई ज़िल्दों पर ज़र्दी उभर आई है। चेरी के खिले बाग़ों पर बेमौसम बर्फ की सफेदी घिर गई हो जैसे।

12 दिसम्बर, 1991

सर्दी के बावजूद हमारा परिवार झील तक गया। सप्ताह भर पहले गिरी बर्फ जमकर और कड़ी हो चली थी। सड़क पर पड़ी चिनारों की नाजुक सुर्ख़ पत्तियाँ, चीड़ की सुइयाँ, टीन की छतों से टपकी बूँदों की लड़ियाँ सब बर्फानी अकड़ में चूर-चूर होने को तैयार थे। झील पर बर्फ की झिल्लियाँ पड़नी शुरू हो गई थीं। मैं लकड़ी के एक खाली खामोश पड़े पुराने घर के पीछे घने और धुँधले जंगल को देखती रही हूँ। वह बूढ़ा चिनार मुझे जंगल के धुँधलके में भी साफ नज़र आ रहा है, जिसके मोटे तने पर टिकाकर वसीम ने पिछले दिनों पहले मेरा हाथ चूमा था, फिर आँखें और फिर होंठ। मैं खुद को छुड़ाने की कमज़ोर कोशिश में तने पर लेट गई थी। वह मुझ पर छा गया था। आखिरकार उसने मुझे बाज़ुओं से खिसक जाने दिया था। लौटते

हुए मैं अपनी पीठ और गर्दन पर उसकी निगाह महसूस कर रही थी। वो गुनगुनी थी—बड़ी चची के केसर-बादाम और नमकीन मक्खन डले कहवे की तरह।

"ऐसी ही सख़्त सर्दी पड़ी तो झील का गहरा हिस्सा भी पूरा जम जाएगा।" बड़े अब्बू बोले थे।

मैं देख रही हूँ—बर्फ में कैद बूँदों को। वो आज़ाद हो लहरों से मिलकर नाचना चाहती हैं। मगर हवा में नाउम्मीदी भरी है। प्रकृति के नन्हे-नन्हे किरदार, कीड़े-पतंगे और पंछी प्रकृति के नाच के इस बर्फानी अन्त के बाद कोटरों में जा छिपे हैं।

"हाँ, पुराना वक्त होता तो टूरिस्ट इस जमी झील को देखने आता, स्कैटिंग करता और कश्मीर ऑफ सीज़न में भी खुशहाल हो जाता," अब्बू ने कहा था।

"अब्बू, मुझे चिढ़ है, इस दशहतगर्दी से...मेरा दम घुटता है। मुझे दिल्ली में, हॉस्टल में भेज दो। मेरे बहुत से दोस्त चले गए हैं, वहाँ वज़ीफे पर पढ़ने।" यह फ़रहान है, मेरा छोटा भाई।

फ़रहान की इस बात पर हमेशा बड़े अब्बू नाराज़ हो जाते हैं और अब्बू हँसकर टाल जाते हैं, मगर इस बार मैंने उन्हें सोच में देखा।

"मुन्नी की शादी हो जाए फिर सोचेंगे।"

"शादी! आप तो मुझे कॉलेज भेजनेवाले थे!" मैं तल्ख़ हो गई थी। अब्बू-अम्मी ख़ामोश हैं।

झील से लौटते हुए मैं नीम उदास थी। ऐसी उदासी जिसका ओर-छोर उलझा था ऊन के लच्छों की तरह। दरअसल ये रिश्ते थे जो उलझाते थे बारहा।

पेड़ों से सारी पत्तियाँ गिर रही हैं चुपचाप, बिलाशिकवा! उसी मिट्टी में मिल जाने के लिए जहाँ से कोंपल बन फूटी थीं। नीले आकाश में बाँहें फैलाए पेड़ों के मन में एक उम्मीद ज़रूर होगी कि पुरानी पत्तियाँ गिरी हैं तो नई आती ही होंगी। पतझड़ ने पीड़ा दी है तो कहीं बसन्त करवट लेता होगा। उतरेगी परत उदास कोहरे की। खिलेगी चटख चमकीली धूप।

2 जनवरी, 1992

वसीम,

रात भर बर्फ गिरी है। मेरी नींद गुम है। कल दोपहर जो जिस्म की सलाइयों से लज़्ज़त बुनी थी, उसे लपेटे बैठी हूँ। इसकी गर्माहट घुल रही है, लहू में क़तरा-क़तरा। मेरी गर्दन पर तुम्हारे दाँतों से खिले दो नीले फूल खिले हैं। मैं इन नीले अंगारों जैसे फूलों की ठंडी जलन महसूस कर रही हूँ। अजीब-सी तिलिस्मी रात है—नीली और जादुई। दिन-भर भटकती हुई गीली हवा चुप बैठी पेड़ों पर सुबह का इन्तज़ार कर रही है।

लम्हों की नदी वक्त के किनारे तोड़कर बह रही है।

कल शाम तुम देर तक एक बेंच पर नीले कोहरे की कैद में बैठे रहे थे। सामने पेड़ के तने से टिकी थी मैं। मैंने आँखें मूँद ली थीं। तुम्हारे लैदर कोट पर बर्फ का बुरादा जो गिरना शुरू हुआ था, अब तक नहीं थमा है। नीले अँधेरे में तुम्हारी साँस ने एक धुएँ का गुबार छोड़ा था...तुम उठकर मेरे पास आए थे...जिस्मानी लज़्ज़तों से लबरेज़। तुम मुझमें उतरने को आमादा थे...मैंने तुम्हें बहुत पहले रोक दिया।

"नहीं, पहले निक़ाह..."

मैं तुम्हारे इश्क़ में बेसुध ख़्वाब बुन रही थी। मैं एक पके अनार की तरह सुर्ख होकर फूट जाना चाहती थी। मुझे लगा, तुम कहोगे—चलो, हम अभी निक़ाह कर लें। मगर तुमने कहा...

"तो फिर भूल जा मुझे।" मैं हैरान थी। मेरी आँखें फट गई थीं।

"मेरी तरफ ऐसे मत देखो। मुझे पसन्द नहीं कि कोई मुझे इस तरह देखे।" तुम बेतहाशा चीखे और फिर ख़ामोशी से उठकर चले गए...। अब सोचती हूँ, अगर यही जिस्मानी लज़्ज़त तुम्हें रोक पाती तो, मैं सब कुछ कर लेने का जोखिम भी उठा लेती।

मैं सोना चाहती हूँ मगर आँखें मूँदते ही लगता है, 'बहुत शोर है कहीं।' आँखें खोलती हूँ तो पाती हूँ, बाहर तो ख़ामोशी है, गहरी बेरंग ख़ामोशी। यह शोर दरअसल मेरे ही ख़यालों का है। मेरे बेतरतीब ख़यालों की चीख़ो-पुकार, मानो एक डर लहराता हुआ उनके हुजूम में जा घुसा हो। यह शोर बन्द हो तो सोऊँ।

अब्बू को तुमसे कितनी उम्मीदें थीं। उम्मीदें तुम्हारे अब्बू-अम्मी और बड़े भाई की भी होंगी। कोई बात नहीं, उनकी उम्मीदों की हज़ारों-हज़ार लाशों के गुनाह का बोझ खुद पर मत लेना। उन्हें तुम्हारी 'आज़ादी' की मशाल खुद-ब-खुद जला देगी। तुमने बहुत समझाए इस आज़ादी के माने।...पर मैं नहीं समझ सकी।

3 मार्च, 1992

सेब पर पत्तियाँ फूटीं तो बादाम ने भी सफेद फूलों का दुपट्टा ओढ़ लिया है और चिनारों ने अपनी हज़ारों हरी हथेलियाँ नीले आकाश के नीचे फैला लीं।

कोंपलें फिर फूट आईं शाख़ पर, कहना उसे
वो न समझा है न समझेगा मगर कहना उसे

शिद्दत से याद आ रहे हो। उम्मीदें जो मन के नम कोनों में खुम्भियों की तरह उगी थीं, तुम्हारे तग़ाफुल की धूप ने उन्हें सुखा दिया। अब कोरी याद है, रूखी रोटी-सी जो निगली नहीं जाती। मेरे यकीन टूट रहे हैं। उन पर भारी हैं तुम्हारे तरह-तरह के आइडियोलॉजिकल भरम।

हमारे गाँव में सिपाहियों की गिनती अचानक बढ़ गई है। पहले दो या चार दिखते थे। अब वे दसियों के झुंड में होते हैं। हर झुंड की वर्दी कुछ अलग। आसपास के गाँवों में आए दिन एन्काउंटर होते रहते हैं। कई बार रात के सन्नाटे में गोलीबारी मेरी नींद उड़ा देती है।

एन्काउंटरों की स्याह रातों में मेरा दिल धड़कता है...बूटों की चरमराहट... आजकल तो कुत्ते भी नहीं भौंकते।

26 जून, 1993

दोपहर की शुरुआत है, हवा का पहला गर्म झोंका भीतर आया है। मैंने खिड़की के नीचे बनी सैटी पर नया काढ़ा हुआ नमदा बिछाया है। अम्मी रोकती थीं कि रहने दे इसे...बड़ा ख़ूबसूरत है। इस अपने दहेज़ के सामान में रख आ। मैंने पिछवाड़े गली में लाल खपरैल से ढँके घर की तरफ देखा...जिसकी एक दीवार हमारे सहन से लगी है। उस दीवार पर चढ़े मोहल्ले के कुछ शैतान बच्चे शोर मचाते हुए शहतूत तोड़ रहे थे। शहतूत के पेड़ की ज़्यादातर डालियाँ हमारे सहन में झुकी हैं। यह वसीम का घर है। वह जब था तो अक्सर चिनार के चौड़े पत्ते का कोन बनाकर उसमें भरकर लाल-जामुनी-काले शहतूत लाता था। अब उसके अम्मी और अब्बू घर में कहीं भीतर ही रहते हैं। मैंने अरसे से दालान तक में नहीं देखा उन्हें। क़ासिद भाई और उनकी बीवी श्रीनगर से बहुत कम लौटते हैं। कहते हैं, सरकारी नौकरीवाले हैं, छुट्टी नहीं मिलती।

मैं उन शहतूतों का स्वाद याद करती, उससे पहले सड़क पार बनी मस्जिद में एक बड़ी और ख़ामोश भीड़ आकर ठहर गई...। भीड़ जब उड़ती गर्द की तरह थमी और बैठी कि एक जनाज़ा नज़र आया...हरे मखमल पर सुनहरे धागे से कुराने पाक की आयतों में कढ़ी एक चादर ढकी थी। भीड़ कुछ देर बाद जनाज़े को लेकर दाईं ओर के पहाड़ी ढलान पर उतर गई। मस्जिद की मीनार पर बैठा एक उक़ाब उड़ चला...।

माली सैफू ने बताया...'नाम तो पता नहीं।' गाँव के बागों में काम करनेवाले उस मजदूर का जवान बेटा था...जिसने हाल ही में न केवल घर पक्का करवाया था बल्कि एक छोटा टुकड़ा ज़मीन का खरीदा था। वजह ज़ाहिर थी—दहशतगर्दी, मुखबिरी, कस्टोडियल डैथ या मुठभेड़...। अजीब वक्त है...इस मस्जिद में पहले जब गाँव के उम्र गुज़ार के चले बुज़ुर्गों के जनाज़े ठहरते थे, जिनके पीछे चलती भीड़ इतनी ख़ामोश नहीं होती थी। उसमें रोने की हिचकियों के साथ बातों की गुनगुन होती थी।

न ही वह भीड़ जल्दी में होती थी। यह भीड़ तो इतने गहरे मातम में होती है कि हिचकियाँ तक सुनाई नहीं देतीं। उम्र गुज़ारकर जानेवाले बुज़ुर्गों की उम्र ठिठककर

ठहर गई है...मानो ये सोचती हो, आए दिन उठनेवाले जवान जनाज़ों को फिर काँधा कौन देगा?

15 अप्रैल, 1994

हमारी बड़ी अम्मी...मोहर्रम के मौके पर अक्सर उनका मूड खराब हो जाता है। घर मेहमानों से नहीं, घर ही के बच्चों और बड़ों से भर जाता है। वो जो बाहर पढ़ते हैं...नौकरी करते हैं, सभी इस मौके पर लौट आते हैं। पास के कस्बों और शहरों में ब्याही बहनें और बेटियाँ भी आ जाती हैं। कुछेक बड़ी-बूढ़ी रिश्तेदारिनें भी। इन दिनों खाना खूब पकता है। इस बार जो बावर्जी इन दस दिनों खाना पकाने के लिए रखा है...वो बेईमान है। उनके सामने खाना बनाते-बनाते वो यूँ सामान चुराता है मानो आँख से सुरमा। गोश्त लाता है तो पैसे बचा लेता है। वो चिढ़ती हैं।

"ये कैसा गोश्त है, दो घंटे से पकने का नाम ही नहीं लेता।"

"बड़ी अम्मी, ये बकरा आपकी भी दादी का क्लासमेट रहा होगा।" सुरैया आपा खिलखिलाती हैं।

बावर्ची उनकी चीख़ो-पुकार पर कान नहीं धरता। वह आटा माँडता हुआ, तन्दूर गरमाता रहता है—मीठी खुशबूदार रोगनी रोटियों के लिए। लकड़ी के खम्भोंवाले हॉल की रौनक बढ़ गई है। घर का सबसे बड़ा कमरा जो है।

शाम ढलने का वक्त हुआ और बत्ती गुल। पेट्रोमेक्स की गुनगुन में घर के काम निपटते हैं। बच्चे उधम मचाते...और उनकी अम्मियों को आपस में बतियाने से ज़रा फुरसत नहीं मिलती कि बच्चे सँभालतीं।

सुबह से सब गमी के काले या सफेद लिबास पहने होते। माहौल रंजीदा और संजीदा। लेकिन जवान औरतें बातों से नहीं अघातीं। बीच-बीच में एकाध हँसी की दबी फुहार छूट जाती। बड़ी-बूढ़ियाँ आँखें दिखातीं। मजलिस में गाने के लिए लड़कियाँ 'नई धुन' तैयार करतीं।

बड़ी अम्मी चीखतीं, "लड़कियो, बहुत हुआ। चलो भी। नहीं तो वहाँ बैठने को जगह भी नहीं मिलेगी। आखिर गाँव में भीतर जाना है।"

कालीन पर मसनद के सहारे टिकी कोई बूढ़ी कहती, "सब्र रखो। सब वक्त से हो रहा है।"

बाकी बूढ़ियाँ बातों में मुब्तिला।

"क्या वक्त आ गया है! खाने में वो स्वाद नहीं रह गया है। हम सब चूल्हे के पास बैठकर खाते थे। भाई लाते थे ताज़ा शिकार...मुर्गाबियाँ, जिन्हें चूल्हों पर पकाया जाता। दस्तरख़ान वहीं चूल्हे की बगल में होता था। खाना खत्म होने के बाद कहवे

के दौर के दिन...कहते हैं, कहवे में गोश्त को हज़म करने की बड़ी तासीर होती है। टेबल पर खाने में वह पुराना मज़ा जाता रहा है।''

इस बार मोहर्रम पर मजलिसें हुईं तो मगर फीकी रहीं। सब डरे हुए हैं।

29 दिसम्बर, 1994

गुज़रे युद्धों की छायाएँ लकड़ी के पुल से गुज़र रही हैं। फौज की गाड़ियों से पुल थरथरा रहे हैं। इस बार पूरे बाग के सेब में कीड़ा लग गया है। गाँव की लड़कियाँ अब आईना नहीं देखतीं...जुल्फ नहीं सँवारतीं...। खेत जवान मज़दूरों से और स्कूल बच्चों से खाली हैं। छोटी लड़कियों ने ही नहीं, लड़कों ने भी स्कूल जाना बन्द कर दिया है। नन्ही ख़ूबसूरत लड़कियों के सुनहरे बाल और खुबानियों से गाल सफेद स्कार्फ में ढँके होते हें। एक उदासी ने मुझे जकड़ रखा है। बाज़ारों में ताज़ी सब्ज़ियाँ नहीं मिलतीं अब। खेत बारूदों से अँटे हैं। औरतें आपस में कम बतियाती हैं। डबडबाई निगाह मिलते ही झुका लेती हैं।

हमारे गाँव में पहले औरतें गर्मियों में चूल्हे पर बाहर खाना बनाती थीं, अब ज़्यादातर भीतर रहती हैं। घरों के बाहरी दालानों में चूल्हे नहीं जलते। जलते भी हैं तो रोटी बेलते हाथ काँप-काँप जाते हैं। जवानों के बूट हों कि गाँव के लड़कों के जूते, उनकी डबडबाई निगाहें झुकी रहती हैं। वे ख़ौफ और मातम के साथ जीना कब तक सीख पाएँगी?

31 दिसम्बर, 1994

इस साल बर्फ बहुत कम पड़ी है, न के बराबर। यह अपशगुन है...मगर 'नमाज़े-इश्ताश्क़ा' कोई नहीं पढ़ता। लोग अपनी भूख और जान दोनों की फिक्र में बर्फ को भूल गए हैं। पड़े कि न पड़े।

मुझे याद है; बचपन में जिस साल बर्फ कम गिरती, हम बर्फ के इस्तकबाल के लिए बड़े अब्बू के यहाँ इकट्ठा होकर 'नमाज़े इश्ताश्क़ा' पढ़ते थे। बड़ी अम्मी कहती थीं, बर्फ खुदा की नियामत है 'कोशर' की फिजाँ के लिए। यही बनफ़्शे और दूसरी जड़ी-बूटियों में जान फूँकती है। सर्दियों के आखिरी दिन हैं। चिनारों ने पंजे की शक्ल के लाल कत्थई पत्ते धरती पर बिछा दिए हैं। अधनंगी शाखें कुछ आसमान में उठी थीं तो कुछ धरती को सहला रही हैं। पेड़ों के नीचे जंगल में जहाँ तक निगाह जाती है, चिनार के ये पत्ते सायों में छितराए मिलते हैं। जंगलों में कत्थई-पीला कालीन बिछा है। मैं शाम को ज़रा टहलने निकल ही जाती हूँ।

इस बरस, कड़ी सर्दियों में भी बड़े अब्बू का कालीन का कारखाना दिन-रात चला है। उनको लगता है, इस बार आतंक के पंजों से निकलकर आया कश्मीर कुछ दिन

हाँफेगा ज़रूर मगर फिर शान्त हो जाएगा। सब कुछ पहले की तरह हो जाएगा, टूरिस्ट लौटने लगेंगे।

दूसरे लोग कुछ अलग ढंग से सोच रहे हैं। वे ज़िन्दगी जल्दी-जल्दी निगल रहे हैं। छोटी-छोटी लड़कियों की मंगनियाँ तय हो रही हैं, तय मंगनियाँ, शादियों में बदल रही हैं। सारी वादी सरग़ोशियों और गीतों में डूबी हैं। अम्मी को उम्मीद थी, हमारे घर भी उबटन घुलेगा। हर घर से 'वाज़वान' की खुशबू आती है। माँ, बड़ी चची से वाज़वान में शामिल मांस के तमाम पकवानों की लिस्ट पूछती है। वाज़वान यानी शादी की दावत में मांस से बने कई विभिन्न स्वाद और मसालों से बने व्यंजन रिस्ता, रोगनजोश, तबक़माज़, दनिवाल कोरमा, आब गोश, मार्चवोंगानोर कोरमा और गुश्ताबा। गुश्ताबा यानी फुल स्टॉप।

गर्मियाँ शुरू होते ही वे उदास हो गई थीं। उस रात के खाने के लिए अम्मी प्याज़ काट रही थीं। पतीली में कुछ बघारती-भूनती बड़बड़ा भी रही थीं।

"बेचारी वाज़दा बी...जान ही नहीं सकीं कि खुदा जाने उसके मन में क्या है? अच्छी ख़ासी पढ़ाई से हाथ धोकर अब मारा-मारा फिर रहा है। पहले फिर भी कभी तो घर आता था..."

उनकी तरह एक दिन मैंने भी अब्बू के मुँह से किसी को कहते हुए सुना, "मेडिकल की अपनी पढ़ाई अधूरी छोड़ ही दी थी वसीम ने। पहले कभी घर लौट आता था मगर अब सात महीनों से उसका पता नहीं।"

"तुम कहाँ हो?
मैंने पूछा था,
रास्ते की धूल से
जिसमें तुम्हारे पैरों के निशान बने थे
वह भी कुछ नहीं बोली
सरसराते पत्तों की बात
मुझे समझ नहीं आई
शायद तुम्हारा पता ही बता रहे थे
कहाँ हो?
पहाड़ों से यही शब्द गूँजते हैं
ओस भी घास के कानों में
यही सुनाती है
और आँच पर चढ़ी
नुनचाय की पतीली से भी
यही आवाज़ आती है।
तुम कहाँ हो?"

—यास्मीन रहमान

12 मई, 1995

कल अब्बू घबराए हुए घर आए थे। वो ईद की खरीदारी के लिए श्रीनगर जा रहे थे, मगर रास्ते ही से लौटना पड़ा। चरार-ए-शरीफ दरगाह ख़ाक़ हो गई। साथ ही सैकड़ों घर। दरग़ाह पर हिजबुल के मुज़ाहिदीनों ने कब्ज़ा कर लिया था...उस पर सिक्योरिटी फोर्स ने घेरा डाल के फायरिंग शुरू की। दो तरफा फायरिंग और ग्रेनेड हमलों ने कश्मीर के सूफियाना कल्चर की अमानत को ख़ाक कर दिया। बचपन में कितनी ही 'सूफी मजलिसों' में हम अब्बू के साथ वहाँ जाया करते थे।

8 दिसम्बर, 1995

एक दिन बड़े अब्बू का कालीनों का कारखाना चलते-चलते अचानक रुक गया था। मेरी पढ़ाई तो कब से रुकी हुई थी। मर्दों के दस्तरख़्वान के बाद औरतें दोपहर के खाने पर बैठी ही थीं कि एक नौकरानी चीखती हुई आई कि उसने एक परदेसी दहशतगर्द को पड़ोस के चावल के खेत में देखा है। पहले भी बड़े अब्बू के एक कारिन्दे ने कहा था कि उसने गाँव में चन्द अजनबी शक्लें देखीं और जब वे तेज़ी से चलते हुए गुज़र गए तब उसका माथा ठनका था।

यह बात सच साबित हुई। रात होते-होते अब्बू के एक पुराने शागिर्द को साथ लेकर एक अजनबी, लम्बा, दुबला, बिना दाढ़ी-मूँछ का आदमी जीन्स और जूते पहने, बड़े अब्बू के कमरे में आ धमका था और उनके पलँग पर बैठ गया था। घर के सारे मर्द ख़ामोश थे—बस, वही बोल रहा था। हाथ में छोटी ज़िल्दवाली कुरान थी। बीच-बीच में वह वाईज़ की तरह आयतें पढ़ता हुआ एकदम अलग लहजे में 'आक़बत' (मरने के बाद की दुनिया) और 'मग़फ़रित' (मौत के बाद कयामत के दिन होनेवाले इम्तिहान) का अपना मनमाना मतलब उन्हें बताता जा रहा था।

इनका एक साथी बाहर हलके उजाले में खड़ा था। घर के मर्दों के चेहरे पर एक ठंडा-सा तटस्थ भावहीन डर था, जिसे वे अपने अहम् के चलते जाहिर नहीं होने दे रहे थे। फ़रहान अम्मी के कमरे में उनके सीने से लगा सुन्न पड़ा था—मुट्ठियाँ भींचता, आँसू बहाता। बड़े अब्बू इस बार उसकी जेहाद और क़यामत के दिन खुदा के सामने पेश होनेवाली तहरीर अधूरी छोड़कर उठ खड़े हुए, रुपयों की मोटी गड्डी फिरन में से निकालकर उसे थमा दी और उठकर भीतर अब्बू के पास आ गए। मैं उन्हें क़रीब से देख पा रही थी। उनकी हलकी सलेटी आँखों में नमी झिलमिला रही थी : "वह उतने से सन्तुष्ट नहीं होनेवाला। तमतमा रहा है।"

अब्बू का तना हुआ शरीर एकाएक ढल गया। वे उठे और उस कमरे में गए जहाँ वह बीभत्स दृश्य चल रहा था।

चची और अम्मी रसोई में थे, 'तबक़माज़' पक रहा था। तबकमाज़ को कबरगाह भी कहते हैं यानी कश्मीरी मसालों में पकी बकरे की पसलियाँ। हमारे अनचाहे मेहमानों की फरमाइश यही थी—'कबरगाह'।

''तुम मेरे शागिर्द रहे हो। यह तुम भूल रहे हो।'' अब्बू की भारी आवाज़ में गुस्सा था।

''...'' शागिर्द खामोश था।

''मुझसे बात करें...इनकी वजह से बहुत बख़्शे रखा है तुम्हें। मगर अब पैसे की सख़्त कमी है। हवाले पे रुपया नहीं मिल रहा। एक बड़ा प्रोजेक्ट है, अधूरा है।'' अजनबी गुर्राया।

परदा उड़ा तो मैंने देखा, अब्बू खड़े थे, वह उनके बिस्तर पर अधलेटा-सा बैठा था।

'तबक़माज़' पक चुका था। नौकरानी उन्हें खाना देने जा रही थी। एक और तश्तरी में खाना नीचे भेजने को कहा गया। नौकरानी लौटी तो काँप रही थी। पेशानी पर बूँदें और होंठ सूखे। वह कान में फुसफुसाई, ''यास्मीन आपा, यकीन नहीं होगा।''

मुझे यकीन हो गया था मगर मेरी रूह सिहर गई थी क्योंकि हमारे घर का पका तबक़माज़ वसीम को बेहद पसन्द था। अँधेरी गली में दीवार पर जो छाया पड़ रही थी, नीम बेचैनी से टहलती, नकाबपोश यह छाया वही थी जिसके चुम्बन जाते-जाते मेरे होंठों पर जलन छोड़ गए थे।

बड़े अब्बू बाहर खड़े अपने बड़े बेटे ख़ालिद से कह रहे हैं, ''देख लेना, मशक़ उठानेवाले, केसर की क्यारियों में काम करनेवाले मजदूर, भेड़ें हाँकनेवाले, नाव चलानेवाले अब बन्दूक उठाकर बड़े आदमी होनेवाले हैं और हम व्यापारी अब मशक़ उठाएँगे।''

अब्बू भीतर आकर बड़बड़ा रहे थे, ''मज़हब की आड़ लेकर जेहाद-जेहाद चिल्लाकर पैसा, औरत, शराब और गोश्त के लालच में कश्मीर आनेवाले ये भाड़े के जेहादी हमारे बच्चों से हमारा ही घर जलवा रहे हैं। ये हमारे हमदर्द नहीं हो सकते। न जाने कब 'जोश मलीहाबादी' एक बड़ा सच कह गए...यक़ीनन, उन शायरों की निगाह में दूर तक का देखने की ताब थी...''

''क्या अब्बू...?''

''जन्नत के मज़ों पर जान देनेवालो, गन्दे पानी में नाव खेनेवालो
हर ख़ैर पर चाहते हो सत्तर हूरें, ऐ अपने खुदा से सूद लेनेवालो।''

कहकर वे कुछ पलों को चुप हो गए। फिर बोले, ''यास्मीन, एक दिन कश्मीर के नौजवान को ये सच ज़रूर समझ आएगा।''

मैं उनका दर्द से मोम की तरह जलता मगर रौशन होता चेहरा देखती रह गई। बस, उस रोशनी ने मुझे चुप कर दिया लेकिन मेरा मन चीखना चाहता था—क्या अब तक यह यकीन टूटा नहीं? आओ, देखो, दिखा दूँ बाहर गली में टहलता एक ज़हीन नौजवान, तुम्हारे यक़ीन को रौंदता हुआ।

मैं उदास थी, क्योंकि हर लड़की शादी का ख्वाब देखती है। हाँ, दहशत के साए में भी। मैं उन्नीस की पूरी हो जाऊँगी इस बरस के खत्म होने के साथ। मुझे नहीं लगता, इस बरस भी अम्मी घर में 'वाज़वान' पकता देख सकेंगी। इस सदमे ने उन्हें बीमार कर दिया है।

2 अक्टूबर, 1995

आज गांधी जयन्ती है। कश्मीर के ज़्यादातर शहरों में कर्फ़्यू है। स्कूल याद आ गया। अब्बू ने गांधीजी की आत्मकथा पढ़ने को दी है। कॉलेज नहीं जाती हूँ मगर अब्बू मुझे किताबें लाकर देते रहते हैं।

मैं खिड़की में से सड़क पर से ख़ानाबदोशों को गुज़रते देखती हूँ। इन पर कोई असर नहीं है दहशतगर्दी का, न कर्फ़्यू का। वो अपनी भेड़ों की तरह बेपरवाह हैं। वे कश्मीर में पंछियों की तरह रहते हैं। आज नीचे पर फैलाए। तो, कल ऊपर उड़ चले। सर्दियाँ शुरू हो गई हैं। उनके नीचे उतरने के दिन हैं। उनके आने-जाने से पुल खड़खड़ाते हैं।

कालीन के कारखानों को बन्द हुए अरसा हो गया है। केसर के खेत खाली पड़े हैं। गाँव के बाशिन्दों की किल्लतें ख़त्म होने का नाम ही नहीं लेतीं। उनके लिए ज़रिया-ए-माश कुछ नहीं रहा है। टूरिज़्म और खेत दोनों खत्म हो चुके हैं। बड़े अब्बू चाहकर भी उनकी मदद नहीं कर पा रहे। कारखाने के मजदूर चुपचाप आकर कारखाने के सहन में सूनी आँखों से आसपास तकते हैं। बड़े अब्बू बेहद परेशान हैं।

"इन दिनों अक्सर धूप में गेरूए रंग के बाज़ों के जोड़े शिकार के लिए ऊँचे आकाश में उड़ रहे होते हैं। जब उनमें से एक उड़ता हुआ नीचे उतरता है, तब उस जगह पर एक मौत निश्चित होती है। यह अपने शिकार की नियति के रूप में नीचे ज़मीन पर उतरता है—शिकार और उसके बिल के बीच कहीं, जहाँ से उसका शिकार निकलता है, अपनी रोज़मर्रा की ज़रूरत के लिए; और तब यह शिकारी बाज़ आकाश में मुड़ता है और अपनी उड़ान को बीच में रोकता है, फिर अचानक नीचे को झपट्टा मारता है। ऐसा कहा जाता है कि बाज़, जब उन्हें खुली ज़मीन पर किसी चीज़ का डर नहीं होता तो वे अपने ताजे शिकारों पर नाचा करते हैं।" अब्बू ने लिखा है यह अजीब सच अपनी डायरी में

21 अगस्त, 1996

नाराज़ हैं हवाएँ...

आंधी में उड़ रहे हैं उम्र के साल-दर-साल, चिनार के सूखे पत्तों की तरह। दिलों के दरवाज़ों पर बर्फ के ढेर हैं, वे खुलते नहीं। ताला लगे सुनसान घरों के दरवाज़ों के पीछे इन्तज़ार, चिट्ठियों के अम्बार की तरह जमा है। नए दिनों, तुमसे ये तो उम्मीदें नहीं थीं। जो बर्फ का संसार मन पर खड़ा किया था मैंने, उस पर ठोकर मार दी है तुमने। अब सन्नाटे उड़ते हैं। कुछ भी तो नहीं बदलता...दहशतें...तल्खियाँ... खुश्क़ बर्फानी मौसम। बेचैनियों का पानी खतरे के निशान को छू रहा है। कुछ बचेगा? मैं कुछ बचा पाऊँगी?

9 जुलाई, 1997

मैं अब्बू के साथ अपने बी.ए. के प्राइवेट इम्तिहान का फार्म लेने गई थी। लौटने में देखा, चौक पर भीड़ थी। भीड़ नारे लगा रही थी : 'हिन्दुस्तानी फौज को हटाओ। हमारी औरतों का ज़िना बन्द करो।' मैंने अब्बू के चेहरे की तरफ देखा, वह पथरीला था। वे चुप थे। मैंने भी फिर कोई सवाल नहीं किया। लोग सब्र में चुप रहना सीख रहे हैं। क्या बोलें किससे असमंजस घना है। कौन अपना है...किसे अपना कहें।

हम एक रिश्तेदार की दुकान में भीतर जाकर बैठ गए। अब्बू ने खीजकर कहा, "हमने तो अमन का थोड़ा-बहुत तक़द्दुस वक्त देख लिया है मगर यह बदबख़्त खूँरेज़ ज़माना देखना हमारे बच्चों की किस्मत में क्यों था!"

तभी वे बुज़ुर्ग रिश्तेदार आसमान की तरफ उँगली उठाकर बोले, "सब्र रखो रहमान। वह कहता है, ज़माना तो मैं खुद हूँ, मुझे गाली न दो।" मैं उनकी सफेद दाढ़ी में ढँके चेहरे पर वह यक़ीन देख पा रही थी, जिससे मुझे हौसला मिलनेवाला था—आनेवाले दिनों में। फिलहाल मैं हूँ और मेरी किताबें।

मुझे अच्छे नम्बर लाने हैं बी.ए. में।

4 सितम्बर, 1997

आज शाम मैं जब चाय देने बड़े अब्बू के कमरे में पहुँची तो वहाँ अब्बू के पास एक आर्मी का अफसर बैठा था, कड़क चेहरा लिए। उसका अर्दली लपककर बड़े अब्बू के चाँदी के मग में उसके लिए चाय बनाने लगा। मैं एक और मग लेकर लौटी तो अब्बू बड़े अब्बू को बुलाने गए हुए थे। मैंने देखा, वह अफसर उनके कमरे के कीमती परदों से अपने बूट चमकाने में जुटा था। मुझे क़रीब-क़रीब रोना ही आ गया। उसने मेरे अकेले होने का फायदा उठाया, मेरे हाथों में बर्तन थे। उसने मेरी ठोड़ी

उठाई, पसीने से महकता जिस्म एकदम मेरे क़रीब ले आया। मैंने घबराकर आँखें बन्द कर लीं। मुझे लगा, वह अपने सीने से मेरा सीना मसल ही देगा और आगे कुछ घिनौनी हरकत करेगा, मगर उसने ऐसा कुछ नहीं किया, "सुनो, क्या तुम्हारा बाप किसी मिलिटेंट ग्रुप को पैसा देता है?"

"नहीं, वो एक ईमानदार इनसान और स्कूल टीचर हैं। उनके पास पैसा नहीं है।"

"फिर यह सब किसका है?"

"यह सब हमारे बड़े अब्बू का है–मेरे अब्बू के सौतेले भाई।"

अब्बू की आहट सुनकर वह फिर सोफे पर बैठ गया। मैं वहाँ से खिसक गई।

वहाँ बाहर एक अजीब किस्म का सख़्त तनाव जमा हुआ था। उस अफसर की कड़क आवाज़ गूँज रही थी हवाओं में। हवा में बहकर खिड़कियों से आती आवाजें बता रही थीं कि अब्बू को तैश में आने से बड़े अब्बू लगातार रोक रहे थे और अपनी व्यावसायिक बुद्धि और नरमाई से मामला सुलटाने में लगे थे।

कुछ ही देर बाद उसका अर्दली हमारी रसोई में आकर बोला, "नाश्ता नहीं, साब खाना खाकर जाएँगे। बहुत दिनों से कश्मीरी पुलाव...नहीं खाया है। खाने के बाद खुबानी का मीठा मिले तो बेहतर।"

"खूबानी का मीठा! इन दिनों?" मैं चीख पड़ी। अब, जबकि सूखी खूबानियों का अम्मी का ख़ज़ाना अब चुकने को था और सूखी खुबानियाँ इन दिनों पैसे या प्यार किसी से भी नहीं खरीदी जा सकती थीं। फिर भी अम्मी की निगरानी में मैंने थोड़े आलुओं की मिलावट करके खुबानी का मीठा बना ही दिया।

कम खुबानियाँ हों तो खुबानी का मीठा कैसे बने, यह विधि मैंने झट लिखकर रख ली। यह ज़िन्दगी भर काम आनेवाली विधि थी।

नौकरानी ने आकर बताया कि उसने पूरा खुबानी का मीठा साफ कर दिया था और तारीफ करता जा रहा था। न जाने क्यों मुझे हलकी खुशी हुई उस साँवले रंग और काली आँखोंवाले फौजी अफसर को खुश करके। मुझे क्या, वह दुश्मन है कि दोस्त, उसे मेरे हाथ का खाना भला लगा, यही ठीक है। मगर जब वह घर से निकला तो मैंने परदे के पीछे से देखा कि वह बड़े अब्बू के कारखाने के बचे कालीनों में से एक नया कीमती कालीन उठवा रहा था। अब्बू सख्त चेहरा लिए कालीन को उसकी जिप्सी में रखवा रहे थे।...और तो और, अर्दली की फिरन की जेब में मैंने बड़े अब्बू का चाँदी के हैंडल और फिरोज़े से जड़ा फिंज़ान (कहवे का मग) भी देखा। उफ, यह वक्त कितना ज़ालिम है!

22 जनवरी, 1998

नए साल की ठंडी और बेजान शुरुआत हो चुकी है। बर्फ बहुत गिरी है। कमर तक। सारे रास्ते बन्द हैं। वसीम मेरी यादों में अब नहीं है। मगर हैरान हूँ कि वो चुम्बन अब भी है। बड़े अब्बू अब नहीं रहे। उन्हें दिल का दौरा पड़ा अचानक...सेना और दहशतगर्दों ने उन्हें खोखला कर दिया था। कालीनों का कारखाना महीनों बन्द पड़ा रहा और उनके बेटों को उस घर का वह हिस्सा बेचना पड़ा, जिसमें हम रहते थे। बड़ी अम्मी अपनी बेटी मासूमा के पास जम्मू चली गई हैं। उनके बेटे वहीं हैं। हम गाँव का वह घर छोड़कर श्रीनगर चले आए हैं। अब्बू का तबादला आसानी से हो गया—बहुत से हिन्दू टीचरों की जगह खाली होने के कारण।

यहाँ का घर बहुत ही छोटा है। बन्द और घुटी-सी गली में है। हालाँकि हमारे गाँव में बड़े अब्बूवाले घर में हमारावाला हिस्सा कोई बहुत ज़्यादा बड़ा नहीं था मगर अच्छा था—डिस्टेम्पर की हुई दीवारें, गैलरियाँ, बढ़िया लकड़ी के फर्श, लाल तिरछे छज्जे थे और दरवाज़ों में पीतल की कुंडियाँ थीं। बाहर एक अच्छा खुला अहाता था, लम्बे दरख़्त छाया देते थे, ढके रखते थे। कोई ऐरा-गैरा उसे देख नहीं पाता था। बस, लाल छत और बुखारियों की लम्बी चिमनी ही सड़क से दिखाई देती थी।...और यह घर इसमें सर्दियों में गरम करने के लिए बुखारी तक नहीं है। घर में छत के नीचे की सरदी और बाहर बर्फ की जलती ठंडक में कोई ज़्यादा फर्क नहीं। कांगड़ी—बुखारियाँ कोयले और सूखी लकड़ी की कमी से ठंडी पड़ी हैं।

गोलियों की बौछारों के बाद उस बरस कश्मीर को बर्फबारी की कहाँ जरूरत बची थी? इस कदर जहालत देखकर भी खुदा को रहम नहीं आया? बेज़बान गाँव की औरतों पर तो रहम करता...। गाँवों के चश्मों का पानी जम गया होगा। बेचारी बेज़बान भेड़ों जैसी औरतें...गन्दले फिरन पहने...अपने ही जिस्म की बासी महक बरदाश्त करती हुई ताज़ी बर्फ से फिसलनी हुई सड़कों पर दो-दो किलोमीटर चलकर पानी लाती होंगी। उनके दिल के सुलगते हुए लावों की आँच उनके जिस्म गरम नहीं करती होगी। आँसू गालों पे जम जाते होंगे।

बीमार हो गई हैं तितलियाँ। उनकी मजबूर माँएँ...वे अपनी बच्चियों को कंगारुओं की तरह थैलियों में रख लेना चाहती हैं, ताकि फौज और मुजाहिदीन दोनों से बचा लें।

मैंने कल पड़ोसिन रज़िया की पोती रिजु को घर के बाहर बैठे देखा...कल ही गाँव से आई है। एक महीना पहले उसे गाँव से उसके बाप के साथ इंटरोगेशन के लिए कुछ वर्दीवाले ले गए थे। उसके अब्बू को भेज दिया और चार दिन रखकर फेंक गए—बारह साल की बच्ची। दिन भर खेलना और तितलियों की तरह उड़ना उसे

पसन्द था। अब वह मेरे साथ इस तंग गली में रहेगी। गाँव ख़तरों से खाली नहीं। शहर में भी बम। घर या सड़क या स्कूल नहीं देखते वो, बस फटते हैं...।

अम्मी ने, अब्बू ने मुझे इम्तहान नहीं देने दिया। मेरे इम्तहानों से दो दिन पहले कॉलेज की एक लड़की को कॉलेज के बाहर ही से मुजाहिदीनों ने उठा लिया था।

27 अगस्त, 1998

पड़ोस में रहनेवाला दर्ज़ी कामिल अचानक हमारे घर आने-जाने लगा है। उसके पड़ोस में घर क्या ले लिया, वह हमसे बराबरी करने लगा है। आजकल अब्बू का स्कूल भी बन्द है। कामिल का धन्धा मगर खूब चल रहा है। वह लड़कियों का टेलर मास्टर है। कश्मीरी लड़की बुरक़े या फिर सर से गले तक ढके स्कार्फ के बावजूद कपड़ों और फैशन के प्रति अपनी चाहत कैसे रोके? माहौल सख़्त है और जहालत की तो कोई हद नहीं, मगर औरत तो औरत है न!

कभी अब्बू हमारे अहाते से घास काटने आनेवाली गरीब, कमसिन लड़कियों को देख कहा करते थे, 'कश्मीरी लड़कियों को तो प्यार से रखा जाना चाहिए, उनके कोमल हाथ दरिया से पानी लाने या घास काटने के लिए नहीं हैं, उन्हें स्कूल-कॉलेज जाना चाहिए।'

मगर इस नए घर में नल की सुविधा नहीं है। अम्मी और मैं सुबह-सुबह एक सुनसान जगह पर लगे सरकारी नल से पानी ले आती हैं। और कॉलेज? अब्बू ने बहुत पहले मुझे बी.ए. का प्राइवेट इम्तिहान दिलाने का वादा किया था, मगर वह अब बस मेरी शादी कर देना चाहते हें। कैसे भी, किसी से भी। अब वे शायरी नहीं करते। उनका स्कूल के बच्चों के लिए नज़्में लिखने पर से भी यकीन हट गया है।

अब वह लड़कियों की तरह बेवजह खुश या बेवजह उदास नहीं रहते। उनके पास ठोस वजह है उदास रहने की, और वे उस खोखली कर देनेवाली उदासी से जकड़े हुए हैं।

इस सबके बीच, बस यही एक बात अच्छी हुई है कि छोटे चचा की सरकारी नौकरी लग गई है, मेरा भाई फ़रहान उनके साथ दिल्ली पढ़ने जा रहा है।

8 अक्टूबर, 1998

कामिल अपनी एक बीवी को दफना चुका है। बच्चे नहीं हैं। अम्मी ने दबी ज़ुबान से एक दिन अब्बू से पूछा था, "यह कामिल के आने-जाने के पीछे माज़रा क्या है?"

"कुछ नहीं बीवी, शतरंज की बाज़ियाँ लगाता है, हमारा भी मन बहल जाता है।"

मुझे पता था, वह कैसा शतरंज खेलता था, क्योंकि वह कनखियों से मुझे देखता जाता और अब्बू लगातार उसे शह और मात देने में लगे रहते।

यहाँ गाँव में आज भी चेरियों के इस बाग में, मरहूम बड़े अब्बू के छोटे बेटे के निकाह की इस खानदानी दावत में वह हमारे साथ था। बड़ी अम्मी की रौनक बुझ गई है। रौब चला गया है। इससे ज़्यादा यह बात लगातार मुझे अखर रही है कि कामिल हमारे साथ क्यों है, पर मुझे कोई नहीं बताता। पिछली रात, गुफ्तगू करती हुई बड़ी अम्मी और अम्मी मेरे रसोई में घुसते ही चुप हो गई थीं। फिर भी जो मैंने सुना, वह रग़ों को सुन्न करने को काफी था।

''छोटी, हमने सुना...कामिल से मुन्नी की मँगनी पक्की करने का इरादा रखते हैं रहमान भाई।''

''अब चारा भी क्या है?'' मेरे हाथ से कांगड़ी गिर गई थी। वे दोनों चुप हो गईं। मुझे दुख महज यही था कि अब्बू ने बगैर मुझसे पूछे...जैसे मैं कोई भेड़ हूँ, उनकी बेटी नहीं। अम्मी ने तुरन्त बात बदल दी थी।

''आपा, यास्मीन की डायरी में नोट कराना न भूलें 'गुश्ताबा' बनाने की ये तरकीब। आप तो जानती हैं, उसे बहुत पसन्द है डायरी में यह सब लिखकर रखना।

''हाँ, ज़रूर।''

मेरा डायरी लिखने का मन नहीं करता अब।

28 फरवरी, 1999

कौन रो रहा है मेरे भीतर? दरख़्तों के जिस्म उदासी में हिल रहे हैं। इन गूँगे दरख़्तों ने मुझे झूठ बोलना सिखाया नहीं। इसीलिए जलते हुए सचों से भरे अपनी डायरी के कुछ फटे पन्ने मैंने एक चिनार के नीचे दफना दिए हैं। निकाह बहुत हड़बड़ी में हुआ था। वाज़वान की नाजुक पाकविधियों का अब काम भी क्या? मेरे निकाह की दावत में गोश्त की ये खानदानी चीज़ें नहीं पकीं। सब कुछ जल्दबाज़ी में हुआ था। वाज़वान की महक को बारूद की महक ने दबा दिया था। गुज़रे युद्धों की छायाएँ वादी से गुज़र रही हैं। हवा में फैली सरगोशियाँ कह रही हैं जंऽ ऽ ऽ ऽ ऽ ऽ ऽ ऽ ग।

पिछले हफ्ते मैं दुलहन बनकर कामिल के घर आ गई थी। न सुहाग गीत थे, न सहेलियाँ। न शादी का कोई ख़ास ख़ुशगवार माहौल। एक मुर्दा और उदासियों से तना, चुप-सा बेज़ार माहौल था। बल्ब की निहायत धुँधली पीली रोशनी में कामिल के घर की गिनी-चुनी, बूढ़ी-अधबूढ़ी औरतों की जम्हाइयों के बीच भारी महज़र से ढकी मैं सिर घुटनों में दबाए बैठी थी। सीमेंट की मोटी दीवारोंवाला कमरा था वह। कमरे में एक तरफ की दीवार के किनारे कुछ बक्से कतार में रखे थे। एक तरफ बुझी हुई

बुखारी थी। हवा के दाखिल होने के लिए बस दरवाज़ा था। रस्मी निकाह के बाद की वह रस्मी रात चुपचाप आकर खिसकने को बेक़रार हो रही थी। कामिल को वैसी कोई जल्दी नहीं थी। मुझे अम्मी की झेलम की तरह, उमड़कर बहती दरिया- दरिया आँखें याद आईं और मैंने मज़हर खींचकर अपनी सिसकियाँ घुटनों में दबा ली थीं।

24 अप्रैल, 1999

हालात इतने बेकाबू हुए कि निक़ाह के बाद हमें तुरन्त श्रीनगर छोड़ना पड़ा। मुझे पता था कि अब मुझे जिन लोगों के साथ जाकर रहना है, वो लोग भेड़ का गोश्त खानेवाले लोग हैं। कुपवाड़ा के पास उनका पुश्तैनी गाँव है—हन्द्वारा। मुझे वहीं रहना होगा। मुझे अब्बू को छोड़कर नहीं जाना है। अम्मी-अब्बू ने कामिल को समझाया है कि यह सही वक्त नहीं है गाँव लौटने का...जंग की सरगोशियाँ सुनने में आ रही हैं...मगर वह ज़िद पर अड़ा है। उसका खानदान है वहाँ। वहाँ...और आगे आज़ाद कश्मीर में।

2 जुलाई, 1999

भयानक वक्त है। बहुत शोर है। जिसे मैं ग्लैशियर की तरफ एवेलांच का शोर समझ रही थी, वह जंग का शोर था। ऐसी जंग जिसका शुरू से आखिर तक कोई मतलब नहीं बनता था। बेजा जंग। सियासतदानों ने दस्तखत कर दिए हैं, जंग ख़त्म होने के ऐलान पर, लेकिन 'जंग एक दिन शुरू हुई थी और एक दिन था कि जंग खत्म हो चुकी' ऐसा कहने को हमारे पास कुछ नहीं है। जंग के खत्म होने की खुशी मैं महसूस ही नहीं कर सकी। कुछ चीज़ें जो जंग के चलते रुक गई थीं, फिर शुरू होंगी, मुझे शक है।

हम जंग के सायों में पीढ़ियों से पैदा होते आ रहे हैं। फौज हमेशा बनी रहेगी। धरती की छाती रौंदते हुए बने रहेंगे फौजी ट्रक। अमन महज काग़ज़ों पर है। गलीज़ काग़जों पर। एक नाटक जारी है, वहाँ राजधानी में। बम और सायरन अब भी यहाँ हैं, शोर मचाते हुए। मौत यहाँ की आए दिन की मेहमान है। पाकिस्तान-हिन्दुस्तान के बीच हो रही अमन की बातों का असर यहाँ ज़रा नहीं होता। जंग हमारे भीतर पैठी हुई है। शायद हमारी कब्रों तक हमारे साथ जाएगी; या...वहाँ भी हमें नींद से जगाती रहेगी!

6 सितम्बर, 1999

गर्मियाँ आईं और चली गईं, और गर्मियों के साथ पूरी वादी बारूद के रंग में रंग गई। दरख़्त जल गए। घर ढह गए। एक शाम मैंने महसूस किया—जिस पल जब

हमारे कस्बे पर शाम घिरी, वह पल छोटा था मगर उसका साया बहुत बड़ा था। एक ही पल में कस्बे के बाहर, पहाड़ों और खेतों में छायाएँ एक साथ बड़ी हुईं और ढलती साँझ पर छा गईं और पूरी वादी एक बारूदी सलेटी छाया बन गई। अब कहीं हरियाली नहीं दिखती...।

अम्मी नहीं रहीं, कैसे यकीन करूँ?

अम्मी के इन्तकाल के बाद जब मैं श्रीनगर से लौटी तो देखा कि कामिल के भाई की बेवा अपने बच्चों के साथ हमारे घर में पड़ी है। उसका शौहर भी हाल ही में हलाक़ हो गया था, जंगल में एल.ओ.सी. की तरफ छूटी हुई भेड़ लेने गया था कि धमाका हुआ।

मैंने महसूस किया है कि औरतें दो तरह की होती हैं—एक वो, जो खुली होती हैं, तो उनके काँटे बाहर को खुलते हैं, आसपास के लोगों को लहूलुहान करते हुए। एक वो, जो बन्द-बन्द होती हैं जिनके काँटे भीतर को खुलते हैं, वे खुद को लहूलुहान करते हुए जीती रहती हैं। कामिल की भाभी पहले किस्म की औरत है।

वह चाहती है, कामिल बाक़ायदा निक़ाह करके उसे घर में रख ले। कामिल मुझसे नाख़ुश है, क्योंकि मेरी शर्त है तलाक़। घर में राशन ख़त्म होने को आया है। इन्हीं रिश्तों और शर्तों के बीच ही हर वक्त कुछ-न-कुछ खाने की फरमाइश करते, रोते-चीखते इसके तीन बच्चे हैं। बाज़ार कम खुलते हैं। खुलते हैं तो सामान नहीं, सामान है तो पैसा कहाँ रहा? औरतें अब कपड़े नहीं सिलवातीं। फटे बुर्कों को कफन की तरह लपेटे बस मौत का इन्तज़ार करती हैं या अपनों की मौत पर एक पल को नक़ाब उलटकर ज़ार-ज़ार रोती हैं, फिर पत्थर सीने पे बाँध अपने उसी कफन के भीतर लौट जाती हैं। कामिल की सिलाई-कढ़ाई की मशीनें बन्द पड़ी हैं। मुझे बहुत गुस्सा आता है और रोना भी। ऐसे में मैं घर के पीछे खाली जमीन में 'शलगम' बोती हूँ। जब मैं ज़मीन खोदती हूँ तो मुझे ज़मीन के नीचे अपनी रूह मिलती है। न जाने कहाँ से जमती चली गईं पुरानी जड़ें, पत्थर हो गए एहसास, तमन्नाओं की जली हुई तह की तह और कुछ बारीक खुशियों के बीज। मैं पत्थर, पुरानी जड़ें, कोयला निकाल देती हूँ। बीज रहने देती हूँ। पानी की पहली फुहार से वो खिल पड़ते हैं। बेहद कम उम्र लिखाकर आए ये नर्म पौधे, मन को कुछ पल तो हरा रखते हैं।

12 सितम्बर, 1999

दिनों बाद धूप निकली है। कामिल अपने भाई के गाँव-खेतों को देखने निकला है। कामिल की भाभी ने भूखी भेड़ों को चराने के लिए अपने बच्चों को जंगल भेज दिया है। एक बड़ा लीडर मेंढ़ा, तीन रेशमी ऊनवाली भेड़ें, एक बेज़बान मेमने को

लेकर वो दोनों निकले हैं मगर मेरा दिल दहशत से भरा है। अब्बू कहते हैं, जंगल के फूलों में ईश्वर रहता है, अगर यह सच है तो वह उनकी रक्षा करेगा।

मुझे हैरानी होती है कि यह मैं ही हूँ—यास्मीन? तेल के पीले धब्बोंवाला नीला दुपट्टा, रंग उड़ा फिरन! घर के कामों में न जाने कब फट गए हैं वो मेरे हाथों के बढ़े हुए नाजुक दुपट्टे, अम्मी के पुराने इत्रों की हलकी खुशबू में भीगे मेरे रेशमी लिबास!

मुझे अब तक यकीन नहीं होता कि अम्मी नहीं रहीं। उन्हें दफनाकर अब्बू बेहद तन्हा हो गए हैं। पड़ोस का एस.टी.डी. एक महीने से बन्द पड़ा है, तभी से अब्बू से बात नहीं हुई। कैसे होंगे वो? इन हालात का उनका अदीब मिजाज़ क्या तब्सिरा करता होगा? जुल्म चमक रहा है। घर वीरान और अँधेरे हो रहे हैं। मज़हब को आड़ बनाकर गुनाह को मज़हब का जामा पहनाया जा रहा है। 'आक़बत' (मरने के बाद की दुनिया) और 'मगफ़रित' (मौत के बाद कयामत के दिन होनेवाले इम्तिहान) के नाम पर ज़िन्दा लोगों को बम में बदल देना तो मुसलमान का दीनो-मज़हब नहीं! मैं जानती हूँ, वे लेटे-लेटे यही सब सोचा करते होंगे।

बेचारे अब्बू! फ़रहान ने अब तक अब्बू को माफ नहीं किया है—कामिल से मेरे निकाह को लेकर। ख़त में लिखता है, मैं कामिल से जल्दी ही तलाक़ की बात करूँ और तलाक़ लेकर अब्बू के साथ उसके पास दिल्ली पहुँच जाऊँ। दिल्ली सबसे महफ़ूज जगह है। शायद!

28 सितम्बर, 1999

दक्षिण कश्मीर के ज़्यादातर गाँवों में मातम ही जीने का अन्दाज़ बन गया है। लोग अब अक्सर त्यौहारों पर आपस में मिलने की जगह धुँध से भरे कब्रगाहों में मिलने लगे हैं। ईद का मज़ा जाता रहा है। बच्चों की हँसी सुनाई ही नहीं देती। शादियों की दावतों में भी लोग, पिछले दो-एक सालों में हुए हादसों में जवानी में ही मौत की आग़ोश में सो गए लड़के-लड़कियों को याद करके आँखें भिगोए रहते हैं।

आज हम करीम चचा की मौत की मातमपुर्सी में गए थे। वो कल दिल के दौरे से मर गए, जब फौज ने उन्हें कुछ लाशों की शिनाख़्त के लिए बुलवाया था। कामिल उनके संग गया था। लाशों के एक छोटे ढेर में वाहिद की लाश थी। वे उसे देखते ही धड़ाम गिर गए। फिर होश में नहीं आए। फौजवालों ने कामिल को वाहिद के ख़त और सामान दिया। ख़त मैंने देखा और पढ़कर सुन्न हो गई।

'प्यारी अम्मी'

मैंने अब्बू से गुज़ारिश की थी, मुझे बचाकर ले जाएँ। उन्होंने कोई जवाब नहीं दिया। ख़ामोश हो गए। आप ही कुछ करो न, कुछ कहो उनसे। मैं पिछले कई महीनों

से खाली बैठा हूँ। अब वे हमें कहीं ले जाने की तैयारी में हैं। मुझे नहीं चाहिए असलाहों की ट्रेनिंग...मैं बन्दूक पकड़ना नहीं चाहता। अम्मी, बचा लो मुझे। अब्बू से कहो, ले जाएँ मुझे।

अम्मी, मेरी किस्मत खराब है जो दो बार छूटकर तीसरी बार इनकी गिरफ़्त में हूँ। ये क्यों मेरे पीछे हैं? उस जुम्मे को जब मैं बिलाल भाई से बस अड्डे पर बात कर रहा था, तभी मैंने असगर बेग़ को वहाँ से गुज़रते देखा। उसने मुझे बुलाया और कहा–'ज़रा साथ चलो तो। मैं उसके साथ गया और देखा, लोन साब का लड़का अनवर, मुख़्तार, तौफीक़ पीर वगैरह भी थे। कुछ और लड़के जो हमारे गाँव के नहीं थे, वे सब स्कूल के पास जमा थे। वहाँ से वैन में चढ़कर हम कुछ बीसेक किलोमीटर दूर जाकर एक मस्जिद में बिठा दिए गए। वहाँ चार मुजाहिद थे--एक गुल आग़ा था तीन दूसरे। जब सब इकट्ठे हुए तो गिना, गया हम 25 जवान लड़के थे। कुछ तो बच्चे ही थे...हलकी मूँछें भी नहीं आई थीं उनके। मैंने बहुत बहाने किए मगर उन्होंने मुझे मस्जिद से निकलने ही नहीं दिया। फिर उसी रात साढ़े बारह बजे हमें बैग दिए जिसमें कपड़े और जूते थे।

हम मालवा पहुँचे, जहाँ पूरे दिन ठहरे। वहाँ भी मैंने भागने की कोशिश की। हमें कमरे तक से नहीं निकलने दिया गया, यहाँ तक कि पेशाब करने तक के लिए नहीं। वह हमें कमरे में ही करना था। हम पच्चीस लड़कों की वजह से कमरा दोज़ख़ लग रहा था...वहीं खाना भी...। रात के अँधेरे में हम जंगल के रास्ते गाँव से निकाले गए...दो रातें जंगल ही में रहे। दिन के वक्त हम बड़े-बड़े तनों के पीछे छिपे रहते थे। अचानक हमारे दो साथी भाग गए। शायद तौफ़ीक पीर और दूसरे गाँव का एक लड़का। हमें ही उन्हें ढूँढ़ने को कहा गया। एक जंगलात का आदमी साथ था। मगर वो मिले नहीं। यह मेरी बदकिस्मती थी अम्मी या किसी की बददुआ...अम्मी, मैं दोज़ख़ में हूँ...ग़र ये बद्दुआ तुम्हारी है, कभी बचपन की मेरी की हुई शैतानियों में दी हुई तो खुदा के वास्ते इसे वापस ले लो। मुझे किसी से भी जवाब भिजवाओ। बिलाल भाई को ही दे दो, वो भिजवा देंगे। मुझे लिखो कि तौफ़ीक घर पहुँचा क्या? अब्बू को कहो, कुछ कर कराके मुझे ले जाएँ। मिलिटरी या पुलिस को कहो। तुम्हें खबर नहीं, यह ख़त लिखकर मैं अपनी मौत का सामान तैयार कर रहा हूँ। पर यह ख़त तुम्हें पहुँचाऊँगा। मुझे आप, अज़रा और बिन्नो बहुत याद आती हैं। घर याद आता है। घर, जहाँ आपके हाथों की यख़नी की खुशबू भरी रहती थी। मुझे घर ले जाओ अम्मी...अब्बू को भेजो।

और मैं अब यहाँ मुजफ्फराबाद में हूँ, कैसे जी रहा हूँ तुम्हारे बिना! मैं पागल हो जाऊँगा। अपनी तमाम बद्दुआएँ वापस ले लो। मैं दिन-रात रोता हूँ। मेरी हालत बुरी है। क्या करूँ, कहाँ जाऊँ! काश, कोई मेरा साथ दे!

कुछ करके मुझे बुलवा लो। पहले तो अब्बू कुछ कर भी पाते...अब तो मैं बोर्डर की इस तरफ हूँ। मेरी सारी उम्मीदें टूट गई हैं। मन करता है, खुदकुशी कर लूँ या भागूँ और इनके हाथों मारा जाऊँ।

यहाँ एक जलाल भाई हैं। उन्होंने मुजफ्फराबाद की लड़की से निकाह किया है। अब्बू को कहो, उनका पता करके उन्हें ख़त लिखें—मुझे इस कैम्प से आज़ाद कराने का। उनकी पहुँच में है मुझे छुड़वाना। पहले वो मिलिटेंसी के लिए काम करते थे, अब शादी करके रावलपिंडी चले गए हैं। इस बार अब्बू ने ये आखिरी कोशिश नहीं की तो मैं मारा जाऊँगा। जल्दी ही मैं भागने की आखिरी कोशिश करूँगा।

आपका बेटा—'वाहिद।'

वह यह ख़त भेज नहीं सका था। उसकी जुराबों में रखा-रखा कुचल गया था।

18 नवम्बर, 1999

यकीन नहीं होगा मगर यह सच है, चचा के चालीसवें में...पिछले हफ्ते वह मुझे वहाँ मिला था। भीड़ में उसकी आँखें एक बार जो मुझ पर लगीं, लगी ही रहीं। मैं नज़र चुराकर हलका-सा मुस्कुराई पर वह नहीं मुस्कुराया...मुस्कुराने का शायद मौका न था। कैसा हो गया है उसकी खाल का रंग...दीवारों पर जमी काई जैसा हरा-सलेटी!

वह मेरे इर्द-गिर्द बना रहा। मैं लौटने के लिए उठी तो वह पास आकर फुसफुसाया, "मिलो मुझसे।"

"नहीं।"

"मैं कल तुम्हें लेने लड़का भेजूँगा।"

"कामिल नहीं आने देगा।"

"वह जिस रोज़ न हो।"

"ऐसा नहीं होता...वह घर में ही रहता है आजकल।"

"वह कल शहर जाएगा।"

"कैसे! किसने कहा तुम्हें?"

वह चुप रहा। मैंने बुरक़ा पहना और जूती पैर में डालकर जल्दी-जल्दी चलकर आ गई।

अगले दिन सच में कामिल चमड़ा खरीदने शहर गया। उसके पास ढेर से पैसे थे और बारह जैकेटों का ऑर्डर...और उसके जाते ही मैंने देखा—घर के पीछे शलगम की क्यारी में एक जवान लड़का खड़ा था। मैं दो मन, दो दिमाग हो रही थी—जाऊँ कि...क्या मेरा जाना सही होगा? ठंडा बरसाती दिन था। सुबह से बादलों की बारात आकाश के शामियाने में इकट्ठा थी। ऐसे मौसम में कामिल के भाई की बेवा को

क्या बहाना बनाकर घर से निकलने की बात कहूँ? पड़ोस के गाँव में अपनी चची के घर निकाह की तैयारी करवाने का बहाना कर, मैं लड़के को चलने का इशारा कर सड़क पर निकल आई। आगे घने चीड़ों के बीच एक जीप खड़ी थी।

"ये जीप हमें बस नहर तक पहुँचाएगी। नहर के आगे बी.एस.एफ. की चौकी है। आप नकाब डाल लो। इसे कपड़ों में छिपा लो।"...क्लाशनिकोव थी वह। मेरे जिस्म में ठंडी सिहरन हो गई।

जीप ने हमें नहर के किनारे जंगल में उतार दिया। वहाँ से एक नाव थी। ठंडी हवा खून जमा रही थी। आगे जाकर लिद्धड़ का चौड़ा पाट शोर मचा रहा था। हम उतर गए। उतरते ही मेरी चीख निकल पड़ी...जिसे मैं गाय की लाश समझकर नाव के पीछे दूर से धीरे-धीरे बहता हुआ देख रही थी। तेज बहाव से वह लाश हमारी नाव से टकराई...वह एक औरत का फूला हुआ जिस्म था—नीली खुली छातियाँ... नंगी जाँघों पर फरफराती फटी शलवार।

"चुपचाप चलो। बी.एस.एफ. की चौकी अभी इधर ही है। थोड़ी चढ़ाई है।"

चढ़ाई जहाँ से शुरू होती थी, वहाँ घास उगी थी। गोल चट्टानों वाली नदी पीछे छोड़कर हम घने चीड़ों के पेड़ों की तरफ ऊँचा चढ़ने लगे। कितने-कितने चढ़ाव, फिर उतने ही ढलान। आदत के बावजूद मेरे पैर भी लड़खड़ा रहे थे।

"कितना और?"

"बस, पहुँचते हैं।"

हमने दो पहाड़ों के बीच, नदी किनारेवाली पक्की सड़क छोड़, गली पकड़ ली, जहाँ से वह ऊँची उठती थी और पहाड़ी से ऊपर की ओर घूम जाती थी धीमी और चमकती नदी के किनारे-किनारे वह लड़का अपने लम्बे डग भरता चला जा रहा था, उसके पीछे मैं। बालू पर पानी ठंडा, उथला और साफ था। उसने घाटी की दीवारों पर मिलते किनारों को अपनी आँखों से परखा, दूरी के रंगों में गहराते हुए जब तक कि वहाँ से घने वृक्षोंवाले आकाश में जाकर धुँधलाते पहाड़ नहीं शुरू हो गए। वहाँ 'वादी' के ऊपर, बड़े और घने बादल लहराते हुए, पानी से लबालब नीचे को तैर रहे थे। नदी से पानी लेने को एक बार रुकते हुए से मैंने घाटी में नीचे, रोशनी से भरे आसमान को, लाल और बैंगनी पहाड़ियों को देखा; दोपहर के अर्क में हवा भाप बन रही थी।

मेरा मन अब सुकून में था—जो हो सो हो...कामिल लौट आए तो लौट आए।...मेरे न लौटने पर दे दे तलाक़...मैं इस रंगीन घाटी पर कोई नज़्म रचना चाहती थी, जैसे कि औरतें रंगीन धागे से करघे पर पश्मीना बुनती हैं लेकिन मुझे सही शब्द एक साथ नहीं मिले। मुझे भूख लगी थी। मुझे अफसोस हुआ कि अच्छा होता कि मैं रास्ते में खाने के लिए खाना ले आती, शीरमाल या लूची का करारा हिस्सा होता,

मोटा और नर्म, जिस पर राख और कोयले के छोटे-छोटे कण धँसे होते, रवेदार और मीठे धुएँ से भरा।

दोपहर बीत चुकी, और अगले पहर का कुछ हिस्सा, और हम नीचे सड़क के उस पार थे—एक पुराने भुतहा-से कस्बे में जो कि पहाड़ियों के किनारे और उसके पीछे फैला है, जिसे जंग के बाद पृथ्वी के निगल जाने के लिए छोड़ दिया गया है—किन्हीं पुराने, हड़बड़ाहट में छोड़े गए अवशेषों के बीच में अकेला। मैंने अपनी निगाहें मोड़ लीं और फिर से बहते पानी को और उस पर पड़ते प्रकाश को और इधर-उधर पानी द्वारा बहा लाई गई चीजों के बिखरे टुकड़ों को पत्थरों के बीच में लटके और फँसे देखा। काफी दूर तक चलकर हमने टूटे-फूटे घरों की एक छोटी-सी आबादी देखी। नालीदार टिन की छतें चमक रही थीं। वह तेजी से बढ़ा। मैं उसके पीछे।

वसीम एक टूटे-फूटे घर में अकेला था। लड़के के सामने उसने कुछ हिदायतें दोहराईं और लगभग खींचते हुए मुझे भीतर लेकर उसने कमरे को भीतर से बन्द कर लिया। मुझे कन्धे से पकड़कर ज़मीन पर बिछे नमदे तक ले गया। मुझे कांगड़ी दी।

"बैठ जा। कुछ खाने को लाता हूँ।"

"मैं खाना खाने नहीं आई हूँ, वसीम।"

"कहवा तो ले लो...लूचियों के साथ। गर्म है।"

"क्यों बुलाया?"

"ख़ैरियत जानना चाहता था।"

"बहुत जल्दी खयाल आ गया मेरी ख़ैरियत का?"

"पता कहाँ था? कोई खबर नहीं।...लौटकर आया तो तुम लोग श्रीनगर चले गए थे। फिर...किसी से ख़बर मिली तेरे निक़ाह की। उस दिन ज़रा उम्मीद नहीं थी, जबकि मैं यहाँ चार महीने से हूँ। अब यहाँ से निकलने का वक्त आया तो तुम... अचानक। आओ, पास बैठो।"

वसीम के पसीने की तीखी महक कमरे में फैली थी...मेरी पहचानी हुई महक। वसीम ने मुझे छुआ हलके से। मैं पूरा पिघलकर उसके कन्धों पर आहिस्ता से टिक गई। कितनी शिकायतें थीं कि गले में आकर सबकी-सब फँस गईं। आँखों में आँसुओं का सैलाब आने को बेताब बैठा था। रोकने के लिए बस पलकों का बाँध था। मैं कुछ कहती, उसके पहले ही उसने दबोचना और चूमना शुरू कर दिया। मैंने कमरे की ठंडी खामोशी में वसीम को सब कुछ कर लेने दिया। उसके स्पर्श पहले से कहीं क्रूर थे मगर ज़रा भी अनाड़ी नहीं थे। घनेरी उत्तेजना के बीचोबीच मुझे वह नंगी लाश याद आ गई और मेरा जिस्म ठंडा हो गया था।

वह मेरे ऊपर चढ़ा था—छातियों को हाथों, होंठों और दाँतों से भींचता। जाँघों को अपने पैरों से धकेलकर खोलने की चेष्टा करता हुआ। यह लगभग एक बलात्कारी की मुद्रा थी। हर धक्के के साथ मेरा सर लकड़ी के खम्भे से टकराता रहा। वह इस वक्त प्रेमी नहीं था...सो उसने अतीत के उन गुनगुने पलों की नामालूम-सी उम्मीदों को वहीं मसल दिया। कितने एहसासों को गूँथकर माला बनाई थी...वह जिस्मों की छीना-झपटी में वहीं कहीं झर गई।

एकतरफा क्रूर खेल का एकतरफा अन्त हुआ। मैं होंठ भींचकर कपड़े पहनती रही।

"जाऊँगी अब।"

"जल्दी क्या है?"

"रास्ता लम्बा है। शाम हो जाएगी। कामिल आ जाएगा।"

"छोड़ दे टेलर मास्टर को। मेरे साथ आ जा।"

"तू क्या देगा मुझे?"

"आजाद कश्मीर।"

"जिसमें रहनेवाले कितने बचेंगे? कबरगाहों से अटा कश्मीर! ऐसे गाँव जिसमें एक भी मर्द न हो।"

"तू भी डरपोक औरत ही तो है न!"

"मैं अब जाऊँगी वसीम।"

"अच्छा, मैं छोड़ आता हूँ तुझे—तेरे गाँव के बाहर तक। मौसम बिगड़नेवाला है। लगता है, बर्फ गिरेगी।"

बर्फ का तूफान उठा था—मेरे बाहर और भीतर दोनों जगह। हम तूफान में फँसे एक मज़ार में देर रात तक बैठे रहे। सुबह होने से ज़रा पहले उसने मुझे गाँव के मुहाने पर छोड़ दिया।

मैं बदहवास हो लौट आई थी। चिनारों के पतझड़ी पत्ते मेरे पैरों में लोटकर बहुत कुछ उगलवाना चाहते थे। बाँसों के झुरमुटों में मुझे लेकर खलबली मची थी। मेरी साँसें भारी चल रही थीं। लग रहा था कि एक साँस चूकी कि दम घुटा। मन कर रहा था, चीख-चीखकर रोऊँ। मैंने उस तूफानी अँधेरे में बस रैवन कव्वों को डाँव-डाँव पेड़ों पर उड़ते देखा। नन्ही चिड़ियाएँ झुरमुटों में कैद थीं। तोते खामोश कोटरों में बन्द थे।

क्या सोचकर गई थी मैं? मुझसे मिलकर बदल जाएगा! वादी पार के कैम्प में उसके दिल का ऑपरेशन करके पत्थर रख दिया गया है, शायद!

घर के पास पहुँचते ही कामिल का बूढ़ा कुत्ता 'खुसरू' मेरे पास आ गया। हम दोनों साथ घर में घुसे। कामिल और उसके भाई की बेवा एक ही बिस्तर में लेटे हुए थे। भीतर कुछ बचा होता तो टूटता न...मैं चुपचाप बाहर आ गई। एक लकड़ी के फट्टे

पर बैठ गई। खुसरू गीली ज़मीन को सूँघता रहा...फिर तीन बार गोल-गोल घूमकर मेरे पास गीली ज़मीन पर ही बैठ गया। उसकी बूढ़ी आँखों में सवाल थे। वह किसी असमंजस में था।

9 जनवरी, 2000

वसीम आया था एक दिन, मेरा इरादा जानने। कामिल एक भयानक झगड़े के बाद अपने भाई की बेवा को उसके गाँव छोड़ने गया था। घर में मैं थी। खुसरू था। पड़ोस की बुढ़िया जमीला थी कि दरवाज़ा खड़का...मैंने हवा समझकर टाल दिया। मगर दो बार और खड़का तो आधा डर और आधी हिम्मत दोनों को सहारा बनाकर मैं उठी। उस शाम तेज़ तूफान के बाद से बत्ती गुल थी। मैंने टॉर्च उठाई और बिना जलाए दरवाज़े के पास खड़ी होकर आहटें लेती रही। फिर हिम्मत जुटाकर फुसफुसाई, "कौन है?"

आनेवाले ने नाम बताना मुनासिब न समझा। गम्भीर आवाज़ में सिर्फ यह सुन पड़ा, "मैं हूँ। खोलो।"

"वसीम?"

"हम्म। मेरे साथ चलो।" वह मेरे जिस्म से लिपट पड़ा।

"कहाँ?"

"जहाँ भी मैं रहूँ।"

"मुझे तेरी ज़रूरत है यास्मीन। तलाक ले ले कामिल से। मैं तुझे श्रीनगर में घर खरीद दूँगा। हमारे साथ आज़ादी के लिए काम करना।"

"तुम जानते हो...तुमने पहले भी समझाए हैं, 'आज़ादी के मायने।' मैं जड़ दिमाग़ हूँ, नहीं समझ पाती। इसे सुनकर मेरे हाथ-पैर सुन्न हो जाते हैं। मुझे ये खुली कब्रें महसूस होती हैं। मैं इस आज़ादी शब्द की नींव में अमन और खुशहाली नहीं पाती। क्या तुम 'आज़ाद कश्मीर' के नारे को तमाम दुनिया की दूसरी सच्चाइयों से ज़्यादा तवज्जोह नहीं दे रहे?" मैंने चीख़कर कहा था और वह मेरे सर के नीचे से अपना हाथ निकाल, दरवाज़े पर टँगा कोट उठाकर चला गया था।

अलसुबह आधी नींद में मैं उसके पैरों की आवाज़ दूर तक जाते हुए सुनती रही।...न, वह कभी जान पाएगा कि मेरी कोख में उसका बच्चा है। अब सन्नाटे में मुझे अपने पैरों की आवाज़ भी उसके जाते हुए पैरों की आवाज़ लगती है। यूँ भी तो कश्मीरी औरत की ज़िन्दगी के आधे से ज़्यादा साल वहम-वहम और धोखे-धोखे में निकल जाते हैं। हम अपने वजूद को, अपने होने को ठीक से समझें, उससे पहले ये वहम टूटकर नए वहम की शक्ल अख़्तियार कर लेते हैं। एन्काउंटरों की खबरें और गोलियों की आवाज़ें मेरे रोंगटे खड़े कर देती हैं।

वसीम यही चाहता है...मैं कैसे दे सकती हूँ तलाक? औरत के हक़ में कहाँ है, तलाक़ देना। हाँ, ले सकती हूँ। कामिल तैयार नहीं होगा। कामिल तैयार हो भी जाए तो क्या...मगर मैं वसीम के लिए इनफॉरमर का काम नहीं करूँगी। और फिर इसका क्या? वो जो दुनिया की इस सबसे पुरानी जंगी और ख़ूँरेज़ ज़मीन पर भी पैदा होने को आमादा है, मुझे यकीन नहीं हो रहा है कि यह बच्चा वसीम का है। मैं समझ नहीं पाती, बारूद से फटी पड़ी ज़मीन पर भी एक फुहार के साथ ही नए पौधे फूट कैसे आते हैं!

26 फरवरी, 2000

मैं झूठ बोलूँ अगर मैंने जो देखा उसके लिए 'भयानक' के अलावा कोई और शब्द बोलूँ।

कल की बात है। अँधेरा होने में महज एक घंटा बाकी था।

मैं एक नानबाई के यहाँ नान लेने बाहर निकली तो वहाँ भीड़ जुटी थी। भीड़ के बीचोबीच एक फिदायीन की लाश पड़ी थी। एक सुसाइड बॉम्बर जिसका बम अटैक से पहले ही फट गया था। मैंने उसके पैरों के टुकड़े देखे जो घुटनों के पास से उधड़कर लटक गए थे। बिखरी हुई आँतें। फिर मैंने खोपड़ी का पिछला हिस्सा देखा और लम्बे काले बालों की चोटी। सारी-की-सारी भीड़ को यकीन करना मुश्किल हो गया था कि वो लड़की जो अभी, अभी नान खरीदकर जा रही थी, उसके साथ आई वह लड़की ही बम थी।

मैंने देखा, सूरज की धूप बारूद के धुएँ से जर्द-सलेटी हो गई थी। खून और बारूद की महक मगरिब से आती हवा में लिथड़ गई थी और अजीब-सी मितली पैदा कर रही थी।

गाँव में खलबली मच गई थी। लोग भागकर घरों की पनाह लेने लगे। फौजी दस्ते तुरन्त आ गए। कैप्टन ने कहा, "गाँव की तलाशी लो।"

मैं जानती थी, इसमें दोहरी तबाही छिपी है।

मैं लगभग दौड़ती हुई घर लौटने लगी कि एक पतली गली के छोर पर कोई मुझसे ज़ोर से टकराया।

वह एक लड़की थी—एक कमसिन चेहरा, जिस पर खून लगा था। उसकी गोरी और झीनी ज़िल्द हलके-हलके काँप रही थी। आँखों में फूटकर बहती दहशत का बयां मुश्किल। मौत से रू-ब-रू तो मैं होकर आ रही हूँ। यह कौन है...मेरे कुछ पूछने से पहले ही लपककर, उसने मेरा हाथ थाम लिया। खून के काले थक्कों के लिजलिजे रेशे मेरे हाथ में चिपक गए, जिन्हें मैंने घिन में भरकर गली के किनारे बने एक घर की खुरदुरी दीवार से पोंछ दिया।

"छोड़ो...!"

उसने सिर हिला दिया। वह ज़ोर-ज़ोर से सर हिलाने लगी वहशत में। आँसू, खून में लिथड़कर होंठों तक आ गए।

"कौन हो...तुम?"

"...वो मेरी बहन थी।"

"क्या?"

"हँ...हमें कहीं और होना था। कहीं और...बस में...मगर उसने पहले ही। उन्होंने कहा था, हमारे पास वक्त है...पूरे दो घंटे हैं। हमें भूख लगी थी...नानबाई की दुकान पर...मगर वह तो उनके जाते ही पाँच मिनट में...बाज़ार में...। मुझे भी छर्रे लगे हैं...। मुझे अपने साथ इस गली से बाहर निकाल दो..."

मेरी डर से आँखें फट गई थीं। मैं दुगुनी तेज़ी से भागी। उस रात मेरी कोख में डर समा गया। मेरा बच्चा डर से सिकुड़ गया। वह ज़रा भी नहीं फुदका। मैंने खुद से घबराकर पूछा था, क्या मेरे भीतर यह नन्हा पंछी ज़िन्दा है; या मैं अपने भीतर एक कब्र लिए बैठी हूँ?

मार्च 2000 का कोई दिन
और डायरी का आख़िरी पन्ना

मैं सुन रही हूँ वादी के पार से अपने नाम की पुकार। एक पथरीली आहट मौत की। नहीं, सपना नहीं है यह। देखना, ये दिन फिर आएँगे। तुम्हें उलाहने देंगे। तुमसे आकर पूछेंगे लोग भूले और लापता लोगों के पते-ठिकाने। तब तुम क्या जवाब दोगे? तुम तब सोचने बैठोगे...तुम्हारी याददाश्त रोशनी की तरह मन्द हो जाएगी। तब तुम सोचोगे...मैं कहाँ था, क़िस्से की शुरुआत में? हाँ, कहाँ था मैं किस्से की शुरुआत में? मेरा क्या रोल था...? मैं कौन था?"

डायरी यहीं ख़त्म...बाकी पीछे के पन्ने फटे हुए थे। आखिरी पेज पर जिस पर कोई तारीख नहीं डाली थी उस पर यह एक शेर लिखा था :

तू खेलता है नूर से मेरे यक़ीन के
जलवे भी देंगे न पनाह, तुझे इस ज़मीन के

टुकड़ा-टुकड़ा शब्दों के बने एक ट्रेजिक कोलाज के बीच मैं सुन्न बैठी थी। एक छोटे म्यूज़िक प्लेयर पर मीना कुमारी की पुरक़शिश आवाज़ में उसकी ही लिखी नज़्म बज रही थी :

मेरा माज़ी
मेरी तन्हाई का ये अन्धा शिगाफ़
ये के साँसों की तरह मेरे साथ चलता रहा
किसी की ओक पा लेने को लहू बहता रहा...

तू मस्जिदे वीराँ है...मैं तेरी अज़ान
अज़ान जो अपनी ही वीरानगी से टकराकर
ढकी-छिपी हुई बेवा ज़मीन के दामन पर
परहे नमाज़ खुदा जाने किसको सज़दा करे!

कल गाँव जाऊँगी मेरी यादों का गाँव, मेरी नानी का गाँव, मेरा जन्मस्थान–पुलवामा, जहाँ पुरानी ईंटों के खंडहरनुमा घर भी थे और नई ईंटों के बढ़िया पक्के घर भी, जो धान के खेतों और केसर की क्यारियों के बीच बेतरतीब बसे हुए थे। जहाँ आदमी और औरतें धान रोपते हुए पुराने प्रेमगीत गुनगुनाया करते थे, वहीं फुसफुसाते रसलिंग पॉपलर्स की पंक्तियों से ढकी, हमारी अतीत की ओर जाती पगडंडी पर रहमान सर मेरा इन्तज़ार करेंगे। उनके पुराने घर के पीछे पसरी नहर के उस पार, हिसालुओं के जंगल में मेरी दोस्त यास्मीन सोई है।

इन नौ-दस सालों के दरम्यां इन रास्तों में बहुत कुछ फेर-बदल हो चुका था। राजनीतिक और सामरिक नीतियों के चलते। रास्ते में सब कुछ गन्दला गया था, ठीक एक ख़ूबसूरत बच्चे के गालों की तरह, जो ज़्यादा रोने से गन्दला से जाते हैं। मगर वे गाल गन्दले होकर भी लगते उतने ही ख़ूबसूरत हैं। छोटे-छोटे उदास मलिन बागों में चेरी के पेड़ों ने हलकी पीली-गुलाबी चेरियों के झुमके पहन लिए थे। अखरोटों के जंगल फलों से लदे गुनगुना रहे थे। मेहनतकश मधुमक्खियाँ जंगली सफेद गुलाबों से रस बटोरकर अपने छत्ते भर रही थीं–आनेवाली सैनिकों और श्रमिकों की नस्ल के लिए। छोटे-छोटे झरने ठिठककर बह रहे थे। मगर चिनार गुम-सुम उदास खड़े थे–हर पचास कदम पर खड़े सीमा सुरक्षा बल के सैनिकों की बन्दूकों से सहमे।

तराई से पहाड़ों की तरफ बढ़ते हुए तमाम रास्ते मुझे अलमस्त यायावर मिलते रहे–आतंक से बेखौफ़, पहाड़ी खानाबदोश, जो गर्मियाँ शुरू होते ही अपने भेड़-बकरियों के रेवड़ को ऊँचाइयों की तरफ, हरी चराई के लिए ले जाते हैं। उनके साथ होता है, उनका राशन-पानी और चाय-कहवा बनाने का साज़ो-सामान और कुछ-कुछ रूसी समोवार जैसी समोवार। एक-दो बार मैंने बीच-बीच में जीप रुकवाई और हम मक्खन डली नमकीन चाय पीने के लालच में भेड़ की तरह गन्धाते उन खानाबदोशों के साथ जा बैठे थे। चाय के उसी चिरपरिचित स्वाद के साथ उसने महसूस किया कि ये मंज़र बदल ज़रूर गए हैं, मगर विकास के कुछ पैबन्दों से भी इन रास्तों का पुरानापन नहीं मिटा है।

हम उस गाँव में हैं, जहाँ मेरा और तुम्हारा बचपन बीता था। यास्मीन के डायरी में दर्ज करने के अन्दाज़ में कहूँ तो–अप्रैल 2005, बसन्त, बस, अभी आकर ठहरा ही है। हम तुम्हारी कब्र पर जा रहे हैं। एक छोटा-सा लड़का हमें नाव से ले जा रहा है, हिसालुओं के जंगल तक।

रहमान सर ने अपनी फुसफुसाती आवाज़ से सन्नाटे का जादू तोड़ा है, ''क्या लिखना चाह रही हो—कश्मीर की समस्या पर? क्या इस पर कुछ लिखा जा सकता है?''

''मैं समस्याओं पर नहीं लिखती। उन छोटी और महत्त्वहीन ज़िन्दगियों पर लिखती हूँ जो बड़ी ज़िन्दगियों के बनने-बिगड़ने, बड़ी समस्याओं के उलझने और सुलझने की जद्दोजहद में कुचली जाती हैं, या पीछे छूट जाती हैं।''

''हम्म...इस अन्तहीन जंग में लेखक या शायर क्या किरदार निभा सकता है, यह सोचते हुए मुझे तो दस साल बीत गए और नाउम्मीदी के इस माहौल में हिम्मत और उम्मीद-भरे गीत लिखना बेमानी हो चला है। वे लिखें न लिखें, उनसे कोई नहीं पूछेगा कि क्या तुम लिख रहे थे, जब शहर जल रहा था? शहर के जलने पर शायरी कर रहे थे? तुम अपनी नई सोच से कुछ अलग लिख सको तो कोशिश कर लो।''

''यास्मीन को...कैसे...दरअसल हुआ...'' मैं पूछती हूँ।

''अह...तुम जानती हो शायद...तुम उसकी बचपन की सहेली हो...मेरी बच्ची, मेरी तरह ही सायरनों, गोलियों और ग्रेनेडों की आवाज़ का ठंडा डर अपनी रीढ़ के भीतर लेकर पैदा हुई थी। वह बचपन से ही बमों की आवाज़ों से डरती थी। 'अब्बू, मेरे पास आओ। मुझे अकेला मत छोड़ो।' चीखती थी बचपन में...मगर उस रोज़...'' रहमान सर की आवाज़ लड़खड़ा रही थी। शब्द बिखर रहे थे।

मैंने उन्हें इतना भावुक नहीं देखा था। वे जल्दी ही सँभल गए और उन्होंने पसीने में डूबे उस नाववाले लड़के से एक चप्पू ले लिया, उसकी गति से अपनी गति मिलाकर चप्पू चलाने लगे।

''क्या कहें, बदअमनी इस क़दर तारी थी कि आए दिन बुरी खबरों से अवाम रू-ब-रू होता था। ये बुरी खबरें लगातार ख़ौफनाक होती जा रही थीं। जम्मू से श्रीनगर आनेवाले हाईवे पर ज़्यादा-से-ज़्यादा सेना के कॉनवॉय देखे जाने लगे। कुछ लोगों ने तिरपाल से ढकी तोपें भी देखीं। होने क्या वाला था, आम कश्मीरी नहीं जानता था। दोबारा जंग के क़यास धुएँ की तरह आसमान छू रहे थे। पहले से बदहाल कश्मीरी...और बदहाली के लिए तैयार नहीं था। हादसों और तबाहियों में मंजर के बीच जवान होनेवाली पीढ़ी...अलगाववादियों को हीरो की निगाह से देखने लगी थी।

वैसे तो जंग के बाद भी बची रही दहशत की वजह से उन दिनों कोई औरत बाहर नहीं निकलती थी। उस रोज़ घर पर कामिल के भाई की बेवा के बच्चे भूखे थे। कामिल रोज़गार के लिए कश्मीर से बाहर गया था। गोश्त और चावल लेने उसे ही निकलना पड़ा। गली के मुहाने से बाहर निकलते ही ग्रेनेडों की एक बरसात ने सड़कों पर लोगों के चलते-फिरते पुतलों को ज़मीन सुँघा दी। कामिल की भाभी और बच्चे हमले में उसे मरा समझ वहाँ से भाग गए। वह मरी नहीं थी, सड़क पर बेहोश

पड़ी थी। कुछ पड़ोसियों ने निकलकर उसे उठाया और मुझे खबर की। बमों से तहस-नहस उस गाँव में डॉक्टर नहीं था। मैं उसे शहर ले आया। शहर में भी बमों से फटे और अपंग लोगों के लिए डॉक्टर कहाँ मिलते थे। वह दो दिन तक हमारे घर में मौत से बहस करती रही। एक डॉक्टर तीसरे दिन आया मगर मौत का सर्टिफिकेट लिखकर चला गया। उसके जाने के बाद, कई दिनों तक हमारे घर में बारूद की महक बची रही।'' उनके चेहरे पर जमा पथरीला दुख कुछ पिघल गया था।

''यह वसीम कौन था और अब कहाँ है?''

''यहीं श्रीनगर में। सब तो जानते हैं उसे...हर कोई।''

नाव से उतरकर उन्होंने जंगल की हवा को ज़ोर से फेफड़ों में भरा और मुझे अकेला छोड़ दिया है। जंगल के बीचोबीच एक शान्त कब्रगाह में, हाथ से एक दिशा की ओर इशारा करके वे मुड़कर चले गए हैं।

भूरे लचीले तनों पर झुकी थीं खुबानियों की शाखें। सफेद मुलायम पँखुड़ियों वाले फूल उन पर खिले थे। इन जंगली सायादार पगडंडियों पर बहुत-सी कब्रों के किनारे-किनारे मैं उनके पीछे चलती रही। पगडंडियाँ इतनी साफ थीं कि जैसे अभी कोई इन्हें बुहारकर गया हो! कब्रगाह किसी चहारदीवारी से नहीं घिरा था, बल्कि ऐसा लगता था कि कब्रों ने अपने-अपने लिए सायादार हिस्से चुन लिए हैं और तरतीबी तोड़कर अपनी सहूलियत से इधर-उधर खिसक गई हैं।

वहाँ एक अकेली सलेटी कब्र के क़रीब वे मुझे दिखे, जिसे हिसालुओं के छरहरे सफेद फूलों से लदे पेड़ों ने ढक रखा था। मैंने खुद से कहा–'रोना नहीं है अमिता। सँभाल ले जा। ये पल कमज़ोरी के नहीं, ताकत के पल हैं।'

कब्र के सिरहाने लगे सलेटी पत्थर पर गढ़कर, कोई उदास मगर सुन्दर इबारत, अरबी में लिखी हुई थी। शायद कोई क़विता...यह मेरा अन्दाज़ा भर है, यह कुरआन की कोई बहुत अर्थमय आयत भी हो सकती है। 28 मार्च, 2000। तारीख रोमन में लिखी है। यास्मीन धरती के भीतर है, धरती उस पर बन्द हो चुकी है। सिर्फ एक लम्बा सलेटी लम्बा उठान याद दिला रहा है कि कोई जो स्मृतियों में चलता-फिरता और बोलता है...अब स्मृतियों को छलकर यहाँ आ सोया है। यह लड़की पिछले सात साल से कब्र के भीतर ज़रूर सोई होगी, मगर इस डायरी में लगातार जागती रही है। मेरे मन में अटपटी-सी कोई कविता करवट लेती है उसकी याद बल्कि बेतहाशा याद की प्रतिक्रिया में। मन से होंठों तक कविता के तार खिंचे हैं :

तुम सो रही हो धरती में
नीचे कहीं
एक चुप्पे निर्वात के साथ
मृत्यु की गहरी नींद में

तुम्हारे सफेद चेहरे का प्रकाश
रौशन रखता है
धरती का गर्भ
छनती है, इस कब्र से वह रोशनी
मेरे चेहरे पर पहचान की तरह
थिरकती है
इस जंगली पगडंडी को
तुम्हारा नाम देकर
कुछ पहचान देकर
आज लौट रही हूँ मैं
फिर आऊँगी।

चिनार की दो पीली पत्तियाँ एक-दूसरे का पीछा करती, हवा में गोल-गोल चक्कर काट रही हैं। कुछ पलों बाद उनमें से एक चुपचाप कब्र पर आकर गिर जाती है, दूसरी पेड़ पर लटके मकड़ी के जाले में उलझ जाती है। वे उधर वहाँ घास में बेचैनी से चहल-कदमी कर रहे हैं। अब भी, इस सवाल का जवाब ढूँढ़ रहे हैं, शायद कि जंग में लेखक आखिर क्या किरदार निभा सकता है?

...वही जो शान्ति में...कोई भी किरदार नहीं!!

एक शब्दहीन प्रार्थना में मेरे हाथ जुड़ गए हैं। मैंने कब्र के ठंडे पत्थर से उठाकर चिनार की एक सुनहरी पत्ती उसके सिरहाने रख दी है। दूसरी चिनार की सूखी पत्ती अब भी मकड़ी के जाले में फँसी थरथरा रही है।

'वॉर विद इन' या 'वॉर विद हैल्ड'

मुझे उठाने आया है वाईज़े नादां,
जो उठा सके तो मेरा सागरे-शराब उठा
किधर से बर्क़ चमकती है, देखें ए वाईज़,
मैं अपना जाम उठाता हूँ, तू किताब उठा

यास्मीन की डायरी ने मुझे भीतर तक उदास कर दिया था। हमेशा जिस्म रूहों से बग़ावत करते हैं, उस रोज़ मेरी रूह ही जिस्म से बग़ावत करने का उतारू थी। मैंने खाना नहीं खाया, पानी की बॉटल टेबल पर पड़ी रही। मैं ख़यालों में वसीम से मिलती उससे ज़िरह करती रही। रात सोई नहीं। सुबह देर तक सोई तो बाकी पूरा दिन एक अनमनेपन में गुज़रा। शाम को मैं खुद को सायास धकेलकर वज़ीर के घर ले गई।

धूप-छाँहवाला वक्त था वह। मैंने रिट्ज़ होटल के पास अपनी टैक्सी को रोक दिया। चेहरे पर दुपट्टा कश्मीरी औरतों की तरह कस लिया। खुलकर देखने की आदी अपनी आँखों की पलकें ज़रा नीचे कीं और वहाँ से पैदल वज़ीर के घर को चल दी। मैं श्रीनगर के दिल को क़रीब से देखना चाहती थी। पुराने श्रीनगर को। बाज़ार की रौनक फीकी थी मगर रौनक तो थी। चाहे अब लोग बस खाना खरीदते नज़र आ रहे थे, मगर नज़र आ तो रहे थे। बदहाल चेहरों से मेरा फिर सामना हुआ। उलझी हुई गलियाँ...बहती झेलम को थामे लकड़ी के पुल...मुझे स्मृतियों के ढलान पर उतार ले गए। पिछले पन्द्रह सालों में मकान खस्ताहाल हो गए थे और शहर बेहद गन्दा। कीचड़ और कचरे के ढेर से अँटे नाले। झेलम के गन्दे किनारे। पॉलिथीन और प्लास्टिक के कचरे ने यहाँ भी क़यामत ढा रखी थी।

तमाम अच्छे-बुरे बदलावों के बावजूद मेरा मन बीतते वक्त की सीढ़ियाँ उतरना चाहता था। श्रीनगर का पुराना आकर्षण अब भी कहीं-कहीं झलक रहा था। लोगों

के पारम्परिक कपड़े गर्दआलूद तो थे मगर परम्परा वहाँ थी। इसे कट्टरता ने या मोह ने...पता नहीं किसने बचाया, कहना मुश्किल है। शाम ढल रही थी और कश्मीर के पुराने शहर का मूड लौटता महसूस हो रहा था। झेलम के नौ बड़े और कई छोटे पुलों के आर-पार बसे मोहल्ले मुझे बुला रहे थे। शहर की देह में धमनियों की तरह चढ़ती-उतरती, बेहद पतली-पतली गलियाँ और उनके दोनों तरफ बनी ईंटों और इमारती लकड़ी की बनी ढलवाँ छतोंवाली बहुमंज़िला इमारतों की कतारें की कतारें। छतों पर सूखते कढ़ाई किए गए कपड़ों के ढेर। सायकिल पर ढलान उतरता एक बूढ़ा कारीगर...जिसके कैरियर में दो-चार कालीन बिकने के लिए लगे थे...जिनकी भीतरी परतों में से झाँकते जाते ख़ूबसूरत रंग...जाती हुई धूप की तिरछी किरणों में जगमग होकर जादू-सा जगाते जा रहे थे। मन किया, उसे रोककर कालीन सड़क पर ही खुलवा लूँ। कश्मीरी रंग चटख़-मटक रंग नहीं होते हैं। शोख होते हैं मगर अपनी संजीदगी नहीं छोड़ते। ये प्रकृति के क़रीबी, नफासत-भरे, सूफियाना मिजाज़ के रंग होते हैं...चाहे वह ईंट का रंग हो या चमकता ताम्बई। चाहे वह उन कश्मीरी मिर्चों-सा शोख लाल हो जो पतझड़ के मौसम में भी छज्जों पर सूखती हुई घरों की रंगीनी को बढ़ा देती हैं या बनफशे का कोमल जामुनी रंग हो या जलपाखियों के पंखों का सुरमई नीला। कश्मीरी प्रकृति की सुन्दरता को कालीन में बुनना खूब जानते हैं।

गलियों में भीड़ बहुत थी। स्पेन प्रवास ने मेरी आदतों में शुमार कर दिया था पैदल चलाना। खूब पैदल चलाना। इसी आदत का सुख उठाते मैं रिट्ज़ होटल से नोहट्टा चौक तक पहुँच गई थी। अब मैं औरतों के एक झुंड के पीछे चल रही थी तो उनकी बातों के कुछ टुकड़े सुनाई दे रहे थे।

''गोश्त बहुत महँगा हो गया है। वाज़वान भारी पड़ने लगा है अब।''

''तभी न...सरकार ने अपील की है न कि शादी में बस एक ही तरह का गोश्त पकाएँ...पूरा वाज़वान नहीं और बस घर के लोगों को बुलाएँ।''

''यह मुमकिन है क्या अलमास? हमारा तो खानदान...तुम जानती हो न...। चल छोड़, बता...तू ने वादा किया था, गाँव से मँगवाएगी ख़ास पश्मीना।''

''कब का कह चुकी हूँ...बस, सबर रखोगी तो निकाह के दस दिन पहले वह आ जाएगा।''

इन गलियों में कुछ खास नहीं बदला था। मैं अतीत और वर्तमान में चढ़ते-उतरते वज़ीर के घर ही आ गई। मैंने दरवाज़ा खटखटाया। वज़ीर के अब्बू बाहर आए। मैंने सलाम किया तो उन्होंने किसी 'नज़्म' के नाम को आवाज़ दी। कोई तेज़ी से सीढ़ियाँ उतरता हुआ मेरे सामने आया। यह एक ख़ूबसूरत चेहरा था। अपने नाम की तर्ज़ पर सुरीला।

नज़्म ने भी मुझे गौर से देखा और सर हिला दिया।

"सॉरी...म...प्रज़नऐव न।"

"बु छुज़ अमिता। अश्वत्थ...।"

"ओह-ओह!" कहकर उसने हाथ थाम लिया और खींचकर भीतर ले गई।

"कैसे पहचानती आपको! आपका ज़िक्र ही तो सुना था अश्वत्थ भाई से।"

तब तक वज़ीर नीचे आ गया।

"आइए आपा।"

सब घर में उम्मीद से कहीं ज़्यादा प्यार से मिले। वज़ीर की दादी ने तो गले ही लगा लिया।

"हमारे असली दोस्त तो हमारे पड़ोसी हिन्दू परिवार थे...जब से गए हमारा मन भी श्रीनगर से उचट गया है।"

मैंने रात का खाना वहीं खाया। वज़ीर की अम्मी ने सब कुछ मेरी पसन्द का पकाया था और बेहद प्यार से खिलाया भी। रात को वहीं रुक जाने की ज़िद भी की।

"बेटी, अभी वक्त पूरी तरह बदला नहीं है। बहुत दूर है यूनिवर्सिटी कैम्पस। मैं मशवरा नहीं दूँगी कि तुम इस बखत उस तरफ...इतनी दूर जाओ।"

"आंटी, कुछ नहीं होगा। मैं इतने दिन विदेश में अकेली रही हूँ–बिलकुल अकेली।"

"मेरी बड़ी बेटी भी दिल्ली में लेडी हार्डिंग मेडिकल कॉलेज में पढ़ रही है। वहाँ वह जीन्स पहनती है। रात में ड्यूटी करती है मगर यहाँ मैं उसे थोड़ा संजीदा रहने को कहती हूँ। थोड़ा माहौल के हिसाब से सजग रहने में हर्ज़ नहीं।"

वज़ीर की अम्मी ने कहा, जो खुद एक कामकाजी औरत है।

"हाँ, यहाँ का समाज और हालात...।"

"हालात ही की बात है बेटी...वरना कश्मीरी कब इतने बन्ददिमाग होते थे? किसी तरह इस कौम ने खुद को झुकते और सहते हुए खूँरेज़ी के बीच खुद को ज़िन्दा रखा है। यह सब कुछ होते हुए भी आजकल के माता-पिता अपनी बेटियों के लिए बेहतर सपने देख रहे हैं। हमारा धर्म लड़कियों को बाहर भेजने से कभी मना नहीं करता।" आगे की बात वज़ीर के अब्बू ने पूरी की जो बैंक अधिकारी हैं।

रात के खाने के बाद हमारी मजलिस जमी। मैं, नज़्म, वज़ीर और उसका भावी साला नईम। मुझसे उन्होंने स्पेन के बारे में जानना चाहा। अश्वत्थ के थिएटर ग्रुप के बारे में। मैंने बाहरी दुनिया का खुला हुआ जादुई माहौल उनके आगे मानो क्रिस्टल बॉल के माध्यम से खोलकर रख दिया था। वो आँखें फाड़े सुनते रहे। जब देश की युवा पीढ़ी की बात चली, उनकी उपलब्धियों और तरक्की की तो वज़ीर कश्मीरी युवा

की बेकार होती ज़हीनियत, जवानी और ज़िन्दगी पर सोग करने लगा, मगर नज़्म और नईम का नया रवानगी-भरा जज़्बा उसके खिलाफ था।

"फिर भी...फिर भी...मुझे इतना पिछड़ा हुआ कुछ नहीं लगा। यूनिवर्सिटी में काफी चहल-पहल रहती है। लड़के और लड़कियाँ टैक्नीकल सब्जेक्ट्स पढ़ते हैं। कैरियर बनाते हैं," मैंने कहा।

"हाँ, दहशतगर्दी में कमी तो आई है तभी तो लड़कियों की चहल-पहल और उनके रंगीन लिबासों से भरे यूनिवर्सिटी के हरी घास के मैदान ख़ुशग़वार लगने लगे हैं।"

हम सब हँस पड़े नईम के इस निष्कर्ष पर।

"अब वक्त बदल रहा है। जवान लड़के-लड़कियाँ दोस्त बनाना चाहते हैं पर डरते हैं कि पता नहीं कौन दोस्त हो, कौन इनफॉर्मर। अभी माहौल को हम नॉर्मल नहीं कह सकते, आपा। सेमी नॉर्मल माहौल ही कह सकते हैं इसे। तीन साल पहले तक...शाम ढलने तक श्रीनगर शहर भुतहा हो जाता था। पाँच बजते ही यहाँ के लोग घर में बन्द हो जाते थे। जाते भी कहाँ...रेस्तराँ बन्द हो चले थे। बड़े होटल दहशतगर्दों के अड्डे थे, वही चलते जहाँ मिलिटरी या मिलिटेंट की सरमायेदारी हो। मगर अब कुछ दिन हुए, 1989 में बन्द हुआ 'नीलम पिक्चर हॉल' फिर खुल गया है।"

वज़ीर ने जो कहा...उसे सच मानने का मन नईम का नहीं कर रहा था इसलिए वह बीच में बोलने को उतावला हुआ जा रहा था।

"सच में अब वक्त बदल रहा है। आज का कश्मीरी लड़का किसी अनपढ़ मिलिटेंट को हीरो नहीं मानता, अमिता जी। अब वो 'फेम गुरुकुल' और इंडियन आइडल' देखता है। इन्फोसिस के नारायण मूर्ति उसके असली सक्सेस आइकन हैं। वह सॉफ्टवेयर रिवोल्यूशन का हिस्सा बनना चाहता है। आजकल का कश्मीरी यूथ क्रिकेट खेलता है...इंटरनेट सर्फ करता है...डेटिंग पर जाने लगा है।"

नईम ने सोचा, वह अब संजीदा बात कह रहा है। मगर नज़्म ने छेड़ दिया, "ओ...ओ...तू गया है क़भी डेट पर! लगता तो नहीं है...।"

"मैं और डेट...पागल थोड़े ही हूँ।"

"मरना हो या ज़लील होना हो तो ज़रूर जाना। जवान जोड़ों पर अब 'बुरक़ा ब्रिगेड' का पहरा रहता है। ब्यूटी पार्लरों, सायवर कैफे सब पर रेड मारती रहती हैं यह 'बुरक़ा ब्रिगेड'।"

वज़ीर ने चाहे मज़ाक के लहज़े में उसे डराते हुए कहा हो लेकिन मैं एक संज़ीदा हैरानगी से वज़ीर का चेहरा तक रही थी।

"सच में, एक वक्त था जब लगने लगा था कि कश्मीरी लड़की बुरक़ों के तले दफ़न हो जाएगी। हाँ, एक वक्त था जब 'बुरक़ा' या 'एसिड' का फरमान शहर की

मस्जिदों की दीवारों पर लगे पोस्टरों पर छपा था और औरतों को सर-ता-पाँव ढके रहने की हिदायत थी। डरकर हरेक ने वह फरमान माना था। 1989 से सारे सिनेमाघर अब तक के लिए बन्द हो गए थे। नौशाबा ही हैं जिन्होंने पहली बार बुरक़े के फरमान के खिलाफ़ अपनी मैगज़ीन में लिखकर एक मिसाल कायम की है।'' नज़्म बोली।

''कौन है नौशाबा?'' मैंने उत्सुकता से पूछा।

''नौशाबा ने कश्मीर की पहली फीमेल मैगज़ीन 'ग्रेस' निकालना शुरू किया है। आप मिलेंगी उनसे? मेरी अच्छी बनती है। मैं उनकी मैगज़ीन के लिए लिखती हूँ।''

''ज़रूर...।''

''एक दिन चलेंगे।''

''परसों तो मैं पहलगाम जा रही हूँ। कल चलो।''

''ठीक है।''

मैंने दो-तीन जम्हाइयाँ लीं तो दोनों लड़के उठ खड़े हुए। सोने से पहले मैंने नज़्म को यास्मीन की डायरी के बारे में बताया। सुनकर जो उसने आँखें भिगो लीं तो मेरे तो भीतर का फ्लड गेट भी खुल गया जिससे मैंने दिल्ली एयरपोर्ट से उतरते वक्त से लेकर आज तक अपने मन के दरिया को बाँधा था।

सुबह दस बजे गलियों के जाल में, एक खुली-सी गली के दो मंज़िले घर पर नज़्म ने स्कूटी रोकी। बॉलकनी में ढेर सारे फूलों और हरे-कच्च पत्तोंवाली बेलों से लदे गमले लटके थे। यह कश्मीर से पहली अंग्रेज़ी की महिला पत्रिका 'ग्रेस' निकालनेवाली नौशाबा का घर था।

''आ जाइए...अभी वो घर में अकेली होंगी और कम्प्यूटर पर अपना दफ़्तर खोले बैठी होंगी।''

दरवाज़े की घंटी बजाने पर एक सफेद-गुलाबी जिल्दवाली और तीखे नाक-नक्शेवाली ख़ातून बाहर आईं। लम्बी और कुछ मोटी। लम्बे, लहराते खुले बाल। जीन्स के ऊपर लम्बा फिरन पहने।

''अरे...नज़्म, आओ। तुमने तर्जुमा पूरा किया, माया एंजलू की ऑटोबायोग्राफी के उस टुकड़े का?''

''नहीं कर सकी। मेरे इग्नू वाले असाइनमेंट्स ख़त्म हो जाएँ, बस फिर करूँगी। आप इनमें मिलें, अमिता बाजी।''

''आओ न, अन्दर तो आओ।''

सुरुचि से सजा था घर। यूँ भी किसी भी बैठक में मुझे किताबों का कोना दिखते ही घर के मालिक के इनसान, बल्कि बेहतर इनसान होने पर यकीन हो जाता है। फिर यहाँ तो दुनिया की बेहतरीन किताबों का अम्बार था। मुझे किताबों के आगे ठिठका देख बोली, ''हम दोनों ही को पढ़ने का बेहद शौक है।''

''मुझे भी।''

''बैठिए न।''

''जी,'' मैं एक सुन्दर नमदे से ढकी सैटी पर बैठ गई। नज़्म उनकी बगल में सोफे पर।

''अमिता, कहाँ से हैं आप...?''

ये सवाल अब मुझे हर कदम पर अटपटी हालत में ला खड़ा करेगा, यह तय हो चुका था।

''यहीं से।''

''श्रीनगर में रहती हैं?''

''नहीं...पहले रहते थे। अब दिल्ली में रहते हैं।''

''अच्छा...अच्छा।'' उसने जल्दबाज़ी में चेहरे पर आए भाव छिपा लिए।

''किताब लिख रही हैं अमिता बाजी।''

''किस विषय पर...?''

''यूँ ही कुछ बचपन की यादों पर...'' मैं हिचकिचाई।

''अच्छा...!''

''आपकी मैगज़ीन के बारे में सुना...''

''यह पहली फीमेल मैगज़ीन है कश्मीर की।''

''इस माहौल में...यह मैगज़ीन! हिम्मती हैं आप।''

''मत पूछिए अमिता। जब हमने यह मैगज़ीन 'ग्रेस' निकाली तो कुछ नहीं, बहुत सारी भौंहें गुस्से में उठने लगी थीं। चलिए...जाने दीजिए...पहले कुछ चाय-क़ॉफी हो जाए।''

बटर डली नुनचाय की चुस्कियों के बीच मैंने फिर बात छेड़ी, ''आप 'ग्रेस' के शुरुआती दिनों की बात बता रही थीं।''

''हाँ, हमारे तेवर शुरू में और थे...इसमें वह सब कुछ था जो एक ऐसी मैगज़ीन में होना चाहिए। फैशन, फिक्शन, किचन, हैल्थ, एजुकेशन और पर्सनैलटी—ऑफकोर्स सैल्फ अवेयरनेस। पहले की इश्यू के बाद हमारे ऑफिस में तोड़-फोड़ हो गई और जाने कौन-कौन से पॉलिटिकल-नॉनपॉलिटिकल, फंडामेंटलिस्ट ग्रुप विरोध दर्ज करने आ गए। मगर दूसरे इश्यू में हमने तय कर लिया कि तशद्दुद, मेल डॉमिनेटेड सोसायटी और कश्मीरी औरत की आज़ादी की बात से पहले क्यों न हम कश्मीरी औरत के डिप्रेशन की बात करें! हम भी सेक्स पर बात कर सकती हैं...मगर ज़रूरत क्या है? इस्लाम की खिलाफत किए बिना भी हम आज़ाद होना भीतर महसूस कर सकती हैं क्योंकि असल आज़ादी भीतर की है। फिर भी हम कम कपड़ोंवाले फैशन के अलावा सारे पहलुओं पर बात करते हैं। कुछ ऐसे कि, कोई तबका बुरा न माने।

हम डिस्कशन भी कराते हैं...बहुत से औरतों के हक़वाले मुद्दों पर। बहुत पॉपुलर है 'ग्रेस', पढ़ी-लिखी लड़कियों और औरतों में।''

''सच तो ये है, बाकी दुनिया सोचती है कि कश्मीरी औरत में हिम्मत नहीं है और वे बड़ी पिछड़ी औरतें हैं। मगर सच, 'ग्रेस' पढ़कर पता चलता है कि कश्मीरी औरत कितनी सजग है। वह भी फिल्म देखना चाहती है। खुलकर अपनी फिजिकल प्रॉब्लम पर बात करना जानती है। वह इंटरनेट पर ब्लॉग लिख सकती है।'' नज़्म के गाल हलकी उत्तेजना से थिरक रहे थे।

''यही तो! हमने बदलते वक्त के साथ समाज के बदलावों की अपील की है और आज की पढ़ी-लिखी कश्मीरी औरत का नया चेहरा, इस्लामिक पहचान के साथ दुनिया के सामने रखने की हिम्मत की है। हमारी बदबख़्ती यह है कि इस्लाम और कुरान के उस पहलू को दुनिया के सामने रखा ही नहीं, जिसमें औरत के हक की बात की गई है और खूब की गई है, वरना क्या ऐसे ही आएशा बी और ख़दीजा बीबी ने हमारे नबी...हमारे पैग़म्बर को इस्लाम और रहनुमाई के लिए आज़ाद रखा और खुद तिजारत का काम सँभाल लिया—घर, खानदान और दुनिया चलाने के लिए? तो हम यही तो कहते हैं, औरत का नौकरी, बिज़नेस करना इस्लाम में बुरा नहीं है। औरतों को फिल्म या पार्लर न जाने देने से कुछ नहीं होगा।''

''सही कहती हैं नौशाबा बाजी...देखिए न, पिछले साल अप्रैल में जब वह सेक्स स्कैंडल हुआ उसमें मज़लूम और पिछड़े परिवारों की नाबालिग कश्मीरी लड़कियाँ थीं... कितनी अजीब बात थी कि जिस हालात में वे बड़ी हुई हैं...उन्होंने पिक्चर हॉल का मुँह तक न देखा होगा...महिलाओं की फैशनेबल किताबें उन्होंने छुई तक न होंगी... और बिना पार्लर जाए भी वे इस किस्म के स्कैंडल में जा उलझी थीं। वह ब्यूरोक्रेसी का सड़ा हुआ चेहरा था जिसने नौकरी का लालच देकर उन मज़लूम लड़कियों को जाल में फँसाया था...वह भी चाय में सैडेटिव मिलाकर।''

नज़्म भी पत्रकारिता पढ़ रही है मगर इग्नू के पत्राचार कोर्स के ज़रिए। इसमें वज़ीर से कहीं ज़्यादा आँच है। मैंने सोचा, इन तेवरों के साथ तो इसे दिल्ली या मुम्बई में होना चाहिए था। बरखा दत्त के बाद यही होती। मेरे चेहरे पर मुस्कान आ गई।

"बुरक़ा ब्रिगेड के ठीक उलट हमारा तो कहना ही यही है कि—

'तेरे माथे पे ये आँचल बहुत ही खूब है लेकिन
तू इस आँचल से इक परचम बना लेती तो अच्छा था।'"

नौशाबा मुस्कुराकर बोलीं, ''तो आपको भी मजाज़ पसन्द हैं?''

''मजाज़ है, शायर का नाम? मुझे पूरी नज़्म दे सकेंगी आप? मैंने तो अपने अब्बू से सुना था ये शेर। वैसे मेरे अब्बू सीनियर पुलिस ऑफिसर से रिटायर हुए हैं, पर उन्हें शायरी का बहुत शौक था।''

मैंने पास पड़ी नोटबुक पर पूरी नज़्म लिखकर दे दी।

"आपको आती है उर्दू?"

"कश्मीरी मैंने अरबी में ही लिखी और पढ़ी है।" मुझे मज़ा आ रहा था नौशाबा का गुलाबी और असमंजस में डूबा चेहरा देखकर।

हम खाने के वक्त तक घर लौट आए।

उस दिन दोपहर के खाने के बाद यूनिवर्सिटी की तरफ लौटते हुए रास्ते में वज़ीर ने कहा, "आपा, बस यहाँ से दो गली छोड़कर ही है आपका पुराना घर जाना चाहोगी?"

मुझे अश्वत्थ का अनुभव याद आ गया और मेरी रग़ों में बर्फ घुल गई।

"नहीं...।"

"ठीक ही तो है...रखा क्या है वहाँ?"

"तुम मुझे एक बार वसीम क़य्यूम ख़ान से मिलवा दो।"

वह हड़बड़ा गया, "आपा...आप जानती नहीं...क्या कह रही हैं आप?"

"भाई मेरे...मुझे एक बार वसीम से मिलना ही है। ज़रूरी है..."

"मैं तो जानता नहीं उसे। उससे अपॉइंटमेंट के लिए भी किसी दलाल से मिलना होगा। क्या आप जानती हैं कि मिलिटेंटों से मिलवाने के भी कभी डॉलर तय हुआ करते थे? बाकायदा दलाल होते थे? मैंने कहा न, दहशतगर्दी ने कश्मीर में एक नया बाज़ार खोला है, जिसमें नए-से-नए धन्धे पनपे हैं।"

"वो मिलिटेंट नहीं रहा।"

"पर आसान नहीं है उससे मिलना।"

"हाँ, मगर कोई तो सही व्यक्ति होगा जो दलाल न हो! कोई उसका क़रीबी, राजनीतिक रसूख़वाला बन्दा, कोई पुलिसवाला, चाहे कोई पत्रकार हो।"

"ज़्यादा-से-ज़्यादा मैं आपको ज़मान भाई से मिलवा सकता हूँ। वो इस फील्ड के उस्ताद रिपोर्टर हैं। उन्होंने तो मिलिटेंटों के इंटरव्यू...खूँरेज़ मुठभेड़ों की वो तस्वीरें ली हैं, जिन पर विदेशी अख़बार हज़ार डॉलर लुटा दें। माना वसीम सरेंडर कर चुका अलगाववादी है, लेकिन वज़ीर के चेहरे पर ख़ौफ तो नहीं था, उलझन थी।"

"जानती हूँ। कौन-सा उस पर फिल्म बनाने का मेरा कोई इरादा है। मैं कोई इंटरव्यू लेना चाहती नहीं। बस, किसी पुरानी जान-पहचान के हवाले से मिलना चाहती हूँ। कुछ ऐसा जानना चाहती हूँ जिसका अलगाववाद से कोई लेना-देना नहीं। वाकई!"

"इन बातों से अब आप ज़मान भाई को ही मनाइएगा। वो मान गए तो आपका काम हो गया।"

"बड़े तुर्रम खाँ हैं ये ज़मान भाई।"

"हाँ, हैं। वो कई बार किडनैप हुए हैं मगर बच निकले। कई बार गोलियाँ लगीं। दिल के शायर हैं। खबर को खबर की तरह लूट लाएँगे, जलते जहन्नुमों की कोख से। फिर अखबार में खबर चली जाएगी, छपकर आएगी तब पढ़कर गुपचुप रोएँगे।"

"बड़े अजीब हैं।"

"हाँ, हैं तो।"

"तो हम आपके इन अजीबोगरीब ज़मान भाई के पास कब चलेंगे?"

"सब्र रखिए आपा। वो शहर से बाहर गए थे, यह नहीं पता लौटे कि नहीं। मैं उनसे फोन पर तय कर लूँ फिर आपको बताऊँगा।"

दो दिन बाद सुबह की बारिश के मौसम में हम वज़ीर की मोटरसाइकिल पर हलका-हलका भीगते हुए ज़मान से मिलने पहुँचे थे। मैंने देखा उसे। ज़मान को। वह एक बिल्डिंग की दूसरी मंजिल पर अपने बिखरे दफ्तर में बैठा हुआ था। कम्प्यूर, कैमरा...बहुत-से लेंसेज़। किताबें, दुनिया जहान के अखबार और फाइलों का एक हुजूम मुँह बाए उसकी अटेन्शन की प्रतीक्षा में था।

यूँ तो वह पैंतीस से ऊपर का ही होगा मगर घने काले बालों और दाढ़ी में वह ख़ासा प्रभावशाली दिख रहा था। उसने खाकी रंग की अजीब-सी ढीली कार्गो पैंट पहन रखी थी...उस पर सफेद शर्ट और एक खाकी की बिन बाँहों की जैकेट। ठहरी हुई आँखोंवाली बेचैन आत्मा, अजीब विरोधाभासी शख़्सियत। मैं और वज़ीर उसके कम्प्यूटर से नज़रें हटाने के इन्तज़ार में बैठे थे।

"ज़मान भाई..."

"हूँ।"

"मैंने फोन पर बताया था न आपको।"

"हूँ, हूँ..."

"ये अमिता भट्ट हैं..."

"अच्छा-अच्छा...सॉरी, दरअसल बहुत ज़रूरी खबर आई हुई है। डाउनलोड कर रहा हूँ। अभी ही प्रेस में जानी है। बस, ज़रा दो मिनट दें।"

दो मिनट! हम अहमकों की तरह दस मिनट चुपचाप बैठे रहे। फिर जनाब ने कम्प्यूटर स्क्रीन से सर ऊपर को उठाया।

"ओह, ओह...! खुशआमदीद मिस भट्ट!"

मैंने मन ही मन कहा—चलो, ख़याल तो आया कि किसी आए हुए को अभिवादन भी करना होता है।

"कैसा लग रहा है कश्मीर लौटना?"

बड़ा अटपटा सवाल था। मुझे इसके पीछे के भाव समझ नहीं आए क्योंकि उनकी नज़र जो इस वाक्य के पीछे छिपे भाव का कोई अता-पता देती, वह कम्प्यूटर स्क्रीन पर जमी थी। तंज था क्या मुझ पर, या कश्मीर के हालात पर? या...दया थी। मन किया, उत्तर दूँ कि 'क्या आप किसी जनाज़े में शामिल होकर मरहूम से भी ऐसे ही सवाल करते हैं—कैसा लग रहा है आपको मरकर?'

पर कहा मैंने इतना ही, "यह पत्रकारोंवाला सवाल है। इसका क्या जवाब दूँ?"

"ओह, ओह...हूँ, आदतन...।" वज़ीर की तरफ आँख मारकर हँसने लगे, "आदतन पूछ लिया जी। वैसे आपके ठहरने के इन्तज़ामात तो ठीक हैं न?"

"जी। यूनिवर्सिटी गेस्टहाउस में है।"

"गुड-गुड।"

"कश्मीर घूमीं आप?"

"मैं कश्मीर के चप्पे-चप्पे से वाकिफ हूँ।"

ज़मान की आँखें मुझे गौर से देखने लगीं, मानो आगे मैं कोई जलता हुआ वाक्य उन पर फेंकनेवाली हूँ।

"हँ-हाँ। ख़ैर, आप क्या कर रही हैं आजकल? कहाँ रहती हैं?"

"मैं एकदम खाली हूँ। रहती भी कहीं नहीं...खानाबदोश हूँ। पहले स्पेन में थी तीन साल...फिर दिल्ली लौटे हुए मुझे एक महीना हुआ था कि यहाँ आ गई।"

"मुझसे मिलने का असल मकसद कहें। कुछ लिख-विख रही हैं शायद।"

कितना अजीब आदमी है—मुझे सुनना ही नहीं चाहता...।

"हाँ।...और मुझे वसीम से मिलना है।" मैंने एकदम मुद्दे पर आ जाना ठीक समझा।

"ओह, बाप रे! बारूद से खेलने का पूरा प्लान है!"

"यह आप कह रहे हैं, जो खुद इस खेल का शातिर खिलाड़ी है?"

"मुझ पर पूरा रिसर्च कर लिया मिस भट्‌ट...?"

"आप मुझे अमिता क्यों नहीं कहते? तो ज़मान, आप मुझे उससे मिलवाने ले जा रहे हैं?"

"कहे देते हैं! तो मुझे बख़्शें आप अमिता, मैं सुकून में हूँ।"

"मैं कोई इंटरव्यू नहीं लेना चाहती। बस, एक बार मिलना है, प्लीज़!"

"ख़तरा मोल ले रही हो।"

"ख़तरे मोल लेने का थ्रिल आपसे बेहतर कौन जानता होगा!"

"पर उसी से क्यों मिलना चाहती हो? वह अब पिटा हुआ मोहरा है। अपना किया और अपना कहा 'चबाता' हुआ...गांधी को पढ़ता है।"

"गांधी को पढ़ना बुरी बात नहीं...।"

"मैंने कब कहा? अमिता, खतरे मोल लेने की मर्दानगी...शातिरी अपनी जगह है, मगर इतना खून...जला मांस और टुकड़ों में उड़ते हुए इनसानी जिस्म देख चुका हूँ कि अब कई बार मेरा पत्रकार होना फेल हो जाता है। मैं अटैकवाली जगहों से कतराने लगा हूँ। मैं उस खूँरेज़ी को रिपोर्ट नहीं करना चाहता। अब और नहीं...। तुम 1993 के जलते हुए दिनों में आतीं तो मैं तुम्हें आतंकवादियों से मिलवाता और इंटरव्यू करवाता, मगर अब खेल सियासी हो गया है। पूरी तरह किसी की आइडियोलॉजी तो दूर की बात है, मंशा तक समझ नहीं आती। अब वक़्त मुश्किल है ज़्यादा।"

"हाँ...।"

"आपके आने की खबर पाकर मैं खुश हुआ था। वज़ीर ने बताया...एक कश्मीरी हिन्दू लड़की विदेश से भारत लौटी है और फिर कश्मीर...हूँ। ख्वाब देखने लगा था। पंडित वापस आ रहे हैं। मैं 'गंजू' अंकल की दुकान के समोसे फिर से खाना चाहता हूँ। डॉ. धर के घर से अपनी जेबों में सूखी खुबानियाँ और बादाम भरे हुए लौटना चाहता हूँ। मैं अपने शब्द कैसे भरूँ...इस पारे की तरह बिखरे हुए दुख में! मैं अब भी यकीन रखता हूँ कि सारी तबाही के बावजूद कश्मीर में फिर वही संस्कृति लौटेगी। बस, एक छोटे या बड़े वक़्फ़े के बाद।"

"..."

"मैं आज इस खुशी के इज़हार में अपने प्रिय शायर आग़ा शाहिद अली की कविता सुनाना चाहूँगा।"

"ज़रूर...।"

"सुनो :

एक मुकाम पर आकर तुम मुझसे छूट गए
तुम्हें मेरी ज़रूरत थी
तुम्हें मेरे सम्पूर्ण वजूद की ज़रूरत थी
तुम्हारी अनुपस्थिति ने मुझे तुम्हारे दुश्मन की तरह चमका दिया है
तुम्हारा अतीत मेरी यादों के रास्ते में आ मिलता है
मैं वह सब कुछ हूँ जो तुमने खोया है।
तुम्हारा ख़ालिस दुश्मन
तुम्हारी स्मृतियाँ मेरी यादों के रास्ते में आती हैं
वहाँ माफ करने को कुछ नहीं...तुम मुझे माफ नहीं करोगे
मैंने अपना दर्द खुद से छिपाया है...मैंने अपना दर्द सिर्फ खुद पर खोला है
वहाँ माफ़ करने को सब कुछ है, तुम मुझे माफ़ नहीं कर सकते।"

मैंने देखा, ज़मान की हलकी नीली हरी आँखें नम थीं।

"अभी तो आप हैं न यहाँ? रहेंगी न कुछ दिन?"

"हाँ, मैंने आने का दिन तय किया था, लौटने का कुछ तय नहीं किया था।"

"आप यहाँ हैं तो बेसब्र न बनें। आप जिससे कहेंगी, मिलवा दूँगा।"

"वसीम से भी?"

"हाँ।"

"इसी ने कभी बहुत से खास लोगों के अपहरणों और राजनीतिक दलों के प्रमुखों की हत्या की और करवाई थी।"

"हाँ।"

"अब कहाँ है?"

"यहीं है। हुर्रियत के एक नेता का खास है..."

"मिल सकूँगी मैं...? मुझे मिलवा दो, प्लीज़...!"

"हालाँकि हमारे ख़यालात एकदम नहीं मिलते...पर उसे एक नेता के वारिस की तरह और मुझे पत्रकार की तरह यहाँ-वहाँ मिलना पड़ता ही है। चलो, तुम्हारी ख़ातिर..."

"हम कब मिलेंगे?"

"मुझे इन्तज़ामात करने होंगे। आप कुछ दिन दें।"

"ठीक है।"

"क्या लेंगी अमिता—क़ॉफी या कहवा? या नाश्ता ही कर लें; मैंने भी नहीं किया है अभी।"

मैंने ग़ौर किया कि उसने इस बार सहजता से मेरा नाम लिया। बिना पूर्वग्रहों के। मैं गेस्टहाउस से नाश्ता करके चली थी। वह भी औपचारिकता निभाकर सैंडविच चबाता हुआ कम्प्यूटर स्क्रीन में खो गया था। वज़ीर और मैं उठ खड़े हुए।

अगली शाम मैंने यूनिवर्सिटी गेस्टहाउस में अकेले बिताने का फैसला किया और चुपचाप खिड़की में आ बैठी, जहाँ आकाश के पश्चिमी टुकड़े पर कई रंगों की मेल-मुलाकात हो रही थी। मुझे जलन हो रही थी—यहाँ तो आसमान में जश्न होता है, अमूमन हर शाम...जिसकी कमी मैंने सालों महसूस की है। सलेटी सूट पहने बादल और रंगीन बदलियाँ हवा की धुन पर वाल्ट्ज़ करते हुए लग रहे थे। मैं दृश्य में मगन हो गई। तभी किसी ने दरवाज़ा खटखटाया। एक अजनबी मेहमान मेरे सामने था—छोटे कटे बाल और बेहद लम्बा कद पहली बार में ही ध्यान खींचते थे। मैंने गौर से देखा। मेरे लिए पहला प्रभाव मायने रखता है और इस शख़्स ने मुझ पर अच्छा-ख़ासा प्रभाव डाला, इस बात से मैं इनकार नहीं करूँगी।

"आप मुझे नहीं पहचान पाएँगी।"

"..." मैंने अपनी खोजी नज़रों को एक पल को झपका दिया।

"मैं...मेजर शान्तनु। लेफ्टिनेंट कर्नल राजवीर मेरे बड़े भाई हैं, जो आजकल दिल्ली में हैं...आपकी मँझली मौसी के दामाद। अमला मेरी भाभी हैं।"

"हाँ...मैं समझ गई। मैं राज जीजा से मिली हूँ। आइए...।"

दरवाज़ा इतना भी छोटा नहीं था कि उसे झुकना पड़े मगर वह आदतन झुककर भीतर आया।

"आपको मेरे बारे में किसने बताया?" मैंने उसे बैठने का इशारा करते हुए कहा।

"आपके पापा ने...। वे थोड़ा परेशान थे। आपका फोन नहीं मिल रहा है।"

"मेरा दिल्लीवाला फोन एयरपोर्ट पर ही बन्द हो गया। दूसरे सिम के लिए मैं सच में परेशान थी। पापा परेशान हो रहे होंगे।"

"नहीं...उनकी चिन्ता जायज़ है, ऐसी दुस्साहसी बेटी हो तो...।" उसने कमरे का जायज़ा लेते हुए कहा।

"यहाँ आने में दुस्साहसी की बात ही नहीं है...यह हमारी मातृभूमि है। बैठिए ना!" मैंने हँसकर कहा।

"मातृभूमि थी...अब नहीं रही, इस बात को आप लोग क्यों नहीं मान लेते?"

"आप मान चुके?"

"मैं तो कश्मीरी नहीं हूँ। मैं उत्तराखंड का हूँ। हाँ, मेरी पिछली दो पोस्टिंग कश्मीर में ही रही हैं तो कश्मीर घर-सा लगने लगा है।" उसने मेरे कमरे में बिखरे सामान पर नज़र डालते हुए कहा।

बैग्स, जूठी प्लेटें, बालों भरा कंघा, कुर्सी पर पड़ा तौलिया! वह अब तक खड़ा था। मैंने जल्दी से तौलिया हटाया। वह कुर्सी के किनारे उकड़ू-सा होकर बैठ गया।

"बैठिए। अच्छा...अच्छा, मुझे यह सब जानकारी नहीं थी!..."आप चाय लेंगे?"

"नहीं, मैं ज़रा जल्दी में हूँ। मैं यह सैलफोन आपके लिए लाया हूँ, रख लें। मेरे पास दो थे। इसका नम्बर मैंने आपके पापा को दे दिया है। आप बताएँ अगर आपको और कोई ज़रूरत हो तो...बल्कि आप चाहें तो इन्तज़ाम मैस में हो जाएगा," कहकर वह फिर खड़ा हो गया।

"नहीं, आप परेशान न हों। मैं यहाँ ठीक हूँ। मुझे यूनिवर्सिटी लाइब्रेरी में रोज़ बैठना होता है।" मुझे खुद पर खीज हो रही थी। कितना बिखेरकर रखा है कमरा। क्या सोचता होगा?

"इसमें मेरा दूसरा फोन नम्बर है। कल मैं मैस में छोटी-सी पार्टी दे रहा हूँ। आप समय निकालकर आएँगी तो अच्छा लगेगा।" वह दरवाज़े की तरफ बढ़ते हुए बोला।

"पार्टी! कोई ख़ास बात है?"

"ख़ास तो क्या, मुझे प्रमोशन मिला है...बल्कि मुझे रैंक मिले तीन महीने भी हो चुके हैं...मगर इतनी व्यस्तता रही कि अब फुर्सत मिली है तो सोचा कि...। आठ बजे...कल आठ बजे तैयार मिलिएगा, मैं लेने आऊँगा।" वह झुककर बाहर निकला और बॉलकनी में आ गया।

शाम अब भी उतनी ही शाइस्तगी से ढल रही थी। मैंने गौर किया, बल्कि मुझे करना पड़ा कि लड़का ख़ासा ख़ूबसूरत है। लगता है, बस कॉलेज से निकला रंगरूट हो। मेजर तो कतई नहीं लगता।

"ठीक है।"

"अपने पापा को फोन कर लीजिएगा।"

"हाँ।"

फोन ने मेरी कुछ मुश्किलें आसान कर दी थीं। मैंने पापा से काफी देर लम्बी बात की। शान्तनु को दुआएँ ही दिए जा रहे थे। कह रहे कि उसकी वजह से ही मुझे लेकर उनकी कुछ चिन्ता मिटी है, वरना जब से मैं श्रीनगर आई हूँ, वे एक रात भी ठीक से नहीं सोए हैं।

उस दिन देर रात तक मैं किताब के लिए कम्प्यूटर पर नोट्स टाइप करती रही। उस रात मैंने क़रीब सत्तर पन्ने कम्प्यूटर के लिखे होंगे...मुझे बेहद खुशी हुई। मैंने ई-मेल चैक की तो मुझे चौंकाने के लिए इयान बांड की मेल मेरे इनबॉक्स में मुस्कुरा रही थी।

'प्यारी अमिता,

ला मांचा के वो दिन मैंने तुम्हारे ब्लॉग पर पढ़े तो ई-मेल किए बिना न रह सका। तुम्हें यहाँ से गए हुए यह तीसरा महीना है। तुम इतना नाराज़ होकर गईं कि तुमने पहुँचकर कोई खबर नहीं दी...तो मुझे लगा कि मुझे ही सम्पर्क करना होगा। सम्पर्क के नाम पर तुम्हारा ई-मेल पता ही तो था मेरे पास। तुम कहाँ हो...अपने बारे में लिखो।

किताब की मेन्युस्क्रिप्ट की कब तक उम्मीद करूँ? मुझे खुशी होगी अगर तुम्हारे अन्दर सोए लेखक को जगा सका तो। अनुवाद को अनुवादकों के लिए छोड़ दो...। अपना अकाउंट नम्बर लिख भेजो तो तुम्हारे पिछले अनुवादों का बकाया भेज सकूँ। कुछ तो खबर दो यार!

इयान बांड'

मुझे इयान के साथ ला मांचा में बिताए दिन याद आ गए। उन दिनों के हर पल को दुबारा यादों में जल्दी-जल्दी पलट करके देखा। लगभग फास्ट फॉरवर्ड और नींद में डूबने लगी। मैं हलकी नींद में थी कि फोन बजा।

"हलो, अमिता...!"

"अश्वत्थ! इस वक्त! पता है, डेढ़ बज रहा है?"

"मैं अभी शो से लौटा था। अच्छा बता, कैसा लगा?"

"क्या?"

"बन्दा।"

"कौन-सा बन्दा...?"

"फौजी...।"

"मेजर शान्तनु?"

"हाँ...।"

"ठीक है, पर तू फुसफुसा क्यों रहा है?"

"सीक्रेट है। तेरी बात चल रही है।"

"उससे...? छोटा नहीं है मुझसे?" मैं भी फुसफुसाने लगी।

"है। दो साल...पर उसके घरवालों को समस्या नहीं है।"

"व्हाट!"

"पापा ने कहा था कि तुझसे पूछ लूँ। तू मिली होगी न...?"

"हाँ...आज शाम को आया था पाँच मिनट को। मेरा ऐसा कोई इरादा नहीं है फिलहाल। पापा को बता देना।"

"जल्दी क्या है...परख ले। चल, रखता हूँ।"

"पागल है तू भी। मुझे शादी नहीं करनी है। चल, सोने दे अब।"

"ठीक है।"

अगली सुबह मैंने इयान को लम्बा ई-मेल किया। अपने अनुभवों को संक्षिप्त करके...किताब के पहले दो अध्यायों के पूरा होने की बात और उस अविस्मरणीय ला मांचा ट्रिप को कभी न भूल पाने की बात लिखी, फिर दुबारा मिलने की उम्मीद की बात लिखकर ख़त ख़त्म किया था। मन में पड़ा ख़लिश का खुरंट उखड़ गया। इयान ने ठीक से व्यवहार किया होता तो!

दिन-भर मैंने लाइब्रेरी में बिताया—कश्मीर के इतिहास को खंगालते हुए। वहाँ कुछ नया न था। जो था, सब जानते थे। हाँ, कुछ इस्लामिक सूफी दर्शन मुझे भा गया और मैंने उसके नोट्स लिए। लाइब्रेरी बड़ी ख़ूबसूरत जगह पर है। पूरा दिन कैसे बीता, पता ही नहीं चला। लंच भी मैंने वहीं आर्ट फैकल्टी के कैंटीन में ले लिया।

पाँच बजे आकर पार्टी की बात फिर याद आई। 'औरतों के आगे पार्टी में क्या पहनूँ' का संकट मैंने देखा-सुना था, मगर भोगा नहीं था। आज वह भोग लिया। मैंने तीन तरह के कपड़े निकाले। पहला हलके रंग का लखनवी कढ़ाई का शलवार-कुर्ता। दूसरा ट्राउज़र-शर्ट। तीसरी मंजुला मौसी की दी हुई गुलाबी साड़ी। अनिर्णय की स्थिति से तंग आकर मैं लेट गई।

तभी गेस्टहाउस के एक कर्मचारी ने कमरे में खटखटाकर कहा कि रिसेप्शन पर मेरा फोन है। फोन ज़मान का था।

"क्या कर रही हैं, अमिता जी?"

"बस, लाइब्रेरी से लौटी हूँ।"

"तो किताब पर काम शुरू हो चुका?"

"वह तो स्पेन में ही हो चुका था।"

"शाम को क्या कर रही हो? मैं उधर आ रहा था।"

"फिलहाल तो कुछ नहीं। हाँ, रात के खाने पर बाहर रहूँगी।"

"इस शहर में डिनर पर बाहर जाने के दिन अब ख़्वाब हो गए हैं। क्या तुम यह अकेले करने जा रही हो?"

"नहीं, एक मेजर के साथ।"

"क्या बात है...! फौजियों के साथ तो तुम शहर का कोई भी हिस्सा रौंद सकती हो..." उसकी आवाज़ में तंज था।

"शहर नहीं, उन्हीं का मैस रौंदना है। वो मेरे दूर के रिश्तेदार हैं और मैं आज उनकी मेहमान हूँ। फिलहाल मैं कुछ नहीं कर रही। आप आ रहे हैं तो आ जाएँ।"

"नहीं...आज तुम जाओ। मैं फिर कभी आऊँगा।"

फोन पर ही मुझे लगा कि मैंने अपने फौजी जान-पहचान का ज़िक्र करके ज़मान को आशंकित तो नहीं किया? वह मुझे वसीम से तो मिलवाएगा न!

"क्या सोच रही हो?"

"कुछ ख़ास नहीं, मैं कभी आर्मी की पार्टी में नहीं गई हूँ। सोच रही थी क्या होता होगा वहाँ?" मैंने उसे बातों में उलझाया।

"कुछ नहीं—दावत और बातें।"

"मैं तो एकदम सोशली डल हूँ...भीड़ से मुझे घबराहट होती है।"

"अच्छा, अब फोन रखता हूँ। कल शाम को साथ चाय पिएँगे। हम किसी और शहर में होते तो मैं तुम्हें बाहर ले जाता।"

"शहर में तो यहाँ भी क़ॉफी हाउसेज़ की कमी नहीं।"

"हूँ, मगर इस शहर के लोग बदकिस्मत हैं। ठीक है, कल मिलते हैं।"

पार्टी अफसर-मैस में थी। बाहर लॉन में। पुराने बड़े पेड़ों की साँवली छायाएँ चाँदनी में आसमान को सहलाती हुई लग रही थीं। क्यारियाँ नॅस्टर्शियम की बौनी लतरों और नारंगी फूलों से लदी थीं। हलका उजाला और हलका अँधेरा। मन को छूनेवाला संगीत। शान्तनु ने मेरा परिचय वहाँ मौजूद लोगों से करवाया। वह बार-बार बहाने

से मुझे छू रहा था। कन्धों से पकड़कर लोगों से मिलवा रहा था। उस दौरान उसकी देह जो भाषा बोल रही थी...वह मेरी छठी इन्द्रिय समझ रही थी। मुझे अटपटा लग रहा था।

"अमिता, क्या लोगी?"

"कोई भी जूस...।"

"जूस? तुम तो रेड वाइन के देश से आ रही हो! बोलो...बोलो, शरमाओ मत।"

"मेरे लिए क्या मिलेगा यहाँ?"

"जो चाहो...हमारे यहाँ तो प्लम, पीच वाइन है या फिर चम्पागन—मेरा मतलब शैम्पेन..."

"वाइन्स नहीं। मार्टिनी, नहीं तो वोद्का चलेगी।"

"हमारा बारटेंडर बेहद अच्छे कॉकटेल्स बनाता है। तुम्हें वोद्का बेस्ड कॉकटेल मँगवा दूँ? ग्रासहॉपर, ब्लू लगून या मार्टिनी बेस्ड 'फ्लाइंग डच मेन' या टकीला सनराईज़?"

"कुछ भी।"

शान्तनु मेरा ड्रिंक खुद बनवाकर ले आया। वह ग्रासहॉपर था कि कॉक्रोच, मुझे अच्छा नहीं लगा।

"आओ, तुम्हें लेडीज़ से मिलवाऊँ।" कुछ जोड़ों में और कुछ झुंड में खड़ी महिलाओं से शान्तनु ने मेरा परिचय करवाया।

"ये अमिता हैं। स्पेनिश में पोस्टग्रेजुएशन करके लौटी हैं। अब कश्मीर पर किताब लिख रही हैं।"

हर बार यही जुमला मुझे उकताने लगा था। वे सब ख़ुशग़वार, ज़िन्दादिल, आज़ादख़याल, सुलझी हुई महिलाएँ थीं।

मैं उनके साथ दस-पन्द्रह मिनट खड़ी रही—उनके सवालों का जवाब देते हुए। फिर वे आपस में बतियाने लगीं तो मैं एक पेड़ के पास खड़ी हो गई। मेजर शान्तनु ने देखा तो अपने एक दोस्त के साथ पास आ गया।

"अमिता, इससे मिलो यह है मेरा दोस्त—मेजर अनुराग शर्मा।"

"तो अमिता, क्या लिख रही हो? अपनी किताब के बारे में बताओ।" अनुराग ने पूछा।

"कुछ ख़ास नहीं...वह मेरे बचपन के संस्मरण हैं। कुछ पहले के और कुछ अब के इकट्ठे कर लूँगी। शायद कुछ मुकम्मल बन जाए।"

"संस्मरण! कुछ बताओ...।"

"क्या बताऊँ! अभी शुरू ही किया है लिखना।"

"ये क्या, तुमने अपना ड्रिंक छुआ तक नहीं? शराब की दो बूँद इनसान को खोलकर रख देती है।"

"अपने बारे में बताओ...।" शान्तनु ने कहा।

"कुछ चीजें बन्द और मिस्टीरियस ज़्यादा अच्छी लगती हैं—नहीं?"

"वाह...सही बात है।" अनुराग हँसा।

रात ठंडी हो गई थी। खाना लगने में अभी देर थी। कुछ लोग डाँस फ्लोर पर थे। कुछ बार के सामने। कुछ महिलाएँ गप्पों में व्यस्त थीं। हम तीनों एक सोफे पर जा बैठे। आसपास कुछ और भी मेहमान बैठे थे।

"आप लोग कुछ बताओ न! अपने एन्काउंटर्स...कश्मीर के अनुभव?" मैंने उन दोनों की तरफ देखा, जो एक साथ मुझे ही देख रहे थे।

"मैं सुनाने बैठूँ तो सप्ताह बीत जाए, इतना कुछ पिछली और इस बार की पोस्टिंग में अनुभव किया है।"

"कितने साल से यहाँ हो शान्तनु, तुम?"

"एकेडमी से निकलते ही कश्मीर मिला था वो भी नब्बे की शुरुआत के जलते हुए दिनों में। करगिल होकर आ चुका था। मेरी माँ का तो बुरा हाल था। कोसती थी फौज को। तब दो साल रहा...फिर अभी दो साल हो जाएँगे दिसम्बर में।"

"तो फिर बताओ न, कोई एकाध एन्काउंटर..." मैंने आग्रह किया।

"सुनाओ यार, कोई किस्सा...अमिता, यह बहुत शानदार ढंग से किस्से सुनाता है। एक दम किस्सागो की तरह है। है भी तो मनोहर श्याम जोशी के गाँव के पास का ही यह। शब्दों ही से रोंगटे खड़े कर देता है। लगता है, आप ही कमान सँभाले, बन्दूक लिए बैठे हैं कि गोली कान के पास से निकल गई है...। ऐसे में कोई चिड़िया दरख़्त से उड़े तो सुननेवाला बन्दा मर ही जाए मारे डर के।"

अनुराग की इस बात पर सब हँसने लगे। किस्सागोई की बात हुई तो कुछ महिलाएँ भी वहाँ इकट्ठा हो गईं। एक उत्सुकता-भरी सुगबुगाहट शुरू हो गई। शान्तनु जिस सोफे पर बैठा था, वहाँ आसपास कुर्सी लेकर सब जम गए।

"अच्छा, अब सुन लो...मुझे याद है वह गाँव। बर्फ और गरीबी से त्रस्त गाँव। कभी वहाँ की हवाओं में केसर की खुशबू हुआ करती थी...उस गाँव के ज़्यादातर लोग केसर के खेतों में काम किया करते थे।

दिसम्बर जनवरी की हड्डियों तक को सिहरा देनेवाली बर्फीली ठंड के दिन थे। पूरे क्षेत्र में रूई के फाहों जैसी बर्फ थी। खेत-खलिहान, सड़कें, पगडंडियाँ, बाग, नदी-नाले—सब बर्फ से ढके थे। फिरन में कांगड़ी दबाए लोग ठंड से बचने के लिए दोपहर बाद ही से घरों में बन्द हो जाते थे। सब कुछ जम और रुक गया था। अगर कुछ सक्रिय था तो बस मौसम की बेरुखी और उग्रवादी। उन दिनों पी.ओ.के. से ट्रेंड

कई उग्रवादी संगठन वहाँ सक्रिय थे। ये दिन सुरक्षा बलों के लिए मुश्किल दिन होते हैं...मौसम और उग्रवादी दोनों से लोहा लेना होता है। मौसम अचानक गड़बड़ा जाता था। बादल घिर जाते और बारिश और बर्फ देखते ही देखते एक कयामत की तरह कहर ढाने लगते। आतंकवादियों के लिए यह सही समय होता था। वे गिरोह के गिरोह गाँवों को अपनी शरणस्थली बना लेते, बन्दूक की नोक पर उनके साथ मनमानी करते और डराते-धमकाते। उन पर शक होते ही इतनी भयानक मौत देते कि पूरा गाँव डर जाए। चमड़ी में चीरे लगाना...अधकटी गर्दन...आँखों में नश्तर...नाक...कान काट देना—ऐसे क्रूर ज़्यादातर भाड़े के आतंकी ही होते थे। मैंने बहुत मौतें देखी हैं...जंग को लेकर संसार भर का इतिहास पढ़ा है मगर ऐसे क्रूर लोग मैदाने-जंग में भी नहीं पढ़े-सुने। हालांकि वहाँ भी बेगुनाह खून बहता है मगर इस क़दर एकतरफा नहीं। ख़ैर...

उस रोज़ दिन छिपते ही, उस गाँव के क़रीब तैनात हमारी बटालियन को एक छोटे बच्चे के ज़रिए सन्देश मिला। उसने बताया, नदी पार उस गाँव में...गाँव का नाम जाने दें। हाँ, तो बच्चे ने बताया कि वहाँ मस्जिद में आतंकवादी अड्डा जमाए हैं। बटालियन के ऑप्स रूम में दीवार पर टँगे उस इलाके के नक्शे पर हमने हालात का जायज़ा लिया। पूरे इलाके में ताज़ी बर्फ थी जिसे पीटकर गाड़ियों के चलने लायक नहीं बनाया जा सकता था। इसका मतलब था कि मुख्य सड़क से मस्जिद तक के सात किलोमीटर रास्ते को पैदल ही तय करना था हमारी बटालियन को, जिसमें शामिल थे मेरे समेत दो अफसर और बारह सिपाही। अपने हथियार और गोला-बारूद का भार लिए जब सैनिक ताजी बर्फ में चलता है तो उसे घुटनों तक बर्फ में धँसते हुए चलना होता है। लेकिन फौजी प्रशिक्षण यहीं तो काम आता है। मेरे सिपाही ऐसे में पचास किलोमीटर भी तय करने का हौसला रखते थे।

गाँव के पुल तक पहुँचते ही हमें पता चल गया कि गाँव में घुसते ही आतंकवादियों ने सड़क को गाँव से जोड़नेवाले पुल को बम से उड़ा दिया था ताकि वे वहाँ बेख़ौफ़ होकर मनमानी कर सकें। नदी बहुत गहरी न थी मगर बेहद ठंडी थी। हमारी दो टुकड़ियों ने गाड़ियाँ सड़क पर छोड़ने के बाद, उस छोटी-सी नदी को पार करने के लिए जल्दी-जल्दी लकड़ियों के फट्टों, बल्लियों, रस्सियों और जीपों के ट्यूबों का शाफ्ट बनाकर आधी नदी को तो किसी तरह पार किया। इसमें ही तीन घंटे लग गए। बाकी नदी को पार करने के लिए नदी में उतरना पड़ा। पानी में छप-छप की आवाज़ गूँज रही थी। जितनी एहतियात बरतते, उतनी ज़्यादा छप-छप होती। रात ग्यारह बजे के चले हुए हम सुबह साढ़े तीन बजे मस्जिद तक पहुँचे। सुबह होने के पहले का छुटपुटा था। हम सब नदी के पानी में भीगे थे।

सबके कोट भीगकर भारी हो गए थे और बूटों में कीचड़ घुसा था। ठंडी हवाओं के थपेड़े जानलेवा थे। ऐसा लगता था, हाथ-पैरों में उँगलियाँ तो हैं ही नहीं।

हमारी एक टुकड़ी ने घेरा डाला और गाँव से निकलने के तमाम रास्ते बन्द कर दिए। दूसरी टुकड़ी ने तलाशी लेना शुरू किया आसपास के घरों की। मस्जिद के क़रीब एक घर में कुछ रोशनी थी। कुछ हलचलें भी। उसमें दो लड़कियाँ और एक प्रौढ़ महिला थी। एक छोटा लड़का। घर में मर्द नहीं थे।

हमने लड़के को पकड़ा। उसी ने बताया कि मस्जिद के दाईं तरफवाले दालान से जानेवाली सीढ़ियों और ऊपर की मंजिल पर वे छिपे हैं। अभी यहाँ से खाना बनवाकर ले गए हैं। मैं लड़के से पूछकर मुड़ा ही था कि मस्जिद से ए.के. फोर्टी सेवन से लगातार की जा रही गोलीबारी की आवाज़ सुनाई दी। उन्हें पता चल गया था हमारे पहुँचने का। सबने मोर्चे थाम लिए और जवाबी कार्रवाई शुरू हुई जो सुबह छह बजे तक चली। सुबह होने लगी थी। मस्जिद का अहाता उम्मीद से कहीं बड़ा था। एक टुकड़ी कम थी उसे घेरने को। दूसरी टुकड़ी गाँव के घरों की आड़ किए मस्जिद को घेरे थे। मगर भीतर घुसने के लिए हैडक्वांटर की सहायता का इन्तज़ार था।

जैसे ही हमें हैडक्वार्टर से सहायता पहुँची, जवानों के हौसले बढ़े। तब मस्जिद के सामनेवाला दरवाज़ा भेदकर ऑटोमेटिक फायर करते हुए मस्जिद में हम घुसे। वे ऊपर से हथगोले फेंकते रहे मगर बच-बचाकर कमांडो बल ने उनमें से ज़्यादातर को मार गिराया। सात आतंकियों के शव सीढ़ियों में बिखरे थे। उन आतंकवादियों की पहचान जल्दी ही हो गई। एक पाकिस्तानी लड़का भाग निकला था। मुझे खुशी इस बात की थी कि यह पहला ऐसा एन्काउंटर था जिसमें हमारे एक जवान के हाथ के अलावा हमने कुछ नहीं खोया। एक भी जान नहीं।

मैंने फिर गाँव के प्रमुख को बुलाया और मस्जिद के इमाम को भी। मैं नास्तिक हूँ मगर उनकी धार्मिक आस्थाओं का सम्मान करना मेरा कर्तव्य था। मैंने इमाम साहब से मस्जिद में हुई तोड़-फोड़ को ठीक कराने के लिए लगनेवाली लागत के बारे में पूछा। उसकी भरपाई करवाई। दिन चढ़ते-चढ़ते भीड़ मस्जिद में इकट्ठी हो गई। भीड़ हलके गुस्से में थी कि उग्रवादी जूता-चप्पल पहनकर हथियारों समेत उस पवित्र जगह को नापाक कर चुके थे, जबकि भरी ठंड में हमारे जवानों के बूट मस्जिद के बाहर रखे थे। तभी एक अधेड़ महिला आई और उसने दो आतंकवादियों के सरों पर अपने पैर मारे। ''इन दोनों ने मेरी बेटियों से मुताअ (जबरन निकाह) करके उन्हें बरबाद किया है।'' वह बुढ़िया शातिर निकली। उसी के घर के तहखाने में आतंकी रहा करते थे। 1990 में उस बुढ़िया का पति तो मुज़फ़्फ़राबाद भाग गया मगर उसकी

एक बेटी एक्सप्लोसिव कैरियर बन चुकी थी और बाद में एक एक्सीडेंटल धमाके में वह मर गई। वही ज़ुलेख़ा थी, जिसके लिए अफवाह उड़ी थी कि वह पहली फिदायीन लड़की थी।''

इस बात पर मैंने शान्तनु और अनुराग से यास्मीन की डायरी का ज़िक्र किया। उसमें भी एक महिला फिदायीन के बारे में दर्ज़ था।

''उस डायरी ने मेरी किताब की दिशा बदल दी है। मैं एक बार वसीम से ज़रूर मिलना चाहूँगी।''

''आप वसीम से मिलेंगी!...उससे मेरी तो अच्छी-खासी भेंट हो चुकी है।'' अनुराग बोला।

''कैसे?''

''छह साल पहले एक छापामार कार्रवाई में...।''

''आपने पकड़ा उसे...?''

''नहीं, भाग गया...मगर घायल हो गया था।''

''कैसे? कहाँ?''

''यहीं श्रीनगर में...''

''श्रीनगर में?''

''हाँ। वो भी भीतर शहर में...लाल चौक के आगे...एक मोहल्ले में।''

''अच्छा! फिर पूरी घटना बताइए न!''

''पुरानी बात है। पाँच साल पहले, मेरी पिछली पोस्टिंग में। उन दिनों तो दिन के समय आर्म्ड ट्रुप्स का श्रीनगर के गली-मोहल्लों में गुप्त तरीके से घुसना नामुमकिन ही था। हालाँकि अब भी है, मगर तब बहुत बुरा हाल था। हम बिना वर्दी के पहुँचे थे वहाँ मगर फिर भी उसे पता चल गया। जैसे ही हम अलीकदल की एक तंग गली के उस खंडहरनुमा जले हुए मकान के नीचे पहुँचे, उस मकान में से ग्रेनेड फेंके जाने लगे। नीचे चलती हुई सड़क थी। निर्दोष लोगों की जान जाती इसलिए हमने वापस जाने का नाटक किया मगर हममें से तीन लोग चुपचाप सीढ़ियाँ चढ़ गए। बिना दरवाज़ोंवाले उस कमरे को घेरकर हमने बाकी जवानों को इशारा किया तो वे दूसरे रास्ते से कमरे में कूद गए और दो लड़कों को हमने पकड़ लिया। वसीम भी पकड़ा जाता मगर वह गोली चलाता हुआ खिड़की से कूद गया दूसरी बिल्डिंग की बालकनी में, फिर वहाँ से पलक झपकते ही ग़ायब हो गया। मैंने फायर भी किया, उसके कान के पास चोट लगी थी, मगर बाल-बाल बच गया था वह।''

''ओह!''

''तभी हमारे यहाँ सीनियर्स कहते हैं कि आतंक-विरोधी अभियान के लिए एक्स्ट्रा सेन्सेज़ की आवश्यकता होती है। चार आँखें, चार कान और सूँघ पाने की

क्षमता तो कुत्तों की तरह हो। कुत्तों की तरह सूँघने की क्षमता ही तो नहीं होती इसलिए 'स्निफर डॉग्स' की स्क्वाड रखनी होती है।''

माहौल रोमांचक हो चुका था। मैं अपने हाथों के खड़े हुए रोंगटों को देख रही थी।

डिनर से पहले का आखिरी ड्रिंक था जो शान्तनु की ज़िद से मैंने ले लिया था। अच्छा-ख़ासा खुमार चढ़ने को था कि शान्तनु एक चौड़ी और रहस्यात्मक मुस्कुराहट के साथ मुँह खोला, ''अमिता, कल मेरी माँ का फोन आया था।''

''अच्छा!''

''बड़े लोग कुछ तय करना चाहते हैं...।''

''क्या अब भी तुम्हारे लिए तुम्हारे बड़े तय करते हैं?'' उसका इरादा भाँपकर मैंने उसे हतोत्साहित करने की ठान ली थी।

''एक हद तक...कुछ चीज़ें...।''

''मगर शान्तनु...मैंने अपनी ज़िन्दगी में कुछ भी बड़ों से पूछकर तय नहीं किया।''

बहुत देर वह निस्पन्द खड़ा रहा। मैं उससे पीठ किए एक बेंच का सिरा पकड़े खड़ी थी।

''मुझे यूनिवर्सिटी तक छुड़वा दो, प्लीज़!''

''जल्दी क्या है! डिनर नहीं लोगी?''

''इतने स्नैक्स खा लिए, भूख कहाँ बची अब...!''

''अच्छा, चलो।''

थोड़ी देर एक ख़ामोशी हमारे बीच तनी रही। चलने से पहले हम दोनों ही ठिठके, जैसे कुछ पीछे छूट गया हो! कुछ नहीं छूटा था...मेरा पर्स मेरे हाथ में था।

यूनिवर्सिटी गेस्टहाउस में अपने कमरे की तरफ मुड़ने से पहले मैंने उससे कहा, ''मेरे यहाँ आने के एजेंडा में बस एक बार कश्मीर लौटकर, किताब पूरी करने के अलावा कुछ नहीं था...न है। यकीन मानो, कुछ भी नहीं।'' मेरी आवाज़ काँप रही थी।

''ठीक है। चलता हूँ।''

मेरा लिखने का मूड चौपट हो चुका था। पापा ने मेरे काम के बीच यह सब क्यों घुसाया? खीज हो रही थी।

अगले दिन दोपहर मैंने ज़मान को फोन किया।

''आपने मुझे दस दिन की मोहलत दी थी कि आप वसीम से मिलवाएँगे।''

''वो फितूर आपके दिमाग़ में अब भी है? मैंने सोचा, भूल-भाल गई होंगी।''

''मैं फितूर नहीं पालती। अब इसे एक वादे की तरह लें, जो आपने मुझसे किया था। अरे हाँ, आप आज शाम आनेवाले थे न!''

''बिलकुल। हमारे शहर में कोई मेहमान लड़की अकेले शाम बिताए, कितनी नागवार-सी बात है!''

ज़मान, ठीक साढ़े चार बजे मेरे कमरे के दरवाज़े पर थे।

''उस दिन ऑफिस में इतनी व्यस्तता में आपसे ठीक से बात नहीं हो सकी थी। मैंने सोचा...''

''अच्छा किया।'' उस दिन लापरवाह-सा दिखनेवाला शख़्स आज संज़ीदा दिख रहा था।

''कैसी रही कल की पार्टी?''

''ठीक थी। चलिए, चाय बाहर पिएँ लॉन में?''

पहाड़ियों का घिराव, दरख़्तों की झूमती डालियाँ...घास में गुलाबी-सफेद नन्हे डेज़ी...हवा में घुलती ठंडक। मेरा मन खिल गया। मैंने सोचा भी नहीं था कि मुझे यहाँ इतने सारे लोग मिलेंगे। मैं आते हुए बिलकुल भी आश्वस्त नहीं थी। सोचा था, एकान्तवास होगा।

''यहाँ चार ही दिन में कितने लोगों से पहचान हो गई...''

''चलो, अब तुम्हारे पास सिक्योरिटी भी है...।''

''वो मेरे रिश्तेदार हैं।'' इस बार मैंने हलकी खीज के साथ कहा।

''मेरा कोई टेढ़ा मतलब नहीं था। सिक्योरिटी के अलावा भी तो तुम्हारी किताब में एक नया एंगल जुड़ जाएगा। कुछ तो नया जानोगी ही कि एक नज़रिया उनका भी है। मेरा मतलब फौज का।''

''क्या आपको बताया मैंने कि वह किताब बचपन की यादों की है...एकदम वो जो जिया गया?''

''...''

''हालाँकि यह भी सच है कि मैंने शुरू की थी एक छोटी-सी संस्मरणों की किताब जो अब 'तिलिस्मी किताब' होकर अपना वॉल्यूम बढ़ाती जा रही है बोर्खेज़ की 'बुक ऑफ सैंड' की तरह।''

''कैसे?'' उसने नकली और ठंडी उत्सुकता से कहा।

मैं उसे समझा देने पर तुली थी, ''मैं तो बचपन में यहाँ से निकाली गई अपनी कश्मीरी हिन्दू पीढ़ी को केन्द्र बनाना चाहती थी—अपने संस्मरण, अपने रिश्ते के हमउम्रों के माध्यम से, जिनके मन से एक स्वर्ग से निकलकर रिफ्यूजी कैम्पों के नर्क

की याद मन से मिटती नहीं। मैं अपने तब से अब तक तो 'निकाले जाने' पीड़ा लिए बड़ी हुई हूँ। मगर यास्मीन की डायरी पढ़कर लगा कि...'' (कमबख़्त गला क्यों भर आया इस ख़ुश्क़ इनसान के आगे!)

वह चुपचाप बैठा मेरे आगे बोलने की प्रतीक्षा में था। मैंने गला खखारा और आगे कहा, ''मेरा मतलब, मैं यह महसूस कर रही हूँ कि जहाँ से हमें जड़ें खींचकर उखाड़ा था, वहीं बगल में लगी हमारी साथी कौम की जड़ भी खुली ही है। हमारी पीढ़ी के यहाँ छूट गए लोग, ख़ास तौर पर लड़कियाँ और उनकी खुली जड़ें, उन पर मिट्टी नहीं चढ़ी। यही सहजीवन है। जंगल में पनपती फर्नों और मशरूमों के साथ यही होता है। एक उखाड़ो...दूसरा खुली जड़ लिए मर जाता है। मरे न भी तो पनपना बन्द कर देता है। मैं कश्मीरी औरत को देख रही हूँ...। वो अपनी ही ज़मीन पर विस्थापित है। यह सब मैंने वज़ीर से कहा भी था। उम्मीद है, आप मुझे ग़लत नहीं समझेंगे। यही वजह है कि मैं वसीम से मिलना चाहती हूँ। मुझे यकीन है कि उसकी डायरी का वसीम, उसका मंगेतर और प्रेमी यह वसीम क़य्यूम ख़ान ही है।''

''ग़लत नहीं समझ रहा मैं, पर उस बन्दे से मिलकर आपको कोई फ़ायदा नहीं होगा। वह अकड़ू किस्म का बन्दा है। वह न बोलने पर तुल गया तो कुछ बोलेगा नहीं। बोला तो वह कश्मीर की आज़ादी के अलावा कुछ नहीं बोलेगा। अपने इश्क़-विश्क पर तो कतई नहीं।'' वह मुस्कुरा दिया।

चाय आ गई थी। मैंने भाप छोड़ती चाय का मग हाथों में ले लिया था, वह गर्माहट अच्छी लग रही थी।

''आप लीजिए न...!''

''मैं थोड़ी ठंडी चाय पीता हूँ।''

नीचे घास पर नन्हे फूल खुशहाली का पता दे रहे थे तो ऊपर आकाश में उड़ता हुआ, चौकसी करता सीमा सुरक्षा बल का हेलीकॉप्टर ज़मान की आँखों में एक बहुत-बहुत कड़वी सच्चाई की तरह गड़ रहा था, ''हम दरख़्तों, कबूतरों, नदियों और हवाओं की तरह बेलौस और बेखौफ़ नहीं। हम अपने-अपने ख़ौफ़ के गुलाम हैं।'' वह बुदबुदाया किसी नज़्म की तरह।

मुझसे रहा नहीं गया, मैंने पूछ ही लिया, ''आपके मन में फौज के लिए तल्ख़ी है। नहीं, बस ऐसा लगा।''

''कोई तल्ख़ी नहीं है। होनी भी नहीं चाहिए। वो अपना काम कर रहे हैं।'' उन्होंने बेंत की कुर्सी पर अपना हाथ सिर के पीछे ले जाकर टिका दिया और मेरी तरफ देखते रहे।

''अच्छा, आप आर्मी और सुरक्षा बलों के कश्मीर में जमावड़े और रोल को क्या समझते हैं...''

''मैं आज की तारीख में बस इतना जानता हूँ कि बर्फीले दिनों में रसद की आपूर्ति...एवेलांच...आतंक...क्या फौज की ज़रूरत को ठुकरा सकता है कश्मीर? वरना क्या ज़रूरत थी कि सुरक्षा बलों की बटालियनें देश के कोने-कोने से यहाँ जमा होतीं।''

''मैंने सुना कि शत-प्रतिशत कश्मीरी अवाम दुखी है...इनके यहाँ होने के विरोध में हैं।''

''हाँ, यह दूसरे पहलू का सच है। मैं फौजी गाड़ियों के चक्कों के नीचे पिसते अवाम को भी देखता हूँ। एक तरफ 'ऑपरेशन सद्भावना' और 'ऑपरेशन मित्रता' है, दूसरी तरफ कटते जंगल और बलात्कार है। ये पूरा खेल बहुत आसान नहीं है। बेगुनाहों के एन्काउंटर देखे हैं। कस्टोडियल मौतें देखी हैं। मैंने कोर्ट में बेगुनाहों की ज़िन्दगी तबाह होते देखी है। आप जाएँ कभी श्रीनगर कोर्ट, किसी भी दिन...कश्मीर के दूर-दराज़ से आई बसों से उतर-उतरकर पहुँचते हैं गरीब, बेगुनाह बूढ़े और औरतें जिन्हें वकील लूटते हैं। ग़लतफहमियों के तहत जिनके बच्चों या शौहरों पर टाडा लगा है। इस कई पेंचोखम वाली उलझन में उलझी देहाती कश्मीरी औरत के दुख का एक परसेंट भी नहीं समझ सकतीं तुम...क्या लिख लोगी तुम उनके दर्द को?'' उसके आखिरी जुमले में तुर्शी थी।

मैंने चाय का घूँट लिया। चाय में हलका-सा नमक था और बटर की चिकनाई। गले को अच्छा लगा।

''कोशिश तो करूँगी।''

''वो कहते हैं न, जिस पर गुज़रती है...''

''ये बात मैं बखूबी जानती हूँ। मैंने सुना, ठीक इसके उलट मानवाधिकार आयोग भी आतंकवादियों को पकड़ने या मार देने के बाद मिलिटरी और सुरक्षा बल के अधिकारियों को कठघरे में खड़ा करता है...। वे तो देश के कोने-कोने से यहाँ मुकदमों में आते हैं।''

''कह तो रहा हूँ, मल्टीएंग्यूलर समस्या है यह। पकड़ोगी एक एंगल, दूसरा छूट जाएगा। बहुत गहरी जड़ें हैं। कौन शोषक है...कौन शोषित, अन्दाज़ा नहीं लगा पाओगी। फिर तुम तो इसे कश्मीरी पंडितों के नज़रिए से देखोगी।''

''ये आपका पूर्वग्रह है। मैं उनकी ग़लतियों से नावाकिफ़ नहीं हूँ।'' मैं पूरी बहस के मूड में थी।

''केवल ग़लतियाँ नहीं, बाकायदा चालाकियाँ।''

''चालाकियाँ...!'' मेरी आँखें उसकी गुस्ताख़ियों पर फटी रह गईं।

''हाँ, सियासी चालाकियाँ।''

''मेरे ख़याल में पंडित गैरसियासी थे इसलिए ख़ामियाज़ा भुगतते रहे।''

"ख़ैर, छोड़ो। यह विषय ही गलत छिड़ गया।"

कितना तल्ख़ है यह शख़्स।

"और तुम्हारा मीडिया...।" मैं अब भी हलके आवेश में थी।

वह उत्तर में शायराना अन्दाज़ में पेश हुआ, "किताब-दर-किताब पलट ली गईं और संसार के महानतम नेताओं ने बहस कर ली मगर यह मुअम्मा हल न हुआ। कश्मीर समस्या की आवाज़ वहाँ जेनेवा तक में गूँजती रही मगर इस समस्या के पीछे की सच्ची कहानी अनकही रही। पश्चिमवालों के लिए कश्मीर महज कट्टरपन्थियों के हिंसक खेल का मैदान बना रहा। यहाँ के लोगों की समस्या से वो लोग नावाकिफ रहे हैं—मुसलमानों की भी और हिन्दुओं की भी।"

"क्या इसकी वजह मीडिया नहीं? सच पूछो तो भारतीय मीडिया और प्रेस चीजों को सही मायनों में पेश कर ही नहीं पाए क्योंकि तटस्थता का अभाव भारतीय मीडिया की कमज़ोरी है। क्या आप मानोगे कि एक पत्रकार के तौर पर तटस्थ हो?"

"एक हद तक।"

"तो इस आतंक को कैसे डिफाइन करेंगे आप?"

"यह आतंक ही अलग किस्म का...है। केक में रेज़र के टुकड़ों जैसा। पिछले 50 साल के अनसुलझे कश्मीर मसले की सज़ा है यह, जिसे हम भुगत रहे हैं।"

"अब भी..."

"छोड़ो इस किस्से को...यह तो ज़िन्दगी का हिस्सा है हमारी।"

"चाय अब एकदम ठंडी हो गई है।"

ज़मान ने एक घूँट में चाय पी ली और जीभ पर से ठंडी और कड़वी बेस्वाद को मिटाने के लिए नमकीन बिस्किट कुतरने लगे।

"जाने दो। तुम अपने बारे में बताओ।"

"क्या? बताया तो था उस दिन। दिल्ली यूनिवर्सिटी से एम.ए. करके मैं स्पेन..."

"यहाँ से कब गई थीं?"

"बहुत पहले। स्कूल पूरा करते ही। दादाजी की मौत के बाद।"

"फिर कभी लौटे ही नहीं?"

"मैं जब से कश्मीर आई हूँ, इस सवाल का सामना कर रही हूँ। कितनी ठंडी क्रूरता से आप लोग यह सवाल कर लेते हैं, यह हैरानी होती है। ज़रा आप ही बताइए कि कहाँ, कैसे लौटते...कहाँ लौटते?"

"..."

"हमारा पुराना घर हब्बाकदल में था। नया बँगला जवाहरनगर में। उस साल नए घर में हमारी पहली दीवाली थी। 1989 का नरसंहार देखते रहने के बाद भी हमारे

दादाजी को यकीन नहीं होता था कि अब हमें चले जाना चाहिए। वो डॉक्टर थे। गाँव-दर-गाँव घूमते। हमने 1990 भी आधा निकाल लिया था। मुझे याद है, दीवाली के ज़रा पहले हमने घर के छज्जों को सजाने के लिए फूलों के गमले खरीदे थे...नया फर्नीचर भी। किसे पता था कि सब जा चुके हैं, हमें भी बस अब निकलना ही होगा। दादाजी का दीपावली के तीन दिन पहले ही मर्डर हो गया। उनकी एम्बेसडर में उनका शव मिला। इस तरह दीपावली के अगले दिन तो हम जम्मू जानेवाले एक सेना के ट्रक में बैठे थे। हमारा हब्बाकदल वाला घर जला दिया गया। जवाहरनगर का घर, पापा के एक मित्र हैं, उन्होंने खरीद लिया। ऐसे आपकी इस जन्नत से हमें जाना पड़ा।''

''जन्नत तो पता नहीं, यह दुनिया का सबसे ख़ूबसूरत दोज़ख़ ज़रूर बन गया है।'' उसने मुझे सहानुभूति से देखा, और अपनी कुर्सी मेरे एकदम सामने कर ली।

मैं उसके चेहरे की एक-एक रेखा देख पा रही थी। उसके बोलते होंठों की बनती-बिगड़ती आकृति भी। उनमें जमी सफेद दन्तपंक्ति भी।

''ऐसा तो मैं अब भी नहीं कहना चाहती।''

''कहने न कहने से क्या! मुझे अच्छी तरह याद है जब यह एहसास मुझे पहली बार हुआ था कि मेरी यह जन्नत दोज़ख़ में तब्दील हो रही है। अप्रैल, 1992 का एक दिन था, मैंने पत्रकारिता तब ही शुरू की थी और जम्मू में एक अंग्रेज़ी अखबार में काम करता था। एक पत्रकार साथी ने मुझे फोन किया और उसने बताया, श्रीनगर के एक मुहल्ले में कुछ ही घंटों पहले मानव संहार हुआ है—चौबीस हिन्दू और सिख। मैं हिल गया भीतर तक। सही-सही जगह का नाम उसे नहीं पता था। वह चाहता था कि मैं जम्मू से सीधे श्रीनगर पहुँचूं। यह मेरी पहली रिपोर्टिंग थी। वह शुरुआत थी। तब कहाँ जानता था मैं कि मेरा तभी कश्मीर जाना हुआ करेगा, जब कुछ पागल लोग निर्दोष लोगों पर बन्दूक का ट्रिगर, बिना रुके दबाए चले जाएँगे। मैं अपने कमरे में भागा। फटाफट दो जीन्स और दो स्वेटर रखे। नोटबुक ली और कैमरा लटकाकर एयरपोर्ट की तरफ भागा। मैं सोच रहा था कि यह कौन-सा मोहल्ला होगा! कहीं मेरा अपना तो नहीं! हो सकता है, गोली से छिदे, जमीन पर गिरे शरीर मेरे अपनों के हों! वो बचे हुए, छाती पीटते लोग भी मेरे हों जिनसे मैं इंटरव्यू लूँ! हो सकता है, मेरे टीचर हों, जिन्होंने मेरे लिखे लेख पर मुझे पेन तोहफे में दिया था! हो सकता है, वो हमारी गली के किराने की दुकानवाले ओम चाचा हों, जिनकी दुकान से मैं सूखी खुबानियाँ चबाते हुए आता था; या वो नीला जुत्शी हो, मेरी बचपन की दोस्त, जिसके साथ मैं अपना टिफिन खाता था, स्कूल के एक छोर पर बहते दरिया के किनारे। मेरे हाथ दुआ में उठ गए थे...ऐसा न हो...मुझमें अब ताब नहीं है यह सब

देखने की। मैं इनकी मौत की रपट कैसे बनाऊँगा? मैंने अपने माँ-बाप को रोते देखा है, जब भी हमारे कोई पंडित पड़ोसी जाते थे। मैं तब नहीं रोया कभी, लगता था कि थोड़े समय बाद लौट आएँगे।''

वह परत-दर-परत अपना मन खोल रहा था। अपनी पीढ़ी के एक कश्मीरी पत्रकार युवक की तरह मेरी किताब के पन्नों में अपनी जगह बना रहा था। मैं संजीदगी से सर हिला रही थी कि वह बोलता रहे।

''मुझे जम्मू के रिफ्यूजी कैम्पों के वो हाल भी पता है। उन्हीं दिनों जब मैं रिपोर्ट करने जम्मू के माइग्रेंट कैम्प में जाया करता था तो वहाँ मेरी जान-पहचान के लोग एक टिन के शेड डले कच्चे कमरे में एक भीड़ के साथ रहते मिलते थे। अमीर और बड़े घर के लोग भी। कई प्रोफेसर, इंजीनियर...।

एक बार एक जान-पहचान की एक छोटी लड़की दादी अम्माओं की तरह मुझसे बोली थी, 'भाईजान, अपने पेपर में लिखो—किसी को हमारी परवाह नहीं।'

एक बार एक बुजुर्ग को मैंने वहाँ बताया कि मेरे पिता अनन्तनाग से हैं।

'अनन्तनाग में कहाँ...?'

मैंने सब बताया—अपने पिता का नाम 'मोहम्मद अशफाकुल्ला चौधरी'; मोहल्ले का, दादा का नाम। उनकी आँखें रौशन हो गईं। हँसकर गले लगा लिया। प्यार से गाली दी। मैं कुछ समझ पाता, उससे पहले वे मुझे मेरी बाँह खींचकर ले गए यह कहते हुए कि 'मुँह बन्द रख बेटा और बस मेरे साथ आ।' हम पतली गली में घुसे और एक छोटी-सी झोंपड़ी के आगे रुक गए। वहाँ एक बूढ़ी औरत कपड़े धो रही थी।

'उठ जा। निर्मल, इसे गले लगा। तेरा बेटा आया है।'

वह पहचानी नहीं पर गीले हाथों से गले लगाकर आँखें मिचमिचाकर मुझे देखने लगी।

'ये तेरे बाप की बहन है।' मैंने नहीं सुना था पिता की किसी भी बहन के बारे में, पर मैंने उनका चुपचाप यकीन कर लिया, जब उस महिला ने कहा, 'क्या ये अश्फी का बेटा है?'

अश्फी मेरे ही पिता का घरेलू नाम है, जो परिवार के अलावा कोई नहीं जान सकता। वो रो रही थीं। उनके पति भी। मैं भी। मैं रिश्तों से अमीर होकर लौटा था। उस साल मेरे नाना यह गुनगुनाते हुए मर गए—'मेरे सोने की गंगा में चाँदी की यमुना में सुनहरी मछलियाँ रहती थीं। आज घड़ियाल रहते हैं।'''

मैं उसके चेहरे की स्थायी कठोरता को पिघलते देख रही थी। सेना के हैलीकॉप्टर के चक्कर बन्द हो चुके थे। एक अजीब-सी शान्ति जमे हुए माहौल को पिघला रही थी। वह उन दिनों में खोया हुआ था :

''उन दिनों तो जितने मोहल्ले, उतने बागी नेता और उनके मिलिटेंट ग्रुप मशरूमों की तरह उगे थे। नित नया नाम। सीमा पार से जो ट्रेनिंग लेकर आए, वही नया ग्रुप बनाकर मनमानी करे। हिंसा और आतंक का नंगा नाच करे। यही नहीं, पाकिस्तानी अरब और अफगानी लड़कों ने उन्हें बरगलाकर उनकी ताकतों और लोकल एरिया पर पकड़ का फायदा उठाया। उनकी गिरफ्त में आकर तो अपने लोग भी जुल्म का शिकार हुए। लड़कियाँ बरबाद हुईं। बाहरी आतंकियों के आने का सिलसिला 1991 से चला जो कारगिल होने तक चलता रहा। अब यह सच सब जान गए हैं। आम अवाम भी।''

''जब आम कश्मीरी यह सच जानता है तो आज भी कट्टरपन्थियों के पीछे लम्बा जुलूस कैसे खड़ा हो जाता है ज़मान? लाल चौक पर हरे झंडे लहराते हैं...जिसके लिए कपड़ेवाला और दर्ज़ी एक पैसा नहीं लेता।'' मैंने आपत्ति दर्ज की।

''कहना कठिन है...और ये कपड़े और दर्ज़ीवाली बात सरासर किसी बेहूदा अखबार की उड़ाई हुई ख़बर है।''

''हाँ, मैंने सुना है...कई बार विदेशी मीडिया झूठी खबरें बनाता है। मेरा मतलब पाकिस्तान। वहाँ बकायदा दंगों की, ब्लास्टों की शूटिंग होती है। गलियाँ खाली कराई जाती हैं। देसी मीडिया भी कम नहीं हैं। कई बार आतंकी भी आर्मी और सुरक्षा बलों की छवि खराब करनेवाले नकली वीडियोशूट करते हैं।''

''ये कुछ ज़्यादा हो गया। यह सबसे बड़ा सच है कि असली सच तो कश्मीर में पहले बम धमाके में मारा गया। यहाँ एक सच तुम्हारे लिए है तो दूसरा हिन्दुस्तानी जर्नलिस्ट के लिए, तीसरा कश्मीरी जर्नलिस्ट के लिए और चौथा आर्मी के लिए, पाँचवाँ मिलिटेंट के लिए, छठा विदेशी मीडिया और सातवाँ मानवाधिकार आयोग के लिए...। सबके अपने गढ़े हुए सच हैं। जुलूस में मुखौटा ओढ़े चलती है आइडियोलॉजी। इन मुखौटों के पीछे कोई भी हो सकता है, अपना मकसद पूरा करता हुआ। जुलूस के पीछे चलता है, सर झुकाए कश्मीरी अवाम। पता ही नहीं चलता कौन किस के साथ है। आर्मी से आर्मी की-सी बात। मिलिटेंटों से मिलिटेंटों जैसी बात। इस सच-झूठ की मानसिकता के पीछे पहला कारण आत्मरक्षा है।''

''हाँ, समझ सकती हूँ। गृहयुद्ध के दिनों में स्पेन के बास्क इलाके में एक लोकगीत बहुत चलता था, जिसका सम्बन्ध सीधे व्यक्तिगत आत्मरक्षा से था। वह ऐसे था :

'जब भी कुछ कहो, कुछ सच मत कहो।
जब भी बात करो उसकी तौ
पहले जान लो इसे सुनेगा कौन,
कौन जाने इसका क्या परिणाम हो

वे तुम्हें पता नहीं कहाँ ले जाएँ
पता नहीं कितने लम्बे समय के लिए
तो ख़ुदा के लिए
यह सच का गीत मत गाओ
कि
न जाने तुम्हें कौन सुन रहा हो...'"

"वाह! क्या बात है। हर देश ऐसे हालात में एक ही तरह से सोचता है। इस गीत को अब कश्मीर की लोकधुनों में फिट हो जाना चाहिए।" ज़मान खुलकर मुस्कुराए।

"अच्छा, अपनी किडनैपिंग के बारे में कुछ बताइए न..." मैंने उसे फिर कुरेदा।

"आज ही जान लोगी सब कुछ? फिर कभी..."

"नहीं, अभी।"

"मैं उन सब बातों को दोहराना नहीं चाहता अमिता।" वह हलकी कातरता से बोला।

"ख़ौफ़ होता है?" मैंने उकसाया।

"ख़ौफ़! यह ख़ौफ़ नहीं है, रिपल्शन है। घृणा है। बताया न, बहुत खून-ख़राबा देखा है। मुझे उन दिनों भी कोई ख़ौफ नहीं होता था। मैं जाने कितने मिलिटेंटों के अड्डों पर जाकर उनसे बात कर चुका था और पाकिस्तान की और पी.ओ.के. की एडवेंचरस यात्राएँ भी कर चुका था।"

"सच?"

"हाँ।"

"फिर?"

"मानोगी नहीं न...!"

"नहीं, मैं चाहती हूँ कि आप यूँ ही बैठकर अपनी आवाज़ और इस लहजे की मुलायमियत के साथ कुछ सुनाते ही रहें। आप नहीं चाहते?" मैंने ज़रा-सा नकली फ्लर्ट किया, जिसे समझने की कोशिश करते हुए उसने अविश्वास के साथ अपनी आँखें सिकोड़ीं फिर मुस्कुराया।

"नहीं, सच्ची! अपनी भाषा का यह लहजा कितने दिनों बाद सुना है। बोलिए न।"

"अब तो पूरा सिक्वेन्स भी भूल गया हूँ। पाँच साल पहले की बात है, मैं उस दिन जेल से एक मिलिटेंट ग्रुप के ही कमांडर से मुलाकात करके आ रहा था। अपने ऐसे कामों के लिए मुझे कई बार धमकियाँ भी मिल चुकी थीं। मैं मिलिटेंटों और मिलिटरी दोनों की आँख की किरकिरी बन गया था। कई बार कड़ी पूछताछ हो चुकी

थी। मैं दोनों तरफ से शक की ज़द में था। मैं जब यह इंटरव्यू करके लौट रहा था, रोड पर एक सफेद एम्बेसेडर कार का हुड खोले एक आदमी खड़ा था और नीचे झुककर उसमें कुछ देख रहा था। जब हमारी कार उनके पास से गुज़री तो उस आदमी ने आगे आकर एके 47 तान दी और ड्राइवर को थमने के लिए कहा। इसके साथ दो दूसरे आदमी कार से निकल आए थे। उन्होंने बड़े रूमालों से चेहरे ढक रखे थे। उनके पास भी एके 47 थी।

"कहाँ जा रहे हो?"

"पत्रकार हूँ।"

"क्या तू ही है अशफाक ज़मान चौधरी? मुखबिर की औलाद?"

मैंने बता दिया कि कहाँ से और किसका इंटरव्यू करके आ रहा हूँ। तब उन्होंने गाड़ी से बाहर निकलने का आदेश दिया मगर जब मैं हिला नहीं तो खींचकर निकाल लिया। मेरे कैमरामैन और साउंड रिकार्डिस्ट भी मेरे साथ कार से उतरने लगे तो उन्हें वापस भीतर ठूँसकर भाग जाने का इशारा किया और मुझको एम्बेसेडर में डालकर ले गए..."

ज़मान रुके। दूसरी बार चाय आ गई थी। चाय का सिप लिया और बोलने लगे, "उन्होंने मेरा सारा कैश ले लिया था। फिर आगे जाकर बोले—'हम तो पैरामिलिट्री के बन्दे हैं। क्या तुम सच में पत्रकार हो? हमने सोचा, फलाँ अलगाववादी गुट के हो। माफ़ करना। हम तुम्हें छोड़ देंगे।' मैंने कहा—'तो मुझे जाने दो।' तो वो बोले—'सवारी तक छोड़ देते हैं।' फिर उन्होंने मुझे एक मिनी बस देखकर उतार दिया, जो शुरू से हमारे ही पीछे आ रही थी। मिनी बस में से एक लड़का चिल्लाया जो मेरे अन्दाज़े से उन्हीं का साथी था—'कहाँ जाना है?' मैंने गर्दन घुमाकर देखा, उसके पास कलाशनिकोव थी। वह मुझ पर ताने था। मैंने देखा वह काँप रहा था। वह छोटा लड़का था। मैंने ज़ोर से कुरान पढ़ना शुरू कर दिया। उसने गोली चला ही दी। मैं दो मिनट बाद ज़मीन पर था। एम्बेसेडर और मिनी बस साथ-साथ चले गए। मैं लगभग पन्द्रह मिनट बाद उधर से आती एक ट्रक के पीछे लटक गया। ड्राइवर ने मुझे देख लिया था। खून टपकता हुआ भी। उसने चुपचाप एक अस्पताल के सामने ट्रक धीरे किया, मैं कूदा और वह उसी खामोशी से आगे चला गया। तीन गोलियों में से एक मेरी बड़ी आँत में लगी थी।"

"फिर?"

"बस, बच गया।"

"पता नहीं चला कि..."

"जाने दो। तुम्हारी चाय ठंडी हो रही है।"

"ज़मान, आपके परिवार में कौन-कौन हैं?"

इतने व्यक्तिगत प्रश्न के लिए वे तैयार नहीं थे शायद।

"हँ...हैं। सभी हैं।"

ज़मान वापस जा रहे थे और मैं सोच रही थी। जो सोच रही थी, वही फिर उठकर डायरी में लिखने लगी :

'न जाने क्यों मुझे लगा, उसकी आवाज़ इयान बांड जैसी है। यह कश्मीरी ऐसे बोलता है जैसे वह स्पेनिश बोलता था, एक सधी हुई लय से। यह आवाज़ सादा दिल है। भावुक है, रूमानी है। सहज और प्यारी। क्या मैं उसकी आवाज़ को चाहने लगी हूँ? लेकिन इस आवाज़ के साथ जिस चेहरे को जोड़कर देखना चाहती हूँ, वह चेहरा किसी और शख़्स का है। ऐसे शख़्स का जो बेहद बदगुमान था। मैं उस बदगुमानी से नफरत करती थी...पर उसे चाहती थी।

यह जब भी बोल रहा होता है...तो मैं इसकी आवाज़ के वायवीय शरीर पर उस बदगुमान शख़्स का चेहरा रखकर इस आवाज़ के असल मालिक को एकदम क्यों भूल जाती हूँ? इस खुशफहमी में रहती हूँ कि वही मुझसे बातें कर रहा है। मुझसे प्रभावित हो रहा है।

यह आवाज़ यूँ बेहद सावधानी बरतती है। तब भी शब्दों में छिपे अर्थ भी मुझे पिघलाते रहे हैं। अगर यह आवाज़ सीधे-सीधे फ्लर्ट करती तो शायद मैं उकता जाती। यही मेरी दुविधा थी।'

मेरा अगले दिन का कार्यक्रम पहले से तयशुदा था—दिल्ली से ही। पहलगाम में दस दिन अकेले रहकर बस लिखना था। शान्तनु ने मेरे साथ एक भरोसेमन्द टैक्सी ड्राइवर भेज दिया था।

अलस्सुबह ही श्रीनगर से पन्द्रह किलोमीटर निकलकर हम उस सड़क की तरफ मुड़ चले जिसके साथ एक नदी चला करती थी। पहाड़ का एक हिस्सा काटकर सड़क का एक छोटा-सीधा रास्ता बन गया था। मगर शायद नदी ने पलटकर फिर कहीं आगे जाकर सड़क का हाथ पकड़ लिया था। अब वह फिर साथ थी। एक औरत की तरह ही अवरोधों पर वह और अधिक उच्छृंखल हो जाती। ऊँचाई से नीचे गिरती तो अनेकानेक भँवर डालती बहती। सच तो यह है कि इस नदी के पानी में बहा खून जाने कहाँ बिला गया होगा...मगर इसका चंचलता और निश्छलता में कोई फर्क नहीं आया। यह कुछ मील दूर दूसरे देश में भी ऐसे ही उछालें मारकर बहती रही है।

जम्मू एंड कश्मीर टूरिज़्म की एक कॉटेज़ में मेरी बुकिंग थी। एक लम्बे पहाड़ी ढलानवाले अहाते में हरे रंग की ये कॉटेजेज़ बड़ी ख़ूबसूरत थीं। हरेक कॉटेज के आगे

लकड़ी का उठा हुआ बरांडा, फिर दो कमरे और एक रसोई थे। इस अहाते का एक मुहाना ऊपर चढ़ते पहाड़ों की तरफ था जहाँ चीड़ के पेड़ों के कारण दिन में भी अँधेरा रहता था। दूसरा नीचे उतरते किनारे पर, यहाँ प्रवेश द्वार था और सड़क...। सड़क किनारे नीचे ढलान पर लिद्धर नदी बहती थी, अच्छे-खासे शोर के साथ। लिद्धर के पुल के पार लम्बा-चौड़ा गोल्फकोर्स, हरा कच्च। पथरीली चट्टानोंवाली लिद्धर हर मौसम में यूँ ही गुनगुनाती थी। मैं शाम के वक्त यहाँ पहुँची थी। यहाँ के कर्मचारी बेहद सौजन्यतापूर्ण थे। मेरे कमरे का अटेंडेंट 'सुलतान' भी ठीक ही था मगर उसके चेहरे पर इतना उखड़ापन था कि लगता था, ज़िन्दगी से कतई ख़ुश नहीं है। साँवला चेहरा, उस पर ख़ासी लम्बी दाढ़ी। मुझे कुछ उलझन तो हुई पर कर क्या सकती थी?

खाना मैंने कॉटेज में ही मँगवा लिया। खाना बेहद ज़्यादा था। मैंने सुलतान को कहा कि खाना बचा है, बाकी तुम खा लो। उसने मना कर दिया तो मुझे बड़ा अजीब लगा। हलका-सा डर भी जगा उसकी इस बेरुख़ी से। खाना खत्म होने पर वह प्लेटें उठाकर, पीछे रसोई के दरवाज़े को बन्द करके मुझे अपना दरवाज़ा बन्द करने को कहकर चलता बना। अब चीड़ के पेड़ों से ढकी कॉटेज और बस मैं...। मुझे पता था कि दूर चार कॉटेज छोड़कर, एक में रह रहे एक सरकारी मुलाजिम के अलावा यहाँ पूरे बारह कॉटेजों में कोई नहीं है। उस पर यह सुलतान भी चलता बना। शाम को चक्कर काटते बी.एस.एफ. के हैलीकॉप्टर के शोर ने पहले ही जता दिया था कि अभी यहाँ की फिजाएँ उतनी शान्त नहीं हैं। रात के सन्नाटों में लिद्धर की गुनगुन बहुत मुखर हो गई थी। कभी-कभी इसकी आवाज़ अजीब हो जाती थी और यूँ लगता, हताश-परेशान ये नदी चट्टानों से सिर धुन रही है।

मैंने थोड़ी देर साथ लाई किताबों को पढ़ने की कोशिश की मगर अजीब-सा सन्नाटा मेरे चारों तरफ घबराहट का जाला बुनने लगा। झिंगुरों की झिन-झिन, हवाओं की सरसराहट से झूमते दरख़्त और मेरे बिस्तर के सिरहाने बनी बिना ग्रिल की महज एक पारदर्शी काँच लगी लम्बी खिड़की। मैंने जल्दी बत्ती गुल करना ही बेहतर समझा। हलकी ठंड थी। मैंने परदे डाल दिए, कम्बल ओढ़ लिया मगर डर हड्डियों में सुरसुराने लगा। बिना ग्रिल की काँच की खिड़की, बरामदे में होती हलकी हलचल। इस काँच में से गोली आराम से आर-पार हो सकती है। तोड़ना क्या मुश्किल? तोड़ने की कल्पना को स्थगित कर मैंने गोलीवाले डर तक खुद को सीमित कर लिया। खुद की नज़रों में सयाना बनने की कोशिश में डबल बेड पर काँच की खिड़की की तरफवाले अस्सी प्रतिशत हिस्से में तकिए लगाकर उन्हें एक कम्बल उढ़ा दिया। बाकी दीवार की तरफवाले बीस प्रतिशत हिस्से में तीन कम्बल ओढ़कर खुद सो गई। थकान और डर को शरीर अपनी तरह से लेता है, जल्दी ही मेरे शरीर ने न जाने कौन-से रसायन

स्त्रवित किए कि मुझे नींद आ गई। सुबह उठी तो तरोताज़ा थी, सुबह के छह बजे थे। बाहर निकलकर आवाज़ दी मगर सुलतान ग़ायब था।

चाय खुद ही डायनिंग हॉल में जाकर पीनी पड़ी फिर लौटकर बरामदे में बैठकर एक लम्बा पैराग्राफ लिखा। इधर आते वक्त, कुछ जाने हुए पुराने रास्तों पर मैंने कम-से-कम टूटे मन्दिरों और कुछ सूने मकानों के अवशेषों के बचे होने की कल्पना की थी लेकिन मुझे समतल ज़मीनें मिलीं वहाँ और कुछ नई इमारतें। इस बात ने कहीं मुझे अन्दर तक कचोटा कि चिह्न तक मिटा दिए गए हैं, यहाँ से 'हमारे' होने के! यह पैराग्राफ इसी कचोट का सत्व था।

'हम इसी भूमि पर जन्मे और मरे, लेकिन फिर भी हम इससे दूर चले गए, जैसे हम कभी यहाँ रहे ही न हों! क्या था कि हमारे नेस्तनाबूद होकर बिखरने से उठी धूल, हवा द्वारा दूर तक ले जाई गई मगर उनके भीषण आर्तनाद से आकाश, धरती और नदी और मौसमों में कोई प्रतिगूँज नहीं उठी, न कोई बदलाव हुआ। संसार में किसी को कोई दुख या न ही कोई असर हुआ। सूर्योदय और सूर्यास्त के बीच गहराती झुंड-की-झुंड हमारी आकृतियों के गुजरने पर, पेड़ की मुड़ती-झुकती शाखों के खिंचने और लौटने पर, न ही हमारे बेचैन पंखों की खलबली पर, कोई ठिठका।

हमारे पास क्या कमी थी—समृद्धि और पुराणों से लेकर अब तक चला आ रहा सांस्कृतिक इतिहास...बुद्धिमत्ता...सौन्दर्य। राजनीतिक दूरदृष्टि भी यहाँ काम नहीं आई। जंगल में रहने के लिए आवश्यक एक पारिस्थितिक समीकरण और चौकन्नेपन की...। बहुत बड़ी कमी थी शायद हमारे पास। वह कमी थी जंगलीपन और वहशीपन की, जिसकी वजह से हमें अपनी जन्मभूमि से भगाया गया।'

नाश्ता करके मैं घूमने निकल गई।

दिन के खाने के वक्त भी सुलतान ग़ायब था। मैंने रिसेप्शन पर पूछा। पता चला, बिना किसी को कुछ बताए गया है।

दोपहर में कितने सारे बुरे ख़याल ज़ेहन में आकर फड़फड़ाने लगे : 'क्या किसी को ख़बर देने गया होगा? एक कश्मीरी हिन्दू लड़की...।'

'श्रीनगर शहर है...वहाँ इतनी कट्टरता नहीं है...यहाँ तो आसपास गाँवों में बहुत घृणा फैली है।' शान्तनु की बात याद आ गई।

'पहले तो था...मेरे आते ही ग़ायब किसलिए हो गया?' मैं आशंकित थी।

मैंने दिमाग़ से इन फितूरों को निकालकर गम्भीरता से काम किया और शाम तक बीस पेज लिख डाले। शाम को चार बजे के आसपास 'टेलीविज़न' की कमी के कारण मैं रिसेप्शन पर आ गई। समाचार तो सुन ही लेने चाहिए न। दूरदर्शन का कश्मीरी चैनल बहुत सधे हुए और औपचारिक समाचार सुनाकर चुप हो गया तो मैं बाहर आ गई। कुछ ढलान और चढ़ाव पार करके मेरी कॉटेज थी। शाम के सलेटी

डैने पहाड़ों पर फैल चुके थे। धूप फुदककर मैदानों में जा उतरी थी। मेरे नन्हे डर ने झुरझुरी ली। मैंने ज़मान को फोन करके अपने डर के बारे में बताया। पता नहीं ज़मान को ही क्यों, शान्तनु को भी तो कर सकती थी।

"पागल हो! अच्छा, बताओ, कहाँ खड़ी हो फिलहाल?"

"रिसेप्शन पर थी। अब कॉटेज की तरफ जा रही हूँ।"

"सड़क के उस पार देखो...नीचे उतरकर भी कॉटेज बनी हैं। दिखीं?"

"हाँ...।"

"उनकी बगल में एक दफ्तरनुमा बिल्डिंग है। वो दिखी?"

"हाँ।"

"वो पुलिस हैडक्वार्टर है और ऊपर पहाड़ों की तरफ एक आर्मी बेस कैम्प है। तुम चारों तरफ से सुरक्षित हो।" उसकी आवाज़ से ही मुझे राहत मिली।

शाम ढलने तक मैं खिड़की के पास ख़ामोश बैठ, लिद्धर का शोर और कस्तूर चिड़िया की मीठी आवाज़ सुनती रही। इस बीच एक बादल पगलाया-सा बरसकर चला भी गया और मुझे स्वेटर पहनना पड़ा। आठ बजते-बजते तो घने अँधेरे में ढँक गई मैं, टॉर्च नहीं...अटैंडेंट नहीं। रास्तों पर कम रोशनी और बारिश के बाद की फिसलन। मैंने सोचा, बस पास में रखे दो बिस्कुट खाकर सो जाया जाए। तभी किसी के पैरों की आहट हुई, मैं डरी नहीं। डर का भी एक नियत वक्त होता है, मानसिकता होती है। हाँ, मुझे उत्सुकता ज़रूर हुई। मैं सोफे पर आ बैठी, दरवाज़े के सामने।

"मैडम!"

यह सुलतान था। मैंने दरवाज़ा खोल दिया।

"सब ख़ैरियत जी?"

"अरे, अब मेरी ख़ैरियत पूछते हो? तुम कहाँ चले गए थे अचानक?"

"माफ करें, कुछ मजबूरी थी। आप कहें, क्या लाऊँ—पहले चाय या सीधे खाना...चाय पिया आपने या कहवा लाऊँ?" उसके चेहरे पर अब वह मनहूसियत नहीं थी। वह मुस्कुरा रहा था।

"चाय का ही मन है लेकिन दो बार क्या जाओगे इतनी दूर?"

"वो आप चिन्ता मत करो। हमें आदत है। अभी चाय लाता हूँ।"

"तो हॉटकेस में खाना भी ले आना। ज़्यादा नहीं, बस दो रोटी और एक कोई करी। रात को चावल नहीं।"

वह खाना लाकर बाहर बैठ गया। मैंने बाहर आकर उससे पूछा, "कहाँ गए थे तुम?"

"गाँव।"

"बिना बताए?"

"मैनेजर जाने नहीं दे रहा था और मेरी बीवी को बच्चा होने को है। गाँव में दाई भी नहीं है। वही तो इन्तज़ाम करने जाना था। उसने एकदम मना कर दिया इसलिए चुपचाप जाना पड़ा। उसने कुछ पूछा था?"

"नहीं, कुछ ख़ास नहीं।"

"आप कहना, आपने भेजा था काम से।"

"बड़े चालाक हो! ठीक है। कह दूँगी।"

"कहाँ है तुम्हारा गाँव..."

"अवंतिपुर के पहले इस तरफ।" उसने पीछे पहाड़ों की तरफ इशारा किया और फिर वहीं बरामदे की सीढ़ियों पर बैठ चाय पीने लगा।

"कल मैं डर गई थी।" मैंने उसकी टोह लेना चाहा।

"डर! यहाँ पर कोई डर नहीं है दीदी। पीछे आर्मी, आगे थाना। पहलगाम तो श्रीनगर से भी अच्छा है। अमरनाथ का बेस किम्प है न। हमारे उधर पहले बहुत डर था, अब नहीं है। जवान लड़के ही नहीं बचे...किसका डर? बेवाएँ हैं, बच्चे हैं, बूढ़े हैं, बस गरीबी इतनी है कि कई घरों के जवान लड़के जेलों में हैं या मर गए हैं। कुछ बचे जो नौकरी करते हैं, मेरे जैसे बाहर...।"

"अच्छा!"

"आप कहाँ रहती हैं दीदी?"

"मैं पहले हिन्दुस्तान में रहती थी फिर बाहर फॉरेन चली गई। वहीं से आई हूँ।"

"अच्छा, दुबई...मस्कट?"

"नहीं, स्पेन।"

"मगर पहले तो आप यहाँ ही रहते होंगे।" इस बार उसने कश्मीरी में पूछा।

"तुमने कैसे जाना?"

"ये रंगत और नुकूश तो बटनियों के ही होते हैं न...!"

पहली बार किसी ने मुझसे यह नहीं पूछा, 'यहाँ से क्यों और कब चले गए?' अच्छा लगा।

"मैं रात को यहीं पीछे कमरे में रहूँगा, आप डरना मत। खाना खाकर सो जाना। सुबह चाय मैं आपको ला दूँगा। एक गुज़ारिश–चाय के बाद मैं गाँव निकल जाऊँ? क्योंकि दाई ने कहा है कि अब किसी भी वक्त। दीदी, पहला बच्चा तो बचा नहीं था। मैं वहाँ नहीं था। वह बहुत नाराज़ होती है, अब भी। मैं दिन में ही वापस...।" मैं इस पर फालतू ही शक कर रही थी। अपनी बीवी से इतना प्यार करनेवाला भी कोई...

"हाँ; मगर एक शर्त पर।"

"बोलिए!"

"मुझे अपने गाँव ले चलोगे?"

"हाँ; ज़रूर।"

"मेरी गाड़ी से जाएँगे।"

"वाह! फिर तो बस आधे घंटे में पहुँच जाएँगे।"

सुबह-सुबह हम उसके गाँव की तरफ जा रहे थे। सड़क किनारे बहती एक नहर जैसी धारा के उस पार उजड़ा-सा बेरौनक गाँव। किसी तरह ज़मीन पर हाँफते खड़े घर, एक-दूसरे का सहारा लिए हुए।

"दीदी, बस वहाँ पानी के किनारे रोक लें। उस तरफ है मेरा घर।"

ड्राइवर को वहीं खड़ा कर हम गाँव की तरफ चल दिए। नाव से होकर जाना था। वहाँ दो नावें मय चप्पू के खड़ी थीं।

"रूही, तेरे अब्बू कहाँ हैं?"

एक सफेद-गुलाबी मगर मैले गालोंवाली किशोरी झील के किनारे से सटी एक नाव में सहमी बैठी थी। उसके हाथों में शलगम का गुच्छा और एक मछली थी। उसके सुर्ख होंठ कँपकँपा रहे थे कि मानो कुछ कहना चाहती हो। उसका फिरन भीगा हुआ था। बचपने की जगह उसकी नीली पुतलियों वाली शफ़्फ़ाक़ आँखों में हलका-सा अवसाद था।

"सिरीनगर..."

"फिर नाव..."

"मैं हूँ न...।"

"तू चलाएगी अभी...तो पिछले साल तूने चलाना सीखा है?"

रूही मुस्कुरा दी तो उसके मैले से गालों में एक तरफ गड्ढा बन गया।

"चची को लड़की हुई है।" अपने नन्हे हाथों से पतवार हिलाते हुए वह बोली।

"कौन-सी चची...।"

"आपकी वाली...अरे, और कौन-सी।"

"सच...कब?" सुलतान उछल ही पड़ता, नाव का खयाल न होता तो।

"कल रात को आठ बजे...ख़ैरून दादी मेरी नाव पर ही आई और गई।"

उसने उसके हाथ से चप्पू लिए और हम पाँच मिनट में एक कीचड़वाले गन्दे किनारे पर थे, जहाँ दस-बारह बतखें शोर मचाती हुई खड़ी थीं। मैंने उतरते हुए रूही को दस का नोट थमाया, तो सुलतान बोला, "अरे, इतने नहीं।"

"कोई बात नहीं...।"

पुराने बोसीदा से दिखते मिट्टी और लकड़ी के बने घरों के भीतर दिन में भी सलेटी और गाढ़ा अँधेरा भरा हुआ था। उन्हीं घरों के बगल में से होकर एक तरफ सुलतान का घर था, दूसरी तरफ एक ढहती हुई मस्जिद थी। घर के आगे टिन और बाँस की फट्टियों का सायबान बना था। वहीं दीवारों, खपरैल और बाँस की कुछ कतारों के बीच एक कमरे में हम दाख़िल हुए। कमरे में धुआँ फैला था। एक पीला टिमटिमाता बल्ब जो दिखा रहा था, वह देखा। ज़मीन पर कोई लेटा था और उसे घेरे कुछ औरतें। उसी के सिरहाने एक ईंट पर कुछ जल रहा था। किसी जड़ी-बूटी की गन्ध थी।

''मैं आ जाऊँ, माँ?''

''आ गया तू? आ जा...देख, कितनी ख़ूबसूरत बिटिया दी है खुदा ने!''

बच्ची जगर-मगर थी—कमरे की रोशनी में।

''ये कौन हैं...?''

''अम्मी, ये श्रीनगर से आई हैं...मेरी कॉटेज में मेहमान हैं। हमें अपनी गाड़ी में लेकर आईं, चिन्ता थी इन्हें भी—जमीला की।''

''भली हैं।''

समझदार माँ ने जमीला और सुलतान को बच्चे के साथ अकेला छोड़ दिया और मुझे एक खुले दालान में ले आईं।

''कहवा पियोगी बेटी?''

मैंने हाँ कर दिया।

सूरज के आसमान पर चढ़ने तक जमीला और बच्ची नहला दिए गए। कमरा साफ हुआ और खिड़की खोली गई...कमरा गरम किया गया। मैंने जमीला को देखा, बच्ची माँ की हमशक्ल ही थी। वह बार-बार मेरा एहसान मानते हुए मेरा हाथ थाम रही थी। मैंने बच्ची और माँ को पाँच सौ का नोट पकड़ाया। वह किसी कीमत पर तैयार नहीं हुई।

''देखो, मुझे पहले पता होता तो मैं बच्चे के कपड़े और तुम्हारे कपड़े लाती...बहन मानकर रख लो।''

उसने नोट रख लिया और थककर सिरहाने टिक गई। मैं बाहर आ गई।

सुलतान के पिता तो मर चुके थे। बगल में रहनेवाले उसके चचा मुस्तफा से भी मिलना हुआ। मेरे हाल-चाल पूछने पर वे रोने लगे और बोले, ''मैंने अपने पिछले चार साल या तो मातम मनाने में गुज़ारे हैं या आर्मी कैम्पों में अपने दोनों बेटों को ढूँढ़ने के चक्कर लगाते हुए। गरीबी और मातम से मैं अब टूट गया हूँ। मेरी बीवी अपने बेटों को याद करते हुए रो-रोकर अन्धी हो गई थी, फिर एक दिन किसी एक आहट पर बाहर गई...और बर्फ में चलती चली गई। मुझे अगली सुबह जंगल में मरी मिली।''

वे चुप हो गए मगर मुझे जम्मू की जलती सड़कों पर भटकती हुई लू से झुलस गई दादी और उसकी मौत याद आ गई। कहाँ से इनके दुख हमारे दुखों से ज़रा भी कम हैं? मैंने उनके गोरे मगर झुर्रियों भरे हाथ थाम लिए तो फिर पिघलकर दुख उमड़ा...।

"खुदा ने मुझे कुछ नहीं दिया। जो मैंने इस ज़मीन पर मेहनत कर अपना बनाया, उसे भी छीन लिया। अब उसके सदके में हाथ नहीं उठता। बेटी, कभी यह गाँव चमन था। पेपरमैशी के एक-से-एक फनकार...अब यहाँ आधे घर ऐसे ही हैं—बेवाओं और बूढ़ों से भरे।"

मैं सोचती रह गई कि क्या गुलज़ार ने ऐसे ही गाँवों को देखकर लिखा होगा?

कुछ बेवा आवाज़ें अक्सर
मस्जिद के पिछवाड़े आकर
ईंटों की दीवार से लगकर
पथराए कानों पे,
अपने होंठ लगाकर
इक बूढ़े अल्लाह का मातम करती हैं,
जो अपने आदम की सारी नस्लें उनकी कोख में रखकर
ख़ामोशी की कब्र में जाकर लेट गया है।

मुस्तफा चचा का घर गली के उठान पर था, जहाँ से बाकी का गाँव दिखता था। खपच्चियों से घिरे सायबान में चचा के पास एक मूढे पर बैठी मैं गुलज़ार की यह नज़्म मन-ही-मन दोहराते हुए एक गली में उठती अज़ान की आवाज़ के सहारे जर्जर मस्जिद की दीवारों और सहन को गर्दन उचकाकर ढूँढ़ रही थी कि एक खुशमिजाज़ अधेड़ औरत कमरे में आई। एक प्लेट में कुछ सूखी खूबानियाँ लिए।

"उसकी बातों पर गौर न करना बेटी। सदमों और गरीबी की मार की वजह से वाही-तबाही बकना इसकी आदतों में शुमार हो चला है। खुदा से इसका एतकाद उठ गया है।"

ये सुलतान की चची थीं। दो साल पहले ये बेवा थीं—एक ही दुख के रास्ते पर अकेले चलते हुए। बाद में मुस्तफा चचा का साथ कर लिया था।

"चलें आपा?"

"मैं चचा से कुछ देर और बात करना चाहूँगी सुलतान। तुम्हें जमीला और बच्ची के लिए बाज़ार से सामान लाना था न, ले आओ...गाड़ी ले जाना। फिर हम लौटेंगे।"

"..."

मस्जिद में हुई नमाज़ के बाद मुस्तफा चचा का उदास छोटा कमरा कुछ देर में आसपास के लोगों से भर गया। मेरे आने की हलचल से कुछ लड़के चचा के कमरे

में आ गए। उन्होंने मुझे कोई एन.जी.ओ. वाली समझ लिया था। अब कमरे में हर कोई अपनी कहानी सुनाना चाहता था—कोई आर्मी की ज़्यादतियों की तो कोई मिलिटेंट्स की। हर कहानी के विलेन अलग थे। कश्मीर की तस्वीर के सारे रुख़ आपस में उलझ गए थे। कुछ औरतें भी वहाँ आ जुटी थीं। इस एक छोटे घुटन भरे कमरे में जो किस्से कहे-सुने जा रहे थे, वे पोस्टकार्ड पर लिखी संक्षिप्त त्रासद खबर भर थे...उनका अर्थ तो दर्द की अन्तहीन महागाथा था। यह कमरा कश्मीर त्रासदी के हर रंग से बनी मिनिएचर तस्वीर लग रहा था।

''मेरा बेटा रियाज़ 20 साल का था और कॉलेज के इम्तहानों की तैयारी कर रहा था। तभी चेहरे पर मास्क लगाए कुछ गन मैन आकर दरवाज़ा खटखटाने लगे। वे इखवानी थे। (काउंटरइनसर्जेंट्स जो लोकल आर्मी के साथ काम करते हैं।) उन्होंने रियाज़ के बारे में पूछा और ले गए। फिर वह नहीं लौटा। हमने उनके पैर चूमे मगर वे नहीं माने। उन्होंने वादा किया था कि वे जल्दी ही रियाज को वापस कर देंगे। मेरी बीवी और बेटियाँ पागल-सी हो गई थीं क्योंकि वे पहले ही एक खो चुकी थीं। मेरा पड़ोसी, जो रोड कुली का काम करता था, ने बताया कि उन्होंने उसे पहाड़ पर ऊपर बने आर्मी कैम्प में ले जाते हुए देखा था। पहले आर्मीवाले मान रहे थे कि वह उनके पास है। मगर बाद में अरैस्ट करने को लेकर भी मुकर गए। हमने आर्मी के, सरकार के हर ऊँचे अफसर के दर की खाक छान ली मगर कुछ नहीं हुआ। आख़िर में सरकार ने उसकी मौत का पर्चा जारी कर दिया और फाइल बन्द कर दी।

''क्या बताएँ, जब सेना शिनाख्त परेड कर रही थी तब मेरे ही सामने एक सत्तर साल का बूढ़ा अपने बेटे की लाश देखकर दिल के दौरे से मर गया। मगर मुझे बच्चे की लाश भी नहीं मिली। हर दिन कुछ-न-कुछ सुनने में आता जिसने हमारी उम्मीदों को दर्द भरे तरीके से ज़िन्दा रखा हुआ था। मैंने कोर्ट में केस फाइल कर दिया लेकिन पिछले साल फरवरी में आर्मी मुझे पकड़ कर ले गई और मुझसे लिखवा लिया कि मेरा बेटा आर्मी की कस्टडी में नहीं खोया है। मैं कुछ नहीं कर सका। मैं भी इस दौड़-भाग से निजात चाहता था।''

''इस गाँव में बहुत लोग हैं, जहाँ बूढ़े ही अकेले कमानेवाले मर्द बचे हैं। मेरा बचपन का दोस्त अब्दुल रहमान मलिक घर का अकेला कमानेवाला ज़िन्दा मर्द बचा है। उसका एक बेटा और भाई दस साल पहले मर चुके हैं और दूसरा बेटा आर्मीवालों के शिनाख़्त परेड के दौरान ले जाए जाने के बाद से गुम है। बूढ़ा मलिक...उसने भी मेरी तरह अपने पिछले दस साल या तो मरे हुओं का स्यापा करते बिताए हैं या आर्मी कैम्पों में खोए हुओं को ढूँढ़ते। तीन बेटियों को अकेला घर पे छोड़ते हुए डरता है। उनमें भी बड़ीवाली बेवा है। मलिक की बीवी दिल की मरीज़ है। वह बिना आँसुओं के रोया करती है चुपचाप। उसके पास उसके बेटों के फोटो हैं जो उसका

ख़ज़ाना हैं। वह उन्हें साथ रखती है ताकि राहगीरों को दिखाकर छोटे बेटे का कुछ तो पता पा सके।''

सुलतान बाज़ार से लौट आया मगर किस्से ख़त्म नहीं हुए थे। बच्चों की सूनी और डरी आँखें तो बिना कहे बहुत कुछ सुनाए जा रही थीं। बूढ़े मुझसे कोई सान्त्वना चाहते थे, जवान नौकरी और औरतें कुछ मुआवज़े। सुलतान मेरी विवशता समझ गया और मुझे वहाँ से उठा लाया।

सुलतान के गाँव से जब हम दोपहर साढ़े तीन बजे पहलगाम पहुँचे तो मैनेजर दौड़ता हुआ मेरे पास आया और तेज़ आवाज़ में बोलने लगा, ''आप कहाँ चली गई थे मैम? पहले किन्हीं ज़मान साहब का फोन आया था, फिर मेजर साहब का। उसके बाद आर्मी की दो गाड़ियाँ आईं आपको पूछने। आप बताकर गए नहीं, न ही ये गधा सुलतान कुछ बताकर गया।''

''होल्ड ऑन मि. सरफराज़...।''

''आप उनसे बात कर लें...।''

मैंने शान्तनु के मोबाइल पर फोन किया...।

''तुमने मेरी जान निकाल दी। कहाँ थीं तुम?''

''मैं एक गाँव में गई थी...मेरा अटेंडेंट है न सुलतान, उसी के साथ। उसकी बीवी...।'' मैंने जोश से कहना शुरू किया।

''भाड़ में जाए उसकी बीवी! तुम ऐसे मुँह उठाकर कहीं भी कैसे जा सकती हो यहाँ! तुम्हें अपने बारे में क्या ग़लतफ़हमी है...मेरे भेजे शेडोज़ (सादा कपड़ों में सुरक्षा कर्मी) तक को गच्चा दे दिया तुमने। वो सुबह पहुँचे तो न तुम, न टैक्सी, न टैक्सी ड्राइवर।''

वह लगभग डाँट रहा था मुझे जिसकी आदत कब की छूट गई थी। मैनेजर और फिर शान्तनु का मुझ पर चीखना...मेरे दिमाग़ का फ्यूज़ उड़ गया था। एक त्वरित प्रतिक्रिया के तहत मैं तैश में आ गई।

''ब्लडी...फकिन...शैडोज़ हू नीड्स दैम? आई डोंट नीड एनी।''

इससे पूछकर यहाँ घूमना होगा? यह मेरे पीछे अपने जवान लगाकर रखेगा? मैं पैर पटकते हुए अपनी कॉटेज पर आ गई और मुँह ढककर लेट गई।

बेचारा सुलतान अपराधी महसूस कर रहा था। मेरे गाल गुस्से से जल रहे थे। जवान भेजकर शान्तनु मेरी 'उपस्थिति' को और 'बज़ाहिर' कर रहे हैं। मेरा दम घुटने लगा। मैंने कम्बल मुँह से हटा दिया तभी किसी ने खटखटाया—बेचारा सुलतान।

''रहने दो सुलतान...चाय पीने का मन नहीं है।''

वह खटखटाता रहा। मैंने खीजकर खोला तो वहाँ सुलतान नहीं, ज़मान खड़े थे। समझ नहीं आया, मुस्कुराऊँ या चीखूं! मैंने गौर से देखा—गहरी हरी कार्गो पैंट और

खाकी शर्ट और बैग भी खाकी। घने घुँघराले बालों की कुछ सफेद लटें मुझे हॉलीवुड हीरो 'ओमार शरीफ' और बॉलीवुड हीरो 'मार्क जुबैर' की याद दिलाने लगीं।

"आप?" मेरे चेहरे पर हँसी खिल गई, तनाव घुल गया।

"हाँ, एक प्रेस कॉन्फ्रेंस है यहाँ। गवर्नर के साथ। वो गोल्फ खेलने आए थे... साथ में पत्रकारों पर एहसान भी कर दिया।"

"कब आए थे?"

"आया तो दोपहर से ही हूँ। तुम्हें फोन किया भी मगर तुम नहीं थीं।"

"हाँ, आसपास घूमने गई थी।"

"पहला सेशन खेल के बीच इंटरवेल में हुआ। अब खेल खत्म होगा, तो दूसरा सेशन होगा। मैं आधे में उठकर आया हूँ। चलोगी मेरे साथ...एक घंटे में लौट आएँगे?"

ज़रा देर में हम नीचे उतरकर सड़क पर आ गए जहाँ ज़मान की गाड़ी खड़ी थी। नीली ज़ेन। पुल पार कर हम गोल्फकोर्स से लगे होटल के रेस्तराँ तक पहुँचे। अब भी गहमा-गहमी थी। लोग आ-जा रहे थे। पुलिस के दस्ते मुस्तैद थे। गवर्नर गोल्फकोर्स में थे—ब्रिटिश लग्ज़री की देन सुस्त चाल के इस खेल का आनन्द लेते हुए। खेल पूरा होने का नाम नहीं ले रहा था। बहुत दिनों बाद दिन खुला था। वादी में अमन की गुनगुनी धूप खिली थी।

हम कॉन्फ्रेंस रूम में बैठे थे, तभी एक अधेड़ और दुबली शख़्सियत का आदमी हमारी तरफ आया।

"और कामरेड ज़मान?"

"शुक्रिया डॉ. जुबैर! आपने मुझे कामरेड बना दिया।"

"क्यों भई, तरक्कीपसन्द लड़कों को कामरेड न कहें तो क्या कहें?"

"अमिता, ये डॉ. जुबैर हैं। ये अमिता हैं, जो किताबें लिखती हैं...ट्रांसलेशन करती हैं।"

वो मुझे डॉ. जुबैर से भिड़ाकर खुद कहीं पत्रकारों की भीड़ में गुम हो गए।

"खुशी हुई तुमसे मिलकर। आजकल किताबें पढ़ने-लिखनेवाले लोग हैं ही कितने?"

डॉ. जुबैर श्रीनगर में पैदा हुए थे और पूरा जीवन यहीं बिता दिया है। वे जनस्वास्थ्य के बड़े अधिकारी हैं, स्वास्थ्य विभाग में। उनकी लम्बी खिचड़ी दाढ़ी उनके चेहरे को प्रभावशाली बना रही थी, जिसे वे हाथों से सहला रहे थे। यह जानकर कि वे डॉक्टर हैं, उनसे मैंने हिचकते हुए अपने दादा का ज़िक्र किया। वे उनके परिचित निकले और बेहद खुश हुए। मैंने बात सँभाली और बातों का सिलसिला चल निकला।

“कुछ अलगाववादी नेताओं की फिरकावाराना हरक़तों ने दिलों में दीवारें डाल दीं वरना कश्मीर का सोशल थ्रेड मजबूत था ख़ासा।” डॉ. जुबैर ने कहा।

मुझे अब आश्चर्य नहीं होता क्योंकि अब तक जितने कश्मीरी लोगों से मिली हूँ, ज़मान के अलावा हर कोई पहली बार ही ढके शब्दों में सफाई देता है कि ‘तुम्हारे खदेड़े जाने के ज़िम्मेदार हम नहीं...।’

“सच पूछो तो कश्मीर का हाल बुरा है। रहने लायक नहीं रहा है यह। हम तो मजबूरी में रहते आए हैं।”

“क्या अब भी मिलिटेंसी है यहाँ?”

“है तो...वह कहाँ जाएगी? बैठे तो हैं अलगाववादी कॉन्फ्रेंस बनाकर, क्योंकि अब कश्मीरियों ने मिलिटेंसी को नकार दिया है। वे शान्ति से जीना चाहते हैं। वे देश की मुख्यधारा से जुड़ना चाहते हैं और तरक्की की राह पर चलना चाहते हैं। कश्मीर के नौजवानों को देर से सही समझ आ गया है कि यह दीन और मज़हब नहीं है। पानी लेने जाती लड़की को पकड़कर बलात्कार कर नदी में बहा देना क्या यह दीन है? मज़हब है? यह बस फिरक़ावाराना सियासत है।”

“यह फिर्क:परस्त अलगाववाद नया तो नहीं है। अतीत की ग़लतियों में हैं इसकी जड़ें...।”

“हाँ; सब कुछ ठीक हो जाता अगर नेहरू प्लैबिसाइट का मुद्दा ही न उठाते।”

मैं चौंकी। मैं उन्हें गवर्नर का क़रीबी समझ रही थी। मैंने अपने कान खड़े किए। एक वेटर क़ॉफी के दो मग ले आया। मैं समझ गई कि जानबूझकर ज़मान मुझे डॉ. जुबैर के पास बिठा गए हैं। एक और आयाम दिखाने के लिए। एक वाम विचारधारा और कश्मीर! है न, अजीब!

“हाँ। वैसे प्लैबिसाइट नेहरू की मूर्खतापूर्ण उदारता थी जिसका पटेल ने बाद तक विरोध किया था। वे इस मुद्दे को यू.एन. में ले ही क्यों गए?” मैंने समर्थन किया।

“इस प्लैबिसाइट ने ही तो कश्मीरी का दिमाग जो घुमाया, वह आज तक घूमा हुआ है। कश्मीरी हिन्दू को एकदम भूल जाएँ तो भी आज कश्मीरी एक नहीं, तीन धड़ों में हैं। एक में वे लोग हैं, जो भारत को अपना देश मानते हैं। दूसरे वे, जो पाकिस्तान को अपना देश मानना चाहते हैं और तीसरे वे लोग, जो ‘आज़ाद कश्मीर’ की माला जपते हैं। मिलिटेंसी में भी विचारधारा के झगड़े हैं। डिविज़न्स हैं। कुछ आज़ाद कश्मीर चाहते हैं, कुछ इसे पाकिस्तान ले जाना चाहते हैं। कश्मीर की आज़ादी के नाम पर पाकिस्तान तो हिन्दुस्तान के मुँह में रखी बोटी खींचना चाह रहा है।”

“जी...।”

"आम कश्मीरी बँटा हुआ महसूस करता है। आधा जो पाक के हिस्से में है... आधा इधर हिन्दोस्तान में। उसके रिश्तेदार हैं उधर, जहाँ वे पहले सहज ही खच्चरों पर उनसे मिल आया करते थे, फिर एकदम दीवारें खिंच गईं। आज ज़रा राहत है तो दस औपचारिकताएँ–जाँचें... ।"

"क्या सच में दहशतगर्दी बढ़ाने में बाहरी ताक़तें शामिल रही हैं...मसलन अलक़ायदा?"

"नहीं, नहीं, मेरे ख़याल से अलक़ायदा यहाँ नहीं हैं। सबके सब यहीं के हैं... सब क्रिमिनल हैं।"

"उस पर आए दिन की झूठी जंग और सीज़फायर का उल्लंघन।" मैंने कहा तो उत्तर में वे फुसफुसाकर बोलने लगें :

"जंग और सीज़फायर छोड़ो, हमारी अपनी फौज ही...सिक्योरिटी एजेंसियाँ और उनके झूठे एनकाउंटर... । सच कड़वा होता है मगर सिक्योरिटी एजेंसी की तैनातगी के नाम पर आर्मी और सी.आर.पी.एफ. और बी.एस.एफ. ने पेड़ और लकड़ियाँ कटवाकर पैसा बनाया है। शाहतूश और लोमड़ी की खालें बेचनेवाले सौदागरों को शह दी है। मेरे सामने बने हैं नेशनल ह्यूमन राइट कमीशन के केसेज़–इन आर्मीवालों पर। मैंने पोस्टमार्टम रिपोर्टें देखी हैं।"

"अच्छा! फिर मानवाधिकार आयोग तक पहुँचे ये केसेज़ हमेशा सच होते हैं या कुछ झूठे..."

"खुदा झूठ न बुलवाए–दोनों ही होते हैं। कई बार फौज सही होती है। कई बार ग़लत। मगर अक्सर सुनने में आता है, भारतीय सेना, स्टेट स्पॉन्सर्ड पैरामिलिटरी ग्रुप्स–सभी ने कभी-न-कभी, किसी-न-किसी तरह कश्मीर के मज़लूम अवाम के साथ ज़्यादतियाँ की हैं।"

"हँ...हँ। सुना मैंने भी..."

"मसलन निहत्थे जुलूसों पर गोलीबारी, दूसरे किस्म के शोषण, शिनाख्त परेडों में पकड़कर ले जाना फिर टॉर्चर करना या थर्ड डिग्री देना। वो भी बिना किसी जवाबदेही के, मानो सारे हक उनसे पास हों! ज़्यादातर यूनिफॉर्म भी नहीं पहने होते थे। उनको पहचानना तक कठिन होता था कि वे आर्मी के हैं या पैरामिलिटरी ग्रुप के, पुलिस के या कोई सिविलियन। उनके खिलाफ रिपोर्ट नहीं की जा सकती थी, क्योंकि जब कोई यूनिफार्म में बेकसूर को सज़ा देता है या पीटता है, पकड़ता है तो हम जानते हैं, वह कौन है, उसका भी कोई कमांडर है जिससे शिकायत की जा सकती है। जब वह वर्दी ही में नहीं है तो किसकी किससे कहें? कोई ज़िम्मेदारी ही नहीं लेगा। बस, वे इतना जानते हैं कि उन्हें हिन्दुस्तान सरकार के आदेश हैं–यहाँ तैनाती के।"

''मेरे ख़याल से कई बार जान-बूझकर विदेशी पत्रकार और एन.जी.ओ. भी भारतीय सुरक्षाबलों को बदनाम करते हैं।''

''ग़लत...उलटे एमेनेस्टी जैसी संस्था को पिछले गवर्नर ने कश्मीर में घुसने नहीं दिया था।''

''अच्छा!''

''हाँ, बात इतनी आसान नहीं है। दरअसल यहाँ अमेरिका का डबल गेम चलता आया है। अमेरिका को कश्मीर पाकिस्तान में या आज़ाद चाहिए ताकि चीन की नाकेबन्दी हो सके। उधर लद्दाख को तिब्बत की तरफ़...''

अब डॉ. जुबैर ने बात इतनी उलझा दी थी कि मेरे हाथ से छोर ही छूट चुका था। सच कहते हैं ज़मान, इस असीमित कोणोंवाली समस्या का कोई छोर पकड़ पाना मुश्किल है।

''क्या बात कर रहे हैं आप...?''

''एकदम सही कह रहा हूँ...।''

उनकी क़ॉफी ख़त्म हो चुकी थी। वे बाथरूम के लिए उठ गए। मैं कुछ देर अकेली बैठी रही, फिर ज़मान आ गए।

''क्या कह रहे थे वह बातूनी बुज़ुर्गवार?''

''ज्ञान की बातें...।''

''चलो, वापस चलें। गवर्नर का खेल अब कल फिर जारी रहेगा—बाकी कल।''

''कल फिर आओगे?''

''हाँ; मैंने इंटरव्यू के लिए वक्त ले लिया है। सुबह दस बजे का।''

लोग लौटने लगे थे।

हम भी कॉटेज में लौट आए। मैंने ज़मान को बिठाया ही था कि खिड़की से दिखते दृश्य को देखकर मुझे घबराहट हो गई। ढलती दोपहर की लाल-लाल धूप के रंग में उभरकर आती हरी यूनिफॉर्म पहने शान्तनु मेरी कॉटेज की चढ़ाई चढ़ रहा था। पीछे-पीछे दो जवान। मैं ज़मान को छोड़कर तेज़ी से बाहर आ गई।

''हद करती हो तुम!'' वह हाँफते हुए बोला।

''मैं हद करती हूँ?''

''नहीं, मैं करता हूँ! मैं तुम्हारी चिन्ता कर रहा हूँ और तुम फोन पर गालियाँ...।''

''गालियाँ! वो तुम्हारे लिए नहीं थीं...इस बेवकूफ मैनेजर के लिए थीं जो तुम्हें बता नहीं सका। हाँ, तुम्हारे भेजे जवानों के लिए भी थीं...।''

"तुम्हें लेकर मैं कितना परेशान रहा...आज तुमने इतना डरा दिया कि दो बार लोगों को भेजने के बाद खुद ही आना पड़ा। अब नहीं मिलतीं तो...नहीं मिलतीं तो लिद्धर में जाल डलवाकर ढूँढ़ते।"

उसने तो मज़ाक किया पर मैं असहज हो गई कि यह मुझ पर ऐसे अधिकार क्यों जमा रहा है? पहले ही मैं अन्दर ज़मान की उपस्थिति को लेकर असहज थी, जो कमरे के भीतर मेरे बिस्तर पर अधलेटा सिगरेट पी रहा था।

"पहले मैनेजर ने मुझे ढुँढ़वाया, फिर लौटते ही वह मुझ पर बरस पड़ा, फिर तुम...। मेरा तो फ्यूज़ ही उड़ गया कि ऐसी क्या आफत आ पड़ी?"

"तुम गई कहाँ थीं?"

"बाद में बताऊँगी।"

"वैसे यूँ यहाँ किसी गाँव में बिना सुरक्षा के जाना नहीं चाहिए।"

"था न, मेरे साथ टैक्सी ड्राइवर और सुलतान—मेरा अटेंडेंट। उसकी बीवी को बच्चा होनेवाला था...उसी को लेकर उसके गाँव गई थी।"

शोरगुल सुनकर ज़मान भी बाहर आ गए थे, जिन्हें देखकर शान्तनु अचकचा गया। एक मर्द, वो भी कश्मीरी, मेरे कमरे में!

खुद पर काबू पाकर मैंने उन दोनों को आपस में मिलवाया, "ज़मान, ये मेजर शान्तनु हैं। मेरे जीजा के भाई। शान्तनु, ये ज़मान हैं, श्रीनगर में बी.बी.सी. के सीनियर रिपोर्टर। अभी इनकी गवर्नर के साथ प्रेस कॉन्फ्रेंस थी, इसी सिलसिले में पहलगाम आए थे...।"

"अच्छा, नाइस मीटिंग।" शान्तनु ने बेमन से हाथ मिलाया।

मर्द और उनके अहम। दोनों अहम की हवा से फूल-पिचक रहे थे। मैंने सुलतान से कहकर कुर्सियाँ बाहर ही डलवा लीं। मौसम प्यारा था। पहाड़...लिद्धर की गुनगुन...हवा और घास और पहाड़ से दोस्ती निभाते चीड़, मगर ये दोनों एक अदृश्य दीवार खींचकर बेहद औपचारिक बात करके चुप हो गए थे। मेरा दम घुट रहा था। दोनों को एक साथ ही आना था क्या? दोनों एक-दूसरे के लिए आशंका से घिरे थे।

मैंने सुलतान को आवाज़ दी तो ज़मान ने पूछा, "किसलिए?"

"चाय के लिए ऑर्डर करने...भूख भी लगी है।"

"चाय यहाँ नहीं...डायनिंग हॉल में पीते हैं। क्यों मेजर साहब?" ज़मान ने कहा।

"ठीक है, तो कॉन्फ्रेंस थी न आपकी...काफी अफरा-तफरी रही होगी!" वह ज़मान के साथ बाहर निकलते हुए बोला।

"वह ख़त्म हो गई। अब तो गवर्नर खेल से लौटकर आराम फरमा रहे होंगे। कल बाकी का गेम पूरा करेंगे।"

''यही वजह थी...अमिता, मैं घबरा गया था। ऐसे में छिटपुट कुछ-न-कुछ हो ही जाता है।'' मेजर बोला।

मैं ताला लगा रही थी।

''वैसे ऐसी कोई डर की बात नहीं है।''

''हाँ, आप कह सकते हैं।'' पहला अहम का गुब्बारा शान्तनु की तरफ से फेंका गया—ज़मान पर।

ज़मान ख़ामोश होकर, जान-बूझकर हमारे आगे ढलान उतरते रहे। मैं पीछे शान्तनु के साथ थी।

घने पेड़ों में लकड़ी के फर्श और दीवारोंवाला बेइन्तहाँ नफीस किस्म का डायनिंग हॉल था, जहाँ चाय भी नफीस ढंग से पेश हुई। ये दोनों अब भी तले से उखड़कर बैठे थे। मैंने ज़मान को मुस्कुराकर देखा। शान्तनु उठकर वॉशरूम की तरफ चला गया। ज़मान ने मुस्कुराकर मुझे देखा।

''मैं अपने 'आने' का शोर नहीं मचाना चाहती थी। मैं आम बाशिन्दों की तरह यहाँ घूमना चाहती थी। पापा ने इन्हें मेरा ख़याल रखने के लिए कहकर मानो...''

''अमिता, यह शख़्स सच में तुम्हारे लिए परेशान था। शायद वह तुम्हें पसन्द करता है...परवाह करता है।''

वह हाथ पोंछते हुए वॉशरूम से लौटा। उसका गोरा चेहरा धुला हुआ था। हमने चाय पी—पनीर के पकौड़े और चिकन सैंडविच के साथ।

''अमिता, डॉ. जुबैर क्या कहानी सुना रहे थे?'' ज़मान ने अचानक पूछा, ''मुझे लगा, वह सही बन्दा है, तुम्हें किताब के लिए बहुत कुछ दे सकता है।''

उसने जिस स्वाभाविकता से मेरा नाम लिया, शान्तनु थोड़ा चौंका, फिर सहज होने का नाटक करने लगा।

मैंने जुबैर साहब की आखिरी बात, जो उसने फौज को लेकर कही थी, दबा दी और बाकी बातें उन्हें बता दीं।

''बेवकूफ है यह बन्दा, जो भी है। अलकायदा बाकायदा यहाँ रहा है कभी। चाहे अब नहीं है, पर एक जोंक की तरह उसके चूसनेवाले अंग टूटकर यहाँ छूट गए हैं...एक इनफेक्शन की तरह यह कभी भी पलट सकता है। क्यों ज़मान साहब, आप तो पत्रकार हैं।'' शान्तनु ने कहा।

''मैं पत्रकार हूँ, इंटेलीजेंस वाले तो आप हैं, मैं क्या बताऊँ! जो बताओगे, सुन लूँगा। वैसे गलत खबरें, अफवाहों के जाल में हमेशा फँसा रहा है कश्मीर।''

लगता है, ज़मान अलक़ायदा की बात सुनकर थोड़ा असहज हो गए। मुझे दोनों का रवैया अखर रहा था। बस में मेरे कुछ नहीं था। अचानक बरसात शुरू हुई तो

मैं बाहर लाउंज में आ गई। मेरे पीछे वे दोनों भी। हम चुपचाप बरसात देखते रहे। मैं दो मर्दों के जिस्मों की महक के बीचोबीच खड़ी थी।

आधा घंटा हुई बरसात ने ठंड बढ़ा दी थी। बरसात बन्द हो चुकी थी मगर बन्द खिड़कियों के काँच पर पानी अब भी टपक रहा था। बहुत ख़ूबसूरत, जैली जैसा नीला, पारदर्शी अँधेरा आ जमा था खिड़कियों के बाहर। बीच-बीच में जड़े हुए जुगनू जब चमकते तो अद्भुत दृश्य उपस्थित हो जाता।

रात का खाना लग जाने तक हम तीनों डायनिंग हॉल में साथ ही रुके रहे थे, और बातें करते रहे।

"तो अमिता, उस गाँव में क्या देखा?" शान्तनु ने पूछा।

"एक नवजात कश्मीरी बच्ची—ओह, बेहद ख़ूबसूरत थी वो! मैंने पहली बार कोई नवजन्मा देखा था—इतना छोटा...बंडल।" ज़मान मेरे चेहरे के थ्रिल को ग़ौर से देख रहे थे।

"और...?"

"और क्या, वहाँ उस बच्ची का जन्म सच में एक ख़ूबसूरत घटना थी, क्योंकि वह गाँव ज़्यादातर बूढ़ों और बेवाओं से भरा था। वहाँ कमानेवाले लड़के बचे ही नहीं हैं। जो हैं, वे बुरी तरह डरे हुए हैं।"

"यह नई बात नहीं अमिता, अवन्तिपुर के आसपास के बहुत से गाँवों की कहानी है।" ज़मान ने सरसरी तौर पर कहा।

"हाँ, मगर यही अजीब लगा कि पीड़ित तो लोग एक ही तरह से हैं—सबके सब उजड़े हुए, गरीबी के मारे, मातम में डूबे और ख़ौफ़ज़दा भी। विलेन सबके अलग-अलग हैं। केवल अलगाववादी ही नहीं, सीमा सुरक्षा बल, फौज, एंटीइनसर्जेंट्स, लोकल पुलिस..." मैंने कहा।

"सही है, कुछ दहशतगर्दी के मारे हैं, कुछ मिलटरी की ज़्यादतियों के। कुछ इख़्वानियों। कुछ टाडा में फँसे हैं...।" ज़मान के भीतर का रिपोर्टर कुनमुनाया।

शान्तनु हमें चुपचाप सुनता रहा—एक बेपरवाही और ऊब ओढ़कर।

"यहाँ इतने एन.जी.ओ. काम करते हैं। मानवाधिकार वालों की पसन्दीदा जगह है यह, फिर भी कोई हल नहीं निकलता?" मैंने पूछा।

"हल! क़रीब सौ-डेढ़ सौ साल का वक्त पलटकर ले आओ तब ही शायद कुछ हल निकले तो निकले।"

"मुझे यहाँ सब इसी तेवर में क्यों नज़र आते हैं कि मिलिटरी ने हालात सबसे ज़्यादा उलझाए हैं?" मैंने सवाल किया।

"यह बात एक हद तक सच है।" ज़मान अपने पैर हिलाते हुए धीरे से बोला–बिना शान्तनु की तरफ देखे, जैसे वह वहाँ हो ही न।

"बेकार की बात है यह। मीडिया का फैलाया भ्रम है यह। सच तो यह है कि सेना पर यह बेकार की जंग और दहशतगर्दी थोपकर नेताओं ने, कालीन के नीचे बुहार दिए हैं असल के मसले।" शान्तनु ने अचानक बीच में बोलकर कड़ी असहमति दिखाई।

"कुछ जगह उल्लंघन तो किया ही है न सेना ने। मैंने पूरा आर्टिकल पढ़ा था किसी पत्रिका में..." मैंने कहा।

"मैंने कहा न, कश्मीरी मीडिया..."

"मैंने कहा–पत्रिका यानी इंडिया टुडे और आउटलुक..."

"देखो, अमिता, ह्यूमन राइट के सन्दर्भ इतने संवेदनशील हैं कि उन्हें इकहरी निगाह से देखना बेमानी होगा। एक तरफ इसमें नैतिकता का पहलू जुड़ा है तो दूसरी तरफ राष्ट्र की सुरक्षा का गम्भीर पहलू भी तो है।" शान्तनु ने मुझे समझाने की यह कमान ज़मान से ले ली थी।...ज़मान ख़ामोशी से तबकमाज़ को चबा रहे थे।

"माना इन दो पहलुओं के बीच द्वन्द्व है, तो क्या उस पर चिन्तन ज़रूरी नहीं? एक सार्थक बहस ज़रूरी नहीं?"

मैं दो चुप्पे पक्षों के बीच कुछ सुलगाने को तत्पर बैठी थी–लगभग एक बौद्धिक घर्षण को चिंगारी देकर अपने काम का सूत्र ढूँढ़ती हुई। ठंड बढ़ गई थी और मैं अपने हाथ मल रही थी।

ज़मान चुप थे, अचानक बोल उठे, "शॉल मँगवा लो, उस लड़के से, जो तुम्हारे कमरे में अटेंडेंट है।"

शान्तनु ने उस तरफ एक ठंडी नज़र डालकर बात जारी रखी, "बहस...बहस से यह देश मसले हल कर सकता तो क्या बात थी! यहाँ लोग बेसिर-पैर के सिद्धान्त और आस्थाएँ लेकर चलते हैं। हर कदम पर किसी की आस्था, तो किसी की विचारधारा आहत होती है। मानवाधिकार जिस तरह से सारी दुनिया में लागू होता है, वह एक तरह से कोरा राजनीतिप्रेरित आदर्शवाद है...ख़ास तौर पर चीन से पूछा जाए तो। मगर भारत एकदम अलग किस्म का देश है। यहाँ आतंकवाद वास्तविक समस्या है जो देश की सुरक्षा को बार-बार चुनौती देता है...। यहाँ मानवाधिकार के सन्दर्भ ही बदल जाते हैं। सुरक्षा सेवाओं द्वारा मानवाधिकार उल्लंघन जान-बूझकर तो नहीं किया जाता मगर राष्ट्र की सुरक्षा के भारी प्रश्न के नीचे एकाध बार निर्दोष कुचल जाते हैं। ऐसे में जब मानवाधिकार संस्थाओं से सुरक्षा सेवाओं में उल्लंघन के लिए आरोपित किए गए लोगों के प्रति रियायत देने की माँग की जाती है तो वह ग़लत नहीं है।"

'वाह, शान्तनु, मान गए! तुम कोरे रंगरूट नहीं हो।' मैंने मन ही मन दाद दी और सुलतान को इशारे से बुलाकर चाभी दी और सोफे पर पड़ा शॉल ले आने को कहा।

मेरी इस तरफ एक शोला-सा लपका। अब वे दोनों आमने-सामने थे—पूरी बौद्धिकता के साथ, शब्दों के हथियार थामे मगर एक संयम से जीभ ज़रूर बँधी थी।

''नेशनल सिक्योरिटी का मतलब यह तो नहीं कि कुछ कानून से ऊपर हो गया! नेशनल सिक्योरिटी का यह मतलब नहीं कि निहत्थे जुलूस पर फौज हमला कर दे! नेशनल सिक्योरिटी का यह भी मतलब नहीं कि इंटरोगेशन के नाम पर कमसिन लड़कों को पीटा जाए, औरतों और लड़कियों के साथ रेप हो।'' ज़मान ने अपने हाथ नैपकिन से पोंछकर प्रतिरोध जताया।'

''यह अर्धसत्य है—हाफ ट्रुथ...। इन मानवाधिकार कार्यकर्त्ताओं का पक्ष भी 'परम सत्य' नहीं होता। आधे तो गढ़े हुए किस्से होते हैं। लोग सुरक्षा बलों की ज़रा-सी कड़ाई से पूछताछ को भी 'ह्यूमन राइट इश्यू' बना देते हैं। ऐसे तो आतंकवाद की तह तक पहुँचना नामुमकिन है। सच पूछो तो दुनिया भर के गृहयुद्ध पीड़ित देशों—रवान्डा, बोस्निया, गाज़ा जैसी जगहों में तो मानवाधिकार का परमनैतिक स्थान और प्रभाव कब का अपनी मौत मर चुका है। इसकी सार्थकता कब से खत्म हो चुकी है। क्योंकि दोनों पक्षों में जो भयानक बर्बरता बरती गई और इस कदर इन मानवाधिकारों की अवहेलना हुई कि मानवाधिकार संस्थाओं ने वहाँ से तौबा ही कर ली। जिस तरह कश्मीर में हिन्दुओं के मानवाधिकारों का उल्लंघन हुआ, उसे क्या कहोगे तुम?''

मुझे मज़ा आ रहा था दोनों को भिड़ाकर। खाना शानदार था। मैं चिकन की टाँग चुभला रही थी। खिड़की के बाहर खड़े चार किशोर वयस सेब के पेड़ अपनी टहनियों में हज़ारों-हज़ार फूल लिए हवाओं से झगड़ रहे थे।

''उस पर तो पूरे संसार की मानवाधिकार संस्थाएँ चुप हो गईं...तुम्हारा मीडिया भी ज़मान...'' मैंने शब्द हलके से चबाते हुए, बीच बहस में कूदते हुए कहा।

''बस, बस, ऐसे ही एकतरफा फैसलों से इन मानवाधिकार संस्थाओं की सार्थकता चुक जाती है। राष्ट्र की एकजुटता के लिए संघर्ष हो या राष्ट्र के एक हिस्से के लिए अलगावजनित आज़ादी की लड़ाई हो, इसमें कोई-न-कोई एक पीड़ित होगा ही—चाहे वह फिर एक राष्ट्र हो कि मानव।''

शान्तनु अच्छी हिन्दी बोल रहा था। ज़मान गौर से सुनकर भी कुछ शब्दों पर अटक जाते थे तो उनके चेहरे की उलझन्न देखते बनती थी। माय डियर मार्क ज़ुबैर, यह उलझन आप पर जँचती है। मैं मुस्कुरा देती।

''आप नंगी सच्चाइयों को नज़रअन्दाज़ नहीं कर सकते। गेहूँ के साथ घुन पिसते हैं, माना, लेकिन यहाँ तो इनसान घुन की तरह पिस रहा है और कोई आटा नहीं निकल रहा।''

मुझे खुशी हुई, ज़मान बहस को बहस की तरह से ही कर रहे थे।

"नज़रअन्दाज़ कुछ नहीं कर रहा। मैं बता रहा हूँ कि जब किसी एक के अधिकार सुरक्षित होते हैं तो दूसरे के कहीं-न-कहीं छिन रहे होते हैं, या कम हो रहे होते हैं। वे जानते हैं कि किसी राष्ट्र के अधिकार भी उतने ही ज़रूरी हैं जितने कि किसी मानव के। राष्ट्रवादी सैनिकों की ज़िम्मेदारी ही यही है कि वह पहले राष्ट्र के अधिकारों की रक्षा करे।"

"हँ; बहुत राष्ट्रवादी हैं सैनिक और तमाम सुरक्षाबल! सुरक्षा के नाम पर कश्मीर के जंगलों का दोहन...लड़कियों का इस्तेमाल–बहुत पुराने किस्से हैं शान्तनु।"

"हाँ, हर राष्ट्रवादी को 'मिलोसैविक' के कैरिकेचर की तरह पेश करना बहुत आसान है मेरे भाई। एमेनिस्टी जैसी अन्तर्राष्ट्रीय मानवाधिकार संस्थाओं तक के लोग पाकिस्तान का खेल समझ ही नहीं सके। वे सुरक्षा बलों को भी मिलिटेंट जितना घातक मानते हैं कश्मीर के लिए। सुरक्षा बल ही हैं कि आज कश्मीर अपनी इस सामान्य हालात में आ पहुँचा है। देश को दुश्मनों से मुक्त रखना बेहद मुश्किल है। ख़ास तौर पर जब जनता आशंकित हो कि कौन उनका अपना है, कौन दुश्मन। आतंक के साये में इतने सालों के बाद भी लोग पूछते हैं, इस सबकी वजह क्या है?"

वाह मेरे रंगरूट! मेरे छालों का सत निकालकर तुमने रख दिया। मैंने गर्व से शान्तनु को देखा। उसने ग़ौर भी कर लिया।

"इस कन्फ्यूज़न को सेना ने बढ़ाया ही है, घटाया नहीं है।" पत्रकार उलझा।

"सेना में कोई भी अपनी खुद की मर्ज़ी से यहाँ तैनाती नहीं चाहता। मिलिटरी मैन क्या मैन नहीं, मानव नहीं? वो जो बारूदी सुरंगों के फटने से रोज़ के दस मरते हैं, मुआवज़े, सम्मानों से उनकी ज़िन्दगी की कीमत लगा लोगे? क्या उनकी दहशतगर्दों से ज़ाती दुश्मनी है? वो सरकारी व्यवस्था के तहत यहाँ तैनात हैं। सरकारी पॉलिसी के तहत, जो जनता की चुनी सरकार की पॉलिसी है, जबकि मिलिटेंट अपनी व्यक्तिगत आस्था और विचारधारा के लिए लड़ रहा है–अपनी मर्ज़ी से। वो विचारधारा, जिसे पूरा कश्मीर नहीं मानता–जम्मू, लेह और कश्मीर से बने एक राज्य की एक बेहद छोटी-सी जमात मानती हो...। एक सैनिक ड्यूटी पर नहीं होगा तो वह मिलिटेंट को पहचानेगा भी नहीं, न ज़ाती दुश्मनी रखेगा, मगर एक मिलिटेंट...उसकी कद-काठी और बाल देखकर तुरन्त मार देगा। सबसे बड़ा मानवाधिकार क्या है? जीने का अधिकार।"

"वही तो मैं कहता हूँ–खुलूस से जीने का हक, मगर अवाम ने अपना यक़ीन खो दिया है फौज से...।"

"मिलिटेंटों पर से?"

"वहाँ से भी। सच, तुम्हें मैं बताता हूँ, आम कश्मीरी ने मिलिटेंट से यकीन खो दिया है...फौज पर से भी यकीन उठा लिया है। वहीं फौज ने आम कश्मीरी पर से यकीन खो दिया है, फौज ने सरकारी नीतियों से यकीन खो दिया है...फौज को मिलिटेंट पर तो यकीन कभी था ही नहीं। उधर मिलिटेंट को भी सरकारी नीतियों पर विश्वास नहीं...मिलिटरी से दुश्मनी है। आम आदमी पर भी अब मिलिटेंट निर्भर नहीं करता...। कहीं यकीन बचा ही नहीं। सबके यकीन टूटे पड़े हैं। कश्मीर इज़ इन बिगेस्ट क्योस। मैंने इन्हीं ज़ालिम आँखों से देखा है जब एक हिज़बुल मुजाहिदीन से जुड़ा एक लड़का सिक्योरिटी फोर्स के हाथों मरा तो हज़ारों लोगों ने मातम किया। अब उसके चार साल बाद उसके छोटे भाई को इन्हीं मुजाहिदीनों ने मारकर पेड़ पर लटका दिया तो भी इतने ही लोग मातम मनाने के लिए आए। कश्मीरी भीतर से पत्थर हो गया है और बहके हुए लड़कों के परिवार यह तय नहीं कर पा रहे कि किसका साथ दें। वे दोनों तरफ से पिस रहे हैं।"

बाहर झिंगुरों का कोरस भी संजीदगी से जारी था। हमारा डिनर पूरा हो चुका था, मगर बातचीत एक संजीदा रुख़ ले चुकी थी। वेटर और रसोइया दोनों भीतर टीवी देखते हुए ऊँघ रहे थे।

"यही तो मैं कह रहा हूँ। मैं उन सैनिकों का, जिन्होंने मानवाधिकार का उल्लंघन किया है, कतई पक्ष नहीं लेता—मैं अवाम का साथ देना पसन्द करता हूँ। अगर कोई साँप तुम पर हमला करके झाड़ियों में छिप जाए तो तुम झाड़ियाँ कुचलोगे—उसे ढूँढ़कर मारने के लिए। इस कुचलने में छोटे-मोटे कीड़े-मकोड़े नहीं मरेंगे क्या? ऐसे में कुछ लोगों पर ज़्यादती अनजाने होगी ही—इधर की तरफ भी और उधर की तरफ भी। ज़रा सोचो उस सिपाही के ऊपर मानसिक दबाव का। वह खड़ा है, पहाड़ के नीचे जाती सड़क पर एक गन हाथ में लिए, जिसे चलाने की इजाज़त उसे विशेष परिस्थितियों में ही है। सन्देह होने पर भी वह बिना पूछताछ गोली नहीं चला सकता मगर उस पर कोई भी सन्दिग्ध आकर गोली चला सकता है, क्योंकि वह मजबूर है वहाँ खड़े होने को; सरकारी आदेश मानने के लिए। कहीं से भी आई कोई भी गोली...पैदल चलते हुए कोई भी बारूदी सुरंग...उसके बच्चों को अनाथ कर सकती है। फिर तनख्वाह कम...छुट्टियाँ कम।...बीवी-बच्चों से मीलों दूर। फोन पर घर-बार की समस्याएँ जानकर भी उसे सामान्य रहना है। ऐसे में कई बार नैतिकता रिलेटिव हो जाती है। संयम टूट जाते हैं।" शान्तनु ने पैर हिलाते हुए कहा।

"मैं एक हद तक ही समझ सकता हूँ...मगर नैतिकता और इसकी रिलेटिविटी की बात करें तो हो सकता है, आतंकवाद भी किसी ऐसे ही फ्रस्ट्रेशन का रिज़ल्ट हो! बरसों के शोषण और जहालत का!..." ज़मान ने अब हथियार रख देने के इरादे से मेरी तरफ देख रहे थे।

"फिर तो यह चैन रिएक्शन हो गई। विस्थापित हिन्दुओं की भी अपनी हताशा है। उसका रिज़ल्ट कौन सोचता है...? क्या वे भी हथियार उठा लें। मगर बेचारे विवश हैं। उनके साथ तो उनका ही देश नहीं...। वे यहाँ से उजड़कर एक जंज़ीर की टूटी कड़ियों की तरह कहाँ नहीं फैल गए हैं—हर प्रदेश के महानगरों में...छोटे शहरों में... जिसे जहाँ जगह मिली...जहाँ नौकरी मिली। जम्मू से लेकर दिल्ली, फिर दिल्ली से भी जयपुर, लखनऊ, आगरा, बैंगलोर, मुम्बई। वहाँ से फिर विदेशों तक में। हमारे समाज को आपस में अब कुछ नहीं जोड़ता। हम अपनी भाषा तक ठीक से नहीं बोलते आपस में। हाँ, थैंक्स टू इंटरनेट...कुछ लोगों ने वेबसाइट्स और ब्लॉग बनाए हैं जिनके माध्यम से हम आपस में जुड़ जाते हैं। कितना ही प्रगतिशील हो जाओ, समाज की ज़रूरत मनुष्य को रहती ही है। अपने जैसे लोगों की, अपनी बिरादरी की--नहीं?" मैंने अपना पक्ष रखा।

"हाँ।" शान्तनु ने मेरा साथ दिया।

"सच तो यह है कि हमारी और तुम्हारी नई पीढ़ी...आनेवाली नस्ल इसे विभाजन की तरह एक ऐतिहासिक घटना समझकर छोड़ देगी और वहीं से शुरुआत होगी एक भरी पूरी संस्कृति के नष्ट होने की कहानी।"

मेरी यह बात जैसे अन्तिम तयशुदा बात हो। इसके बाद हम सब ख़ामोश हो गए थे।

डायनिंग हॉल से मेरे कॉटेज की तरफ लौटते हुए और कॉटेज से श्रीनगर तक जानेवाली सड़क की तरफ उतरते हुए एक बात चली, "शान्तनु, उस दिन पार्टी में आप एक लड़की का ज़िक्र कर रहे थे जो आर.डी.एक्स. ले जा रही थी और ब्लास्ट होकर मर गई थी—एक नानबाई की दुकान के आगे...?"

"हाँ..."

"मैंने ऐसी एक लड़की का ज़िक्र अपनी दोस्त यास्मीन की डायरी में भी पढ़ा था। उसके गाँव में नानबाई की दुकान के आगे ब्लास्ट हुआ था। लोगों ने इसे फिदायीन हमला समझा और गौर से देखा तो जाना कि वह एक लड़की थी, जो आत्मघाती बम थी।"

'हाँ-हाँ, ये दो बहनें थीं—ज़ुलेख़ा और ज़ुबीना।"

"सुसाइड बॉम्बर?"

"नहीं, वो सुसाइड बॉम्बर नहीं थी। क्योंकि कोई वजह नहीं थी—अकेले में ब्लास्ट हो जाने के पीछे, मगर वह विस्फोट का सामान ज़रूर लिए थी। दरअसल अमिता, ये लोग गाँव की लड़कियों को विस्फोटक लाने-ले जाने के लिए इस्तेमाल करते हैं क्योंकि लड़कियाँ चैक पोस्ट से आराम से निकल जाती हैं।"

“हाँ; मैंने भी सुना था। चार-पाँच साल पहले ऐसा किस्सा हुआ तो था मगर कह नहीं सकते, वह हादसा था या सच में कोई औरत फिदायीन, क्योंकि औरत फिदायीन इस्लाम या जेहाद में जायज़ नहीं है। मुस्लिम औरत का लड़ाका दल में शामिल होना इस्लाम कुबूल नहीं करता। ख़ास तौर पर सुसाइड बॉम्बर। इसमें उसके पाक जिस्म के टुकड़ों को मर्दों के बीच फैल जाने की सम्भावना जो रहती है। औरत का तो मुर्दा शरीर भी ढँककर रखा जाए, ऐसी इस्लामिक परम्परा है। इसलिए मुझे नहीं लगता कि वह कोई जेहाद के लिए तैयार थी। उन दिनों बहुत कुछ अखबारों में छपा था उनके बारे में। कई तरह के किस्से।” ज़मान ने खुलासा किया।

“सच पूछो तो वह एक प्रेम कहानी थी, बस!” मेजर शान्तनु की युवा आँखें मुस्कुराईं।

“जो भी थी, बड़ी भयानक प्रेम कहानी थी। मगर वह गाँव कौन-सा था जहाँ वह रहती थी?”

“क्या करोगी जानकर?” ज़मान ने टोका।

“हँ; जुलेख़ा के बारे में जानने की उत्सुकता बढ़ा दी है आप लोगों ने।”

“अमिता, इतना आसान नहीं है। मैं तुम्हें डराना नहीं चाहता, मगर प्लीज़, अब कहीं किसी गाँव में अकेले मत जाना।” मेजर घबराया।

“मैं कहीं नहीं जाऊँगी। अच्छा, ज़मान, क्या आप मुझे उन अख़बारों की कटिंग्स भेज सकते हैं जिनमें इस जुलेख़ा के बारे में छपा था?”

“देखूँगा। मुझे पुराने अखबारों से एलर्जी है। अरे, बहस में पता ही नहीं चला, साढ़े दस बज गए!” ज़मान ने घबराकर घड़ी की तरफ देखा।

“इतनी रात में लौटना ठीक होगा?” मैंने पूछा।

“तुम तो फ्रीलान्सर हो दोनों...मुझे तो हर हाल में सुबह ऑफिस जाना होगा। ब्रीफिंग अटैंड करनी होगी। फिर मैं अकेला नहीं हूँ--कमांडोज़ साथ हैं।” शान्तनु ने मुझे ग़ौर से देखते हुए कहा।

“मैं भी चलता हूँ, अमिता।”

“आप मेरे साथ चलें। कुछ भी हो, इतनी रात गए एक पत्रकार का अकेले जाना सेफ नहीं है।” शान्तनु बोला।

“मेरी गाड़ी?” ज़मान ने पूछा।

“आप यहीं पार्क कर दें।” मैंने कहा, और फिर ज़मान से पूछा, “आप कल आ रहे हैं न?”

हाँ में गर्दन हिलाते हुए ज़मान ने कार टूरिस्ट सेंटर के अहाते में पार्क कर दी।

वे दोनों साथ-साथ चले गए। मेरे ज़ेहन में उनकी साथ चलती हुई आकृति बनकर ठहर गई। शान्तनु की लम्बी और दुबली आकृति। ज़मान के चौड़े कन्धे और दरम्याना कद। मैं बिस्तर पर लेटी हुई अभी-अभी बीत चुके समय को 'रिवाइंड' करने लगी। शान्तनु का तैश में डूबा चेहरा...फिर धीरे-धीरे उस तनाव का पिघलना...। ज़मान की आवाज़ और उसके कन्धे। मेरे एकदम ठंडे पैर हलका-सा गर्म होने लगे। मेरे पैर, जो सर्द रातों में ब्लोअर और गर्म पानी की बॉटल से भी बामुश्किल गर्म होते हैं, अचानक गर्म कैसे हो गए? वे सिकुड़े हुए थे कम्बल में। मैंने उन्हें फैला लिया। सीने से बँधी मेरी ठिठुरती बाँहें खुल गईं...। अचानक मुझे महसूस हुआ कि 'सालों से ये पैर ठंडे थे। ये बाँहें निढाल और देह अस्पन्दित। मैं कितनी अकेली थी।' मेरी आँखें गीली हो गईं। शान्तनु या ज़मान--ये सवाल एकदम बेहूदा था मगर मेरा अवचेतन मेरे चेतन से मिमियाकर पूछता ही चला जा रहा था।

खुद से चाहती क्या हूँ? क्यों यह खुशफहमी पाल रही हूँ? आजकल के तिलिस्मी और दु:साहसी दिनों में मुझे न जाने क्यों यक़ीन होता जा रहा है कि मेरे सामने दो रास्ते लेटे पड़े हैं। एक सीधा रास्ता है जो शान्तनु के ज़रिए शान्त और खुशनुमा ज़िन्दगी की तरफ जा सकता है। उससे पापा और दुनिया सब खुश हो सकते हैं। दूसरा रास्ता टेढ़ा है, लम्बा है, मुश्किलों और दुख से भरा...। कुछ पता नहीं...। और इस पर चलकर पापा और दुनिया—मैं सबको नाराज़ कर सकती हूँ। होती है न कुछ हिरणों की आदत, लहराता दरिया छोड़—प्यास के लिए मरीचिका की तरफ डग भरना।

अगले दिन सुबह जब ज़मान आए, मैं अपनी कॉटेज के लकड़ी के फर्शवाले बरामदे में बैठी कुछ लिख रही थी। बाहर अहाते में एक लड़की घास काट रही थी। वह मेरी तरफ देखकर मुस्कुराई। मैं भी मुस्कुरा दी। वह अपनी टोकरी छोड़कर, लकड़ी की सीढ़ियाँ चढ़कर मेरी तरफ आई और बिना कुछ बोले उसने अपने आँचल में जो पीली-लाल चैरी इकट्ठी की हुई थीं, मेरी तरफ बढ़ा दीं। मैंने दो चैरी उठा लीं। मैंने कश्मीरी में पूछा, "कहाँ रहती हो?"

उसने इशारे से पहाड़ के पीछे इशारा कर दिया।

"मैं आपको रोज देखती हूँ। आप लिखती रहती हो किताब में।" उसने कश्मीरी में कहा, मानो उसे इस बात में ज़रा भी सन्देह न हो कि मैं कश्मीरी हूँ।

"हाँ, क्या तुम स्कूल जाती हो?" उसके विश्वास को कायम रखने के लिए मैंने कश्मीरी में ही संवाद जारी रखा।

"हाँ। मैं भी छठी कक्षा में पढ़ रही हूँ।"

"घास भी काट लेती हो?"

"बकरियों के लिए काटनी होती है।"

"फिर आज स्कूल क्यों नहीं गई?"

"देरी हो गई थी...।"

तभी ज़मान आ गए। मुझे उसके पास बैठ बात करते देख व्यंग्य से मुस्कुरा दिए। फिर उन्होंने मुझसे हिन्दी में पूछा, "क्या पूछ रही हो उससे? यही कि वह पाकिस्तान जाना पसन्द करेगी कि हिन्दोस्तान?"

मैं सन्न रह गई। भीतर बहुत कुछ टूट-फूट गया। कितनी विरोधाभासी चीजें हैं इस बन्दे में! यह तथाकथित तटस्थ पत्रकार, जो पत्रकारिता में भारत सरकार से सम्मानित हो चुका है; भारत सरकार की तरफ से जेनेवा तक जा चुका है, खुद ही बता दे...। मेरे शब्द मेरी सोच की बाड़ कूदकर बाहर आ गए और ज़मान को सहमा गए।

"हाउ मीन! अगर यही बात है तो...आप ही बता दो आपकी लॉयल्टी क्या है? आपकी सिम्पेथी आखिर किससे है—एक कश्मीरी की तरह या फिर एक पत्रकार की तरह?" मेरे गाल गुस्से से जलने लगे थे। आँखों में नमी तैर आई।

वह लड़की मेरा चेहरा देखकर चुपचाप उठकर चली गई और दूर एक समतल हरे टुकड़े में घास काटने लगी।

"मैं मज़ाक कर रहा था। तुम्हें छेड़ रहा था।" ज़मान को उम्मीद नहीं थी कि मैं इस तरह से आक्रामक हो सकती हूँ। मुझे भी नहीं थी लेकिन मैं महसूस कर पा रही थी कि मैं बहुत संवेदनशील हो गई हूँ, कल शान्तनु पर भड़क गई थी और आज...।

"खैर...जो भी था, बेहद, ख़राब मज़ाक था। मैं तो उससे बस स्कूल के बारे में पूछ रही थी।" मेरी आवाज़ अचानक मर-सी गई और लिथड़ने लगी।

"तुम सच में नाराज़ हो गईं। सच पूछो तो रिपोर्टर की अपनी राय तो कुछ नहीं होती। रही बात मेरी पर्सनल लॉयल्टी और सिम्पैथी की, तो हाँ, एक आम कश्मीरी की तरह मैं भी दोतरफा मुश्किल में हूँ। मैं दहशतगर्दी या दरन्दाज़ी के पूरी तरह ख़िलाफ हूँ। कभी मैं फौज के जमावड़े के विरोध में हूँ तो कभी इनका अहसानमन्द भी होता हूँ। 'आज़ाद इस्लामिक मुल्क कश्मीर' के नारे में मेरा ज़रा भी यकीन नहीं है। झूठ नहीं कहूँगा--अमनपसन्द, खुशहाल टूरिज़्म से भरा-पूरा 'ऑटोनॉमस कश्मीर' मेरा भी ख़्वाब है। वही कश्मीरियत, जो सूफीज़्म, शैविज़्म और इस्लाम तीनों के मिलने से पूरी होती है।" उन्होंने मेरे काँपते हाथों को थपथपा दिया।

मैंने चेहरा दूसरी तरफ घुमा लिया।

"अच्छा, यह लो जो तुमने मुझसे मँगवाया था। चलता हूँ, प्रेस कॉन्फ्रेंस शुरू हो चुकी होगी।" वह एक बैग मेरी कुर्सी के बगल में रखकर ढलान उतर गए। बैग में जुलेख़ा से जुड़े समाचारोंवाले अख़बारों की ढेर सारी कतरनें...और चित्र थे।

वह लौटे तो हमने साथ लंच किया और उसके बाद लिद्धर के हरे-भरे किनारों पर पैदल टहलने निकल गए।

"पहले मैं अब्बू के साथ आया करता था तो यहाँ हम घुड़सवारी किया करते थे। मैंने यहाँ सरपट घोड़े दौड़ाए हैं।"

उन्होंने पेड़ों की कतार में छिपी एक सुनसान सड़क की तरफ इशारा किया। जब वह बायाँ हाथ उठाकर इशारा कर रहे थे तो मैं कनखियों से उस अनूठे चेहरे को देख रही थी। उस चेहरे की शानदार फकीराना उदासीनता उसे विलक्षण बनाती थी। हम उसी सड़क की तरफ बढ़ गए। एक कोने में अखरोट से लदे दो पेड़ खड़े थे।

"मुझे कच्चे अखरोट खाने हैं।"

"अभी गिरी नहीं पड़ी होगी।"

"तोड़ के तो देखें...।"

उन्होंने एक डाली खींचकर जुड़वाँ अखरोटों को तोड़ लिया...फिर अपने सफेद मजबूत दाँतों से उसे काटा...मैं पूरी प्रक्रिया ग़ौर से देख रही थी। ढेर सारा खून मेरे गालों की तरफ दौड़ गया। अखरोटों में कच्ची दूधिया परतें थीं, "कहा था न, अभी नहीं पड़ी होंगी गिरी।"

आगे चले तो किनारों पर ख़ानाबदोशों ने घेरा डाल रखा था। एक एकान्त किनारे तक हम पहुँचे—लकड़ी का एक पतला फट्टा पार करके। उन्होंने मेरा एक हाथ थाम लिया...दूसरे हाथ में मैंने अपनी नीली सैंडिलें पकड़ रखी थीं। इस किनारे से लिद्धर कुछ चट्टानों से नीचे बह रही थी। मेरा मन किया, मैं पानी छुऊँ। हम दोनों अपने जूते-चप्पलें किनारे पर उतारकर चट्टान दर चट्टान पानी तक पहुँच गए।

चट्टान की एक खोह में एक सुनहरे और सफेद पंखोंवाली चिड़िया ने घोंसला बना रखा था। हमें देखते ही वह चीखने लगी। खोह में मैंने उसके बच्चों को देखा...। ज़मान मुझे खींचकर आगे की ओर ले गए जहाँ पारदर्शी पानी कल-कल बह रहा था। पानी का स्पर्श बेहद भला लगा...मेरे सारे अनजाने तनाव घुल गए।

हम पाँच मिनट तक चुप ही बैठे रहे। शाम अचानक ढल गई और एक तरल सुनहरी रोशनी में मैं और ज़मान घुल-मिल गए थे। हमारी बाईं ओर के तरल अँधेरे से चिड़िया के चूज़ों की चूँ-चूँ शुरू हो गई। हम फिर ऊपर चढ़े। लिद्धर का यह किनारा गोल पत्थरों से भरा था। मैंने सैंडिल पहने थे और मेरा चलना मुश्किल हो रहा था...ज़मान ने मेरे हाथों को थाम रखा था। मुझे सुरक्षा का एहसास नया लगा।

'क्या अब भी जानना चाहोगी कि मैं कहाँ जाना चाहता हूँ? मेरी लॉयल्टी क्या है?' उनकी आँखें पूछ रही थीं।

"..."

पहलगाम में कुछ घंटों उनके साथ रहकर मुझे लगा कि मैंने ज़मान के साथ यह जो वक्त बिताया है, उससे मेरी उनको लेकर संवेदनशीलता इस कदर बढ़ गई है कि उनका ज़रा-सा स्पर्श...उनकी गहरी निगाह...बैठने का एक खास कोण, कोई कही हुई सादा-सी बात मुझे भीतर तक सिहरा जाते हैं और मैं उनसे दूर होने के बाद भी उस गहन आनन्द को दोहराती हूँ और लगभग स्वप्निल अवस्था में रहने लगी हूँ। वह पता नहीं, मेरे बारे में क्या सोचते हैं...मगर मेरे लिए उनके साथ का बौद्धिक सुख एक प्रचंड इच्छा में बदलता जा रहा है। मैं अजीब से हाल में हूँ...मैं उनसे भाग भी नहीं रही हूँ तो मेरे भीतरी हिस्सों ने उन्हें अपनाने की इजाज़त भी नहीं दी है।

उस रात अखबार की कतरनों को मैंने शब्द-शब्द पढ़ डाला। विश्लेषण कर रेशा-रेशा अर्थ निकाला और ज़ुलेख़ा, मेरे मन में, धीरे-धीरे एक मिथक, एक कोलाज का रूप लेने लगी।

जुलेख़ा का मिथक

क़सम जो खाइए तो तालअे-जुलेख़ा की*
अज़ीज़ मिस्र का भी साहिब एक ग़ुलाम लिया
—मीर

पतझड़ आया नहीं कि पाम्पोर-करेवा का पठार, श्रीनगर के दक्षिण पूर्व का पच्चीस कि.मी. तक का इलाका जामुनी रंग में नहा जाता है। लाखों केसर के फूल क्यारी-दर-क्यारी खिल जाते हैं। जामुनी रंग के जादू में नहाई सैकड़ों चम्पई रंग की कश्मीरी औरतें अपनी पीठ पर बेंत की टोकरी लादे इन्हें चुनती दिखाई देती हैं। वे पुराने लोकगीत, जिनमें प्रेम सबसे ज़्यादा होता है, गुनगुनाती हैं। हवा में उनकी आवाज़ घुलकर दूर तक पहुँचती है। केसर का लम्बा-चौड़ा व्यवसाय इन औरतों के कन्धों पर ही होता है।

ख़ूबसूरत दिनों के सारस उन दिनों ज़मीन पर उतरे थे। ज़ाफरान खूब खिला था। पैसा बरसा नहीं तो काफी होगा इस बार, ऐसी उम्मीद गाँव की नाज़मा दादी को थी।

इसी साल पहली बार जुलेख़ा ने भी अपनी दादी का फिरन पहना था और अपनी बड़ी बहन और चाची के साथ केसर की क्यारी में उतरी थी। यह एक लम्बी पिकनिक जैसा था। तीन-चार सप्ताह तक गाना, बातें, शीरमाल रोटियाँ, कहवे के घूँट और फूल चुनना। यहीं खेत-क्यारियों में रिश्ते जोड़ने की सरगोशियों के बीच और लड़कियों की तरह जुलेख़ा की मँगनी हुई थी—एक होनेवाले सिपाही से। जुलेख़ा की कम उम्र और आसिफ की ट्रेनिंग और जम्मू में उसकी पोस्टिंग के चलते निक़ाह दो साल बाद होना तय हुआ था। जुलेख़ा की ठोड़ी में गड्ढा था और आँखें? हरे और नीले रंग को साथ घोल दो और जो रंग बने, ठीक वैसी थीं।

---

*जुलेख़ा का भाग्य

मँगनी का ठीक-ठीक मतलब जाने बिना ही वह बहुत खुश थी। पिछले साल ही उसकी बड़ी बहन रिज़वाना का निकाह हुआ था। वाज़वान की खुशबू गाँव-भर में फैली थी। नए लिबास सिले थे। रिज़वाना ने खुद उन पर काम किया था।

ख़ूबसूरत दिन चलते कम हैं, उड़ते ज़्यादा हैं।

जुलेख़ा का पिता अब्दुल घर के पास पड़ी ज़मीन पर कुछ महीनों खेती करता था और कुछ महीनों वह कालीन के कारखाने में काम करता था। जुलेख़ा अपने माता-पिता की तीसरी बेटी थीं। कश्मीर की फिज़ाँ में 'आज़ादी' का नारा कुछ सालों से गूँज रहा था मगर उनके गाँव में ऐसा कुछ नहीं था। यहाँ इख़वानियों की चलती थी। ये सुरक्षाबलों का साथ देनेवाले कश्मीरी थे।

वो उस हर व्यक्ति को मार देते थे जिन पर उन्हें शक होता था कि वह अलगाववादियों से मिला हुआ है। उनमें सबसे भयानक था 'गुल्लू सोपोरी', जो उस गाँव में हर एक पर नज़र रखे था। उसने एक दिन अब्दुल को अपने घर पर कारपेंटरी का काम करवाने के लिए बुलवाया। वह खुद उसे एक सूफी दरगाह के पास तक छोड़ने आया, जहाँ गाँव की पंचायत भी बैठती थी। वह अक्सर वहाँ अब्दुल को बुलाने लगा, गाँववाले बातें करते :

''सरहद पार वाला हमसे हमदर्दी क्यों करेगा, जिसने हमारे ही लहू से हमारी जमीन लाल की है? पहले हिन्दू को भगाया अब हमें...''

''पता भी है, जेहाद किसे कहते हैं?''

''जेहाद कहते हैं—हक की लड़ाई को। ये जेहादी नहीं। ये मुजाहिदीन भी नहीं। ये बस दहशतगर्द हैं। ये हमारे सरमाएदार नहीं हैं। ये हमारे नौजवान बच्चों को हमसे दूर ले जाते हैं, उन्हें ये अखबार, टीवी और समाज से अलग कर देते हैं, ताकि हक़ीकत से उनका दूर-दूर तक का वास्ता न रहे। जंगे आज़ादी के नाम पर उनके दिमाग़ साफ करते हैं। उनमें फितूर भरते हैं कि ऐसी जेहादी मौत से जन्नत नसीब होती है और जन्नत में हूरें ही हूरें मिलती हैं।''

''मौत के बाद का वक्त किसने देखा है?''

''देख लो, फसलों की कटाई का मौसम है। अवन्तिपुर की सड़क के दोनों तरफ खेत तैयार हैं मगर उन्हें काटनेवाले हाथ कहाँ हैं?''

बरसात के दिन की बात है। अब्दुल खेतों में धान बोकर लौट रहा था कि किसी खुदा के बन्दे ने उसके पैर पकड़ लिए। यह जुबैर था। उस पार के एक मिलिटेंट ग्रुप का मुखिया। उसके पैर में गहरा ज़ख़्म था।

''खुदा के लिए मुझे अपने साथ ले लो। मुझे इलाज की सख़्त ज़रूरत है। मेरे पास बहुत पैसा है। जितना चाहे ले लो...।'' वो दिन किसी पर यकीन करने के नहीं थे मगर उसने बहुत से नोटों की गड्डी उसके हाथों में थमा दी।

"महज़ दो दिन की बात है। अपना भाई बताकर तुम कोई हकीम या डॉक्टर बुला दो। मैं मरना नहीं चाहता।"

शाम के धुँधलके में वह उसे अपने घर ले आया। इलाज करवाया। ज़ख़्म था कि भरता ही नहीं था। डॉक्टर खूब पैसा खाता रहा और बेअसर इलाज करता रहा। अब्दुल को भेज उसने अपने समूह के दो लड़कों को बुलवा लिया। वो गाड़ी लाए और ज़ुबैर को बेहतर इलाज के लिए ले गए। लेकिन गाँववालों को अब्दुल पर मुखबिरी का शक होने लगा। रशीदा ने महसूस करना शुरू कर दिया कि उसके घर के आसपास हथियार और कुल्हाड़ी लिए कुछ जवान लड़के घूमने लगे हैं। गाँव में सेना की टुकड़ियाँ और एंटीइनसर्जेंसी पुलिस का दल गश्त करने लगा है।

गाँववालों पर दबाव बढ़ने लगा था चारों तरफ से। रशीदा का परिवार इस दबाव में कुछ ज़्यादा ही था। जुलेख़ा और उसकी छोटी बहन ने स्कूल जाना बन्द कर दिया था। अब्दुल ने सेना और पुलिस को कुछ भी बताने में स्वयं को असमर्थ बताया तो गुल्लू के एक लड़के ने उसे गोलियों से छलनी कर दिया। रशीदा को वो घर के बाहर लगभग अधमरा मिला। वे उसे श्रीनगर अस्पताल ले गई, जहाँ महीनों उसका इलाज चला। अस्पताल के खर्च में घर और ज़मीन बिक गई। रशीदा और बेटियाँ केसर के खेतों में काम करके घर का खर्चा चलाती रहीं।

जब वह अस्पताल से लौटा तो सुरक्षा और पैसों के लिए उसने उसी विदेशी आतंकवादी ग्रुप का साथ देना शुरू कर दिया। उन्होंने 'गुल्लू' को मार गिराया। उसे वापस अपना घर और ज़मीन मिल गए। पैसा इतना मिला कि उसने अपना घर पक्का करवाया बल्कि उसमें तहखाना भी बनवाया जहाँ वे आतंकवादी वक्त बेवक्त छिपे रहते थे। उनकी ही नहीं; बल्कि अपनी खेती और ज़ाफरान की क्यारियों में मेहनत करके सुकून से रहनेवाले गाँववालों की ज़िन्दगियाँ भी बदलने लगीं।

इस आतंकवादी ग्रुप का एक जवान लड़का 'सगीर' जुलेख़ा पर फिदा हो गया। पूरे गाँव में जुलेख़ा और मिलिटेंट सगीर की मोहब्बत की चर्चा होती रहती थी। लोग हैरान होते थे कि कैसे कोई लड़की ऐसे आदमी से शादी कर सकती है जिसकी किस्मत में एक-न-एक दिन मरना या हमेशा के लिए गिरफ्तार हो जाना लिखा हो। पागल है।

विदेशी आतंकवादी ग्रुप का मुखिया ज़ुबैर एक दिन हिन्दुस्तानी अस्पताल में ही मर गया। अब सगीर मुखिया था।

उसके जवान साथियों ने गाँव और गाँव की मस्जिद को ठिकाना बना लिया था। गाँव की इकलौती मस्जिद पर सगीर के कुछ फिदायीन साथी कब्ज़ा किए थे। अज़ान तक बन्द करवा दी थी। नमाज़ियों का आना बन्द था। वहाँ के दालान में असलाह और गन्दे जूते लेकर फिदायीन घूमते थे।

गाँव की भौगोलिक स्थिति उनके लायक थी। सबसे पहले उन्होंने गाँव को सड़क से जोड़नेवाले पुल को उड़ाया फिर गाँव को अपनी ऐशगाह बना लिया।

एक दिन मुखबिरों की शह पर नदी पर रस्सियों का पुल बनाकर सुबह-सुबह फौजियों ने गाँव की मस्जिद पर हमला कर दिया था। उस सुबह उनकी बेखबरी में फौज का पलड़ा भारी रहा...वे या तो पकड़े गए या मारे गए। सगीर उस रात तहखाने में था, ज़ुलेख़ा के साथ सो बच गया, मगर जानता था कि अब गाँव में कड़ी पूछताछ का सिलसिला चलेगा। वह अँधेरे में गाँव से बाहर एक ठिकाने पर भाग गया जहाँ से वह उससे छिपकर मिलता। वह उसकी सहायता करने लगी—हथियारों और बारूद को इधर-से-उधर पहुँचाने में। इस बीच फौज से छूटकर आया अब्दुल कड़ी पूछताछ से परेशान होकर मुजफ्फराबाद भाग गया। अब वे अकेली थीं। रशीदा और उसकी दोनों दूसरी बेटियाँ पुलिस की पूछताछ से रो पड़ती थीं मगर ज़ुलेख़ा सिपाहियों की आँखों में आँखें डालकर कहा करती थी, "हमें क्या पता हमारा बाप कहाँ भाग गया।"

उस साल कश्मीर के गाँवों पर चारों तरफ से क़हर बरपा।

रिज़वाना के शौहर की मौत के बाद जब वे और अम्मी रशीदा रिज़वाना के ससुराल गईं तो उन लोगों ने उनकी और उसकी अम्मी की बड़ी बेइज़्ज़ती की। रिज़वाना को भी दुधमुँहे बच्चे के साथ उनके साथ भेज दिया। आसिफ को जब पता चला तो वह गाँव आया भी। रास्ते में ज़ुलेखा को लिखा—

"कैसी हो?"

"अल्लाह की इनायत है। जाने दें।"

"बहुत बदल गई हो।"

"नहीं तो!"

"मुझे याद है तुम्हारा मुस्कुराता चेहरा। वह चेहरा बदल गया है।"

"हो सकता है।"

"मैं कुछ सुना था, खुदा न करे वह सच हो। मैं तुमसे पूछने चला आया। हकीकत क्या है?"

"..."

उसने पथरीली निगाह उस पर डालकर सर घुमा लिया और सड़क के उस पार मस्जिद की टूटी दीवार को देखने लगी।

"मैं सफाई नहीं माँग रहा।"

"जब सब सुन चुके हो तो यहाँ क्यों आए हो? तुम नहीं जानते, उसे पता चला तो तुम उनकी बन्दूकों की ज़द में आ जाओगे। सारा गाँव हमारे खिलाफ हो गया है।"

"होगा ही...तुम उसके साथ काम करती हो तो तुम भी गुनहगार मानी जाओगी।"

"तो क्या करूँ?"

"मेरी मदद। उसे रोको। पकड़वाओ।"

"वह इस्लाम के रास्ते पर है। उसे पकड़वाना गुनाह है।"

"तुम जानती भी हो, इस्लाम क्या है? या वो जानते हैं इस्लाम का मतलब, जिन्हें पकड़वाना गुनाह है!"

"जानते हैं। तुमसे बेहतर..."

"जानते होते तो यूँ बम बाँधे न घूमते। मज़हब के नाम पर मासूमों का खून मज़हब नहीं।"

"तुम चले जाओ आसिफ। तुम्हारे भाई को मुखबिरी के शक में इन्होंने ही मारा है। वो कहते थे, कोई हो—दामाद, रिश्तेदार या भाई, आज़ादी की जंग में ऐसा करनेवालों के लिए कोई मुआफी नहीं, सज़ा ज़रूर मिलेगी। ढूँढ़ो उसे, मिलते ही मार दो। यही उसका मुस्तकबिल है।"

"धमका रही हो?"

"नहीं, मैं बस बता रही हूँ। वो ऐसा ही कहते और करते हैं।"

"तुम उनका साथ मत दो ज़ुलेख़ा। अब भी वक्त है। हम यहाँ से कहीं दूर चलें...तुम मेरी मंगेतर हो आखिर...।"

"बहुत देर हो चुकी है। अल्लाह हाफिज़!"

"खुदा हाफिज़!"

आसिफ बेबसी से मुस्कुराकर चला आया।

ज़ुलेखा का मन धड़कने लगा था। जंगल की तरफ एन्काउंटरों की खबरें उसे परेशान करती थीं। सगीर ने गाँव के एक लड़के को भेज एक दिन बुलवाया। मुँह अँधेरे लड़का उसे नाले के किनारे बने एक मिट्टी और ईंट के बने घर में ले गया। सगीर बाहर ही खड़ा था। उसे देख उसकी तरफ लपका और एक किनारे ले जाकर फुसफुसाया "अन्दर फिदायीन हैं। चुप ही रहना। मुँह ढककर रखना।"

"..."

"अन्दर चलो—बिना बोले। कमरा पार करके भीतर के कमरे में पहुँचना। खाना बनानेवाली बुढ़िया भाग गई। कल दिन के बाद किसी ने कुछ नहीं खाया है। तुम बना दो। आज इन्हें निकलना है।"

एक अकेली मोमबत्ती जल रही थी कमरे में। कमरे में कब्रिस्तान का-सा सन्नाटा था। तीन जवान लड़कों की छाया बहुत कम उजास में दीवारों पर डोल रही थी। वे कपड़े पहन रहे थे। कपड़ों में कहीं ठंडी धातु की खनक कमरे में गूँज जाती...।

"बेल्ट...बेल्ट में जेबें जिनमें ग्रेनेड और गोलियाँ और छर्रे हैं। बेल्ट को बाँधा है सीने से। फिर सीने को ढका है लम्बी मजबूत सूखी घास से गुँथे टुकड़े से। ऊपर से कपड़े..." सगीर ने फुसफुसाकर बताया।

एक छोटी खिड़की से उसने कमरे के अँधेरे में देखा। उनके चेहरे एकदम खाली हैं–कोरे।

तीनों शान्त हैं। दो ने आँखें मूँद रखी हैं। तीसरा चुपचाप एक पॉकेट बुक साइज़ किताब पढ़ रहा है, जिसकी जिल्द गहरी हरी है।

"ये कश्मीरी तो नहीं हैं...।"

"नहीं...ये फिदायीन हैं। जेहादी हैं। इनकी बकायदा भर्ती होती है–सूडान से, अल्जीरिया,...चेचेन्या से, पाकिस्तान से।" वह रोटी बेलते हुए सोच रही थी कि ये ग़ज़ब तरह से शान्त हैं।

उस दिन तो वह चुपचाप खाना बनाकर, कच्ची रसोई में ही दस्तरख़ान लगाकर पीछे के रास्ते से सगीर के साथ गाँव तक चली आई थी।

रास्ते में उसने पूछा, "फिदायीन कैसे होते हैं?"

"हमारी ही तरह और क्या? वे हमारी तरह साँस लेते हैं, हमारी तरह खाते हैं और सोते हैं, शायद ख़्वाब भी हमारी ही तरह देखते हों। बस, फरक इतना है कि उन्हें पता है कि कब जीना बन्द कर देना है। फिदायीनों का रहस्यमय संसार, जहाँ जवान लड़के...या लड़कियाँ भी अब तो!...अपना नाम, अपनी हस्ती मिटा देते हैं। यहाँ मौत पूरी तयशुदा है। वे इस ज़िन्दगी की नहीं, मौत के बाद की मुकम्मल ज़िन्दगी में यकीन रखते हैं।"

"हैरानी की बात है, कैसे वे तीन लड़के अपनी बन्दूक, ग्रेनेड और आर.डी.एक्स, भरी बेल्ट के साथ तैयार हैं मरने को!"

"चुप रहो। मरने को नहीं, इस्लाम के लिए शहादत को। तुम्हारे कश्मीर को बचाने को। वह काम जो तुम लोगों को करना था..." वह गुर्राया।

वह सोच में पड़ गई। कैसे ख़ाने से पहले नमाज़ पर बैठे थे...ये दुआ करते हैं कि जेहाद के रास्ते में इनके पैर न डगमगाएँ। मन अशान्त न हो। लोग दुआ करते हैं अपनी सलामती की। इनका फलसफा मौत के इर्द-गिर्द घूमता है।

तीसरे दिन उसने गाँव के बुजुर्गों से सुना–एक आर्मी कैम्प पर फिदायीन हमला हुआ है। सात जवान और दो फिदायीन मर गए। सेना का वही कैम्प जो वहाँ से तीन किलोमीटर दूर है। पिछले चौदह साल में दफनाई गई कुछ हज़ार बेशिनाख़्त लाशों में ये भी शामिल हो जाएँगे। पहले इनकी अधजली लाश के टुकड़े आर्मी कैम्प में जाएँगे जहाँ इन्हें रखा जाएगा शिनाख़्त के लिए, इनके पास मिली कुछ क्लाशनिकोवों, बिना फटे ग्रेनेडों के साथ कुछ तस्वीरें ली जाएँगी। टीवी और अखबारों के लिए फिर

इन्हें गाँव के बुज़ुर्ग को सौंप दिया जाएगा, दफनाने को। इनकी कब्र पर लिखा होगा–'नामालूम'।

उसके बाद, दो महीने हुए, सगीर का कुछ पता न चला। एक शाम कोई लड़का ख़त लाया, ज़ुलेख़ा ने ज़ुबीना को साथ लिया और वो दोनों लम्बी घास के बीच बनी एक पगडंडी पर चल पड़ीं।

"इधर तो हमारा स्कूल हुआ करता था। उसके आगे चेरी के बाग, अखरोटों के जंगल।"

"हँ...चुप रहकर चलो। बिना आहट।"

एक मील पैदल चलने के बाद, बागों के खत्म होने के साथ ही बियाबां शुरू हो जाता था।

वह बियाबां पहाड़ों में कहीं गुम होता लग रहा था कि तभी उन्हें एक सवार दिखाई दिया जो कमर दोहरी किए झुका हुआ था। उसने सिर पर पगड़ी बाँध रखी थी। एक कम्बल छाती पर लपेट रखा था।

तब ज़ुलेख़ा अपनी बहन ज़ुबीना के पीछे छिप गई थी।

ज़ुबीना ने उसे पहचाना और हँसकर पूछा, "यह तुम हो न। यह क्या हुलिया बना रखा है! एकदम कबीलाई लग रहे हो!"

"बस, पूछो मत। मुझे निमोनिया हुआ है। मेरी छाती और पीठ में बेहद दर्द है। मैं आखिरी बार मिलने आया हूँ। यहाँ छिपे हुए मैं परेशान हो चुका हूँ। जल्दी ही मैं वापस लौट रहा हूँ।" वह खच्चर से उतरते हुए बोला।

"कहाँ?" ज़ुलेख़ा थरथराई और ज़ुबीना के पीछे से सामने आ गई थी।

"उस तरफ...। आखिर कब तक यहाँ छिपता रहूँगा? मैंने ही यह सवारी मँगवाई है। इसी से जंगल और पहाड़ी गली के रास्ते आगे पहुँचूँगा।"

"वापसी...?"

"जाने वही...या शायद नहीं।"

"तुम ऐसा नहीं कर सकते।

"..."

"अब एक ही रास्ता है।"

"क्या?"

"उधर चलो तो इत्मीनान से बताऊँगा।"

वे लोग स्कूल में जाकर बैठ गए थे। एक टूटे हुए बेंच पर ज़ुलेख़ा और सगीर बैठे थे। ज़ुबीना स्कूल की गैलरी में टहलने लगी।

"तुम क्या रास्ता बता रहे थे?"

"वो बाद में। सुना, तेरा सिपाही आया था?"

"हाँ। उसे पता नहीं था हमारी मँगनी का। मैंने बताया था तो चुपचाप चला गया।"

"..."

"सुनो...उसे मत मारना। वो मुखबिर नहीं है। उसे कुछ नहीं पता, वह तो जम्मू में नौकरी पर है।"

"तेरा उससे इश्क था क्या...?"

"नहीं। मैंने उसे अब तक ठीक से देखा तक नहीं था।"

"फिर...?"

"बस उसे मारना मत।"

"जा...बख़्शा उसे।"

"..."

ज़ुबीना स्कूल को हैरानी से देख रही थी। लम्बी घासों और दरख़्तों के बीच उसका पुराना स्कूल कहीं गुम हो गया था। गर्द और पत्तों से भरे दालान और जालों भरे कमरे। काँच की खिड़कियों में से झाँकते हुए ब्लैकबोर्ड पर कुछ हर्फ लिखे थे। वह अतीत में गुम हो गई।

"सुन, इधर आ। वहाँ क्या कर रही है?"

"ज़ुलेख़ा, मुझे महेन्दर नाथ रैना टीचर की याद आ गई। बोर्ड पर उनके हाथ के लिखे हर्फ अब भी..."

वक्त चुपचाप सरसराता गुज़र गया है, बरसों से ज़मीन पर पड़े पतझड़ी पत्तों के नीचे से।

"चुप कर पगली। यहाँ बैठ चुपचाप।"

वे फिर बातों में मशबूल हो गए।

"माँ कहती है, यह जेहाद नहीं, दोज़ख़ माँग रही हो तुम अपने लिए खुदा से।"

"वह क्या जाने! बेपढ़ी औरत!"

"मेरी जन्नत तो तुम्हारी मोहब्बत है। जेहाद तो पता नहीं, मगर मैं तुम्हारे राज़, तुम्हारी खुशबू के लिए, वफा के लिए सदियों की नींद में गुम हो जाना चाहती हूँ।"

ज़ुबीना हैरानी से उनकी बातें सुनती रही और डर से काँपती हुई तमाम बलाओं को टालने के लिए दुआएँ पढ़ती रही।

वे दोनों फुसफुसाकर बात करते रहे।

फौजी कैंटर की आवाज़ दूर से आती सुनाई दी तो उसने बड़ी बहन को आगाह किया। वे दोनों उठ गए। बहुत दूर तक वह उन्हें साथ छोड़ने आया। गाँव की हलकी रोशनी दिखी तो वह मुड़ गया। वे दोनों वहीं खड़ी उसे जाते देखती रहीं। कैंटर की

आवाज़ उसी दिशा में जा रही थी जिधर खच्चर पर सवार सगीर गया था। जुलेख़ा वहीं बैठ गई थी। उसका चेहरा सफेद था मानो उसका जीने का हौसला पस्त हो चुका था। उगता हुआ चाँद पहरे पर लगा था और सवार खड़ी घास का लाभ उठाकर चला गया। चार हज़ार फीट ऊँची पहाड़ियों के ढलान पर लगी ऊँची जंगली घास सरसराने लगी।

ज़ुबीना ने उसे खींचा।

"क्या हुआ? चलो भी। हमें लौटते में पहाड़ी नाला पार करना है।"

"हाँ...।" वह उठकर एक बुत की तरह चल रही थी।

"कुछ कहो तो...।"

"वह जा रहा है।"

"कहाँ?"

"सीमा पार...।"

"कब...अभी?"

"एक सप्ताह बाद।"

"फिर...?"

"एक मिशन है, जिसे मुझे पूरा करना है। उसके बाद ही वह मुझे साथ ले जाएगा।"

"तुम जाओगी?"

"हाँ। अब चारा क्या है! गाँव में रहने का दिल नहीं करता। आए दिन का इंटरोगेशन...मेरे होने से तुम सब बिलावजह परेशान होते हो।"

"तीन दिन बाद उसने बुलाया है, एक जगह।"

"पागल हो?"

"हाँ।"

"यह क्या है?"

"पैसा है और एक पार्सल।"

"पार्सल...?"

"छिपाकर रखना है। बाद में साथ ले जाना है। कह रहा था, तुझे साथ लेकर आऊँ ताकि कोई शक न करे। तू वहाँ से लौट जाना, मैं उसके साथ चली जाऊँगी।"

उसने कुरान पाक की कसम दी थी। ज़ुबीना के साथ वह हर पल बनी रहती ताकि वह अम्मी या किसी और को न बता दे। उसे पैसे देती।

उस दिन कड़ाके की ठंड थी। जुलेख़ा सुबह चार बजे ही उठ गई थी। उसका चेहरा शान्त था। उसने इत्मीनान से नमाज़ अदा की। देर तक वह वहीं बैठी रही।

ज़ुबीना के टोकने पर वह उठी और उसके भोले चेहरे को गौर से देखने लगी। उसके खुद के चेहरे पर एक कोहरा-सा था। मुस्कान होंठों पर जमी-सी थी। फौजियों ने घर का पिछवाड़ा ढहा दिया था, जहाँ रसोई थी। रसोई का बचा-खुचा सामान कमरे में ही जमा दिया गया था। वहीं उसने स्टोव जलाया। सबके लिए चाय चढ़ा दी।

चाय पीकर वह और रिज़वाना पानी लाने चले गए। अम्मी सेना के ढहाए कहर से टूट चुके पिछवाड़े की मरम्मत में जुटी थीं। ज़ुबीना का दिल धड़क रहा था कि 'अम्मी को बताऊँ या खामोश रहूँ।'

फिर भी उसने हिम्मत जुटाकर कहा, "अम्मी, सगीर बुरा आदमी तो नहीं। जुलेख़ा को करने दो निकाह...।"

"बेकार की बात मत कर ज़ुबी। हम तेरे अब्बू की वजह से ही गाँव में बहुत बेइज़्ज़त हो चुके। बरबाद हो चुके। ये निकाह कयामत ही ले आएगा।"

वह चुप हो गई। तभी दोनों बहनों ने पानी लाकर दालान में रख दिया।

उस सुबह जुलेख़ा ने खाना बनाती माँ के गले में हाथ डाला और कहा, "अम्मी, यख़नी बनाओ न! चचा ने गोश्त भेजा है। दही भी है। मेरे लिए आपके हाथों का स्वाद फिर मिले न मिले।"

"क्यों?"

"अम्मी...!"

"तेरा इरादा क्या है? देख मुन्नी, मेरा जी नहीं करता, तू निकाह करके उस पार जाए। गाँव में हमसे अब कोई बात नहीं करता। भले ही पाकिस्तानी मिलिटेंट गाँव में आए, खाए, रहे, पैसा दे–वो इस सबसे खुश रहते हैं। कोई पाकिस्तानी मिलिटेंट मर जाए तो भी वो उसे पूरी रवायतों से मिट्टी देंगे। कब्रिस्तान में जगह देंगे। फातिहा पढ़ेंगे। पर कोई लड़की उनसे शादी करे, यह उन्हें मंज़ूर नहीं। वो पंजाबी बोलते हैं, हम उन्हें कश्मीरी कतई नहीं मानते।"

"अरे, इतना क्या सोचती हो!"

अम्मी ने शलगम और गोश्त की यखनी बनाई। तीनों बहनों ने बढ़िया चावल के साथ उसे जी भरकर खाया। दोपहर होते ही जुलेख़ा ने बस एक पतले कपड़े के बैग में एक फिरन रखा और बहाने से घर छोड़ दिया। पार्सल उसकी शलवार में बँधा। ज़ुबीना यही जानती थी कि उसमें कुछ कागज़ी नक्शे और पैसे हैं।

रास्ते चलते जुलेख़ा सोच में गुम थी। उसे खुद पर यकीन नहीं हो रहा था कि वह सीमा से लगे एक गाँव तक जानेवाली बस में बैठ गई है। आगे जाकर उसे खोजना है। एक सुनसान मकान के पीछे सगीर को उसकी अमानत लौटानी है, जो उसकी कमर से बँधी है। बस में बैठे-बैठे उसने एक पल को आँखें मूँदीं तो उसे बड़ा अजीब दृश्य दिखा–अपने ही शरीर का कच्चा मांस और खून, खुली हुई रक्त शिराएँ

और हड्डियों पर जमा हुआ खून। पहाड़ों से टकराकर कहीं दूर से आती अज़ान को सुन वह चौंक पड़ी। ऐसा लगता था अज़ान की आवाज़ उसे रोकती थी। उसने बेखबरी में दोनों हाथ दुआ में उठा दिए। ज़ुबीना ने सवालिया निगाह से उसे तका।

"क्या बात है?"

"अगर वह नहीं मिला तो?"

"तो हम वापस घर जाएँगे।"

"और यह बंडल।"

"बाद में दे देना?"

"नहीं...यह देना ही है।"

"..."

"हमने निकाह कर लिया था ज़ुबीना।"

"क्या कहती हो आपा।"

"हाँ; बिना काज़ी।"

"वो निकाह कहाँ हुआ!"

"निकाह ही था। हमने कुबूल कर लिया एक-दूसरे को।"

एक घंटे बाद वे दोनों एक सुनसान बस स्टॉप पर बस से उतर गई थीं। सड़क पर से सेना का कारवाँ गुज़र रहा था। वे चलते-चलते कुछ थम गईं।

ज़ुबीना ने उसका दुपट्टा खींचा तो वह सहमते हुए चल पड़ी। वे एक अनजान कस्बे के बाहरी इलाके में थीं। जुलेख़ा ने एक हाथ का बना नक्शा देखा—सामने एक चिनार का पेड़ और बन्द पड़ा पेट्रोल पम्प था। उस पेट्रोल पम्प के दाहिनी तरफ जाती पतली गली के किनारे चलते-चलते वे एक सुनसान पड़े घर के पास पहुँचीं। घर के आगे बगीचा था। बगीचे का गेट खोलकर वे दोनों घर में घुसीं। घर में ताला था। शायद यही वह तयशुदा जगह थी, जहाँ पर सगीर का कुछ पता नहीं था।

"मगर है कहाँ वो?" ज़ुबीना का सब्र टूट रहा था।

"होगा यहीं। छिपा होगा, देखती नहीं सामने...!"

सेना का कारवाँ सुस्त चाल से आगे बढ़ रहा था। बड़ी गाड़ियों में ढकी तोपें।

"मेरा दिल घबरा रहा है। हम घर कब लौटेंगी, दोपहर ढलने को है!"

"ज़ुबी, एक घंटे बाद तू लौट जाना।"

"और तुम?"

"मैं अब नहीं लौटूँगी।"

"मुझे डर लगता है बस में। बस के ड्राइवर बदमाश होते हैं।"

''एक घंटे में क्या है! एक घंटे बाद ही पाम्पोर आ जाएगा। वहीं सड़क पर बढ़ई चचा की दुकान है। उनके साथ घर लौट जाना।''

''चली तो जाऊँ मगर तेरे सगीर का नामो-निशां तो हो कहीं!''

''कहीं भी हो, उसे मैं ढूँढ़ लूँगी।''

''नहीं, नहीं, मैं अम्मी को क्या कहूँगी? वैसे भी हम सब अब्बू के बिना परेशान हैं। तुम्हारे और सगीर के रिश्ते को लेकर गाँववाले बातें बनाते हैं। हम बहनों को क्या नहीं कहते! तुम चली गईं तो...''

''बस, यही समझ ले कि मैं भी तंग आ गई हूँ। गाँव मैं नहीं लौटूँगी। मैं वहाँ नहीं होऊँगी तो तुम सब सुकून से रहोगे।'

''चल, तुझे भूख लगी होगी। सामने नानबाई की दुकान से कुछ लेकर खा ले और लौटती बस से चली जा। अम्मी से कहना, मैं सगीर के पास हूँ।''

ज़ुबीना को सच में भूख लग आई थी। वह सोचने लगी, 'क्या सच में जुलेख़ा के पास बहुत पैसा है? कहती थी, पेट से बाँधा है उसने।'

''ले यह पैसा।'' उसने पैसों का एक छोटा भूरा पैकेट बैग से निकाला। उसमें से पचास के नोटों की एक गड्डी उसे दे दी।

'फिर कमर में क्या बाँध रखा है?' ज़ुबीना ने सोचा।

''रख ले। थोड़ा अम्मी को देना। थोड़ा तू रखना और खूब खर्च करना। जा अभी। खाने को ले आ, जो जी चाहे।''

वे उस सुनसान घर के गेट पर लेन-देन कर रही थीं, तभी एक पुलिसवाला उन्हें घूरने लगा। उसने जल्दी से पैकेट बैग में रख लिया।

सड़क के उस पार एक गली के मुहाने पर नानबाई की दुकान पर थोड़ी भीड़ थी। किसी तरह घुसकर ज़ुबीना ने शीरमाल लिए। कुछ नमकीन बिस्कुट भी।

नानबाई ने पचास का नोट लौटा दिया, ''खुले पैसे...चाहिए। सोलह रुपए।''

ज़ुबीना दुकान के सामने खड़ी भीड़ से निकलकर सड़क के इस पार आई। जुलेख़ा जल्दी-जल्दी घर से निकलकर दूसरी तरफ भागी जा रही थी। क्या सगीर मिल गया?

''कुछ खुले पैसे दो...।'' ज़ुबीना चिल्लाई और उसकी तरफ भागी।

वह सुनसान घर से निकल दूसरी तरफ पहुँच चुकी थी...सड़क पर सेना की गाड़ियाँ तब भी गुज़र रही थीं। वह सड़क से ज़रा पहले रुकी और ज़ुबीना की तरफ मुड़कर लौटने का इशारा किया, तभी एक तेज़ आवाज़वाला धमाका हुआ। धुएँ के बादलों में जुलेख़ा घिर गई। भीड़ चीख रही थी। ज़ुबीना दहशत में घिरी दुकान की बगलवाली गली में भागी। उसे होश नहीं था कि वह कहाँ जा रही थी। उसके बाजू और हथेलियों पर कुछ तीखे धारदार लोहे के टुकड़े लगे थे। उसे ज़रा होश नहीं था

कि वह कुछ सोच सके कि धुएँ में जो टुकड़े हवा में उड़ते देखे थे, वे जुलेख़ा के थे या किसी और के।

बस, यही अंजाम हुआ, ग़फलत-भरे इश्क़ के अफ़साने का।

जिस दिन मुझे श्रीनगर लौटना था, उस दिन ज़मान सुबह-सुबह चले आए। हमने नाश्ता साथ किया।

सामान समेटते हुए हम बातें करते रहे।

"पढ़ा था जुलेख़ा के बारे में?"

"हाँ। मगर हर अख़बार नई बात कह रहा है। कोई उसे अलगाववादी या फिदायीन, तो अवाम उसे साज़िश का शिकार और फौज एक्सप्लोसिव कैरियर बता रहे हैं।'

"मैं कश्मीर की औरतों को क़रीब से बहुत सालों से देख रहा हूँ। बेशक, बुरी तरह शोषित होते हुए भी। अपनी रिपोर्टिंग के दौरान बहुत-सी औरतों से मिला हूँ जो मानसिक और शारीरिक शोषण का शिकार हुई हैं। सेना या पुलिस के जवानों और पाकिस्तानी और कश्मीरी मिलिटेंट्स के हाथों भी। सबसे क़रीब जाएँ तो हाल ही का कुख्यात सेक्स स्कैंडल देखें, जिसमें बहुत-सी कमसिन लड़कियाँ और जवान औरतों को ब्लैकमेल किया गया। उन मजलूम औरतों को नौकरी दिलाने के बहाने राजनेताओं, ब्यूरोक्रेट्स और पुलिस अधिकारियों के सामने कम्फर्ट वुमन बनाकर पेश किया। बहुत से बड़े नामचीन लोग बेनकाब हुए लेकिन किसी औरत ने यह रास्ता अख़्तियार नहीं किया बदले या किसी गुस्से में; बल्कि उन्होंने नौकरियों से इस्तीफे दिए या फिर ज़िन्दगी बनाने की कोशिश में जुट गईं। मगर फिदायीन बनकर बदला शायद ही किसी ने लिया हो।"

"जुलेखा—इंटरेस्टिंग नाम है न!"

"तुम्हें हिस्ट्री पता है इस नाम की?"

"नहीं।"

"जुलेख़ा ने ख़्वाब देखा था कि तकदीर के सोए फरिश्ते के हाथ से उसने चुपचाप कलम खींच ली है। जब सारा मिस्र सो रहा था, तो वो यूसुफ के दीदार के बाद की अपनी बेहिसाब बेचैनियों से घबराकर जागी और दीवानगी में अपनी तकदीर खुद लिख डाली।"

"वाह!"

"जुलेख़ा-यूसुफ पर कितने तो सूफी शायरों ने प्रेमगीत लिखे हैं। फिरदौसी हुए, कश्मीर के महमूद गमी ने भी लिखा। इस्लाम के इतिहास में भी जुलेख़ा को लेकर बहुत-से अच्छे-बुरे किस्से हैं। सूफियों के रहस्यमय संसार में जुलेख़ा एक पाक और प्रेम-दीवानी स्त्री की तरह मानी गई। कट्टरवादी इस्लाम ने बेइन्तहाँ ख़ूबसूरत जुलेख़ा

को मिस्र के बादशाह अजीज़ की बेवफा और बदचलन बीवी की तरह पेश किया है, जो एक खूबसूरज नौजवान यूसुफ पर इस कदर आशिक़ होती है कि उसे पाने के लिए हर तरह का उपाय अपनाती है मगर उसके तमाम उपायों को यूसुफ ज़ाया कर देता है। इस पर नाराज़ होकर जुलेख़ा अपने पति के सामने उस पर बलात्कार का झूठा आरोप लगाती है और यूसुफ को अज़ीज़ उम्र भर के लिए तहख़ानों में बन्द कर देने की सज़ा देता है। यूसुफ को अपनी जवानी के तमाम साल कैद रहकर गुज़ारने पड़े थे।

''कट्टरपन्थियों ने जुलेख़ा के कैरेक्टर को जितना उलझाकर पेश किया है उतना किसी और औरत के चरित्र को नहीं। उतने ही उसे ख़ूबसूरत ढंग से प्रस्तुत किया है 'सूफियों' ने। कश्मीर के सूफियाना लोग दीवानी जुलेख़ा और ख़ूबसूरत नौजवान यूसुफ के प्रेमगीत लिखते और गाते आए हैं।''

''वाह...!''

''तुम्हें मज़ेदार बात बताऊँ—जब मैं बच्चा था, मुझे दो तरह से इस्लाम समझाया गया। मेरे अम्मी-अब्बू ने लव मैरिज की थी। मेरी अब्बू की माँ सूफियाना इस्लाम को मानती थीं। वो सूफी नज़्में लिखती थीं और गाती थीं। इधर मेरी नानी कट्टर इस्लाम को मानती थीं। दोनों ही कश्मीरी थीं, लेकिन मेरी नानी का धर्म खुदा से डरने का था। जब मैं नानी के गाँव जाता तो वो कहती थीं—खुदा की आँखें बन्दे का हमेशा पीछा करती हैं। जब भी तुम गुनाह करोगे, उससे छिपा न रहेगा। मैं उनके घर जाता तो खुदा से डरकर रहता। बाथरूम में भी डरता, झूठ बोलने से डरता।

''नानी के गाँव से लौटते हुए मेरी दादी का गाँव पड़ता था। हम वहाँ भी रुकते तो...जब मैं पेशाब के लिए बाहर जाते डरता और कहता कि खुले में खुदा देखते हैं, बाहर यह सब करना गुनाह है। तो वे कहतीं—खुदा डरने के लिए नहीं होते हैं वो मोहब्बत करते हैं और मोहब्बत ही चाहते हैं। वो कहती थीं कि मैं भी मानती हूँ, खुदा की नज़रें हमेशा बन्दे पर होती हैं। पर वो झपकती भी तो हैं...जब पलकें बन्द होती हैं, वो पल बन्दे की आदमियत और आज़ादी के होते हैं। उन पलों में हम दुनिया काम करते हैं—ज़ाहिरी और बातिनी। कुरान की हर बात मैंने सूफियाना और कट्टर इस्लामिक ढंग से समझी हैं लेकिन मेरे दिल के क़रीब मोहब्बत से भरा और पलकें झपकाता हुआ खुदा और सूफियाना इस्लाम ही रहा है।''

''कितना रोचक है यह सब!'' मैं पूरी तरह सम्मोहित थी।

''तो डियर, यही है जुलेख़ा और यूसुफ की कहानी भी। कुरान में ज़ुलेख़ा को खलनायिका का दर्जा मिला है और यूसुफ को पैगम्बर का। लेकिन सूफी रहस्यवादियों के लिए तो ज़ुलेख़ा बस प्रेमदीवानी है—न ज़्यादा, न कम।''

मैं ज़मान की सलेटी आँखों में गहराते रहस्य में डूबती जा रही थी।

वह बोले जा रहा था, "वो ज़ुलेख़ा और थी, यह ज़ुलेख़ा और। यह अपनी किस्मत खुद लिखने की गुस्ताख़ी नहीं कर सकी। प्योरली एंड मैडली इन लव।"

"हाँ, प्रेमदीवानी तो यह भी थी।" मैं बुदबुदाई।

"'मौत—एक मुकम्मल मौत। मौत एक कुदरती चीज़ है—नींद, मोहब्बत और भूख की तरह। बेहतरीन मौत ज़लज़ले, वबाओं और जंगों में होती है। कुत्ते की तरह पड़े-पड़े तो हर कोई मर जाए।' यह फलसफा उसे किसी ने दिया और उसने उस पर आँख मूँदकर यकीन कर लिया," कहकर ज़मान तो चुप हो गए, मैं अखबार में छपी ब्लास्ट की तस्वीर देखने लगी।

वहाँ उसका मांस बिखरा था। खून जम गया था जैली जैसा गाढ़ा और काला। खून जो हँसता था। खून जो रोता था। मांस जो थिरकता था घास में नंगे पाँव। मांस जो प्रेम में डूबता था। अपने इश्क़ के इस फलसफे पर यकीन करती हुई ज़ुलेख़ा मर गई। ज़ुलेख़ा अब एक साबुत सच नहीं। टुकड़ा-टुकड़ा मिथकों की बुनी हुई एक गैरदुनियावी शख़्सियत है। वह अब अखबारों की इन कतरनों में है, लोगों की स्मृतियों में है और यास्मीन की डायरी में भी। बाईस साल की इस युग की ज़ुलेख़ा के अन्तिम पल भी एक मिथक में बदल गए। किसी ने कहा—वह शहीद हो गई जेहाद की राह पर और उसने अपने प्रेम के मिशन को पूरा किया। किसी ने कहा—वह प्रेमदीवानी थी। सगीर की झूठी मौत की खबर पर खुद भी मर गई। किसी ने कहा—वह बाज़ार में भीख माँग रही थी। कुछ ने कहा—वह रोटियाँ खरीद रही थी एक नानबाई की दुकान से। किसी ने कहा—वह आत्मघाती बम थी तो किसी ने कहा—वह अनजाने में अपने थैले में रखे एक डिब्बे को दवाओं का डिब्बा समझ विस्फोटक सगीर के साथियों तक पहुँचाने जा रही थी। मेरी उत्सुक्ता की कोई सीमा ही नहीं थी—किस चीज़ ने ज़ुलेख़ा को मोटिवेट किया होगा?

मुझे इस हद तक गम्भीर और उत्सुक देख ज़मान ने ही पेशकश रखी कि रास्ते में ही है वह गाँव—हम वहाँ जा सकते हैं।

मेरे हामी भरने पर फिर ज़मान ही बोला, "लेकिन पहले अपने बॉडीगार्ड शान्तनु को तो बता दो।"

"ज़मान, वो मेरा रिश्तेदार है। वह बस हिदायतें देता रहता है—सजग रहो, यहाँ मत जाओ, वहाँ मत जाओ।"

"ठीक हो तो है। यह शर्त मेरी भी है—आँख, कान, नाक खुले रखना। खुद कम बोलना, सुनना ज़्यादा।"

उसका गाँव पहलगाम से ढाई घंटे के फासले पर था। उस दिन बारिश हो चुकी थी। गन्तव्य ज़मान को पता था, उन्होंने ड्राइवर को समझा दिया। हम जिन रास्तों पर थे,

वहाँ रास्ते में नवीं शताब्दी के खंडहर पड़ते हैं। नवीं शताब्दी के अवन्तिपुर के खंडहर, मगर खंडहर भी अब नहीं बचे थे, वे गोल पत्थरों के टीलों में तब्दील हो चुके थे या जान-बूझकर ढहा दिए गए थे। मैं व्यूंस और सफेदे की कतारों को देखने लगी। रास्ते में कुछ लोग खामोश एक चिनार के पेड़ के नीचे बैठे थे। यह रास्ता कभी नुनचाय और लूचीवालों की दुकानों से महकता-चहकता था। अब सब सर्द और ज़र्द है। 'चिनारों के नीचे ठहरकर नमकीन चाय पीने का रिवाज़ खत्म-सा हो गया है क्या?' ज़मान से पूछने का मन नहीं हुआ। अब घना कौल का वन आ गया था। सड़क पर से फौजी कारवाँ गुज़र रहा था। वह गौर से विशाल ट्रकों और जीपों को देखने लगा। मगर मुझे जहाज़ में मिले मेजर की बात याद आ गई :

'डिफेंस इज़ ए सेक्रेड काउ। सैनिकों की तो बलि चढ़े तो ही पूजा होती है। बाकी तो ज़लील हो रहे हैं।'

मैंने ज़ोर से गहरी साँस ली तो ड्राइवर ने कार के शीशे में से मुझे देखा।

"कितनी दूर और है?"

"बस, पहुँच गए मैडम। वो रहा सामने..."

बारिश में भीगा गाँव दूर से अपनी बदहाली की दास्तां बता रहा था। कच्चे रास्तों पर धीरे-धीरे सरकती हुई टैक्सी चढ़ाई पर बसे उस गाँव की तरफ बढ़ती रही। छोटे-छोटे लकड़ी के पुल। आगे लकड़ी, गारे और सीमेंट के बने घर और टूटी-फूटी खस्ताहाल दुकानोंवाला यह गाँव अपनी मुठभेड़ों की कहानी कह रहा था। बीच में खड़ी पीली दीवारोंवाली सरकारी इमारतें, कुछ उजड़ी धार्मिक इमारतें लगभग सुनसान पड़ी थीं। पहाड़ों के शिखर पर खड़ा पुरातन मन्दिर भी, जो किसी पुराने समृद्ध युद्ध का प्रतीक मालूम होता था। हरियाली और पहाड़ों के बीच यूँ तीन किलोमीटर के दायरे में फैले इस जहालत और बदसूरती के धब्बे में देखने लायक क्या था, ऐसी ही कुछ हैरानी से टैक्सीवाला हमें देख रहा था। मैं उस बदसूरत धब्बे जैसे गाँव में जुलेख़ा की माँ और उन लोगों से मिलना चाहती थी जिन्होंने उसे बढ़ते देखा होगा—आखिर उसके मन में क्या था?

गाँव का एक सरकारी मुलाजिम ज़मान का रिश्तेदार था। हमने गाड़ी उस मुलाजिम के घर के पीछे खड़ी की। वह बन्दा घर के बाहर ही खड़ा था। शायद ज़मान उसे फोन पर बता चुके थे। वह ज़मान से गर्मजोशी से मिला और मुझे भीतर भेज दिया, जहाँ उसकी पत्नी ने मेरा इस्तकबाल किया। यह एक ज़िन्दादिल औरत थी। उसने न केवल जुलेख़ा के घर का पता बताया बल्कि मेरे साथ भी हो ली। ज़मान वहीं ठहरकर उसके पति से बातें करने लगे।

"पहले गाँव खुशहाल था। ख़ूबसूरत दिखता था। गाँव के लोग अच्छे थे। अब भी भले हैं। मगर जब लोगों ने हथियार उठा लिए तो दो जून का मिलनेवाला खाना और ज़िन्दगी का सुकून भी चला गया।"

"तुम जुलेख़ा से कभी मिली थीं?"

"नहीं। हम शरीफ लोग हैं बाजी। मेरा निकाह तब हुआ ही हुआ था। हम औरतें घरों से बाहर नहीं निकला करती थीं। हमने तो सुना था कि वो मिलिटेंटों से पैसा लेकर उन्हें अपने घर में रखती थीं, उनके लिए तहखाना बनवाया, खाना बनाकर दर्जनों फिदायीनों को खिलाती थीं वो सब। बेपर्द, बरहना सिर घूमतीं। गाँव भर ने समझाया मगर लालची बुढ़िया ने अपनी लड़की को कुछ नहीं कहा। हर कोई कहकर रह गया कि जब तेरे में हया नहीं रही तो जी चाहे जो कर, परदा तो आँख का होता है, जिस्म का नहीं। उन्हीं में से एक फिदायीन ने उसकी लड़की को बहकाया, मुताअ किया। फिर भाग गया। बस, और क्या?"

बस कोई कहानी इतनी-सी होती है?

मैं उस महिला के साथ गाँव के उस मुहाने पर पहुँची जहाँ एक कोने पर पुरानी और नई ईंटों पर जस-तस खड़ा एक घर था, जिसके एक तरफ धान के खेत थे और दूसरी तरफ दूर सब्ज़ियों के बगीचे दिखाई दे रहे थे। हम घर के दरवाज़े पर जाकर खड़े हुए। दालान में धूप के एक टुकड़े में बैठी एक अधेड़ औरत गुलाबी शलज़में और हरी शाक के पत्ते छाँट रही थी। उसने हमें हैरानी से देखा! फिर मेरे साथ आई गाँव की औरत देखकर हड़बड़ाकर खड़ी हो गई। यह रशीदा थी। जुलेख़ा की माँ।

"रशीदा बी, ये तुम्हारी बेटी के बारे में जानने आई हैं। एन.जी.ओ. वाली हैं। पैसा भेजेंगी।" वह महिला बोली।

"कुछ बताओ, फार्म में भरेंगे।"

"बेटी, जब मेरे पास बचा नहीं कुछ कहने को तो अब कुछ बचा होगा लोगों के जानने को? कौन जानना चाहेगा उस बदकिस्मत लड़की के बारे में अब? सालों गुज़र गए। गाँववालों ने मुँह फिरा लिया...। तमाशा बन गए हम लोग। पैसे का वादा भी कितने लोग कर गए, भेजा किसी ने नहीं।" वह बड़बड़ाती रही।

मैं उसके पास बहुत देर तक ख़ामोश बैठी रही। शब्द ही नहीं थे। उसकी डलिया में हरे शाक से कुछ शब्द मिले तो मैंने उन्हें ही चुनकर पूछा, "आप खेती करती हैं...? ये सब्ज़ी वगैरह..."

"अब दूसरों की ज़मीन पर खेती करते हैं। कभी अपनी ज़मीन भी थी, चली गई। कभी ज़ाफरान के खेतों में फूल चुन लेते थे। जंग में सब उजड़ गया। अब यहाँ कुछ नहीं होता।"

"आपके पति?"

"जब खेती का मौसम न हो तो मेरे मियाँ बढ़ईगीरी करते हैं। नावें, खेलने के बल्ले, ताबूत बनाया करते हैं। एक वक्त था बच्ची, जब इन्हें ताबूत बनाने से फुरसत नहीं मिलती थी। वो ग़ैरमामूली वक़्त था। ताबूत बनानेवाले का काम मानो कम ही नहीं होता था। हमने खेत तक उस बार खाली छोड़ दिए थे। ताबूत बनाने के तमाम मौसम उसे फुरसत नहीं मिली थी। हर तरह के औरतों, बच्चों के छोटे ताबूत, मर्दों के बड़े ताबूत। अल्लाह-अल्लाह करते जाते भीगी आँखों से औज़ार चलाते। वो पैसा भी बुरा लगता था, मगर पेट के लिए। अब राहत है। नावें बनाते हैं, संजीदा रहते हैं। बल्ले बनाते हैं, खुश रहते हैं।"

"मैंने तो सुना कि वो लापता... ।" मैंने उसके एकालाप को भंग किया तो वह चौंककर आँखें मिचमिचाकर मुझे देखने लगी।

"वो पहलेवाला था। मुझे नहीं पता, वो कहाँ है—मर गया या उस पार गया या जेल में है! मेरा कोई रिश्ता नहीं उस नामुराद से।"

"जुलेख़ा आपकी ही बेटी थी न?"

"हम भूल गए उसे। वह तीसरी थी।" कहकर वह ऐसे चुप हो गई, जैसे मुँह पर एक चट्टान आकर गिर गई हो और तमाम रास्ते बन्द हो गए हों! मेरे किसी सवाल का उसने उत्तर नहीं दिया।

"मेरा पुलिस या अखबार से कोई ताल्लुक नहीं है। मैं बस कश्मीर की बरबाद और लापता औरतों की लिस्ट बना रही हूँ। उनके घरवालों को संस्था पैसा और सहायता भेजेगी।" मैंने मन कड़ा करके झूठ बोला और उसकी शाक की डलिया में सौ के दो नोट चुपचाप रख दिए।

"हाँ-हाँ, मर्दों के इस खूनी खेल में औरतें ही तो अज़ाब में हैं, लड़कियों के साथ मुताअ के नाम पर ज़िना, इंटरेगो...ग्शन के नाम पर ज़िना...क्या कहूँ, कभी बहुत बुरा वक्त झेला है हमने! जुलेख़ा को गए साल हो गए मगर पुलिस अब तक आती रही है। जब मैंने इस भले आदमी से दुबारा निकाह किया तब कहीं... ।"

"कुछ बताइए न उसके बारे में।"

"मेरा यह खाविन्द बड़ा अच्छा है। इसने सब सँभाल लिया। अब कुछ सुकून है।"

"नहीं, मेरा मतलब आपकी बेटी से था। जुल..."

"क्या बताऊँ...?"

"क्या वो जेहाद के रास्ते पर थी? दुनिया कहती है, वह शहीद हो गई।"

"ना। यह बेकार की बात है। मेरी बच्चियाँ बेखबर थीं इन सब बातों से। हम मजदूर लोग ठीक से कुरान भी कहाँ पढ़ पाते हैं। हमें यह सब पता नहीं।

नमाज़ में पाँच बार अल्लाह के आगे सर झुकाकर दो जून खाना जुटाने निकल जाते हैं।''

''तो फिर? यह सब कैसे हो गया?''

''...''

''बताइए न अम्मी। यक़ीन करिए, मैं भी आपकी बेटी हूँ। मैं खुद कश्मी...। मेरा मतलब, मैं आपके साथ हूँ अम्मी। जुलेख़ा की हक़ीकत बताएँ, मैं जानती हूँ, वह फिदायीन नहीं थी।''

''नहीं थी। कतई नहीं थी। माँ हूँ उसकी। मुझे उसकी हर बात पता है। वो ज़िन्दा है उधर, अब भी। मगर अपनी अम्मी से नहीं मिल पाती।'' वह अपने दुपट्टे से आँखें मलने लगी।

''अच्छा...?''

''उस दिन को कोसती हूँ जब उधर से आया एक दहशतगर्द जुबैर जुलेख़ा के अब्बू को केसर के खेतों में घायल पड़ा मिला था। वो दिन के आज का दिन हम अज़ाब के शिकार होते रहे हैं। हमारा क्या गुनाह था? हमें क्या पता था, घायल समझकर अल्लाह के जिस बेबस बन्दे को वो घर ले आए हैं वो मिलिटेंट है। दहशतगर्दों का एक मुखिया 'जुबैर'। हमारी ज़मीन बिक गई थी। हम बेहद तंगहाली से गुज़र रहे थे। कुछ पैसों के बदले जुलेख़ा के अब्बू ने उसका अच्छे डॉक्टर से इलाज करवाया। मैंने उसे पका-पकाकर खिलाया। मेरे उस मियाँ का लालच बढ़ गया था, उसकी ज़िद पर घर में तहखाना बना। हमारे यहाँ उसके लड़के आने लगे। छिपकर रहने लगे। उनमें एक जवान पाकिस्तानी लड़के ने जुलेख़ा पर नज़र डाल दी। मुखिया जुबैर नेक मुसलमान था। उन लड़कों पर नाराज़ भी हुआ कि जो घर सहारा दे, वहाँ की औरतों को बख़्श दो मगर वो लड़का...सगीर अहमद जुलेख़ा के पीछे ही पड़ गया। वो भी उसके बहकावे में आ गई, अच्छी-भली पुरानी मँगनी तोड़ दी। कहने लगी, वो आसिफ़ तो हिन्दुस्तानी फौज का मुखबिर है। सेना में भरती होने के लालच में मुखबिरी करता है।''

''फिर?''

''एक दिन जुबैर चला गया। उसके पैर का घाव सड़ने लगा था। फिर जाने कहाँ जाकर कहीं किसी कस्बे के अस्पताल में मर गया। फौज की रेड पड़ी, आकर बहुतों को मारा, गिरफ्तार किया। हमारे यहाँ के मासूम लड़के जिनका दहशतगर्दों से दूर का वास्ता न था, वो भी पिटे और ज़लील हुए। पकड़े गए।

''फिर तो फौज के आने के अन्देशे पर बहुत सारे दहशतगर्द और गाँव के लड़के घरों से निकलकर मस्जिद में घुस जाते। एक बार दोनों तरफ की मुठभेड़ हुई जिसमें बहुत मर गए, बहुत सारे पकड़े गए। सगीर घायल होकर हमारे तहखाने में छिपा रहा फिर अगली सुबह उसी हाल में पहाड़ी गली के रास्ते भाग गया।

“उसी के तीन दिन बाद हमारे घर पुलिस का छापा पड़ा और तहखाने का पता चल गया। पुलिस कहती थी, हम मिलिटेंट और असलाह छिपाते हैं। वहाँ से कुछ नहीं निकला, असलाह-वसलाह, मगर उन्होंने पूरा घर खोद डाला था। हमें गालियाँ दीं, मारा और ज़ुलेख़ा के अब्बू को भी पकड़ ले गए। अगले दिन ज़ुलेख़ा को पूरे दिन कमरा बन्द करके...इंटरेगो...ग्शन...”

“इंटरोगेशन?”

“हाँ, वही...पूछताछ करते रहे। उसके कुछ दिन बाद ही वह अचानक चली गई और फिर लौटी नहीं।” रशीदा फफककर रो पड़ी।

“फिर...?”

“उसके बाद हम माँ-बेटियाँ कालीन के कारखाने पर काम करने लगीं।”

“जब ज़ुलेख़ा गई तब क्या उम्र थी उसकी?”

“वह 22 की थी, ज़ुबीना 17 की।”

“ज़ुबीना...?”

“हाँ, ज़ुबीना। छोटीवाली। अचानक ही ज़ुलेख़ा-ज़ुबीना दोनों भाग गई थीं। हाँ, दूसरे दिन ज़ुबीना लौट आई थी। हमने आनन-फानन में उसका निकाह जम्मू के एक गाँव में कर दिया। वो अब खुश है।”

“...”

“उसका मुझे नहीं पता। मुझे यह भी नहीं पता, वो लड़की जो हमले में मरी है, वो ज़ुलेख़ा है कि नहीं, मेरा मन यह यकीन करने को नहीं करता। मन कहता है, वह सगीर के पास है।”

“मगर किसी ने बताया, उसे दफनाया गया है यहीं गाँव में।”

“वो साबुत लाश कहाँ थी! पता नहीं, कुछ नंगे टुकड़े थे, किसी के जिस्म के।”

मैं सिहर गई थी कि तभी रिज़वाना ने मुझे अन्दर बुलाया चाय के लिए। रिज़वाना ज़ुलेख़ा की बड़ी बहन है। अब वह बेवा है। उसका पति जेनरेटर ठीक करनेवाला मैकेनिक था। फौजी कैम्पों में जैनरेटर ठीक करने जाता था। किसी दहशतगर्द ने मुख़बिरी के शक में गोली मार दी।

कमरा भीतर से पक्के फर्श का था। सलीके से जमा छोटा-सा कमरा। हलकी हरी दीवारें। एक दीवान पर कुछ नमदे थे और छोटा स्टूल। कोने में टेलीविज़न पर तस्वीर रखी थी। तस्वीरवाली की हलके रंग की पुतलियोंवाली बड़ी और नरम आँखें थीं—मुस्कुराती आँखें। घने काले बाल, जो गालों पर लटके थे। वह किसी पुरानी फिल्म की हीरोइन लग रही थी।

रिज़वाना ने हलके रंज के साथ कहा, “यह वही है।”

मैं उदास हो गई, यही ज़ुलेख़ा थी! यह फैशनेबल, ख़ूबसूरत और आज़ाद रूह लड़की!

"इतनी प्यारी लड़की जेहाद के लिए जान कैसे दे सकती है?"

"आप सच कहती हैं, जेहाद का मतलब ही उसे पता नहीं था। वह तो एक सादादिल लड़की थी। न उसे आज़ाद कश्मीर से कोई मतलब था। वह हमारी ही तरह घर के काम-काज करती और केसर की क्यारियों में काम करती थी। सगीर से निकाह करेगी या वह कभी मिलिटेंट बनेगी, ऐसा उसने कभी कुछ नहीं कहा। बस, फौजियों के सताने के डर से वह भाग गई। आगे हमें नहीं पता, लेकिन उसके नाम पर हमें हर तरह से तंग किया गया।"

मेरे साथ आई महिला चलने को बेसब्र हो रही थी। उसने चाय भी नहीं पी। मैंने आधा कप चाय किसी तरह निगली और हम चले आए।

"झूठी हैं ये सबकी सब। जुलेख़ा की डेडबॉडी जब आई तो बहुत लोग थे उसके जनाज़े पर...उसे 'शहीद' बनाकर पेश किया सबने। सिरीनगर से आए एक नेता ने उसकी कबर पर संगेमरमर लगवाया...।"

लौटते हुए हमने वहाँ की उजड़ी हुई सी कब्रगाह को देखा जो मुख्य सड़क पर ही थी। वहाँ बीस और कब्रें थीं उन लोगों की, जो मिलिटेंटों या मिलिटरी के हाथों मरे थे। संगमरमर के समाधि-पत्थरों पर उनके नाम, मरने की तारीखें लिखी थीं और उर्दू में आज़ाद कश्मीर को लेकर उनके शहीद हो जाने के अर्थ को व्यक्त करती पंक्तियाँ थीं। एक कोने में जुलेख़ा की कब्र थी, उस पर गुलाब की सूखी पत्तियाँ बिखरी थीं।

मैं उसकी कब्र के सिरहाने खड़ी कब्र पर लिखी पंक्तियाँ पढ़ने की कोशिश करने लगी तभी स्कूल जाती लड़कियों का एक चहकता झुंड सड़क से गुज़रा। आठ-नौ साल पहले जुलेख़ा भी ऐसे झुंड का चहकता हिस्सा रही होगी। मैंने प्रार्थना की कि इनमें से किसी के साथ नियति यह मज़ाक न करे।

कब्र पर लिखा था :

'...इस बेदिल और शंकालु दुनिया के हाथों उजड़ने के बाद
अब मिट्टी ही मुझे आश्रय देगी।'

पहलगाम से लौटकर आने के बाद अचानक यह महसूस होने लगा कि मैं श्रीनगर में एकदम अकेली हूँ। लाइब्रेरी का काम पूरा हो चुका था। वहाँ इतिहास था, आर्टिकल 370 की हर कोण से व्याख्याएँ थीं, उन पर लिखी किताबें।

किताबों में मज़हबी फलसफे थे, सूफीज़्म और शैविज़्म दोनों की कविताएँ थीं। मेरी दादी का हब्बाकदल, माँ की ख़ामोश पीड़ा, नसीम की खोज, यास्मीन का लम्बा अकेलापन और मरने से पहले की कशमकश, आयशा के जलते भाषण और उसके

नक़ाब का विरोधाभास, नज़्म और नौशाबा की औरत की आज़ादी का 'परचम' उठाने की नन्ही-मुन्नी कोशिश, ज़ुलेख़ा की क़िस्मत...और मैं...मेरी खुली टीसती जड़ें—इन किताबों से ग़ायब क्यों थे? अचानक मेरा मोहभंग हो चुका था इन किताबों से और मैंने लाइब्रेरी जाना बन्द कर दिया था।

ज़मान को लन्दन जाना पड़ा, कोई वर्कशॉप थी, बी.बी.सी. के संवाददाताओं की। उधर वज़ीर के घर में उसकी शादी की गहमागहमी चल रही थी। मेजर शान्तनु पुंछ इलाके में 'ऑपरेशन सद्भावना' के तहत खुले एक नए 'उम्मीद' नाम के पुनर्स्थापना केन्द्र को व्यवस्थित करने में व्यस्त था। अच्छा ही हुआ। यह अकेलापन उर्वर रहा। मेरी किताब एक-तिहाई पूरी हो गई। ज़ुलेख़ा वाले प्रकरण ने इस किताब को एक नया आयाम दे दिया था। लगभग एक सप्ताह बाद शान्तनु जब गेस्टहाउस आया तो मैंन किताब के कुछ हिस्से उसे दिखाए। उसे अच्छा लगा। फिर जब उसे पता चला कि हम ज़ुलेख़ा के गाँव गए थे तो उसे अच्छा नहीं लगा मगर वह चुप रहा। जब यास्मीन का ज़िक्र आया तो वसीम से मिलने का ज़िक्र भी मेरी ज़बान से फिसल गया। यह भी कि ज़मान उससे मिलवाने का वादा कर चुके हैं। मैं जान गई थी कि मेरी वसीम से मिलने की इच्छा तीव्रता के काफी ऊँचे रिक्टर स्केल पर जाकर बाहर ज़लज़ला पैदा कर चुकी है।

"क्या तुम्हें ग़लतफहमी है कि तुम इन लोगों की मानसिकता बदल लोगी—उनकी, जो खुद नहीं जानते कि वो कहाँ जा रहे थे...अब कहाँ जा रहे हैं?"

"मेरा ऐसा कोई इरादा नहीं है शान्तनु।"

"मुझसे तो तुमने कहा था कि 'मैं अपने आने का शोर नहीं मचाना चाहती।' अब तुम क्या कर रही हो, तुम लगातार मूर्खताएँ कर रही हो। इन नाजुक मगर विस्फोटक मसलों से यूँ खेलते हैं?"

"..."

"पहले वो मरहूम लड़की की कब्र पर अकेले जाना, फिर वो बेवाओं का गाँव... ज़ुलेख़ा का घर, फिर अब ये वसीम। ये इमोशनल फूल्स की तरह इश्क़-मोहब्बत और आतंकवाद की रोमांटिक जुगलबन्दी के ख़्वाब क्यों देख रही हो तुम? आतंक का चेहरा बहुत बदसूरत होता है। यही देखना है तो चलो पुंछ 'उम्मीद' में, जहाँ एक औरत है, जिसके पैर बम विस्फोट में उड़ गए हैं और वह चार बच्चों की माँ है। उन्हें पालना उसकी विवशता है। एक है बारह साल की 'कौसर' यतीम है, आतंकवाद पूरा गाँव लील गया था, कुछ बच्चों समेत वह बची है। कुछ बोलती नहीं, न खाती है। बस बचे हुए एक हाथ से, चॉक से तस्वीरें बनाती है। कई यतीम बच्चे हैं जिन्हें

धमाकों की आवाज़ पर दौरे पड़ते हैं। कितने अपाहिजों की लाइन लग जाती है रोज़... जो अपनी ज़िन्दगी चलाने के लिए नकली हाथ-पैर बनवाने के लिए आते हैं। हमारे बीस डॉक्टरों की टीम उन लोगों की पच्चीस प्रतिशत ज़रूरत भी पूरी नहीं कर पाती। चलना है तो वहाँ चलो न!"

"..."

"तुम्हें किसने कहा, यह वही वसीम है! कोई दूसरा वसीम नहीं हो सकता है क्या?"

"बस मेरी उत्सुकता..."

"बड़ी आत्मघाती उत्सुकता है। सुना तो होगा न कि क्युरोसिटी किल्स द कैट...।"

फिलहाल शान्तनु से बहस करना बेकार था। वसीम से मिलना यूँ भी वज़ीर के निकाह की वजह से टल गया था।

मैं और शान्तनु वज़ीर की शादी में साथ ही शामिल हुए। शादी के एक दिन सुबह दस बजे लाल चौक से कुछ आगे एक सरकारी बिल्डिंग में हुए बम विस्फोट और आगजनी से शहर का माहौल तनावग्रस्त हो गया था। ज़ाहिर सी बात है, शादी पर असर पड़ा। इतने दिनों की तैयारियाँ घर ही घर में सिमट गईं और दिन ही दिन में निकाह हो गया। शाम को रिट्ज़ होटल में दावत और रिसेप्शन रख दिया गया था। मैं दो दिन की शादी की रस्मों में शामिल नहीं हो सकी। यूनिवर्सिटी से इधर आनेवाले रास्ते बन्द थे। रिसेप्शन वाली शाम को शान्तनु लेने आ गया और मैं हज़ार आपत्तियों के बावजूद होटल के बाहर तक सादा कपड़ोंवाले कमांडोज़ के घेरे से घिरी थी। मेरा मूड उखड़ा हुआ था।

"जीन्स से ज़्यादा तुम साड़ी में अच्छी लगती हो।" उसने फुसफुसाकर कहा।

"मुझे आदत नहीं है।"

"तो डाल लो। मुझे पसन्द है।"

"...अच्छा! इतने गुमान पालना ठीक नहीं मेजर।" मैंने उसे साफ तौर पर कहा।

वह मूँछों में मुस्कुराता रहा, जैसे कोई चुनौती स्वीकार कर रहा हो! हम होटल के भीतर आ गए।

होटल के भीतरी हॉल में सारी व्यवस्था थी। हॉल में एक सोफे पर वज़ीर दोस्तों के साथ बैठा था।

वज़ीर को शेरवानी में देखकर मुझे अश्वत्थ की याद आ गई। उसे बहुत शौक़ है 'शेरवानी' का। दुलहन भीतर एक कमरे में थी, घर की महिलाओं के साथ। भारी

महज़र में ढकी। खाने का इन्तज़ाम भी अलग-अलग था। वह नज़्म थी जो दोनों सीमाओं के आर-पार बेख़ौफ़ घूम रही थी। मैं और मेजर साथ-साथ खड़े थे—असमंजस में कि हम भी अपना-अपना हिन्दुस्तान-पाकिस्तान अलग कर लें। वह मर्दों की तरफ का रुख़ करे, मैं भीतर के कमरे का, जहाँ दुलहन है।

नज़्म ने हमारी मुश्किल आसान कर दी। नज़्म की सहेलियों के साथ मैं भी बाहर वज़ीर के पास बैठ गई। थोड़ी देर बाद दुलहन को भी वहीं ले आया गया मगर कुछ बुजुर्ग भौंहें भीतर तनी रहीं...। परवाह किसे थी!

'फिर शादी का मज़ा ही क्या मम्मा?' नज़्म को तो किसी की परवाह नहीं। वह उस युवा कश्मीरी पीढ़ी की थी जिन्हें जीने और खुलकर जीने से कुछ भी रोक नहीं सकता था। आतंक, कट्टरपना भी नहीं।

कितने शेड, कितने रंग देख रही हूँ, कश्मीरी औरत के! शुरुआत नसीम से हुई थी और अन्त ज़ुलेखा पर। मेरा ध्यान खींचा जवान खिलखिलाहटें और संगीत और लज़ीज़ वाज़वान ने नहीं, बल्कि एक निगाह ने।

रोशनियों के हुजूम के बीच शान्तनु की गुनगुनी निगाह बार-बार मेरे बाएँ गाल पर पड़ रही थी। मुझे अजीब लगने लगा फिर संगीत और खिलखिलाहटों का शोर मुझ तक पहुँचना ही बन्द हो गया था। वह अपनी दृष्टि से मुझे छू रहा था, या यूँ कहें, उस शाम उसने उस पर से नज़र हटाई ही नहीं तो! उसकी शहद के रंग की आँखों के बीच से रोशनी परावर्तित होकर चिंगारियों में बदल गई थी। मेरे शरीर के बाएँ हिस्से में हरारत बढ़ गई थी। हॉल की हर दूसरी चीज़, प्रकाश, फिस़लती नज़रें, ठहाके सब मेरे लिए निराकार झुटपुटे में बदल गथा था जिसके बीच उसका चेहरा अलग से दमक रहा था। मैं ऐसी तन्द्रा में थी कि न कुछ सुनाई दे रहा था, न दिखाई। अचानक वेटरों की आवाजाही हम दोनों के बीच से होकर कुछ ज़्यादा ही बढ़ गई थी। एक अमूर्त-सा सम्प्रेषण अवरुद्ध हो चला था। डिनर लग चुका था।

अभी जाना ही कितना है, अभी देखा ही क्या है? बस, उतना ही तो जो सतह पर तैरता है या जो परछाइयों पर ठहरता है। जो परछाइयों में घुला होता है वह देखा? शान्तनु में व्यावहारिक गर्मजोशी है। ज़मान में पुरुष सुलभ प्राकृतिक दम्भ है। मन की सतह पर असमंजस गाढ़ा-गाढ़ा जमा था।

फोन पर ज़मान इस बार शान्तनु की भाषा बोल रहे थे।

"वज़ीर ने आपके हवाले से एपाइंटमेंट ले लिया है—कल का। आप लौटेंगे तब तक मुझे अपनी किताब पूरी कर लेनी है। मुझे एक बार मिलना तो है ही वसीम से।"

"यह एक फितूर है। एक अलगाववादी को उसकी पुरानी गर्लफ्रेंड की याद दिलाओगी और वह हिन्दुस्तान के हक़ में हो जाएगा। वाह, क्या आसमानी गुमान है!"

"मैंने ऐसा कब कहा है? न मुझे ऐसा आसमानी गुमान है किसी से।"...इतना कड़वा क्यों हो जाता है यह?

"फिर मिलकर क्या करोगी? ज़रूरत..."

"ज़रूरत? बस, देखना चाहती हूँ। मैंने कोई एक्समिलिटेंट नहीं देखा कभी।

"मिलिटेंट एक्स या वाय, ज़ेड नहीं होता है। मुझे इनके ये स्यूडो मुखौटे नहीं झेले जाते।"

"..."

"वज़ीर तुम्हारे साथ रहेगा न?"

"हाँ।"

"और मेजर के क्या हाल हैं? उसे मत बता देना, वरना चार कमांडो लगा देगा पीछे।"

"मुझे पता है...। आप कब लौटेंगे?"

"क्यों? याद करती हो मुझे?" दिखावटी नरमाई से बोला वह।

"कतई नहीं...। किताब पूरी हो चुकी है। अब लौटूँगी न दिल्ली। आपके आने का पता चल जाता तो..."

"सारी फ्लाइट्स वक्त से मिलती रहीं तो इंशाअल्लाह अगले इतवार सुबह मैं श्रीनगर में होऊँगा।"

बेचारा वज़ीर शादी के सप्ताह बाद ही मेरे साथ जोखिम उठाने को तैयार हो गया। नवेली दुलहन से छिपाना पड़ा वरना घबरा जाती। मुझे यक़ीन नहीं हो रहा था कि बकौल शान्तनु अपनी 'आत्मघाती उत्सुकता' के तहत, मैं वसीम के घर में बैठकनुमा ऑफिस में थी।

सादगी और किताबें उस कमरे की खासियत थी। वहाँ उसका जो एक चित्र टँगा था, वह मीडिया का बनाया हुआ 'वसीम' था। मीडिया में लोकप्रिय अक्सर टी.वी. पर दिखनेवाला यह चेहरा, वही आँखें। वसीम की आँखों की खुलूसियत का ज़िक्र यास्मीन की डायरी में है। मैंने चित्र गौर से देखा, दाढ़ी ही दाढ़ी। ताम्बई गाल। चौड़ी पेशानी, खुली काली आँखें, मगर खुलूस...वह कहाँ है? यहाँ तो एक पल-पल चौकन्ना वाला भाव है। एक शातिर पैनापन।

एक लम्बे हिंसक संघर्ष का हासिल रहा हो शायद, खुलूस खोकर पैनापन पा लेना।

किताबों से सामने की दीवार पर लगी बुकशेल्फ भरी पड़ी थी। रूमी, इकबाल, फैज़ की शायरी से लेकर यासर अराफात, जिन्ना और नेल्सल मंडेला की बायोग्राफी। भारतीय इतिहास से लेकर भारतीय संविधान। लेनिन, चेग्वेरा, रूसो—क्या-क्या वहाँ नहीं था! दो बड़े टाइटल 'गांधी दर्शन' के भी थे।

'माज़ी से बचने का स्वाँग है क्या...यह गांधी, चेग्वेरा, नेल्सन मंडेला?' मैंने मन-ही-मन कहा।

''बहुत डरते हो शायद अपनी माज़ी से।'' मैं बुदबुदाई।

वज़ीर ने चौंककर मुझे देखा। मैंने होंठ भींच लिए। हमने लगभग एक घंटा इन्तज़ार किया तब जाकर कहीं वह परदे के पीछे से नमूदार हुआ। मुझे इन्तज़ार करवाने की वजह समझ नहीं आई। अगर वह अब तक भीतर ही था तो...।

''आदाब अर्ज़...''

मुझे अभिवादन के नाम पर हर मुद्रा पसन्द है सो मैंने भी सलाम के अन्दाज़ में सीधा हाथ सर से लगाकर सिर झुका दिया। उसके पथरीले चेहरे की एक-एक नस ज़ाहिर थी। बढ़ी दाढ़ी में से चमड़ी की ज़र्दी उसके बिगड़े हुए स्वास्थ्य की शिकायत कर रही थी।

वज़ीर खड़ा हो गया।

''माफ करना दोस्त। फोन पर एक ज़रूरी मसले पर बात कर रहा था। कल लाल चौक पर रैली है।''

''शामिल हो रहे हैं आप?'' वज़ीर ने पूछा।

''नहीं, ऐसी रैलियों में दो-एक बार मैं गया हूँ, मगर लौट आना पड़ा।...मैं कश्मीर के पाकिस्तान में मिल जाने के हक़ में नहीं हूँ। इसलिए मैं सीन से ही हट गया। बिना मेमोरेंडम दिए वापस चला आया।''

''तो आप भी पाकिस्तान को गैरमुल्क ही मानते हैं?'' मैंने साहस किया।

''कौन मना करता है कि पाकिस्तान गैरमुल्क नहीं है। वहाँ, हमारा कभी दिल से इस्तकबाल नहीं किया जाता। मगर कश्मीर हिन्दुस्तान में है, हिन्दुस्तान जो हिन्दुओं का है। यहाँ हम गैरमज़हब मुसलमान हैं। हम यहाँ के लिए दूसरी कौम हैं। उनकी नज़रों में हमारी तहज़ीब अलग है, वफादारी अलग। हम सालों 'जन-गण-मन' गाते रहे हैं, मगर उसी तिरंगे के नीचे हमें गैर समझा जाता रहा है। वफ़ादारियों की ये कशमकश अब सही नहीं जाती है। पाकिस्तान गैरमुल्क है मगर हममज़हब है, हमसे हमदर्दी रखता है मगर हमें उनसे जा मिलने की दरकार नहीं है। कश्मीरी अब शान्ति से आज़ादी चाहता है। इस आज़ादी के लिए कश्मीर की रूह बेचैन है। ऐसा न होता तो हमारी रैलियों में जान की परवाह किए बिना लाखों कश्मीरी शामिल होते? अब

कश्मीर के मुँह से पाकिस्तान नहीं बोलता, न भाड़े के सैनिक भेजता है। अब कश्मीर खुद बोलता है। अब एक यही हल है।''

''हल कितना बड़ा हायपोथेटिकल वर्ड (परिकाल्पनिक शब्द) है! क्या आप सोचते हैं कि ये 'के' कैन यू थिंक दिस, दिस 'के' इश्यू विल बी रिजॉल्वड एवर?'' बोलकर मैंने जीभ काट ली। इस विषय पर न बोलने की कसम खाई थी।

''हमारा तो नारा ही है, 'राइट टू सेल्फ डिटरमिनेशन इन ईस्ट तिमोर, क्यूबेकाना, कोसोवो, वाय नॉट 'के' फॉर कश्मीर?''

''आप भी पत्रकार हैं?'' उसने मुझे ग़ौर से देखा।

''यही हैं अमिता जी।'' वज़ीर की पेशानी पर पसीना था।

''हं-हाँ। ज़मान साहब ने शायद आप ही का ज़िक्र किया था।''

''जी हाँ, जी हाँ...ये किताब लिख रही हैं कश्मीर पर...।'' वज़ीर ने कहा।

''कश्मीर पर बहुत लिखी गईं हैं किताबें...लगभग संसार की हर भाषा में।''

''हं, सबका अलग नज़रिया होता है। टाइटैनिक जहाज़ को डूबे सालों हो गए मगर पिक्चरें अब तक बनती है।''

''ज़ाहिर है, आपका नज़रिया अपना होगा।''

''मैं नज़रियों और विचारधाराओं पर नहीं लिख रही हूँ। उन इनसानों की पीड़ाओं पर लिख रही हूँ, जो विचारधाराओं के जुलसू के नीचे कुचल गए हैं। ख़ास तौर पर औरतें...महज एक इंसानियत के नज़रिए से।''

''मुझसे क्या जानना चाहती हैं?'' उसने मेरी बात बेरहमी से काट दी।

मुझे अपनी हदें पता चल गई थीं--अपनी कहने की और उसकी सुनने की। वह यास्मीन की डायरी का वसीम नहीं था। तब से अब तक जेहलम के पुलों से कितना पानी बह चुका था।

''मुझे कुछ ख़ास नहीं जानना, आपके बारे में सब जानती हूँ। आपका फलसफा, और भी बहुत कुछ। मीडिया ने सब कुछ तो ज़ाहिर कर दिया है। आपके फलसफे को चमकाने में मीडिया का अहम किरदार है।'' मैं चाहकर भी, बहुत हलका करके भी अपनी आवाज़ से तंज का रंग मिटा न पाई।

''फिर यह जहमत क्यों उठाई...? यहाँ तक आईं...?'' वह चिढ़कर बोला।

''बस, मिलना चाहती थी। किताब के लिए नहीं, अपने लिए।''

''कहें फिर। मेरे कान आपके हुए।'' वह बिना मुस्कुराए, दिखावटी सौजन्यता से बोला।

''आप बहुत कुछ पढ़ते हैं।''

''हाँ। पढ़ना मेरा जुनून है। जेल ने किताबों से दोस्ती करवाई है।'' उसने इतराकर अपनी बुक-शेल्फ को निहारा।

"कभी फुरसत मिले तो ये छोटी-सी किताब पढ़िएगा।"

"क्या है यह?"

"एक डायरी है। बचपन की एक दोस्त की।"

"मैं? क्यों?"

"वह आपके बचपन की भी दोस्त है।"

वह तटस्थ चेहरा लिए मेरे आगे बोलने की प्रतीक्षा करता रहा। उसकी आँखों में सवाल जल रहे थे।

"यास्मीन की, रहमान सर की बेटी, यास्मीने।" अब मैं संशय में थी।

"..."

"अगर मुझे ग़लतफहमी न हुई हो तो...जानते थे न उसे आप?" लगता है, उसे सच ही में कोई अन्दाज़ा नहीं था। मैंने आखिरी जुमला कहा...और बहुत डर गई। यह वह वसीम नहीं है।

"..."

"क्या मैं...ग़लत..." डायरी को मैंने बैग पर रख दिया।

वह कुछ देर और मेरे धैर्य का इम्तहान लेता रहा फिर धीरे से बोला, "हाँ, जानता हूँ। रहमान साहब...टीचर थे हमारे, पड़ोसी भी।"

मैंने डायरी बढ़ाई मगर उसने डायरी को छुआ तक नहीं। चुपचाप मुझे ताकता रहा।

अब मैं चीखकर बहुत कुछ कहना चाहती थी, मगर मैंने चेहरा झुका लिया और अपने भावों को काबू करने में जुट गई; क्योंकि कुछ कहे बिना मेरा चेहरा कह देता कि 'यह डायरी है यास्मीन की। यह किसी फलसफे..विचारधारा, लड़ाई या कहानी की किताब नहीं है। इसमें तुम हो। यह आत्मकथा है, अधूरी सी। उसकी, जिसे तुम ख्वाब की तरह भूल गए थे...मगर वो ज़िन्दा थी। अपनी पूरी जीने की ताकत के साथ मिलिटेंसी और मिलिटरी के बीच पिसती एक आम कश्मीरी औरत की तरह। अपनी और परिवार के लोगों की भूख से लड़ती हुई, बारूद के धुएँ के बीच रोज़मर्रा की ज़रूरत का सामान खरीदती हुई, एक डर के साए में...रहती हुई, जिस साए को बड़ा बनाने में तुमने पूरी मदद की है।'

उसका बुझता हुआ...राख के रंग में बदलता चेहरा देख, मैं हाथ जोड़कर उठ गई। डायरी वहीं टेबल पर छोड़ आई। मेरे पीछे वज़ीर भी हतप्रभ सा चला आया। मैं सोफे पर जड़ बैठे वसीम की आकृति के पिघलकर तरल बनते हुए और सोफे पर फैलते हुए महसूस कर रही थी।

टैक्सी में बैठते हुए वज़ीर कुछ सहमा हुआ था।

"गज़ब करती हैं आप बाज़ी।"

"वह डायरी उसी के लिए लिखी हुई थी।"

"फिर भी...। जिस तरह आपने जताया कि 'बहुत किताबें पढ़ते हैं...इसे भी पढ़कर देख लीजिए'..."

"तुम डर गए थे?"

"नहीं, हं...यह ज़रूर मुझे लगा कि न जाने वह इस बात को कैसे ले!"

वज़ीर को नौहट्टा चौक के पास उतारकर गेस्टहाउस लौटते हुए...टैक्सी में भी वसीम की आकृति मेरे ज़ेहन पर पिघल-पिघलकर जमती रही। बेहद दुबली और थकी हुई लम्बी देह पर छूटे लम्बे संघर्ष के चिह्न थे। बड़ी और बोलती आँखें...जिनका ज़िक्र यास्मीन ने डायरी में किया था—वे कहाँ थी? उन आँखों में चुभती किर्च-किर्च आइडियोलॉजी ने स्थायी पीड़ा और ललाई भर दी थी। वे हमेशा लाल और पनियल दिखती थीं।

अब तो उसने डायरी उठा ली होगी और 'कोशर टाइम्स' अख़बार की वह कतरन इस डायरी में से निकलकर गिर पड़ी होगी जिसमें उसके अब्बू की नज़्म है छपी हुई। अब वह पढ़ रहा होगा—बिना साँस लिए पूरी डायरी।

टैक्सी में बैठे-बैठे मैंने कल्पना की—गाढ़े अँधेरे में रोशनी पानी की तरह घुलकर उसे पतला कर चुकी है। वह स्पॉटलाइट के घेरे में खड़ा है और कभी चीखकर और कभी फुसफुसाकर, हाथ उठा-उठाकर कह रहा है—'...तिलोत्तमा, यह आँख और बिन्दु के बीच की दूरी का प्रश्न नहीं है। यह प्रश्न है आँख में छिपे स्वप्न और बिन्दु के सूक्ष्म आयामों का।'

मुझे विषाद के पलों में भी हँसी आ गई। यह अश्वत्थ के नाटकों का एकालाप, अनालाप या आत्मालाप यहाँ कैसे याद आ गया?

आत्मालाप

मैं उनके लिए भागा
वो मुझसे भागे
मैंने उन्हें ढूँढ़ लिया
पर वे मुझे स्वीकार न कर सके

मैं किसी से डरता हूँ
जो मेरे भीतर रहता है
मैं उस जगह की कामना करता हूँ
जहाँ प्रवेश अब भी मेरे लिए निषेध है

एक दोस्त का साया
गहरी प्यास को यूँ बुझाता है
जैसे जंगल की आग को
कोई नदी उफनकर बुझा दे

इसे मुझसे शुरू होने दो
मुझ पर ही खत्म
इसे मुझमें भटकने दो
यह कुछ और नहीं बस मैं हूँ।

सारी रात वह यास्मीन की डायरी के वर्क पलता रहा और वर्क-दर-वर्क उलटी तरफ बहता रहा। सुबह रोशनी के आबशार फूटने से ज़रा पहले डेस्क से उठा और घबराकर घर के पिछले दरवाज़े के बाहर आया। खेत के किनारों की हलकी रोशनी से होकर

वह धान की पनीरी की कतारों की तरफ निकल आया। जहाँ वह खड़ा था, वहाँ से पानी नालियों से पीछे को बह रहा था और किनारों पर जाकर बिखर गया था। उसने धान की पनीरी छूकर उसे अपनी दुआएँ दीं और कोने में रखी कुदाल उठा ली। उसे लगा कि कोई फुसफुसा रहा है। 'क्या शैतान ने हमें ढूँढ़ निकाला है...और वह जानता है कि मैं कौन हूँ?'

कौन है, यह जो उससे अक्सर बात करता है? वह अचानक अपने पास एक हाथ की दूरी पर किसी अजनबी की उपस्थिति से सजग हो उठा। उतनी ही आकस्मिकता से वह जान गया कि ऐसा उसे लम्बे समय से लगता रहा है, वह उसके निकट तो नहीं आता पर उसके क़रीब उपस्थित रहता है। एक मिनट को, कभी घंटों को भी, हवा पर, खेतों की उपज पर और आसपास की ज़मीन पर। दुराग्रह की आक्रामक शक्ति का प्रतीक...जो अपने अन्तर्द्वन्द्व को अपनी ही हथेली के मांस की तरह खा चुका है, जिसकी चेतना और अवचेतन बस आज़ादी और आज़ादी की तरफ संयोजित है। जीवन, प्रेम और भावनाओं को छोड़कर जिसने आस्था के उस कट्टर स्वरूप को चुना है, अपनी आस्था को लेकर तैयार स्थापनाओं को संसार से मनवाने की अनास्थावान कोशिश, जिसकी अति उसे अनास्था में बदल देती है। मानवता के प्रेत घोर अनास्था में।

वह वसीम को अक्सर नीले कुहासे में सफेद धुएँ-सी साँसें छोड़ता हुआ दिखता है।

''लड़ाई खत्म हो रही है। आओ, डरो मत।'' वह उसका हाथ थामकर कहता है।

''लड़ाई खत्म हुई है या नहीं, पता नहीं...मगर हम दोनों ही घायल हैं। हम दोनों ही भाग रहे हैं। आत्मविनाश और आत्मरक्षा के बीच जीते हुए हमें क्या मिला, बोलो?'' वसीम हकलाता है।

''...बीच में हमें अपने घाव चाटने की मोहलत ज़रूर मिल गई है। घाव चाटने में डर कैसा! पीड़ा महसूस करते हुए...घावों की गहराई में खून और मवाद महसूस करना होता ही है।'' वह फुसलाता है।

''तुम तो लड़ाई में मिले ज़ख़्मों को चाट रहे हो। उनका क्या जो बिना लड़े घाव दर घाव लिए बैठे हैं, जिस्मों और रूहों पर! उन्हें तो घाव चाटने की भी इजाज़त नहीं। आज़ादी तो तुम पा जाओगे। एक दिन, मेरे शहर के मामूली लोग धान के खेतों के मजदूर, केसर की क्यारियों में काम करती औरतें, शिकारे चलानेवाले, टोपियाँ बेचनेवाले, शाक बेचनेवाले, नानबाई की दुकान में काम करते मासूम लड़के कोई सवाल पूछेंगे तो किससे पूछेंगे—नेताओं से, गैरराजनीतिक बुद्धिजीवियों से कि मिलिटेंटों से, कि मिलिटरी से...कि मेरे शहर के कन्धे किसने तोड़ दिए! बूटों तले

किसने रौंद दिया इसे! इसमें से जीवन कब और कैसे रीत गया! गीत कब मातम में बदल गए! ऐसी भी कुछ आवाज़ें जो ऐसा कुछ खास प्रकट नहीं करती थीं, इस वजह से वे अनसुनी रह गई हैं।'' वसीम बुदबुदाया।

''तुम्हारा ये दबा-कुचला आम आदमी और अवाम, कश्मीर की आज़ादी और जेहाद रास्ते में एक रुकावट के सिवा कुछ नहीं है।'' वह गुर्राया।

''यह आम आदमी...वह कश्मीरी था, जो नवाज़ा गया था अपने अमनपसन्द और मीठे मिजाज़ से। इसके पसीने के हज़ारों कतरे इस ज़मीन में जज़्ब हुए हैं। उन्हीं से नीलम बने हैं। 'आज़ाद कश्मीर' के नारे से पहले वह बन्दूक चलाना जानता ही कहाँ था!''

''भूलो मत...इन नीलमों को हमसे पंडितों ने कौड़ी के मोल खरीद लाखों के मोल बेचा है। यह ज़मीं सिर्फ तुम्हारी है, जिसमें तुम्हारा पसीना जज़्ब है। वह मीठा मिजाज़ जिसे कायरता समझने की भूल कोई भी कर सकता था और बरसों की भी गई मगर आखिर कब तलक? हमने उसे सिखाया बन्दूक चलाना...विरोध करना कि—जिसमें तुम रहते हो, जिसकी मिट्‌टी से तुम उठे हो। यह तुम्हारा मुल्क है। इसकी खुशबू, इसका हर ज़र्रा तुम्हारा है। ये ज़मीनें, ये मर्ग, ये बाग तुम्हारे हैं। तुम आज़ाद हो... आज़ाद मुल्क। उनसे पूछो कभी जाकर...तुम लोगों को ही हक था क्या आज़ादी की लड़ाई लड़ने का? आज़ादी के हक में होना गुनाह नहीं है।'' उसने फिर मन का दुखता कोना कोंच दिया।

''सच पूछो तो आज़ादी का मतलब क्या? ला इलाह ला इल्लाह। आज़ादी क्या केवल व्यक्ति विशेष के अस्तित्व की नहीं है—अगर यह कहा जा सकता हो तो हर कोई अस्तित्व में है। कल का आदमी, आज का आदमी। हर कौम का आदमी। उसकी आज़ादी...? क्या तज़ाद (प्रतिकूलता) से आज़ादी हासिल होती है? यह हमारे इन्तिख़ाब की बात नहीं।'' वसीम ने तर्क दिया।

''हिश्श! तुम किताबों की भाषा बोल रहे हो। तुम अपनी नई छवि क्यों बना रहे हो, खूब जानता हूँ। तुम्हें ललचा रही है सियासत...तुम सच्चाई, अमन और न्याय के प्रति निष्ठा रखनेवाले बुद्धिजीवी की छवि बना रहे हो। तुम उन लड़कों के जवान हीरो बनना चाहते हो जो कश्मीर से हिन्दुओं को खदेड़े जाते वक्त पैदा भी नहीं हुए थे। एक जंग हम सब पे थोपकर बेकसूर बनकर सामने आना चाहते हो। तुम भूल चुके हो, तुम कहाँ से चले थे...।''

''मैं सच बोल रहा हूँ...किताब का नहीं, रूह का। जब उस पार से अफगानी, सूडानी, अरब या पाक लड़ाकों के जत्थे आ रहे थे 'मदद-मदद' कहकर और वो हमारा ज़मीर और ज़मीन दोनों कुचलने लगे थे, तब हम इतने बुज़दिल क्यों हो गए? क्यों नहीं चीख सके? उनका विरोध क्यों नहीं किया कि 'नहीं चाहिए हमें

तुम्हारी बन्दूकें, पैसा और भाड़े के ये जेहादी?' शायद...तब मैं जवान था। नहीं जानता था कि जिन्दगी जितनी ही ज़िन्दगी मुझे भी मिली है, जो चुकनी ही है—जंग हो कि अमन। मुझे ख़्वाब दिखाया था कि एक, दो, तीन या पाँच-दस विस्फोट... बस, ज़्यादा-से-ज़्यादा और कश्मीर आज़ाद। मुझे बताया था कि कुछ धमकियाँ, आन्दोलन, हिन्दुओं को भगाकर मैं कश्मीर को मुस्लिम आज़ाद देश बनाने में सहायता कर रहा हूँ।"

"बात इतनी आसान नहीं थी न। ना..."

"बात आसान कैसे होती? क्योंकि जंग की जड़ें और जड़ों में दूसरी ताकतों के स्वार्थों की दीमक लगी थी। यह फैल गई, बहुत ज़्यादा और सारी-की-सारी लड़ाई ने अपने मायने ही खो दिए। वो क़त्लेआम जो दूसरी कौम के साथ हुआ, उसने उस पल ज़रूर हमें गुरूर से मतवाला कर दिया था कि हम अपनी ज़मीन काफिरों से आज़ाद करा रहे हैं।

"हमारा हमदर्द, हममज़हब मुल्क हमारे साथ है। उसकी पूरी फौज हमारे साथ है। मगर जब यह सिलसिला थमा ही नहीं, तो एके 47 का रुख़, राकेट लांचरों का रुख हमारे लोगों की तरफ हो गया और वही मददगार हाथ हमारी ही औरतों की ज़िना करने लगे।"

"और हक़ीकत यह है कि तुममें इस हालत को पलट पाने की ताकत बची नहीं थी। तुम्हारे लोगों के तुम पर से ही यक़ीन उठ गए। जुलूस के आगे खड़े तुम, आज़ादी के नारे को खुद अकेला दोहरा रहे थे...और तुम्हारे पीछे सब एक-एक कर या तो मर गए या चले गए घरों के बन्द दरवाज़ों के पीछे। सत्ता के गलियारों की तरफ। हैं न?" वह हँसा मतवालों की तरह।

वसीम ख़ामोश रहा।

"क्यों, चुप क्यों हो? यही वक्त है कि कुछ करो...लौटा लाओ उन्हें, जो चले गए। लकवामारी उनकी जीभ आज़ादी-आज़ादी तो करती है मगर उसका सही-सही कोई अर्थ नहीं निकलता।" उसने उकसाया।

वह फिर ख़ामोश रहा।

"ख़ामोश क्यों हो...कुछ करो...कहो कुछ। तशद्दुद छोड़ फिरकावाराना अमन की बात ही सही।" वह कड़वा होकर बोला।

"तुम चुप रहो। मेरे बस में नहीं। दूसरे बहुत हैं। वो नहीं चाहते अमन। मैं खुद को सही नहीं कर पाऊँगा अब। वो चाहते हैं, मैं मीडिया के सामने माफी माँगू। आज़ादी के रास्ते जो बन पड़ा, मैंने किया।" वसीम हकलाया।

वह हँसा...केवल हँसा।

"क्या करूँ मैं...मेरे पास बस अब गांधी के कुछ शब्द हैं।" वसीम हार रहा था।

''बकवास...बकवास...।'' वह फुसफुसाया।

''...ये शब्द...तुख़्मे अमन* हैं...इनके मायने भी तज़ाद के दिनों के बाद ही सही मगर लहलहाएँगे।''

वह उसे हिकारत से देखता हुआ मकई के पेड़ों की सरसराहट में कहीं गुम हो गया।

वसीम की आँख खुल गई थी। रात-भर यहाँ दीवान पर बैठा हुआ वह किताबों के बीच सो गया था या यह ख़्वाब था कि तिलिस्म? वह किस धान और मकई के खेत में कुदाल चलाता हुआ, किससे मुबाहिसे में मुब्तिला था? सुबह के पाँच बज गए थे, अज़ान की आवाज़ अलस्सुबह के सलेटी सन्नाटे में थरथराती गूँज रही थी। नमाज़ पढ़कर वह जब उठा तो सामने डेस्क पर यास्मीन की डायरी खुली थी। उसमें एक सूखी चिनार की पत्ती और मुर्गाबी का नीला-जामुनी पंख दबा था। इन स्याह हर्फों में फड़फड़ाती यास्मीन की रूह उससे हर किस्म का हिसाब पूछ रही है। उसने किताबों की अलमारी के एक पल्ले पर लगे आईने में झाँका—आँखें, वे ठंडी थीं। उनमें से आग की तरह जलती रूह ग़ायब थी। चेहरा बुझ चुकी आँखों के कारण एक बिना चित्र का फ्रेम मालूम होता था। खाली। उसने अलमारी के पल्ले में जेब से एक चाबी निकालकर घुमाई। डायरी भीतर रख दी, 'गांधी दर्शन' किताब के पास।

यह किताब एक अंग्रेज़ रिपोर्टर 'जैकबसन पॉल' ने दी थी वसीम को। जब उसने सोच लिया था कि अब सरेंडर कर देना है तो वह श्रीनगर लौट आया और आते ही गिरफ्तार हो गया। जेल में यह अंग्रेज रिपोर्टर मुझसे मिलने आता था। उस ख़ामोश और ज़हीन शख़्स ने पहली बार 'अहिंसा' का फलसफा समझाया, ''उम्मीदें और यकीन और मोहब्बत, इनसान की ताकतों के आगे देखने में औरताना और कोमल लगती हैं इन कट्टर आस्थाओं के सामने, मगर वे इतनी लचीली होती हैं कि बर्बर शक्तियों के समक्ष पराजित कभी नहीं होतीं। वे हमेशा पल्लवित होती रहती हैं। ये ऊपर-ऊपर से झुलस जाती हैं लेकिन अपने मूल में विरोपित नहीं, जीवन्त रहती हैं। पहली फुहार के साथ फिर खिल जाती हैं।''

...उसी ने उसे 'गांधी दर्शन' की यह पहली किताब दी थी। दूसरी उसने दिल्ली से मँगवाई थी। इसमें कुछ पीले कागज़ भी रखे हैं, जिन पर वसीम ने क़रीब सात वर्ष पहले लम्बे-लम्बे ख़त यास्मीन को लिखे थे :

---

* तुख़्मे अमन—शान्ति के बीज

"पुरानी कहावतें कहती हैं–कुछ छात्राएँ कहीं नहीं जातीं। कुछ बादल लौट-लौटकर आते हैं। इतिहास फिर पलटता है। बिजली कभी चूक नहीं करती...वह लौटकर मेरे मकां पर ही गिरती है। यादें डराती हैं। मेरी नसों को जमाती हैं। मैं विचार-शून्य हो जाता हूँ। यही वो मौसम है जिसमें मैंने प्रेम और आज़ादी के दर्शन को समझ लिया है। अब मुश्किल है केवल तुम्हारे ख़याल के साथ रहना। यास्मीन, मेरी यास्मीने पहाड़ की तलहटी के नीचे बनी एक सुरंग के अँधेरे कोनों में न जाने कितनी बार मैंने तुम्हारा नाम लिखा होगा–जब रह-रहकर आती थी गोलियों की आवाज़। अब भी जंगल में बनी एक टूटी झोंपड़ी के एक रोशनी के टुकड़े को पकड़कर तुम्हें ख़त लिख रहा हूँ। बहुत से ख़त मैं दुनिया भर के सियासती लोगों को लिखता हूँ–कुछ जलते हुए...कुछ समझौतों से भरे। मगर मेरी जलती उँगलियाँ सुकून पा रही हैं, जैसे गर्म तवे से जली अपनी उँगलियाँ कोई बर्फीले पानी में डाल दे। मैं हर हाल में दो महीने बाद लौट जाऊँगा। तब चाहूँगा कि तुमसे मिलूँ। अल्लाह न करे, यह तुम तक पहुँचने से पहले किसी तलाशी के दौरान मेरी लाश के कपड़ों की जेब से बरामद हो। बस, ये चाहता हूँ कि यह ख़त मेरा 'सियासी और मोस्ट वांटेड' होना तुम्हें मुसीबत में न डाल दे। फिर भी तुम्हें बहुत कुछ कहना चाहता हूँ...लिखे बिना रह नहीं पाऊँगा। क्यों लगता है कि यह आखिरी बार न हो...। मैं सोच रहा हूँ–क्या मौत से पहले सब कुछ साफ-साफ दिखाई देने लगता है? यकीन मानो बहुत लोग मर रहे हैं मेरे आसपास–बिना जंग के भी। बदकिस्मती से अपनी सरज़मीं से दूर ज़िन्दा दफ्न हो रहे हैं बर्फ में। पता नहीं, यह क्या तरीका है अपनी सरजीं से दूर अपनी सरज़मीं को आज़ाद कराने का! मगर यही तरीका चल पड़ा है। यही मजबूरी है। तुम समझ लो कहे बिना ही। बात इतनी उलझ गई है कि मुझे हर रोज़ पता चलता है कि अपने ही लोगों में आपसी रंजिशों में क़त्लेआम शुरू हो गया है। हिन्दुस्तानी फौज नहीं है तो अब कौन हैं ये लोग?

हम क्यों मर रहे हैं यहाँ?

हम क्यों खरीद रहे हैं हथियार?

हम क्यों झुक रहे हैं उनकी मर्जी के आगे?

यहाँ के गाँवों में हर दम अँधेरा, ठंड और सन्नाटा रहता है। और वहाँ हमारे ये हमदर्द देश के लड़ाके गर्म गोश्त का सौदा करते हैं। हम बहुत बड़ी कीमत पर खरीद रहे हैं आज़ादी। जिसे आज़ाद करना था, उसे हम बेच रहे हैं। उसे कमज़ोर बना रहे हैं।

मुझे रहमान सर की बातें याद आती हैं। मैं लौटकर नया ग्रुप बनाना चाहता हूँ, जो अपने हाथ और पैरों और दिमाग के इस्तेमाल से अपनी आज़ादी हासिल कर सके।

तुमने मुझे यादों की मखमली चादर दी है जिसे ओढ़कर मैं ठंडे दिन काटता हूँ। वह चिनार के तले का पहला बोसा और तुम्हारे अधखुले होंठ। तुम्हारी संजीदा नज़रें... मासूम बातें। तुम्हारा सुनहरा पश्मीने का स्कार्फ और उसमें बँधा तुम्हारा हलका गोल और हलका लम्बा पाक चेहरा और गहरी काली आँखें। जब भी लौटता था मैं श्रीनगर से, हम अपनी सर्दियों की छुट्टियाँ साथ बिताते थे। कितने जवान थे हम! अब उम्र को वक्त कुतर रहा है। मुझे पता चला, हालात से घबराकर तुम्हारा निकाह कर दिया रहमान सर ने—एक उम्रदराज़...अनपढ़ दर्ज़ी से। क्या कहूँ, खुद को गुनहगार मानता हूँ। माफ कर देना। मैं कोशिश तो करना चाहूँगा कि सब कुछ ठीक कर सकूँ—इंशाअल्लाह अगर मैं ज़िन्दा रहा!

तुम वह सब जानना चाहती होगी न...! यकीन कर लेना...मैं श्रीनगर मेडिकल कॉलेज में ही था जब मेरी मुलाक़ात अपने सीनियर 'अतहर' से हुई। वह उग्रवादी संगठन के सम्पर्क में आया ही था। उसने मुझे एक पाकिस्तानी रिश्तेदार से मिलवाया जो खुद बेहद ज़हीन शख़्स था। हार्वर्ड से मैनेजमेंट कर चुका था। उसने मुझे इस्लाम को लेकर वो-वो तर्क दिए कि मैं चित हो गया। एक अलग 'इस्लामिक वर्ल्ड'...इस्लाम बचाने के...इस्लाम के मूल्यों को ज़िन्दा रखने के लिए उसने मुझे अपने साथ आने का आमन्त्रण दिया। कश्मीर की जन्नती फिज़ां को क़ाफिरों से आज़ाद कराने की बात से वह मेरे मन में सुराख़ बनाता रहा। कश्मीर एक आज़ाद इस्लामिक मुल्क।

वह पंजाबी लहजे में उर्दू बोलता था। अंग्रेज़ी एकदम अमेरिकी लहजे में।

'तमाम दुनिया के मुसलमान एक हो रहे हैं। ज़्यादातर इस्लामिक मुल्क...पूरी तरह से इस्लामिक हैं। काफिरों की जगह, तुम देखो तो, वहाँ बस मशीन के पुर्जों या रोबोटों जैसी है। काम निकालो...बाकी मतलब न रखो। चाहे वह सऊदी हो कि अरब...ओमान...कुवैत...दुबई...। कश्मीर को भी अब ये दर्जा मिल जाना चाहिए... तब ही तरक्की करेगा...।' मैं बीस सास का था तब और खुद को बड़ा मानता था। मुझे उनकी बातों पर यकीन हो गया था।

'इस्लाम को बचाओ...कश्मीर को एक ख़ूबसूरत इस्लामिक देश बनाओ...' यह बात मेरे मन में गहरे पैठ गई थी।

एक समय ऐसा था जब मैं स्कूल में किसी लड़के के बहते खून को देखकर बेहोश हो जाता था।

और एक समय में...आज़ादी मेरे लिए जुनून बन गई थी। इस जुनून में मैंने लिबरेशन फोर्स जॉइन कर ही ली। यही जुनून मुझे अपनी मर्ज़ी से सरहद के पार ले गया—एक मिलिटेंट कैम्प में।

मुझमें और अनपढ़ ट्रेनी मुजाहिदीनों में फर्क था। जहाँ वे इस्लाम के नाम पर लूटने, मारने और काटने के लिए ट्रेंड किए जा रहे थे, मैं इस्लामिक आइडियोलॉजी

सीख रहा था और कुछ बन्दूक और बारूद की ट्रेनिंग।

वो मुझसे बेहतर व्यवहार करते थे। मुझे इज़्ज़त देते थे। एक दिन मैं अपनी बन्दूक की नली से बहती ताकत के साथ कश्मीर लौटा। मैं एरिया कमांडर था।

मुझे कतई अन्दाज़ा नहीं था कि मैं एक मोहरा था बिना सोच का उनकी उँगलियों से सरकता। एक रोबोट था मैं, जो गन चलाता था रिमोट कंट्रोल के इशारों पर।

जब अन्दाज़ा हुआ तो पीछे लौटने के सारे रास्ते कंटीले तारों से बन्द थे।

वह दिन शिद्दत से याद आता है जब मैं मुज़फ्फराबाद से लौटते हुए एक जंगल में छिपा था।...उस दिन गहरा असमंजस मेरे पूरे वजूद पर तारी था। एक घना जंगल मेरे चारों तरफ पसरा था, जो उत्तर पूर्व तक फैलता ही चला गया था...आगे कहीं जाकर पहाड़ी उठान शुरू होता था। ढलान पर भी जंगल चढ़ा हुआ था—इस कदर कि वहाँ दिन में गहरा हरा अँधेरा महसूस होता था। पगडंडियों पर बेतहाशा घास उगी थी। ऊँची और जंगली। लगता था, पिछली बरसात के बाद से इधर से कोई गुज़रा ही नहीं। मगर यह सच न था। पहाड़ के उठानवाले गहरे अँधेरे में रॉकेट लांचर लगे थे। निशानों पे थीं ये ही पगडंडियाँ। इन्हीं छिपी पगडंडियों की घास के नीचे लेटते हुए मेरी और मेरे चार और साथियों की आवा-जाही होती थी। एक-दूसरे की गहरी साँसों की आवाज़ उस घास में सरसराती। ऐसे में हमारी हरकतों पर कभी दोतरफा गोलीबारी शुरू हो जाती। गोलियाँ यूँ चलतीं कि चीड़ के दरख़्तों के बीच सीटी बजाती बहती हवा और गोलियों के बीच फर्क कर पाना मुश्किल हो जाता था।

पगडंडियों के उस पार जंगल में हमने जगह-जगह बारूदी सुरंगें खोद रखी थीं।

मैं गहरे दुख से भर जाता था, जब कोई मासूम गड़रिया भेड़ें ढूँढ़ता इधर भटक आता। ऐसा दो मर्तबा हुआ। पिछली बार बूढ़ा उड़ गया था बारूदी सुरंगों से, इस बार यह कमसिन लड़का खानाबदोशों का उड़ गया था। मैं उसके क़रीब गया। मैंने देखा—कितना मासूम चेहरा था! चेहरे की पीली जिल्द अब भी थिरक रही है। आँखें आसमान की तरफ खुली हैं। बस, धड़ यहाँ है...बाकी जिस्म टुकड़ों में घास पर छितरा है।

मैंने उसकी रूह के सुकून के लिए दुआ पढ़ने के लिए आँखें मूँदीं...। आँख बन्द करते ही अज़ीम का चेहरा मेरे सामने आ गया।

'चचा...इस बार हमें ले चलो।' फुसफुसाकर मुझसे बोला था वह। दिसम्बर की ठंड में उसकी आवाज़ से उठता धुआँ और चेहरे पर रोमांच का लुत्फ़...। उसकी कमसिनी पर मेरे जिस्म के भीतर डर की ठंडी लहर उतरती चली गई थी। मेरा कमरा कोहरे से भर गया था।

'तू छोटा है।'

'गनी बेग के लड़कों से दो एक साल बड़ा ही होऊँगा...जिन्हें पिछले साल आपके दोस्त ले गए थे। चचा मैं भी क्लाशनिकोव देखूँगा...एके भी।'

'श्श...चुप! तू पढ़ाई कर...तेरे पढ़ाई करने के दिन हैं। तुझे इंजीनियर बनना है। फॉरेन जाकर नौकरी करनी है। सियासती बातों की समझ अभी तुझे नहीं है। ऐसी बातें मत किया कर, भाईजान नाराज़ होंगे। जाकर सो जा।'

मैं उसे नहीं ले गया था। मुझे पता था—कश्मीर का हीरो बनने के लिए ख़्वाब देखनेवाले कमसिन लड़कों के लिए वह सही जगह नहीं है। मगर वह किसी और के बहकावे में आ गया। मैंने उसे 'वहाँ' देखा तो...मेरा खून जम गया था। वह बुरी हालत में था। उसे कड़ी ट्रेनिंग दी जा रही थी। मैंने उसे किसी तरह वहाँ से निकाला और वापस लौटनेवाले एक ग्रुप के साथ भेज दिया था। मगर कुछ किलोमीटर जाते ही बी.एस.एफ. के जवानों ने उन्हें घेर लिया।

मैंने आख़िरी बार जब अज़ीम को देखा था...उसके गले में गोली धँसी थी। वहाँ से खून धीरे-धीरे रिस रहा था। वह ज़मीन पर पड़ा ऐंठ रहा था। मैंने उसे सीधा किया था...ज़िन्दा बचने की उम्मीद कहीं नहीं थी। मौत ने उसके वजूद पर अपना हक़ जमा लिया था। उसकी आँखें सफेद होती जा रही थीं और हथेलियाँ नीली। उसके चेहरे का बचपना उभर आया था—भाभी से उसकी रोज़ की मीठी झड़पें...भाईजान से उसका डरना...मुझे अपना आइडियल मानना...मुझे यकीन नहीं हो रहा था कि मेरा प्यारा अपना कोई यूँ मर रहा है। वह मेरा हाथ जकड़े था। उसकी आँखें और जकड़न कह रहे थे—'मुझे छोड़कर आगे मत जाना... ।'

मुस्तफा ने खीजकर कहा था, 'पक्का कर दिल को यार। छोड़ उस लाश को। सोग बाद में मनाना पहले अपनी जान बचा। वो हरामी इधर का रुख़ करते ही होंगे।'

मैं अपने सीने में मौत की इस ख़ला को पहली बार महसूस कर रहा था। खन्दक में इकट्ठे पड़े असलाह को समेटते हुए मतली-सी आ गई। पहली बार मन ने पूछा था—क्या इनके बिना हमारी बात कोई नहीं सुन सकता? उस पल सीने में भारी-भारी एहसास जमा थे। बेदिली से असलाह बैगों में भरकर रेंगना शुरू किया था। फौज का सायरन कहीं दूर गूँज रहा था। दो सौ गज सुरक्षित जगह पहुँचने तक यूँ ही रेंगना था। हमने फौजी वर्दियाँ पहनी थीं। दो सौ गज आगे खड़ी जीप को भी 'कैमोफ्लाज' किया था। ऐसे कितने लड़के मरे, जिसे खुशनसीब मौत का नाम दिया गया। हर चेहरे पर मौत एक-सी आती थी—सफेद...नीली। उनकी आँखें कंचों-सी चमकतीं फिर बेनूर होती जातीं। तब उनकी माँओं...माशूकाओं का ख़याल मुझे नहीं आता था। मगर अज़ीम. ..मेरे सीधे-सादे दुनियादार किस्म के भाई का नूरेचश्म। उस पल मुझे उन सारे लड़कों की माँएँ और माशूकाएँ याद आईं जो गाँवों में बन्द दरवाज़ों के पीछे मातम करती होंगी। मेरे भीतर वीरानगी फैल गई। अर्से तक खौफनाक बोझ दिल पर बना रहा।

ऐसे ही एक बार और मुज़फ्फराबाद ट्रेनिंग कैम्प से बाहर जवान लड़कों को लौटाकर लाते में मेरे गुट का एक छोटा-सा लड़का मारा गया था...आर्मी कैम्प में उसकी शिनाख़्त करने गया बाप भी वहीं फ़ना हो गया। उसके घरवालों को पैसा देने और मातमपुर्सी करने मैं खुद उस गाँव में गया था। मुझे अजीब लगा था यूँ लौटना इन गाँवों में...जो कि कारगिल के बाद बमबारी से तहस-नहस हो गए थे। खंडहर और जले हुए दरख़्त। हर चीज़ से जंग और बरबादी की बू आती थी। मैं नहीं लौटता मगर अज़ीम की मौत ने मेरे भीतर कुछ पलट दिया था। अज़ीम की मौत को मैं इस लड़के की मौत और दर्द में जूझते इसके घरवालों के बीच भुलाने आया था। वहीं मैं तुमसे मिला था।

मातम मनाते गाँवों के...हमने खाली 'अज़ीम' नहीं, वैसे कई बच्चे खो दिए थे। वह धान के पौधे निकालने का मौसम था। वो सब केसर के खेत, कालीन के कारखाने, अखरोटों के ठेके, सेब और चैरी के बागीचे इसलिए तो नहीं छोड़कर आए थे कि इनकी लाशें चट्टानों पर...खोहों में...बर्फ पर...कीचड़ में खुद-ब-खुद दफन हो जाएँ? मुझ पर उनकी मौत की ज़िम्मेदारी थी। धान के पौधे वहीं लगे हुए सड़ गए...किसान लड़कों की राह तकते। सेब उस बरस पेड़ों से उतारे ही नहीं गए। कालीनों के कारखाने असलाह का गोदाम बन गए। हाथों की मेहनत...हाथों का फन और हुनर—बन्दूकों के घोड़े दबाने में ज़ाया चले गए। रमीज़ जैसे कालीन के बड़े हुनरमन्द का लड़का...पहले किडनैप किया फिर उसे बन्दूक थमा दी। बाप ग़म से और लड़का गोली से मारा गया।

एक मस्जिद के सामने ही वह घर था। जुमे की नमाज़ का वक्त था जब हम वहाँ पहुँचे थे। बहुत अदब से सर टोपी से ढँके मस्जिद के सहन में बैठे कश्मीर के आज़ादी के नायकों को गाँव के लोग हैरत से देख रहे थे। एक छोटी दीवार पर जलती मोमबत्तियाँ एक-एक कर बुझती जाती थीं। उसके उस तरफ गुनाहों में सर-ता-पाँव डूबे...बन्दूकें मस्जिद की खिड़कियों से टिकाए...जूते पहने भाड़े के आतंकवादी थे, जो मस्जिद के सहन ही से स्थानीय लड़कियों पर अश्लील जुमले कस रहे थे। मुझे गुस्सा आ रहा था मगर उनसे कुछ भी कहना बेकार था। तभी मैंने तुम्हें देखा था...तुम उस बूढ़े की मातमपुर्सी को आई थीं। उसकी बूढ़ी और बेज़ार पत्नी को दिलासा दे रही थीं। तुम्हारे गुलाबी सूखे होंठ बुदबुदा रहे थे कोई दुआ।

हाँ; अगले रोज़ मैंने तुम्हें बुलाया था, अपने ठिकाने पर। कितने नाले और चढ़ाव पार करके तुम आई थीं। एक दोपहर हमने साथ बिताई। मुझे याद है, जिस शाम मैं तुम्हें छोड़ने जा रहा था, बर्फीला तूफान शुरू हो चुका था। फोन पर रज़ाक ने 'बर्फ अलर्ट' की ख़बर भी भेजी थी कि अगले तीन दिन मुसीबत भरे हो सकते हैं। मैंने तुम्हें रोकना चाहा—हमेशा के लिए, मगर तुम नहीं रुकीं।

मैंने भी तुम्हें फिर नहीं रोका...मुझे अपना ही ठिकाना न था। तुम्हें छोड़ने के लिए मैं खुद ही निकला जबकि हर जगह मेरे पोस्टर लगे थे।

मेरा एक बन्दा जीप चला रहा था। तुम और मैं एक ही नमदा ओढ़े पीछे बैठे थे। तुम मुझसे लिपटी काँप रही थीं। मौसम की पहली बर्फ पड़ी थी। बर्फ से अँटे, कँपकँपाते पुल, सुनसान रास्ते और साँय-साँय करती बर्फानी हवा में जीप पुल से गुज़रती थी तो पुल के टूटे-अधटूटे रैलिंग खड़खड़ा जाते थे। वहाँ से खानाबदोशों का आखिरी झुंड भी गुज़र रहा था। वे थके थे मगर धीमी रफ़्तार से ही सही शाम का सफर तय कर रहे थे। खानाबदोश...उनकी भेड़ें-बकरियाँ...उनकी औरतें। इन भेड़, बकरियाँ चरानेवाले 'गुज्जरों' ने हमेशा की तरह सर्दियाँ शुरू होते ही पहाड़ी ढलवानों पर यहाँ-वहाँ अपनी झोंपड़ियाँ डाल ली थीं। इस जगह को इधर 'बहक' कहते हैं। गर्मियाँ शुरू होती हैं तो वे अपने जानवरों को ढोकर ऊपर की चढ़ाई तय करेंगे। दो पहाड़ियों के बीच गुज़रनेवाले नालों के किनारे-किनारे बनी बेहद पतली पगडंडियों से इनका आना-जाना होता है। इन्हें गलियाँ कहते हैं। सर्दियों में ये गलियाँ बर्फ से ढक जाती हैं और सुनसान हो जाती हैं। ज़्यादातर दहशतगर्द गुट इसी समय पहाड़ी गलियों का इस्तेमाल करते हैं। कभी फँस जाने पर हम इन नालों में भी कूद पड़ते हैं...या पत्थरों की चट्टानों के पीछे मोर्चा लेते हैं। हमारे ख़ास रास्ते तो सुन्दरगली, पीरपाँचाल हैं। कभी आए दिन की बी.एस.एफ. के जवानों से झड़प हुआ करती थी...वो नदी किनारे की पतली गलियाँ और सरकंडों की आड़ तब बड़े काम आती थी हमारे। सात सौ तीस कि.मी. लम्बी सीमारेखा की तारबन्दी के बावजूद हम इधर-उधर आते-जाते रहे हैं...कंट्रोल लाइन के गाँवों में छिपते रहे हैं।

थरथराते पुल से निकले ही थे हम। तुम घबरा रही थीं। बर्फीले तूफान की चेतावनी, हलकी भुरभुरी बर्फ के साथ सरेशाम ही गिरना शुरू हो गई थी। मगर अचानक बर्फबारी ने तूफान का रूप ले लिया। एक फैले हुए कब्रिस्तान के पास हमारी जीप ख़राब हो गई थी। बर्फ की मार, जीप के फटे कवर से भीतर तक पहुँच रही थी। तुम्हारी पलकों पर बर्फ के कण जब चमकने लगे तो मैं जीप से उतरकर आसरा तलाशने लगा। मगर वहाँ क्या था...चारों तरफ बर्फ का रेगिस्तान और उठी हुई कब्रें। तभी हमें थोड़ी दूर पर एक छोटी-सी इमारत दिखी। वहाँ रोशनी का एक कतरा टिमटिमा रहा था। भुरभुरी बर्फ से ढकी पगडंडी पर हम जीप धकेलते हुए वहाँ पहुँचे। वह एक मज़ार थी—चार बौनी मीनारों और छत से ढकी। हम तीनों जल्दी से भीतर घुस गए। वहाँ आग जलाए एक बन्दा बैठा था। कम्बल ओढ़े हुए वह कुछ गुनगुना रहा था और हुक्का पी रहा था। मैं हैरान रह गया।

वह भी चौंका। उसने हम पर लाठी खड़खड़ाई, 'कौन है उधर?'

'बाबा, हम हैं। कुछ मुसाफिर। मौसम खराब है...आग देखी तो चले आए।'

''बकवास मत करो। मौसम ख़राब नहीं है। बड़ी मुश्किल से बर्फ गिरी है—मेरी ही 'नमाज़े इश्तश्का' से। इसे ख़राब मत कहो। पिछला साल बिना बर्फ के शगुन का गुज़रा...घाटी में कितनी मौतें हुईं!'' वह लाठी खटखटाता हुआ बड़बड़ाने लगा।

'अच्छा, अच्छा, माफ करो!'

'वहाँ आसमान से...बर्फ पर गिरा खून खुदा को बुरा दिखता होगा...बेशक इसलिए उसने कौशर को महरूम कर रखा है बर्फ से...आजकल।'

मैं जल्दी ही समझ गया, यह पागल एक अन्धा सूफी है।

'क्या हम आग के क़रीब बैठ लें बाबा?'

'बैठ लो।'

'किसकी मज़ार है यह बाबा?'

'बहुत सवाल कर रहे हो...किसी की हो...तुम्हें क्या? बेनाम है...मगर तुम कौन हो?'

'पास के कस्बे के बाशिंदगन।'

'हाँ-हाँ, होगे। जानता हूँ। तुम्हारे साथ कोई ज़नाना है, तो तुम दहशतगर्द तो नहीं ही होगे।'

'कैसी बात करते हैं आप भी...'

'मैं तुम्हें सूँघकर बता सकता हूँ। तुम सिरफिरे हो। तुम्हारे अन्दर बाकी सब अच्छा है मगर एक हड्डी शैतानियत की है।'

''अच्छा!'' मैं हँसा था, चीड़ की गीली लकड़ियों से निकले रेज़िन का कड़वा धुआँ था कि जाने मेरी हँसी की कड़वाहट...तुम्हारी आँखों में झिलमिलाता आँसू का कतरा मैं भुला नहीं पाता। उस पागल अन्धे सूफी ने तुम्हारे ज़ख़्म छू दिए थे कहीं। मैंने बात बदली।

'तुम्हारी आँखों को क्या हुआ?'

'तेजाब डाल दिया था किसी ने।'

'दहशतगर्दों ने?' तुमने अपनी पतली, सिकुड़ी हुई उँगलियों की नीली पोरों से उस कतरे को पोंछते हुए घृणा से पूछा था।

'नहीं-नहीं, बेटी, हर बात का इल्ज़ाम हम उन्हें क्यों दें?'

'फिर?'

'इश्क़...'

'अरे वाह...!' मैं हँसा था।

'इश्क क्या तुम्हें ही हो सकता है?' वह गुर्राया।

'नहीं-नहीं, यह तो हरेक के दिल की मिल्कियत है। खुदा की नियामत है।' मैंने नमदे में से तुम्हारे ठंडे हाथों को दबाकर, उस सूफी से पूछा, ''क्या बहुत ख़ूबसूरत थी?'

'हाँ...इतनी कि उस रोशनी के एक कतरे के लिए ताज़िन्दगी के इस घने अँधेरे की कीमत कुछ नहीं।'

'हुआ क्या था?'

'वह उस पार की थी। किसी पहाड़ी कबीले की। एक बार हमारे गाँव की एक शादी में आई थी।'

'फिर?'

'फिर क्या...मैं भी वहाँ था। जब तक वह यहाँ रही, मैं उसे बिना पलक झपके ताकता रहा था। जब वह चली गई तो बेहद बेचैन होकर एक दिन मैं भी पुँछ-रावलकोट पार करके उधर चला गया। वहाँ भी उसके घर के बाहर खड़े होकर उसे ताकता रहा...ताकता रहा। उसके भाइयों ने देखा और मेरी आँखों में तेज़ाब उँडेल दिया...।'

'फिर?'

'फिर क्या...मैं कई दिन एक दरगाह में रहा...सूफियों की संगत में...अब यहाँ ठिकाना कर लिया है।'

तुम तूफान रुकने तक बेआवाज़ रोती रहीं। मैं तुम्हें उस वक्त समझाना चाहता था कि मोहब्बत और शादी डर का जज़्बा डालती है मन में। लौटाती है मकसद से। उसके बाद हम नहीं मिले। कारगिल शुरू हो चुका था। अब हर कोई जानता था मेरा नाम—फौज और पुलिस। दूसरे अलगाववादी गुट और उस पार की फौज भी।''

यह पीला पड़ चुका ख़त उसका ही था? वह हैरान था।

'क्या तुम 'आज़ाद कश्मीर' के नारे को तमाम दुनिया की दूसरी सच्चाइयों से ज़्यादा तवज्जोह नहीं दे रहे?' उस रात जब वह यास्मीन के घर गया था, तब उसने हलका-सा चीखकर पूछा था, जिसका जवाब वसीम के पास नहीं था। फिर वह रात भर के लिए चुप हो गई थी...।

''तब क्या पता था कि मैं तुम्हारी आवाज़ आखिरी बार सुन रहा हूँ! इस सवाल की तह में छिपी बात ही बता देती कि 'तुम्हारी कोख रौशन हो चुकी है...उम्मीद से।' जवाब मैं तब भी नहीं दे पाता मगर कुछ तो करता जो मेरे बस में होता।

अब जब तुम मर चुकी हो...यकीन नहीं होता। कैसी हो यास्मीने, मैंने तुम्हें बेजान नहीं देखा। मैंने तुम्हें खिलखिलाते देखा है। वैसा तसव्वुर तक मैं करना चाहूँ तो न कर सकूँगा। तुम्हें कोई मरहूम कहे तो मैं उसका मुँह नोच दूँगा।

तुम्हारी ये डायरी अमिता ने दी है। यह तुम्हारी आवाज़ बनकर मेरे साथ रहेगी। मैं आज़ादी की जंग और आज़ादी के नारे के मायनों पर दुबारा सोचूँगा। आज़ादी की कद्र करता हूँ मैं। मगर मुझे नहीं पता था कि मैं 'सफरे आज़ादी' की कीमत तुम्हें खोकर चुकाऊँगा। खुद जीता हूँ मगर लगता है आसपास सब एक बड़ी कब्र में तब्दील हो रहा है। पहली बार...मैं तन्हा छूट जाने के ख़ौफ़ से हिरासाँ हूँ।''

वह अपने आप में बुदबुदाता रहा। बाहर लोगों का शोर था। सुबह के आठ बजे थे, कोहरे की मोटी चादर के बावजूद एक रैली लाल चौक की तरफ बढ़ रही थी और रवायतन फौज हवाई फायर कर रही थी। माइक पर तरह-तरह के नारे लग रहे थे। कहीं अनुशासन टूटा और इधर से ग्रेनेड चला तो उधर से मजबूरन गोलियाँ चलेंगी। फिर कुछ पुतले ज़मीन पर बिछ जाएँगे। ''जानता हूँ, शतरंज के खेल का वो हश्र जब शह और मात सुलतान और वज़ीर के हाथ नहीं रहती तो प्यादों की बाज़ी लगती है।''

बदलते मौसम : शान्ति की अफवाह

ख़ुदा को पा गया वाइज़, मगर
ज़रूरत आदमी को आदमी की
–फिराक़ गोरखपुरी

'कश्मीर फिर टूरिस्टों की आवाजाही में गुनगुना रहा है। कौन नहीं देखना चाहेगा चाँदी की लहरोंवाली झीलें और बर्फ का दुशाला ओढ़े पहाड़! डल लेक अब डल नहीं रही, शिकारों-हाउसबोटों की लाइटें एक लम्बे अर्से की अँधेरी रात को बदल जश्न का माहौल बनाती हैं। लोग धड़ाधड़ 'शान्ति में डूबे' कश्मीर की तस्वीरें इंटरनेट पर डाल रहे हैं। न्यूज़ पेपर और टीवी चैनल लोगों को खुशहाल कश्मीर में आने की दावत दे रहे हैं। सब कुछ शान्त, पवित्र और अलौकिक लग रहा है। सब पैसे बनाने में जुटे हैं। क्या जाने यह जश्न की रात कितनी छोटी हो!'

हाँ, यही मेरी किताब की आखिरी पंक्तियाँ थीं। रात भर लिखते हुए कब सुबह के पाँच बज गए पता ही नहीं चला। मैं राहत के सुख से भरी थी। मैं अपनी उँगलियों को तड़काया और पलँग पर खड़ी होकर अंगड़ाई ली। कूदकर पैरों में ऊनी जूतियाँ डालीं और लैपटॉप बन्द करके टेबल पर खिसका दिया। ज़मान परसों लन्दन से आए और उसी रोज़ से रमज़ान शुरू हो गए। अभी वो ज़रूर जगे होंगे, सहरी के लिए।

मैंने उस पल ज़मान को फोन किया, "रोज़े से हो?"

"हाँ।"

"फिर चाय तो पियोगे नहीं। बातें भी कम ही होंगी। फिर क्या बहाना हो कि मिला जाए।"

"मेरा रोज़ा इतना कमज़ोर तो नहीं जो चाय-सिगरेट से टूट जाए।" उसकी निन्दासी और नमकीन आवाज़ ने मेरे जिस्म के पोर-पोर को जगा दिया। मैं उसकी

उदार सोच पर हैरान रह गई। क्या बन्दा है! इसका फलसफा आख़िर है क्या? कहाँ तो बुरी तरह चिढ़कर बोला था कि 'क्या पूछ रही थीं...हिन्दुस्तान रहना चाहेगी कि पाकिस्तान?' कहाँ यह उदारता! इसे समझना आसान नहीं।

"सुनो, मेरी किताब पूरी हो गई।"

"क्यों, 'तिलिस्मी किताब' का साइज़ फिर बढ़ा तो नहीं?"

"कैसे?"

"वसीम को जो लाजवाब कर आई थीं...।"

"वज़ीर ने बता दिया?"

"नहीं, वसीम ने खुद फोन पर बताया कि आपकी अमिता जी ने तो यह कहकर मेरी बन्द आँखें खोल दी हैं कि 'पढ़ी होंगी हज़ार किताबें...यह डायरी पढ़कर देखो।' आपका शुक्रिया कैसे अदा करूँ ज़मान साहब।"

"झूठे! तुम सच में कड़वे हो कि करेले का रस पीकर मुझसे बातें करते हो।"

"वो चखकर पता कर लो।"

मैं उससे फोन पर बात कर रही थी और सामने टीवी चल रहा था। बीबीसी न्यूज़ पर अफगानिस्तान की कोई ख़बर आ रही थी। आवाज़ बन्द थी मगर मेरी आँखों ने देखा—तम्बू जैसे नीले बुरक़ों में लिपटी दो औरतें...पथरीली दीवार से सटी उलटी खड़ी हैं...दो बालों भरे हाथ और एक बन्दूक उन पर निशाना ताकता है...पीछे मर्दों की चीखती हुई...गुस्साई भीड़ का बस शोर है और उस भीड़ की बेतरतीब परछाईं ढलती दोपहर में उसी दीवार पर पड़ रही है, जिससे सटे दो नीले बुरक़े काँप रहे हैं। चाँट...चँट...दो-चार आवाज़ें और वो बुरक़े लुढ़क जाते हैं। एक लुढ़के पर्स में से कुछ चाभियाँ, एक शीशा और एक लिपस्टिक गिर जाती है। मेरे होंठ और कान फोन पर लगे थे...मैं चुपचाप फोन काट देती हूँ...टीवी की आवाज़ खोलती हूँ। पता चलता है, वे वेश्याएँ थीं—बुरकेवाली वेश्याएँ!

सात बजे ज़मान मेरे कमरे में थे। मुझे सुबह की सैर के लिए आमन्त्रित करते हुए।

"पहले चाय पी लें?"

"चाय के साथ अपनी किताब का पहला ड्राफ्ट मुझे दिखाओगी नहीं?"

"वह काग़ज़ों में नहीं, कम्प्यूटर पर है। मैं हाथ से ज़्यादा तेज़ तो कम्प्यूटर पर लिखती हूँ। हाथ से लिखने की आदत स्पेन में छूट गई। अनुवाद की जल्दबाज़ी ने यह मशीनी तरीका सिखा दिया है। अब की एडिटिंग आसान हो जाएगी।"

"एडिटिंग क्यों?"

"बस, यूँ समझिए, कैंची लेकर अपना ही लिखा सेंसर करना है। शुरुआती हिस्से जो एक कश्मीरी पंडित, विस्थापित लड़की होने के नाते बहुत-बहुत तल्ख़ी से लिखे थे, उन्हें..."

"क्यों, अब क्या अन्तर्ज्ञान मिल गया?"

"हुआ यूँ कि मेरे अपने भोले-भाले दर्द ने अपने भीतर सिमटकर बहुत से ज़माने भर की तकलीफों के लिए जगह बना दी थी। अब वो तकलीफें तो पसरकर बैठ गई हैं और मेरा नन्हा दर्द कोने में सिमटा बैठा है किसी तरह।"

"वाह, क्या फलसफा है! अच्छा ही है। किताब की काट-छाँट करो और कुछ महीने और रहो यहाँ।"

"न। पापा का बार-बार बुलावा आने लगा है। मुझे जाना होगा।"

चाय पीकर हम सैर के दौरान नसीम लेक की तरफ निकल गए। वह मुझे हर दरख़्त, हर चिड़िया, हर जंगली फूल का नाम बताता चल रहा था। लेक के किनारे वह किसी पैगम्बर की तरह खड़ा हो जाता और खामोशी से चारों तरफ निहारता। जब हम कहीं एकान्त में होते, वह खुद को खुला छोड़ देता। उसकी बुद्धिमत्ता और भावुकता के मिश्रण से भारी सलेटी आँखें कोई कैसे भूल सकता है मगर वे आँखें उदास थीं। लेकिन जब वह उत्साह से मुझे कुछ बताता, कुछ पल को उदासी मिट जाती और वह अलौकिक दिखता।

"जब से तुम्हें मिली हूँ, हर दिन रोमांचक-सा बीता है।"

"अच्छा! लोग तो कहते आए हैं, मैं बड़ा उबाऊ हूँ। भागती हैं लड़कियाँ मुझसे।"

"फिर तो हम एक से हैं। मैं भी जिन एक-दो से मिली, वो भी भाग लिए मुझसे।"

"क्या कहकर..."

"बिना कुछ कहे..."

"अन्धे थे क्या?"

"अन्धे तो पता नहीं मगर एक या दो मुलाक़ातों के बाद ही...।"

"इसीलिए शादी भी...।"

"शादी का मन ही नहीं है। मुझे नहीं लगता, मैं नेक बीवी बन सकती हूँ। कैसे कोई सारी उम्र एक ही आदमी के साथ रह सकता है?" मैंने उसे चिढ़ाते हुए कहा।

"ब्रूटल बट ब्रिलिएंट। क्या यह स्पेन का असर है?"

"पता नहीं, शायद बढ़ती उम्र का।"

"वैसे शान्तनु तुममें ख़ासी दिलचस्पी रखता है।"

"मुझे तो नहीं लगा। आपको बताया नहीं मैंने...वैसे हमारे घरवाले ऐसा ही कुछ चाहते हैं।"

"वह छोटा नहीं तुमसे?" उसने खुद को दलील दी या मुझे, पता नहीं चला।

"है; पर किसी को दिक्कत नहीं। उसे तो बिलकुल नहीं।" मैंने उसे चिढ़ाया।

"तुमको भी नहीं?"

"मैं तय नहीं कर पा रही।"

"तो कर लो। नेक बन्दा है।"

"देखूँगी...। ज़मान, तुमने शादी क्यों नहीं की?"

"तुम्हें किसने कहा कि नहीं की? की थी।"

"तो तलाकशुदा होगे! पटी नहीं होगी! इतने सनकी और बिज़ी पत्रकार जो हो।"

"तलाकशुदा भी नहीं हूँ।"

"मज़ाक कर रहे हो! वह है कहाँ, बताओ? मैंने तो देखा नहीं।" मेरी आँखें उसकी गुस्ताख़ी से पूरी खुलकर फैल गई थीं।

"नहीं है। मैं विडोअर हूँ।" उसने झील की तरफ चेहरा घुमाकर कहा।

"ज़मान!" मेरी रीढ़ पर किसी ने बर्फ फिरा दी थी अचानक।

"..."

"मगर...कैसे?"

"वह अपने वालिद के इलेक्शन कैम्पेन के लिए गई थी...वो पार्टी में थे। तब मैं दिल्ली में था। वही फेमस ब्लास्ट...।"

फिर वह चुप हो गया। यह बन्दा जब भी मिलता है, या तो हैरान करता है या फिर रुलाता है। मैं एक बेंच पर बैठ गई। वह बगल में आ बैठा।

"अमिता, तुम सही कहती हो। सही है, तुम्हारा तुम्हारे अपने दर्द के कोने में सिमट जाने का फलसफा। मैंने वे सारे सीन न देखे होते तो मैं जान ही नहीं पाता कि उनके सामने मेरा दर्द कितना नामालूम और इकहरा था। मेरा पर्सनल।

कितना आसान होता है अखबार में, किसी एक्सीडेंट में या ब्लास्ट में 20-25 या 100-200 लोगों की मौत की खबर को पढ़ना! ग़म की एक लहर आती है, अगले ही पल मिट जाती है, पेज थ्री की चटपटी खबर से। सूनामी जैसी सदी में एकाध बार घटनेवाले हादसे भी ज़्यादा-से-ज़्यादा दस दिन लेते हैं, मलाल के और सोगवारी के...फिर हम भूल जाते हैं, इस सुकून को दिल में तहाकर कि यह हमारे साथ नहीं

होगा। मेरी ज़िन्दगी ने...चलो, मैं तो पत्रकार हूँ, बल्कि एक आम कश्मीरी मर्द ने हादसों की शक्लों में ऐसे-ऐसे जहन्नुमी सीन देखे हैं कि मौत के मायने हमारे लिए बदल गए हैं। एक वक्त था कि हम घर से निकलते हुए हर पल तैयार रहते थे—हो सकता है, आज मौत का देवता चींटियों की एक क़तार पर फिर पैर रखे और उनमें हम या हमारा कोई हो।

मैंने भीतरी एहसासों, आवाज़ों और ख़्वाबों पर विश्वास करना कभी सीखा नहीं था मगर वक़्त ने सिखा दिया। रोज़ मौत से रू-ब-रू होते हुए बुरे ख़्वाब मेरे लिए नई बात नहीं थी; बल्कि मैं सोने से चिढ़ने लगा था। मुझे रश्क़ होता था उन लोगों से जो ख़्वाब या तो देखते ही नहीं थे या देखते भी थे तो उन्हें याद नहीं रहते थे। मैं बचपन से ही ख़्वाब देखने का आदी था...कई बहुत पुराने ख़्वाब...स्कूल के वक्त के सीन-दर-सीन अब तक याद हैं। कई बार यह होता था कि अमन के दौर में मैं गन्दे ख़्वाब देखता और दहशत-भरे दिनों में सुकून के...इसलिए मैंने इन पर कभी यक़ीन नहीं किया। इन्हें महज़ सोते हुए दिमाग़ की बेमतलब ग़फ़लत के ज़्यादा तवज्ज़ोह नहीं दी। मगर रुख़सार के हादसे से दो रोज़ पहले मैंने एक ख़्वाब देखा--बर्फ और कोहरे से ढकी एक सलेटी सुबह में...हज़ारों लोगों का एक मातमी जुलूस जा रहा है। लोगों के कन्धों पर एक के बाद एक कई ताबूत लदे हैं। नीले और काले बुरकों में औरतें हैं...सर पर टोपी लगाए मर्द हैं...सब ख़ामोश हैं और चल रहे हैं। उन्हें मैंने मीलों चलते हुए पूरी रात देखा होगा...जागता...उठकर पानी पीता...फिर सोता तो वही जुलूस...।

मैं हर ख़्वाब उठकर रुख़सार को बताता था। वह हँसकर कहती, मौत के ख़्वाब उम्र बढ़ाते हैं। उसे जीने में बेहद यकीन था। वह आज़ाद ख़याल औरत थी। और उस ज़माने में उसने एम.बी.ए. किया था चंडीगढ़ से। मेरी बेटियाँ उसके पुराने फोटो एलबम देखतीं तो हैरान होकर कहतीं :

'ममी...पहले आप टेनिस खेलती थीं, स्कर्ट पहनती थीं! मेकअप भी करती थीं... आपका वक्त अच्छा था!'

'तुम भी पहनोगी और सब कुछ करोगी...श्रीनगर की हवा बदलेंगे हम। नहीं बदल सके तो हम सब मुम्बई जाकर रहेंगे? या फिर लन्दन, हैं न ज़मान?'

मैं बच्चियों की खुशी का ख़याल कर सिर हिला देता। वह खुद स्कूल जाती, बच्चियों के सिर पर सफेद स्कार्फ बाँधती थी।

'इतनी छोटी बच्चियाँ हैं ये...' मैं मना करता था।

'एहतियातन मेरी जान, एहतियातन...ज़रा से ढोंग से अगर हम मुसीबतों से बचते हैं तो यही सही। मुझे मेरी बच्चियाँ जान से ज़्यादा प्यारी हैं।'

'कुछ नहीं...तालेबानी असर है यह...वाया पाकिस्तान आया है।'

2001 के साल की बात है—बीच में थोड़ी अमन की हवा चली थी। चुनावों की ख़बर हवाओं में थी। उसके पापा सियासती आदमी थे। दहशत के दौर से पहले भी वे अपने गाँव से जीते थे। उन्होंने फिर लोगों से मिलना शुरू कर दिया था। कभी-कभी वह उनके साथ तहरीरों में चली जाया करती थी। उस दिन वह उनके साथ ही थी। वे दोनों ब्लास्ट में मारे गए। उनके साथ सात और बेकसूर लोग। वैसी ही बर्फ और कोहरे से भरी सुबह, एक लम्बे जुलूस में दरख़्तों के साये में...उन्हीं के गाँव में उनका ज़नाज़ा निकला। कई ताबूत और लम्बी ख़ामोश भीड़। जब ख़्वाब देखा था, क्या तब जानता था कि यह मातम से लिथड़ा हुआ मंज़र ज़िन्दगी भर मेरे साथ रहनेवाला है।

मैं बाहर-भीतर दोनों से तबाह...बच्चियों तक का ख़याल नहीं था। मैं खुद की तबाही पर कई दिनों रोया। जब बच्चियों का ख़याल आया तब तक वे अपनी दादी के साथ जा चुकी थीं। इसीलिए मुझे कभी भरोसा नहीं होता कश्मीर में अमन की अफवाहों पर। तब भी तो गर्मियाँ लौट आई थीं। हवाओं में शान्ति की अफवाह थी। लगने लगा था, अब आग थमेगी। लोगों के दिलों में जमी बर्फ पिघल जाएगी। दहशतगर्दी में आई कमी ने औरतों में घर से बाहर निकलने की हिम्मत लौटा दी थी। मगर...''

उसकी आँखें पानी से भरी थीं। मैं फूट-फूटकर रोना चाहती थी मगर मैं उसके और अपने साथ के ये आखिरी दिन जाया नहीं करना चाहती थी उदासी में। फिर तो जल्दी ही लौट जाना है, हमेशा के लिए।

उसने मुझे उदास देखकर मुझे अपने पास खींच लिया, ''मैंने तुम्हें परेशान कर दिया!''

''ज़मान, तुम डीयो इस्तेमाल क्यों नहीं करते!'' मैंने आँखों का पानी पोंछते हुए हँसकर कहा।

''क्या तुम्हें पसन्द नहीं मेरे पसीने की महक?'' कहकर उसने मेरी गर्दन को अपनी बगलों में कस लिया।

मैंने खुद को उससे छुड़ा लिया और घास पर बैठ गई, फिर उदासीनता से अधलेटे होकर वहाँ पड़े एक सुनहरे उकाब के पंख से खेलने लगी। मैं भ्रम के किस नीले और सुनहरे कोहरे में बन्द थी? मुझ पर क्या सच में यह महक असर नहीं कर रही थी? मुझे ख़ामोश पंख से खेलते देख वह मेरी बगल में आ लेटा। उसकी महक अब मुझसे दोस्ती कर रही थी...मगर मेरा मन दर्द से सूज चुका था...यूनिवर्सिटी लौटते हुए मैं ख़ामोश थी।

मैं उस पूरे दिन अपने कमरे में सुन्न पड़ी रही—उसके अब तक के व्यवहार की समीक्षा करते हुए।

क्या वह मुझे प्रेम में जकड़ना चाहता है? क्या चाहता है वह? वह कुछ भी चाहे मगर मैं क्यों अपनी भावनाओं की उग्रताओं को स्वीकार नहीं कर पाती हूँ? मैं भी तो...प्रेम में हूँ मैं। लाख चाहकर प्रेम के इन रंगों को प्रकाश के रंगों की तरह अलग तो नहीं किया जा सकता...जामुनी रंग अकुलाहटों का है, जो लम्बे एकान्त से उपजी है...कि ये नीला प्रेम है...मगर इसका भविष्य नहीं है। हरा रंग है कोख की उर्वर पुकार का...लपट है पीली, आकर्षण की, नारंगी रंग है हारमोंस के उतार-चढ़ावों का...दैहिक ज़रूरतों का...कि ये गहरी वासना है, कुछ पलों की प्रेम नहीं...। ये 'विबग्योर' पूरा एक प्रकाशपुंज है प्रेम का...इसकी चीर-फाड़ क्यों करूँ?

मेरी संवेदनाएँ क्यों हमेशा मेरी पकड़ से छूट जाती हैं? क्या इस बार भी बसन्त को मैं फ़िज़ूल बरबाद कर दूँगी? मगर मन ने भारी-भरकम दलील दी, 'बसन्त तो ठीक है मगर...सही पात्र तो हो...महज प्रेम शब्द और उसकी अनुभूति मात्र से प्रेम करनेवाली लड़कियों में से तुम नहीं हो...।'

'पात्र! क्या कमी है इसमें? मेरे लिए गहरा जज़्बा रखता है।'

'पात्र! बचा क्या है, जिस पर लोग आपत्ति न करें हैं, पहले ही एक दुस्साहस है अपनों के छालों पर नमक डालने जैसा...कश्मीर लौटकर एक कश्मीरी मुसलमान से प्रेम करना। उस पर यह कि वह विधुर है और दो बच्चियों का पिता भी!'

'ये तुम कह रही हो जो तयशुदा ज़िन्दगी की मुख़ालफत करती आई है! तुम तो इयान बांड जैसे पचपन साल के व्यक्ति के प्रपोज़ल का धड़कते दिल से आखिर तक इन्तज़ार करती रहीं, जब तक कि उसने पूरा कुचल नहीं दिया तुम्हारा धड़कता दिल।'

शाम को शान्तनु ने मैस में बुलवाया था। वह यूनिवर्सिटी नहीं आना चाहता। कैम्पस में कुछ ही दिन पहले आर्मी की या दूसरे सुरक्षाबलों की अतिरिक्त तैनाती और हॉस्टलों पर छापों और पूछताछ को लेकर यूनिवर्सिटी स्टाफ और लड़कों ने काफी विरोध किया था। तब से सरकारी आदेश कुछ ऐसे हुए हैं कि वह कतराता है, अपनी गाड़ी भेज देता है। इस बार मैंने पिछली बार की तरह टाला नहीं। गाड़ी वापस नहीं भेजी। मैं जानती थी, वह मेरा निर्णय जानना चाहता है।

हम देर तक साथ रहे—बार के एक कम रोशनीवाले हिस्से में, जिसके बगलवाली दीवार पर, बर्फ जमी झील में अटकी एक नाव की पेंटिंग लगी थी, हम जा बैठे। वह बोलता रहा, अपने बारे में। अपने भविष्य के प्लांस के बारे में। जल्दी ही फौज छोड़कर दिल्ली में सैटल होने के बारे में। मैं बहुत कम बोली। यूँ भी दो पैग के बाद जहाँ मर्द बातूनी होने लगते हैं, औरतें बहुत ख़ामोश हो जाती हैं और बस मुस्कुराती हैं। आपका तजुर्बा जो भी हो, मैंने यही महसूस किया है।

आख़िरकार वही थककर फूट पड़ा, "अमिता! मैं बच रहा था जो पूछने से, उसे तुम बताने से बचती आई हो। मगर अब मैं पूरी तरह कोने में धकेला जा चुका हूँ। वो सोच रहे हैं, मैं...ऐसे में मैं क्या जवाब दूँ?"

"मैं शुरू में ही अश्वत्थ को बता चुकी थी। पापा को फिर बात बढ़ानी नहीं थी।"

"कि तुम्हें मैं पसन्द नहीं?"

"नहीं, मुझे शादी नहीं करनी है।"

"उन्हें उम्मीद थी..."

"कि हम साथ रहेंगे तो...मिलेंगे और...।"

"मुझे भी थी, ये उम्मीद तो...।"

"शान्तनु। मैं नहीं चाहती कि तुम कोई उम्मीद पालो।"

"जानता हूँ। शायद तुम किसी और से...।"

"यह भी पूरा सच नहीं है। सच पूछो तो कुछ भी तय नहीं है। फिलहाल मैं एकदम अकेले रहना चाहती हूँ।" मैं अपना पक्ष रखते हुए एकदम हताश हो गई। मेरा चेहरा एकदम उतर गया।

"छोड़ो न। चलो, डायनिंग हॉल में चलते हैं, वरना ग्यारह बजे के बाद वहाँ कुछ नहीं मिलनेवाला।"

उसके अगले ही दिन की बात है। आठ अक्टूबर, 2005 को मैं गेस्टहाउस के अपने कमरे के बाथरूम में थी, जब भूकम्प आया। साबुन के झाग से अनधुला चेहरा लिए मैं आँखें बन्द कर नल ढूँढ़ रही थी कि मुझे लगा, अचानक मैं अपनी इच्छा के बगैर एक तरफ झुक गई हूँ। मैंने वाशबेसिन को पकड़ा तो वाशबेसिन भी हलका-सा झुक गया फिर मैंने झागों के साथ ही आँखें खोल लीं...। आँखों में साबुन गया मगर मैं साबुन को फर्श पर फिसलता हुआ देख रही थी और बाल्टी भी हिल रही थी। क्या मुझे हैंगओवर हो रहा है? कल रात खाने से पहले शान्तनु ने वोद्का का आखिरी पैग तेज़ बनाया था...शायद। मैंने उँगलियाँ मुँह में डालकर उल्टी करने की कोशिश की मगर कुछ हासिल न हुआ...मैं ब्रश करके कमरे से बाहर आ गई। मैंने चाय के लिए ऑर्डर किया और क़रीब आधे घंटे बाद चाय और टोस्ट लेकर वेटर कमरे में आया और इधर फोन बजा :

"क्या कह रहे हो! क्या यह अर्थक्वेक था? मैंने सोचा, मुझे हैंगओवर हुआ है।"

"..."

"भारी तबाही मतलब...?"

"..."

"हे भगवान...ये कसर भी बाकी थी क्या...अभी तो यह संख्या ऊपर ही जाएगी...नीचे तो नहीं।"

"..."

"ओ.के., ओ.के. ...अभी निकल रहे हो?"

"..."

"हाँ-हाँ...मगर मुझे दस मिनट तो दो...कपड़े बदलने के लिए।"

"..."

"तुम्हारे साथ और कौन...?"

"..."

"ठीक है, मैं गेट पर मिलूँगी।"

किसे उम्मीद थी कि आठ अक्टूबर कश्मीर के अतीत के बेशुमार काले पन्नों में एक और का इज़ाफा कर देगा! चाय और टोस्ट ऐसे ही छोड़, मैं जल्दी-जल्दी कपड़े बदलकर गेट पर पहुँची...ज़मान के साथ एक विदेशी स्वयंसेवी संस्था के लिए काम करनेवाला नवयुवक शौकत भी था।

"ज़मान भाई, पता नहीं कितने गाँवों पर असर हुआ होगा! उस पर मौसम की मार। मैंने रिलीफ सप्लाइज़ के लिए दिल्ली फोन कर दिया है...यहाँ से जो बन पड़ेगा, हम करेंगे। हमें टैंटों, कम्बलों, खाने और दवाओं की ज़रूरत पड़ेगी—हम कैसे करेंगे ज़मान भाई?"

"पहले पहुँचे तो...हकीकत तो पता चले। सरकार भी तो है..."

"हिलाल ने बताया है मुझे...सीमा से लगे देहात में मिनटों में घरों के घर ज़मीन सूँघ गए हैं। पूरे-के-पूरे गाँव कब्रगाहों में तब्दील हो गए हैं...घायल लोग चीख़ रहे हैं...ये लोग अपना सब कुछ लुटा चुके हैं—सब कुछ...और सरकार, वह गहरी नींद सो रही है। दूरदर्शन तक तो खबर ही नहीं पहुँची है।"

मैं उसके सरोकार और भावना देखकर सोच में पड़ गई थी, क्योंकि हम सभी तो कश्मीर में खूनखराबे और मौतों के सिलसिले देखते हुए बड़े हुए हैं—सैकड़ों की संख्या पार करती मौतें। ऐसी रोज़मर्रा की ख़बरों के आदी हो चुके हैं... । शौक़त जैसे भी लोग हैं जिनके लिए ये मौतें महज़ ख़बर नहीं हैं...एक-एक जान की कीमत है उनके लिए...जितनी बचा ले जाएँ।

"चिन्ता मत करो...फौज की गाड़ियाँ, क्रेंस, टैंट्स मेडिकल कोर के साथ रवाना होते ही होंगे हमारे पीछे-पीछे। हमसे पहले वे वहाँ होंगे। हर गाँव के पास के मिलिटरी कैम्पों से दस्ते वहाँ पहुँच गए होंगे।"

"कितना बड़ा सहारा है! कितनी आसानी से कह देते हैं हम, फौज को बाहर करो...!" शौकत ने गहरी साँस लेकर कहा।

"हम जा कहाँ रहे हैं?" मैंने पूछा।

"नॉर्थ कुपवाड़ा के आसपास...बल्कि सही जगह बताऊँ तो—तंगधर वैली, जहाँ सबसे बुरी तरह तबाह हुए हैं गाँव।"

"हमें वहाँ पहुँचते हुए छह घंटे तो लगेंगे...ज़मान भाई?"

"ज़्यादा भी लग सकता है। रास्ते का क्या पता है फिलहाल...फिर आर्मी के चैक पॉइंट्स...।"

छह घंटे और कई पहाड़ी घुमाव...और चढ़ाव पार करके हम तंगधर वैली पहुँचे। सड़क धूल के गुबार के भूरे बादलों से घिरी थी। न जाने कितने लोग...जैसे उसी दिशा में गए हों। पहला ही गाँव...काँदी था, जहाँ गारे और पत्थर के बने मकान...अपनी टिन की छतों के साथ औंधे मुँह पड़े थे। एक सौ साठ मकानों का गाँव और एक भी मकान नहीं बचा था। कोई दुकान नहीं बची थी। यहाँ तक कि मस्जिद आधी ढह गई थी। अब तक गाँववालों को सहायता के नाम पर कुछ नहीं पहुँचा था। बाईस लाशें मजिस्द के बाहर रखी थीं...भूखे-प्यासे, बूढ़े उन लाशों के क़रीब बैठे थे। बच्चे बिलख रहे थे। औरतों के आँसू सूख चुके थे...वो मलबे में से बचा हुआ सामान खोज रही थीं। जवान लड़के मलबे के भीतर से अब भी घायलों को बाहर निकाल रहे थे। मलबे को देखकर तबाही का अन्दाज़ा लगाना ही यन्त्रणादायक था।

एक अधेड़ बेहद परेशान था। वह गाँव का मुखिया था...रिटायर्ड सबइंस्पेक्टर गुलाम अहमद, "इतने घंटे हो गए, मेरी बीवी और मेरी दो साल की पोती बाहर नहीं निकलीं। मेरे छोटे लड़के की लाश वहाँ मस्जिद के सामने रखी है। बड़ा बेटा और बहू घायल हैं...उसे कुपवाड़ा ले गए हैं। वह मेरा घर था...तीनमंज़िला। मैंने रिटायरमेंट के पैसे से अभी इसे नया बनवाया था।" वह हर आते-जाते को कह रहा था।

हमारे पीछे-पीछे...पहले सेना की सहायता और फिर पत्रकारों का हुजूम और सहायता सामग्री के साथ कई एन.जी.ओ. के कार्यकर्ता पहुँचने लगे। नेताओं और मन्त्रियों के साथ...त्रासदीग्रस्त गाँवों में सरकारी अफसरों की गाड़ियाँ पहुँचने लगीं...। कुछ देर में आर्मी के भी टैंट तन गए। डॉक्टरों ने मोर्चा सँभाला...एम्बुलेंसों में ज़्यादा घायलों को श्रीनगर भेजा जा रहा था। एक टैंट में खाना बाँटा जा रहा था।

त्रासदी को और गहन बनाने के लिए ठंडी और चुभती हुई बरसात शुरू हो गई थी। लाशें सहन में पड़ी भीगने लगीं। बुरी तरह जूझते लोगों ने जैसे अहसासों पर काबू पा लिया था और बेजान जिस्मों की तरह बस जिस्म की ज़िम्मेदारियाँ निभाने

के लिए दिमाग़ों से काम लेने लगे। लाशों को रखने का फायदा नहीं था। उन्हें दफनाने का फैसला ले लिया गया। मरे हुओं को दफनाने के लिए सफेद कफ़न तक नहीं था। बरसात की वजह से कब्रें खोदना मुश्किल हो गया था। पहाड़ी ढलवानों पर बने एक कब्रगाह में छिछली...और पानी से भरी कब्रों में बड़ों को उनके कपड़ों के साथ और बच्चों को उनकी माँओं के दुशालों में लपेटकर उतार दिया गया।

ये दृश्य देखकर मेरी हिम्मत पस्त हो चुकी थी। शौकत अपने दोस्त हिलाल के साथ दूसरे गाँवों में चला गया। हम इस पहले पड़ाव से ही वापस लौट गए। लौटते हुए बारह बज चुके थे। सो जाना एक राहत होती मगर नींद भी कहीं मलबे में कुचलकर मर चुकी थी। मैंने लैपटॉप खोला और पूरी रात जागकर तीन पेज भूकम्प और उसके बाद के हालात पर लिखे और किताब के आखिर में डाल दिए। बस, अब और नहीं, मुझे अब किताब ख़त्म कर देनी है...वरना त्रासदी के ये नए अध्याय तो कश्मीर में हर रोज़ नए शामिल होते रहेंगे। अब मुझे यकीन हो गया कि ये किताब त्रासदियों के तिलिस्म की किताब है। अगर मैंने इसे बन्द नहीं किया तो यह बढ़ती ही जाएगी।

अगले दिन सुबह, श्रीनगर लौटकर किताब का फाइनल ड्राफ्ट मैंने इयान बांड को ई-मेल कर दिया था और उसी पहले पल से उसके जवाब का इन्तज़ार करने लगी। किताब की पांडुलिपि भेज देना एक बड़ी निज़ात थी...

दो ही दिन बाद हम फिर उन्हीं भूकम्प प्रभावित इलाकों में लौटे थे। इस बार शान्तनु की यूनिट के साथ ही गए थे, हम दोनों। हमने श्रीनगर के उत्तर में लाइन ऑफ कंट्रोल पर 140 किलोमीटर की यात्रा की और भारतीय सेना की कमान पोस्ट तक पहुँचे। यह सबसे बाहरी पोस्ट है। पाकिस्तानी सैनिकों और भारतीय सैनिकों के बीच एक धारा बहती है—झेलम की और आसपास डेढ़ सौ साल पुरानी झेलम वैली है। इस पर बना हुआ पुल मुज़फ्फराबाद और रावलपिंडी को श्रीनगर से जोड़ता है। 'लाइन ऑफ कंट्रोल' के बनने से पहले यह भारत-पाक व्यापार का मुख्य रास्ता था। यहीं बना है 'शान्ति सेतु।'

यहाँ के आसपास के गाँवों के लोग अब तक बसे नहीं थे। यहाँ स्वयंसेवी संस्थाएँ और नेता या सरकारी सहायता नहीं पहुँची थी। हज़ारों की संख्या में बेघर लोग, सभी आर्मी के सीमित अस्थायी शैल्टरों में किसी तरह पड़े हुए थे। क्या मर्द और क्या औरतें? बुरक़ों, नक़ाबों और परदों की परवाह के बग़ैर वे सभी जानवरों के अधमरे जत्थे की तरह टैंटों में भरे थे। अपने बचे हुए खून के रिश्तों को थामे हुए। हुआ यह था कि आसन्न त्रासदी के समय जो जूझने की ताकत उनमें बची थी और कुछ उम्मीदें जो दामन से चिपकी थीं...वह भी अब ख़त्म हो चुकी थीं। त्रासदी से गुज़रते

वक्त जो एक मतिभ्रम मानवीय प्रकृति पैदा करती है, वह मतिभ्रम, उस पल हमें जी-जान से खोता हुआ बचा लेने के काम आता है।

वे अब कुछ होश में थे, खोए हुओं की यादों में बेहाल और अपने भविष्य को लेकर नितान्त अनिश्चित थे। टूट रहे थे...टुकड़ा-टुकड़ा। उम्मीदों की धज्जियाँ उनकी पलकों पे चिपकी थीं।

ज़मान, शान्तनु के साथ और दूरस्थ उजाड़ और मलबा बन चुके सीमावर्ती गाँवों की तरफ निकल गए। मैं आर्मी की मेडिकल कोर के टैंट में, डॉक्टर और दो मेडिकल असिस्टेंटों के साथ जो कुछ सहायता कर सकती थी, करती रही। मरगिल्ला-सा सूरज भी न जाने कहाँ कोहरे में जाकर दफन होने की तैयारी में था। जाते-जाते तबाह मंज़र पर...मलबे पर...टैंटों पर और टिन के शैल्टरों पर फीकी और मातमी पीली किरणें छोड़ गया। सूरज के जाते ही हवा में बर्फीली चुभन महसूस होने लगी। वहाँ मौजूद लोगों के चेहरे पर इस त्रासदी के बाद का सबसे भयावह डर 'हिमपात', एक आशंका के तौर पर साफ-साफ दिखने लगा। इन सर्दियों में बर्फ अगर गिरी तो...दोज़ख़ की आग और शैतान की बुरी निगाह ही गिरेगी...इस इलाके पर। अगर जल्दी ही इन भूकम्प प्रभावित हज़ारों लोगों को कहीं पुनर्स्थापित नहीं किया गया तो! कुछ ही देर में बर्फ के फाहे...गिरने लगे। मेरा सिर घूमने लगा था। मैंने खुद से पूछा—अमिता, तुम...बहुत सहानुभूति रखती थी न कश्मीरी पंडितों की विस्थापन की समस्या से, अब इसे तुम क्या कहोगी? इस समस्या को क्या नाम दोगी? कितने लोग यहाँ आए-दिन की पाकिस्तान और हिन्दुस्तानी फौजों की छिटपुट झड़पों के बीच घुन की तरह पिस चुके हैं। कई यहाँ से विस्थापित हो चुके। ये गाँव पहले ही जले हुए दरख़्तों और उजाड़ घरों के साथ बहुत उद्रास मंज़र पेश करते थे...अब तो...बोर्डर का इलाका कुपवाड़ा से आगे गर्मियों में गर्द का और सर्दियों में बर्फ का रेगिस्तान मालूम होता है।

ईश्वर की ही कृपा थी कि वह बर्फ हलकी रुई की तरह बस कुछ पलों को गिरी फिर सब कुछ शान्त हो गया। शान्ति में लोगों का रुदन और कराहें ज्यादा गूँज रही थीं...।

रात ढलते-ढलते ज़मान और शान्तनु लौट आए थे। मैं मेडिकल कोर के टैंट के भीतर एक कोने में बुत बनी बैठी थी। ज़मान ने मुझे हिलाया, "अमिता...!"

उन्हें देखते ही मेरी आँखों से आँसू बहकर गाल पर आ गए। उन्होंने मुझे अपने सीने से लगा लिया और देर तक बिना कुछ कहे पीठ सहलाते रहे।

"मंज़र हर गाँव का कमोबेश यही है। अच्छा हुआ, तुम यहीं रुक गईं।"

हम तीनों रात वहीं एक टैंट में रुक गए। शान्तनु के चलते पास की यूनिट से बिस्तर और खाने का कामचलाऊ इन्तज़ाम हो गया था। लेकिन मुझे वो कुछ कदमों

की दूरी पर बने टिन के अस्थायी आशियाने याद आ गए, जहाँ सैकड़ों मनुष्य अपने घर-बार खोकर जानवरों की तरह ठुँसे हुए थे। मुझसे एक कौर भी नहीं तोड़ा गया। शान्तनु और ज़मान ने दिन भर के थके थे। सेना के जवानों के साथ उन्होंने थोड़ी रम पी और थोड़ा खाना खा लिया। मर्द व्यावहारिक होते हैं। खाएँगे नहीं तो शरीर कैसे चलाएँगे? शान्तनु हिमपात की आशंका के चलते शैल्टरों के इन्तज़ाम देखने में और ज़मान फोन पर ही रिपोर्टिंग में व्यस्त हो गए। मैं एक अलाव के पास ज़मीन पर बिछे बिस्तर में न जाने कब सो गई। उठी तो ज़मान मेरे पैरों की तरफ सिर किए...मेरे ही पलँग पर एक फटा हुआ, काला फौजी कम्बल लिए सिकुड़े हुए, सोए पड़े थे, जैकेट की टोपी को कान पर कस रखा था। पैर ज़मीन पर लटके हुए थे क्योंकि जूते पैरों में थे। शान्तनु वहाँ नहीं था, उसे बीच रात में पास की यूनिट के स्वास्थ्य केन्द्र में जाना पड़ा था। ठंड की वजह से शैल्टर में दो बच्चे और एक बूढ़ा बीमार हो गए थे।

लौटने से पहले अगली सुबह हम 'पीस ब्रिज' के पास पैदल पहुँचे। भूकम्प से यह पीस ब्रिज ढह गया था। यहीं पर झेलम की सूखी धारा के रेतीले तल पर ही मुख्य राहत और सम्पर्क केन्द्र बनाया गया था। हालाँकि इस वक्त तक बिखरे परिवारों को यहाँ मिलने की इजाज़त नहीं थी, मगर जल्दी ही आर-पार जानेवाले रास्ते खुलने को थे। अचानक मेरे सामने एक ख़ूबसूरत दृश्य उपस्थित हुआ, बल्कि मेरे क्यों, तमाम टीवी और अखबारों के रिपोर्टरों ने यह ऐतिहासिक पल देखा था। भारत के कर्नल कौल और पाकिस्तान के कर्नल सिराज ने चाहे हरे रंग के अलग शेड की वर्दी पहन रखी थी...मगर वे चलते हुए क़रीब आए और गर्मजोशी से हाथ मिलाया। दोनों तरफ के सरकारी अधिकारी भी आमने-सामने थे। दोनों तरफ सहायता सामग्री का आदान-प्रदान हुआ। ज़मान का कैमरामैन हमारे क़रीब खड़ा था...अचानक चिल्लाया।

पाकिस्तानी अधिकारियों के पीछे पत्रकारों की जमात में उसे अपना ममेरा भाई खड़ा दिख गया था जो 1990 में उरी से मुज़फ्फराबाद जा बसा था। अब वह बीबीसी की उर्दू सर्विस का संवाददाता था, जिसे वह पन्द्रह साल बाद देख रहा था। उसके चेहरे की खुशी देखने लायक थी।

"ओए रमीज़...तेरी दाढ़ी को क्या हुआ?"

"ज़हीर, तेरी भाभी को नापसन्द थी। फूफी कैसी है। तेरी शादी में नहीं आ पाया...ज़रूर नाराज़ होगी।"

"अब आ जाना। इंशाअल्लाह ये रास्ते फिर खुलने को हैं।"

ज़मान अपनी रिपोर्टिंग के सिलसिले में वहीं ठहर गए थे। मैं उसी दिन शान्तनु के साथ लौट आई।

जिप्सी चलाते हुए उसकी देहाकृति में एक उदासीन तटस्थता थी।

"अमिता, एक बात पूछूँ...?"

"..."

"क्या ज़मान साहब को तुम पहले से जानती थीं?"

"नहीं...।"

"यहीं दोस्ती हुई?"

"हाँ।"

"तुम्हें यकीन है, यह दोस्ती है...?"

"और क्या हो सकता है...?"

"मैंने महसूस किया कि उसकी तरफ से वह दोस्ती से आगे की चीज़ है...।"

"...।"

"और तुम?"

"तुम क्या सोचते हो?"

"मैं कुछ नहीं सोचता। डरता हूँ तुम्हारे लिए...।"

"कैसे?"

"वैसे मैं जानता हूँ, तुम समझदार हो। तुम खुदकुशी की तरफ पैर नहीं बढ़ाओगी।"

"क्यों...? क्या वह आतंकवादी है?"

"एकदम नहीं है; बल्कि अच्छा इनसान है पर उसकी सहानुभूति तो इस तरफ ही होगी, जैसा कि कश्मीरी मीडिया है। ख़ासतौर पर विदेशी अखबारों और चैनलों से जुड़े रिपोर्टर...। नोट किया या नहीं तुमने...फोन पर भी वह कितने बेगाने ढंग से इंडियन आर्मी...हिन्दुस्तानी सरकार बोलता है।"

"मुझे तुम्हारी राय से इत्तफाक नहीं है। जहाँ तक मैं जानती हूँ, उसकी सहानुभूति पिसते कश्मीरी अवाम की तरफ ज़रूर है। वो तो मेरी भी है। जम्मू के बाद के भारत को हिन्दुस्तान बोलना नई बात नहीं है। वह कश्मीरियों की बरसों पुरानी आदत में शामिल है। यह बेगानापन नहीं है। उत्तरवाले सारे लोग दक्षिण भारत को मद्रास कह देते हैं। वैसे ही।"

"अच्छा, छोड़ो। इसे ठीक से लपेट लो।" उसका इशारा मेरे शॉल की तरफ था।

उसे मेरे कहे पर कतई यकीन नहीं था। मैंने कानों को ढकते हुए शॉल लपेट लिया। हवा सच में तीखी थी।

"मैंने महसूस किया है कि तुम अपने से बाहर कुछ नहीं देखतीं।"

"सच?" अँधेरे में ढके थे हमारे चेहरे...फिर भी उसने मेरी आवाज़ का तंज पकड़ लिया।

"मज़ाक नहीं है ये?"

"शान्तनु, सब तुम्हारी तरह नहीं होते—व्यावहारिक, मजबूत...।"

"सब तुम्हारी तरह कनफ्यूज़्ड भी तो नहीं होते।"

"मैं कनफ्यूज़्ड हूँ...?"

"तुम तय नहीं कर पा रही...।"

"क्या?"

"उसी को लेकर कि..."

"किसी से दोस्ती करने या उसे पसन्द करने में तय क्या करना होता है?"

"रिश्ता बनाने में तय करना होता है न...।"

"मैं इसीलिए रिश्ते बनाने से भागती हूँ क्योंकि मुझे तयशुदा ज़िन्दगी पसन्द नहीं।"

"जब से मिली हो, दो-चार बार यह बात बता चुकी हो तुम मुझे।" जानती हूँ, उसे आहत किया है।

हम दोनों चुपचाप बढ़ती ठंड और गहराते अँधेरे में यात्रा करते हुए अपने ठिकानों पर वापस आ गए।

ज़मान ने ही लौटकर बताया कि इस सप्ताह में ही हिन्दुस्तान सरकार ने तत्परता दिखाई और कई सहायता केन्द्र खोल दिए थे जगह-जगह। मिलिटरी ने उसके लिए अस्थायी आशियाने मुहैया करवाए...घर दुबारा बनवाने में मदद की। अपने मेडिकल कोर भेजे...वहीं सरकार ने जायज़ मुआवज़े दिए। लोग खुश थे कि हिन्दुस्तान सरकार ने फराक़ दिली से सरहद के आर-पार का सूरते हाल जानने के लिए केवल पुंछ और रावलकोट ही नहीं, बाकी सारे पॉइंट भी खोल दिए ताकि बँटे हुए परिवारों को राहत मिले, जबकि मुज़फ्फराबाद में लोग पूरी तरह तबाह हो गए थे और उन्हें अब तक सहायता नहीं मिल सकी थी।

मैंने ग़ौर किया, ज़मान जब 'हिन्दुस्तान' बोल रहे थे, तो वह हलकी-सी ख़लिश भी ग़ायब थी। इस तरफ रहनेवाले परिढवार अपने उस तरफ के रिश्तेदारों के लिए परेशान थे। ऐसे में वो खाम-खयाली भरे धुँधले आईने चमक गए थे, जिसमें पाक अधिकृत कश्मीर का पिछड़ापन, प्रशासकीय निरंकुशता के चित्र साफ दिख रहे थे। कश्मीरी को 'इस जन्नत के मज़हब के रिश्तेवाले दूसरे टुकड़े' की हक़ीकत मालूम हो गई थी।

एक दिन मैं ज़मान के साथ पासपोर्ट ऑफिस के बाहर खड़ी थी कि एक बन्दा बदहवासी में हमारी तरफ दौड़ता हुआ आया और ज़मान के हाथ चूमकर रोने लगा। ज़माल धर नाम के इस बन्दे ने जो बताया, वह दिल तोड़ देनेवाला किस्सा था।

"उधर मेरे बड़े भाई ने अपना सब कुछ खो दिया है। घरबार समेत वह सड़क पर हैं...। उन्हें मेरी सहायता चाहिए। मगर मुझे पासपोर्ट नहीं मिल पा रहा। ज़मान साहब, आप कुछ करवाइए न...आप तो पत्रकार हैं।"

धर ने फटा हुआ और यहाँ-वहाँ से सिला हुआ फिरन पहन रखा था। उसने बताया कि उसके पास महज एक एकड़ धान का खेत है जिसे बेचकर वह हर हाल में अपने भाई की सहायता करना चाहता है।

मैं नहीं जानती थी कि ठंड के अपने बर्फानी तेवर दिखाने से पहले वह सड़क पर रह रहे अपने भाई तक अपने धान के खेत को बेचकर इकट्ठे किए पैसे पहुँचा पाएगा या नहीं। श्रीनगर में हज़ारों लोग ऐसे थे जो उस पार रह रहे अपनों की सहायता के लिए पाकिस्तान जाना चाह रहे थे और अपनी-अपनी दरख्वास्त हाथ में लिए पासपोर्ट ऑफिस के बाहर मायूस खड़े थे।

मैं नहीं जानती थी कि लाल फीताशाही और भारत-पाक के कंटीले रिश्तों के चलते वह पासपोर्ट हासिल करने में सफल होगा या नहीं। मैंने नवम्बर के पहले सप्ताह अखबार में पढ़ा कि केवल सौ कश्मीरियों को लाइन ऑफ कंट्रोल पार करने की इजाज़त मिली थी। मैंने प्रार्थना की कि काश, 'धर' का नाम इस सूची में हो क्योंकि दिसम्बर आते ही यह सिलसिला एकदम बन्द होनेवाला था।

"तुम्हारी मौसी को क्या कहूँ...?"

"पापा, क्या शादी इतना ज़रूरी मसला है ज़िन्दगी में? मैं अकेले खुश हूँ। मौसी को कह दीजिए, मुझे शादी ही नहीं करनी है।" मैंने आख़िरकार कह दिया।

फिर वे ज़िद करने लगे, "...तो बर्फ गिरना शुरू हो इससे पहले दिल्ली लौट आओ।"

"मुझे कुछ दिन का समय और दो पापा।"

"बहुत हुआ बेटा...।"

"पापा, किताब को लेकर मेरे प्रकाशक का ई-मेल आ जाए...पता नहीं क्या बदलाव करना पड़े। कुछ जोड़ना हो...।"

"तुम जानो...। अब तुम्हें क्या कहें? जब तक हैं...कह रहे हैं।"

पापा कातर हो जाते हैं तो मेरा मन भी बिखरने लगता है। क्या करूँ? शान्तनु के प्रति मैं स्पष्ट थी, उम्र के फर्क को टाल भी दूँ तो 'प्रेम' जैसा कुछ भी मुझे महसूस

नहीं होता था। अक्सर मिलते रहने के बावजूद मैं अपने और ज़मान के रिश्ते को लेकर अनिर्णय की स्थिति में थी। उधर पापा का बार-बार फोन आ रहा था। अब मुझे लौट ही जाना चाहिए।

एक शाम ज़मान नीली कार लेकर आए और टूरिस्ट सेंटर तक जाकर हम पीछे एक सड़क पर मुड़ गए। एक घर था वहाँ...धूप से नहाई अंगूरों की लताओं में ढका गलियारा... सफेद गुलाबों की बेलों का बना दरवाज़ा...। ख़ूबसूरत लॉन...हम गलियारे में घुसे ही थे कि गुलाबी ग़रारे पहने दो बच्चियाँ 'पापा...' कहकर ज़मान से लिपट गईं। ज़मान मुझे देखकर शरमा गए, उन नन्ही लड़कियों के प्रेम प्रदर्शन पर। मैंने आश्चर्य से उस फक़ीराना अन्दाज़ के शख़्स को देखा, जिसका फकीराना डेरा मैं देख चुकी थी शहर में। दो कमरे का गन्दा फ्लैट...वहीं ऑफिस...वहीं बिस्तर...कम्प्यूटर और एक सेवक।

"दोनों जुड़वाँ हैं?" मेरे इस प्रश्न पर दोनों खिल-खिल करती हुई एक-दूसरे के पीछे छिपने लगीं।

"नहीं...ये सना है...बड़ी। और ये सबा है, इनसे डेढ़ साल छोटी।"

"कितनी प्यारी हैं...!"

"अरे, सलाम नहीं किया...आंटी को...?"

"ये आंटी कहाँ हैं?"

"लगती बच्ची हैं...पर हैं आंटी। क्योंकि दिमागी उम्र अभी कम ही है। अच्छा, अम्मी-अब्बू कहाँ हैं?" ज़मान ने शैतानी से कहा।

"पीछे गार्डन में...। धूप में बैठे हैं।"

"बताया नहीं, हम आपके घर आ रहे हैं...मैं बच्चियों के लिए कुछ तो...चॉकलेट या...।"

"इन्हें हम आज बाहर ले जाएँगे। क्यों, क्या इरादा है मेरी प्रिंसेसेज़ का...?"

"पापा...चायनीज़...।" सना उछली।

"नहीं, पापा, पित्ज़ा...।" सबा ने ज़मान के पैरों से लिपटकर कहा।

"आपका घर ख़ूबसूरत है।"

"मेरी अम्मी बेहद नफासत पसन्द हैं। उन्हीं का घर है यह।"

ज़मान के अम्मी-अब्बू सफेद बेंत के फर्नीचर पर बैठकर सलीके से चाय पी रहे थे। मैंने झुककर पैर छू लिए। उस एकाकी जोड़े की आँखों में ढेर सारा प्यार उमड़ आया।

“अब्बू, अमिता भट्ट हैं ये। कई साल बाद कश्मीर लौटी हैं...।”

“गॉड ब्लेस यू।” अंकल के काँपते हाथ मेरे सिर पर थे।

“बैठो ज़मान...बेटा, चाय लो।” अम्मी मुझे गौर से देखने लगीं।

हम चाय पीते हुए औपचारिक बातें करते रहे।

“तुम्हारे दादा जी को कौन नहीं जानता...मेरे बड़े भाई की आँत का ऑपरेशन उन्होंने किया था।”

मुझे बच्चियाँ खींचकर अपने कमरे में ले गईं। अपना गुड़ियाघर दिखाया।

“आंटी...आपकी लिपस्टिक का कलर कौन-सा है?”

“याद नहीं...शायद पीच।”

“हमारी मम्मी भी मेकअप करती थीं। आयशैडो...लिपस्टिक।” छोटी सबा ने उत्साह से कहा तो सना उदास हो गई।

“चुप...।”

“अच्छा, आपको मेकअप का सामान पसन्द है?”

दोनों ने सिर हिला दिया खुश होकर।

“सच...मुझे भी। हम आपके लिए लाएँगे। आपको सजाएँगे।”

“अब यहाँ पर यह सब लगाना मना है। ज़ाहिदा मौसी लाई थी फॉरेन से हमारे लिए...दादी ने पैक करके छिपा दिया।”

मैं निरुत्तर थी मगर फिर भी मैंने कहा, “हाँ, बच्चों की स्किन खराब हो जाती है न, इसलिए।”

“मैं मम्मी की तस्वीर दिखाऊँ?”

मैं अचकचा गई सबा की बात पर मगर वह तब तक एक एलबम निकाल लाई। एक बेहद ख़ूबसूरत ख़ातून की तस्वीर थी--कटे बाल और सिर पर चढ़ा धूप का चश्मा और बिन्दास हँसी। एलबम के इसी पन्ने पर एक कैप्शन लिखा था :

‘हो सकता है आज आखिरी मौका हो!
इसलिए किसी से कल का वादा मत करो।
कल का इन्तज़ार क्यों?
आज ही कसकर हाथ थाम लो...
कल कभी-कभी नहीं भी आता है।
कह दो सब कुछ
खुदा न ख़ास्ता कल न आए तो
कोई पछतावा तो न हो...’

सबसे नीचे मरहूमा का जन्मदिन और दुनिया से रुख़सती का दिन दर्ज था...

ज़मान के कमरे में आने से पहले मैंने घबराकर वह एलबम बन्द कर दिया।

''बार्बी से खेलें?'' मैंने सबा को एलबम वापस लौटाते हुए कहा।

जब ज़मान कमरे में आए तो मैं उनके साथ प्लास्टिक के गुड़ियाघर के पास अधलेटी थी। दोनों मुझे अपने स्कूल के किस्से सुना रही थीं। ज़मान मेरे पास बैठ गए, एकदम क़रीब। उनकी आँखों में एक अधूरी कहानी थी जो पूरी होना चाहती थी। मेरी उँगलियों को उन्होंने अपनी उँगलियों में उलझा लिया।

''सना, सबा, दादी आपको दूध पीने के लिए बुला रही हैं।''

उनके जाते ही...मुझे हटने का मौका दिए बिना जकड़ लिया और चेहरा थामकर पहला अप्रत्याशित चुम्बन लिया और उतने ही अप्रत्याशित तरीके से गायब हो गए। उधर आंटी बुला रही थीं और इधर मैं इन्तज़ार में थी कि यह जो सारी देह का खून चेहरे की सीढ़ियाँ चढ़ आया है, उतरे तो बाहर निकलूँ।

''आज हम खाना यहीं खाएँगे अमिता। अम्मी यख़नी बहुत शानदार बनाती हैं। सीख लो...ग़ोश्त-दही और हींग-इलायची। कुकर में आधा कप पानी लो। नमक डालकर दस मिनट इसमें मटन उबालो। दही फेंटो। सौंठ और बेदियान के साथ। यह दही मटन में मिलाकर पाँच मिनट फिर उबालो। कड़ाही में तेल गरम करो। पिसी इलायची और ज़ीरा डालो। यख़नी को इस कड़ाही में डालकर ढक दो और पाँच मिनट पकने दो। चावल के साथ सर्व करो।''

आंटी हँसने लगीं ज़मान की कमेंट्री पर, ''जानता है, तो तू ही बना और सिखा न अमिता को।''

तभी अंकल भी रसोई में आ गए, ''आज तो घर में जैसे कोई जलसा हो रहा है।''

''कितने दिन बाद कोई मेहमान आया है न बड़े अब्बू।'' बच्चियाँ खिलखिलाईं।

''याद है तुम्हें, हमारी नई शादी हुई थी तो हम कौल और धर फैमिली के साथ चिनारों के नीचे पिकनिक जाते थे। एक आबशार के नीचे एक नन्हा मन्दिर था पानी में।'' अम्मी अतीत की ठंडी छाँव में खड़े होकर बोलीं।

''खीर भवानी मन्दिर...हाँ-हाँ...मेरी माँ वहाँ के मुश के बारे में बहुत सिफारिश करती थी। तुम गई होगी अमिता वहाँ।'' अब्बू ने कहा।

''हाँ, बचपन में...।'' मैं उन दोनों की स्नेहिल आकृतियों की परछाईं रसोई की दीवार पर पड़ते देखती रही।

ज़मान ने बैठक में पुकारकर बुलाया, ''अमिता, इधर आना...कुछ दिखाना चाहते हैं, हम आपको।''

"क्या?"

"शुक्रिया। बहुत दिनों बाद इन्हें खुश देखा है मैंने। तुम यहीं रह जाओ..." ज़मान ने मेरी कनपटियों पर फुसफुसाकर कहा।

एक नशे में डूबते चले जाने का मन था मेरा मगर बच्चियों की आहट से अलग हो गए हम दोनों...

"पापा, यू लायर...यू चीटर...आपने कहा था कि हम बाहर..."

"कल?"

"एक शर्त पर, आप आज यहीं रहोगे।"

"और आंटी..."

"वो भी...हमारे कमरे में...।"

यख़नी का स्वाद निहायत शानदार था।

खुशी से थकी बच्चियाँ जल्दी ही सो गईं...। मेरे और ज़मान के बीच से बातें करते हुए आंटी-अंकल भी सोने चले गए। हम बैठक में अब अकेले थे। मैं एक दीवान पर बैठी थी...बैठक में केवल एक नन्हा-सा नीला लैम्प जला था। ज़मान सोफे से उठकर मेरे पास आ बैठा। स्थिर होकर वह बैठा रहा...शायद किसी हलके से संकेत की प्रतीक्षा में निष्क्रिय...। जब हम दोनों निष्क्रियता की घनी तहों से धीरे-धीरे बाहर निकले तो दुर्निवार इच्छाओं का एक न थमनेवाला आवेग हमारी प्रतीक्षा में था। उसके विनम्र स्पर्शों ने मेरे तमाम डरों को जीत लिया। उसने मेरे दोनों वक्षों को घोंसले से गिरे कोमल परोंवाले परिन्दे की तरह थाम रखा था। कमरे का नीला...ठोस अँधेरा जैली की तरह पारदर्शी होने लगा था।

"क्या सोच रही हो?"

"ज़मान, तुम क्या सोचते हो? वादी में अमन लौट आया है?"

वह ख़ामोश हो गया...। मेरी देह शिथिल थी...मगर मस्तिष्क जाग रहा था। मैं जानती थी स्मृतियों के बीच अपनी विराट् पहचान के साथ बने रहेंगे ये साधारण से दिखनेवाले दिन, छोटी-छोटी तफसीलों के साथ याद रहेंगे ये पल।

अगली सुबह हम दोनों डल झील की तरफ घूमने गए थे। पतझड़ के लाल, पीले, सुनहरे पत्तों से लदे चिनार के दरख़्तों के ऊपर सूरज की शुआएँ पड़ रही थीं। झील के पानी पर सूरज ने पिघला सोना फैला दिया था। हवा में नश्तरों की चुभन थी। मैंने शॉल सिर पर डालते हुए ज़मान से कहा, "ठंड बढ़ने लगी है। जल्दी ही बर्फ गिरने लगेगी। अब मुझे लौट जाना चाहिए। मुझे बर्फीली ठंड बरदाश्त करने की आदत नहीं रही है।"

"इतनी जल्दी!"

"जल्दी...मुझे आए सात महीने तो बीत चुके हैं।"

"पता नहीं चला...।"

"मेरी किताब भी जा चुकी है...मैं तुमसे मिली...हमने बेहतरीन वक्त बिताया...।"

मैंने सिर उठाया मगर उसके चेहरे को नहीं देखा। मैं पेड़ों के बीच फँसी हवा को ढूँढ़ रही थी। क्या वह थी वहाँ? पेड़ स्तब्धता से उसे छिपाए तटस्थ होने का नाटक कर रहे थे। अक्टूबर का आकाश खाली मंच-सा पहाड़ियों पर टिका था।

"अमिता, बहुत हुई रूमानपरस्ती। अब काम की बातें करो।" वह नाटकीय गुस्से में बोला।

"काम की बातें...मतलब क्या है तुम्हारा?" मैंने उसे उसी लहज़े में जवाब दिया।

"मतलब कि...आगे...आगे क्या करनेवाले हैं हम?" उसने मुझे जबरन धकेलकर एक पेड़ से टिका दिया और खुद के घेरे में कैद कर लिया।

"...और क्या करना है? हम महज़ दोस्त रहनेवाले हैं। तुम श्रीनगर में रहोगे और मुझे यहाँ से जाना होगा।" मैंने हाँफते हुए कहा।

"क्यों, तुम यहाँ नहीं रहोगी?" मेरे आखिरी जुमले पर वह ठिठक गया।

"ऐसे में...?"

"तुम हर चीज़ टालती हो...।"

"मैं टालती हूँ या तुम मुझे ठीक से समझा ही नहीं पाते।"

"सच्ची। अब बदल रहा है माहौल...लोग समझ रहे हैं, इस साल तुम ही नहीं... मेरे बहुत से परिचित कश्मीरी हिन्दू लौटे हैं।"

"देखने ही तो लौटे हैं...घूमने...जायज़ा लेने...मगर रहने के लिए कोई लौटा?"

"वो भी होगा एक दिन...।"

"तुम्हें यकीन है?"

"हँ...। सुनो...तुम यहाँ से जाकर वहाँ दिल्ली में आखिर करोगी क्या?"

मैं इस नंगे वाक्य को ठिठुरते हुए देखती रही।

"पता नहीं...।" मुझे सच में नहीं पता था कि मैं वहाँ उस घर में लौटकर क्या करनेवाली हूँ। मैं बहुत उदास हो गई।

"तुम यहीं रह जाओ...मेरे साथ। सना-सबा...हम सब के साथ।"

वह खुद कहकर चौंक गया। मैं उसे यूँ देखने लगी कि...जैसे उसने यह बात बेवजह कही हो। हम दोनों अचानक किसी सपने से जगे। ऐसा लग रहा था कि हम दोनों पहली बार मिल रहे हों...उसके पीलापन लिए, गोरे गालों पर ताज़ा बनाई दाढ़ी का सलेटीपन गाढ़ा हो गया था। उसकी आँखों के हरे रंग में हलचल हुई और

उसने चेहरा घुमा लिया। उसी पल सामने चहल-पहल भरे परिदृश्य के नेपथ्य में मुझे एहसास हुआ कि एक छोटा बच्चा चिनार के पेड़ों के पीछे धीरे-धीरे दौड़ रहा था। चेहरे पर क्या भाव हैं, कौन जाने...उसके थैले में क्या है—अनार या सेब...या...?

निशात बाग के पास बंगाली टूरिस्टों से भरी बस खड़ी थी।

बच्चे ने भूरा, फटा हुआ फिरन पहना था और सफेद पाजामा। उसके गोरे मगर गन्दले गालों पर कश्मीर की संक्षिप्त कहानी लिखी थी बल्कि शायद पूरी महागाथा। घुँघराले बालों में हाल ही में हुई हलकी बरसात की बूँदें टकी थीं। उसकी जेब में पाँच सौ रुपए के नोट की गर्मी थी और पेट में अपने अलावा घर में बिलबिलाते छोटे भाई-बहनों की भूख भी तूफान उठा रही थी।

उसका निशाना अच्छा था। निशाना साधकर वह झील में कूद गया...। क्या और कहाँ फेंका, यह मैंने नहीं देखा। मैंने देखा, उसका फिरन पानी में फूल और पिचक रहा था। बहुत दूर, दूसरे किनारे पर जलकुम्भी से अटी झील में उसका पिता नाव लिए जाल से जलकुम्भी हटा रहा था। वह तैरते-तैरते बिना आहट उस दूर खड़ी नाव में जा बैठा है। पिता-बेटा दोनों नहीं जानते थे कि वो कौन था जिसने उसे पाँच सौ रुपए दिए थे।

यहाँ इस तरफ सड़क पर धमाका हुआ, तेज़ हलचल के साथ शोर मच गया था। लोग बिलबिला रहे थे। बस में खून फैला था...दो औरतें घायल हो गई थीं और एक जवान लड़का मर चुका है। अनजाने शहर में आकर...जिसे उसकी इतिहास की किताब में कश्मीर को 'फिरदौस' कहा था जहाँगीर ने या कि नूरजहाँ ने...मरते वक्त उसे याद नहीं आया होगा। यह समझना न केवल मुश्किल बल्कि नामुमकिन था कि इस सत्रह साला बच्चे ने आखिर कौन-सा नियम तोड़ा होगा कि इसे इस कदर भयानक तरीके से मारकर सज़ा दी गई? उसकी नसों में गर्म लोहा धँसा है...बारूद से फटा उसका जिस्म खून से तर है। उत्तर किसी के पास नहीं है। टूरिस्ट बस पर हमला। माँ हकला-हकलाकर रोते हुए कह रही है कि "पहले तो पीछे बैठा था...न जाने क्यों की ज़िद आगे बैठने की!"

अपने माथे पर हाथ रखे...एक शिकारेवाला दूसरे शिकारेवाले से कह रहा था, "इंशाअल्लाह, इस साल उम्मीद थी कि सीज़न लगेगा। जैसे झील-ए-डल पर जैसे मुर्गाबियाँ उतरती हैं...वैसे ही सय्याहों की आमद होगी मगर सब गड़बड़ हो गया। सियाहत ही तो महज़ एक ज़रिया-ए-माश है हम ग़रीबों के लिए। अब हम क्या करेंगे? लो, हमारी रोज़ी-रोटी में फिर बारूद घुल गया।"

पुलिस और सुरक्षा बल हरकत में आ गए थे। बच्चे को कोई नहीं पहचानता। वहाँ वैसे बहुत बच्चे टोपियाँ और चेरियाँ बेचते घूमते हैं। ज़मान मुझे कन्धों से सँभाले तेज़ी से कार की तरफ ले जा रहे थे।

मैं उसी बदहवासी में कल्पना कर रही थी कि नाव में बैठा बेहद भूखा बच्चा अपने पिता को जल्दी से नाव किनारे लगाने को कहता है। ''अम्मी ने कहा है, बाज़ार से शीरमाल खरीदनी है, थोड़ा गोश्त भी...''

कार खून-सनी सड़क पर दौड़ पड़ी थी। मैं लगभग हकलाते हुए पूछ रही थी, ''ज़मान, यह क्या था? कश्मीर में तो अब अमन...मैंने पहले भी पूछा था न...कि यह अमन है कि महज अफवाह?''

''इसका जवाब किसी के पास नहीं है अमिता...।''

''...मैं यहाँ नहीं रह सकती ज़मान। कितने तो उलझे हुए हैं ये हालात...ऐसे में...''

''क्या इन हालात में कश्मीर में लोग नहीं रहते?''

''मेरा किस्सा अलग है।''

''क्या अलग है...हम एक ही नस्ल के हैं। हम कश्मीरी हैं। कुछ सदियों पहले हम भी वही थे जो तुम हो। तभी तो हमारे सरनेम एक से होते हैं। भट्ट... रैना...''

''मगर अब मैं यहाँ से खदेड़ी गई कौम की लड़की हूँ। मैं इस एहसास के साथ यहाँ रह नहीं सकती। और तुम इतने ज़िद्दी हो कि अपनी बीवी के इसरार और उसकी मौत के बाद बच्चियों के भीतरी डरों को भी उपेक्षित करके तुम यहाँ से लन्दन नहीं जाकर बसे। क्या मेरे कहने पर तुम दिल्ली रहने की सोच सकोगे?'' मैं तल्ख़ थी।

''तुम ज़रा-सी बात नहीं समझतीं कि दिल्ली में कश्मीरी मुसलमान हमेशा शक के दायरे में रहता है। ठीक इसी तरह लन्दन में हर एक एशियाई मुसलमान...। फिर मेरे माँ-बाप ज़िन्दा हैं, वो कश्मीर इस जन्म में नहीं छोड़ सकेंगे। यही हमारी सरज़मीं है...माफ करना, तुम्हारी भी। इसकी नियामतें हमारी हैं तो...इसके खौफ भी तो हमारे हैं।''

''ज़मान! मेरी नियामतें तो मुझसे छीन ली गईं...और इस ख़ौफ से मैं बहुत पहले दूर चली गई थी। मैं उसी ख़ौफ में दुबारा नहीं जीना चाहती।'' मैं बार-बार कड़वी क्यों हो जाती हूँ?

''...।''

''ज़मान, मेरी माँ ने भी छोड़ा था कश्मीर, अपनी ज़मीन और मेरी दादी एक दिन मतिभ्रम में जम्मू के कैम्प में तेज़ चलती लू में झुलसती हुई नंगे पैर निकल गई

थीं...'हब्बकदल कपूअर...छु...? (हब्बाकदल किधर है?)' वह अपना हब्बाकदल ढूँढ़ते हुए मर गईं।"

मेरी आवाज़ में तैश था और वह अपने तनाव के दायरे में घिरा चुपचाप कार चलाता रहा। उसने यूनिवर्सिटी गेट पर मुझे उतारा और रस्मन 'खुदा हाफिज़' तक नहीं कहा और बिना मेरी तरफ देखे चला गया।

हम पूरे सप्ताह तक नहीं मिले। सप्ताह बोझिल गुज़रता अगर इयान बांड का ई-मेल न मिला होता :

'प्यारी अमिता,

मेरा तुम पर यकीन ग़लत नहीं था। यह बेहद अच्छी किताब है।

मेरे तीनों एडवाइज़र इसे पढ़कर काफी प्रभावित हैं। इसके मार्च के पहले सप्ताह में छपकर आने की सम्भावना है और मार्च के आखिरी सप्ताह में बार्सिलोना में 'वर्ल्ड यूथ पीस फेस्ट' है। दुनिया भर के युवा कार्यकर्ताओं का जमावड़ा होगा। वहीं तुम्हारी किताब रिलीज़ हो...ऐसी कोशिश मैं करूँगा। तुम जल्दी वीज़ा बनवा लो।

तुम्हारे इन्तज़ार में—

इयान बांड'

मुझे अपनी ही किस्मत पर रश्क़ होने लगा था। 'आसूल टेंटा पब्लिशर. इंक...' से मेरी किताब का अंग्रेज़ी और स्पेनिश दोनों में छपना...यानी विश्वसाहित्य में सुई की नोक जितनी ही सही मगर जगह बना लेना था। मेरे लिए इससे बड़ी सौगात क्या हो सकती है? मैंने इसी आते हुए सोमवार को लौटने का फैसला करके ज़मान को फोन किया।

मेरे जाने से पहले, इतवार की शाम वह गेस्टहाउस आया। हम चाय पर साथ थे पहली मुलाक़ात की तरह ही। कमरे में सामान आधा खुला और आधा पैक पड़ा था। अनमना होकर वह चम्मच से खेल रहा था और भीगी हुई सलेटी शाम खिड़की के बाहर बीती जा रही थी।

मैंने ही बात शुरू की, "ज़मान, मार्च में मेरी किताब रिलीज़ होगी वहाँ होनेवाले 'यूथ पीस फेस्ट' में। कुछ दिन दिल्ली रहकर मैं स्पेन चली जाऊँगी।"

"चलो, कुछ तो तय किया तुमने।"

"तुम चलो न मेरे साथ। स्पेन ख़ूबसूरत है।"

" 'रोड टू ला मांचा...' तो यहीं बैठे-बैठे पूरा घुमा दिया तुमने।"

"तुमने पढ़ा मेरा ब्लॉग?"

"हाँ।"

"कब?"

"इन दस दिनों में यही किया...।"

"तुम तो कहते थे, कम्प्यूटर को तुम बस काम के लिए इस्तेमाल करते हो। फोटोशॉप, पेजमेकर...इंटरनेट बस ई-मेल के लिए। ब्लॉग या ऑनलाइन अखबार और पत्रिकाएँ पढ़ना तुम्हें कतई पसन्द नहीं।"

"तुम्हें सही-सही जानना चाहता था।"

"जाना?"

"पहले लगता था कि जान गया। मैं गलत था...क्योंकि मैंने तुम्हें तुम्हारे माज़ी के बिना देखना चाहा था...केवल एक पहलू को। सोचा, तुम मुझे...सच में चाहती हो।"

"ज़मान! यह सच है। मैं चाहती हूँ..."

"तो फिर डरती क्यों हो? किताब लिख सकती हो कश्मीर पर, यहाँ की बेचारगी और बदहाली को किताब में लिखकर वाहवाही लूट सकती हो। कश्मीर की प्रतिनिधि बनकर 'पीस फेस्टीवल' में जा सकती हो...मगर यहाँ नहीं रहना चाहती। एक यही फर्क होता है न तमाशबीनों में...और आग में झुलसनेवालों में।"

"इसी आग से झुलसते हुए निकले हैं हम भी ज़मान...तुम यह क्यों भूल जाते हो। तब तमाशबीन कौन थे? हमारे हमसाए, हमारी साथी कौम के लोग...तुम भी कहीं-न-कहीं वो मंज़र देख ही रहे होगे न?"

हम फिर उसी विपरीत मुहाने पर खड़े थे। हताश और नाउम्मीद।

मैंने बचा-खुचा सामान समेटना शुरू किया तो कुछ देर ज़मान दाढ़ी खुजलाता रहा...फिर उठा, "चलता हूँ। तो कल दोपहर एयरपोर्ट पर मिलते हैं।"

उसके जाते ही मैंने हाथ में उठाया कंघा फर्श पर फेंक दिया और बिस्तर पर औंधे मुँह लेट गई...न चाहकर भी रोना पड़ा। तनाव जो परत-दर-परत जमा था, कुछ पिघला। मैंने नींद की दो गोलियाँ लीं और निगल लीं।

एयरपोर्ट पर मुझे छोड़नेवालों की एक छोटी-सी भीड़ जुटी थी।

वज़ीर और उसकी बीवी सबा। नज़्म और नईम। मेजर शान्तनु, शौक़त, ज़मान का कैमरामैन ज़हीर। ज़मान की दोनों बेटियाँ। हाँ, ज़मान भी। मैंने खुद को याद दिलाया।

"आपा, दो दिन पहले वसीम साहब का फोन आया था।" वज़ीर ने मेरे क़रीब आकर फुसफुसाकर कहा।

मैंने ठीक ही सुना था मगर सवालिया निगाह अपने आप उठ गई...मानो एयरपोर्ट के शोर में नाम सुनने में गलती हुई हो!

"वसीम?"

"हाँ, अमेरिका में हैं फिलहाल...ऑपरेशन है उनका। आपकी ख़ैरियत पूछ रहे थे...यह भी कह रहे थे कि आप यहाँ आईं और उन्हें जाना पड़ा...वो मुलाकात भी छोटी रही। कह रहे थे, खुदा ने चाहा और वादी के मौसम बदले तो दुबारा ज़रूर मिलना होगा।"

"अच्छा!" मुझे आश्चर्य हुआ। वसीम ने मेरी ख़ैरियत पूछी और दुबारा मिलने की उम्मीद ज़ाहिर की।

भीतर कुछ बुझा हुआ फिर जल गया। मेरी नज़र बार-बार वहाँ जा रही थी जहाँ ज़मान स्मोकिंग ज़ोन में रेलिंग से पीठ टिका कर सिगरेट फूँक रहा था...उलझन उसके शरीर से ज़ाहि थी। पैरों और कन्धों की मांसपेशियों पर अनजाना दबाव था। वह पैर के अँगूठे ा रेलिंग का लोहा खुरच रहा था। मुझे देखकर सिगरेट बुझा दी।

शान्तनु ने मुझे फुसफुसाकर कहा, "तुम सैडिस्ट हो, इसमें कोई शक़ नहीं। देखो बेचारे को...जाओ भी।"

मैं अपना कोट उसे पकड़ाकर उधर मुड़ गई।

"अभी तो वक्त है।" मैंने ज़मान की सधी हुई लेकिन नाराज़-सी दिखती आँखों से अपनी नज़रें चुराते हुए, इधर-उधर देखते हुए कहा।

"हाँ, है तो।"

एक ठंडी चुप्पी फिर टँग गई हमारे बीच। मैंने उसे धकेलकर कहा, "ज़मान...हम किसी दूसरी तरह से नहीं जी सकते थे?"

"मसलन?"

"बिना कमिटमेंट...?"

"हँ...किसी निर्णय की पूरी ज़िम्मेदारी तुम्हारे कन्धे नहीं चाहते...इस तरह रहने और उसे किसी रिश्ते का जामा पहनाने में फर्क क्या है?"

"है न, यहाँ न निभने पर तलाक़ की ज़रूरत नहीं होती...।"

"तुम्हें ऐसे खुशी मिलेगी?" वह मुस्कुराया। एक निर्मम मुस्कान। अपने प्रति निर्मम।

"नहीं...तकलीफ मिलेगी।" मैं मुस्कुराई। अपने प्रति अब मैं निर्मम थी।

"तो फिर, तकलीफ क्यों मोल लेना चाहती हो?"

"छोड़ो न...।"

"तुम तो स्पेन लौट रही हो न!"

"नहीं। मैं वहाँ हमेशा के लिए नहीं लौट रही...बस, एक महीना, बस। 'यूथ पीस फेस्ट 2005' के बाद वापस दिल्ली आ जाऊँगी।"

मेरे जहाज़ की घोषणा होने लगी। मैंने विदा के लिए हाथ बढ़ाया।

"क्या है यह?"

"ख़त।"

"तुमने लिखा है? मुझे?"

"नहीं, किसी और ने किसी और को। किसी ने लिखा है, नाइन इलेवन में मरे लोगों के नाम...।"

मैंने वह कागज समेटकर पर्स में डाल लिया।

"...।"

पारदर्शी काँच के पीछे मैं बहुत सारे हिलते हाथों के कोलाज के पीछे दो संजीदा आँखों के सूनेपन को देखते हुए प्रस्थान द्वार से बाहर आ गई। जहाज़ में बैठते ही मन नहीं माना। सबसे पहले मैंने ख़त खोला...ख़त नहीं था, कोई कतरन थी पुराने टाइम्स की...पीली और भुरभुरी।

—अगर मैं जानता कि यह अन्तिम पल है
कि मैं तुम्हें दरवाज़े से बाहर जाते देख रहा हूँ
तो मैं तुम्हें गले से लगा सकता था
या माथे पर एक चुम्बन
नहीं तो पुकारकर लौटा ही लेता...

—हो सकता है आज आखिरी मौका हो!
इसलिए किसी से कल का वादा मत करो।
कल का इन्तज़ार क्यों?
आज ही कसकर हाथ थाम लो...
कल कभी-कभी नहीं भी आता है।
कह दो सब कुछ
खुदा न ख़ास्ता कल न आए तो
कोई पछतावा तो न हो

—अगर मैं जानता यह आख़िरी वक्त है
तो निकालता कुछ मिनट तुम्हारे लिए
तुम्हें रोककर कहता
प्यार करता हूँ तुम्हें...बजाय यह मान लेने
कि इस कहने में रखा क्या है
यह तो तुम जानती होगी...।

जहाज़ कर दरवाज़ा बन्द हो चुका था। एयर होस्टेस ने सबको मोबाइल फोन बन्द करने की ताक़ीद कर दी थी। मैंने बन्द मोबाइल फोन को फिर चला दिया। एयर होस्टेस ने मुझे घूरकर देखा...।

"बस, एक बेहद ज़रूरी सन्देश।"

एयरपोर्ट की पार्किंग की तरफ बढ़ते हुए ज़मान का फोन जेब में घनघनाया, तभी सिर पर से मेरा जहाज़ हुमा* की तरह उड़ा।

●●●

---

* जन्नत का एक पंछी जिसका सिर पर से गुज़रना शुभ होता है।